그녀의 얼굴이 점점 달아오르는 게 보였다.

조정은 무심했지만
룰은 잘 익은 사과처럼 붉어졌다.

"전하께서 말씀하신 대로였습니다.
엉덩이도 소용이 없더군요.
이제 믿을 건 전하의 가슴뿐입니다."

피도눈물도없는용사 5

✍ 박제후   🖊 GAMBE

I. 오직 죽음만이

믿을 수가 없었다.

페자무트라면 이 도시의 실질적인 지배자다. 그런데 왜 이런 골목에서 노숙자 신세가 돼 구걸하고 있는 걸까.

"아니, 정말 전하이십니까?"

그는 나를 알아보고는 깜짝 놀라 고개를 숙인다. 주변을 황급히 돌아보는 게 숨으려는 거 같은데, 이내 부질없다고 여겼는지 침음을 흘린다.

"크으…, 면목이 없구먼."

"대체 어떻게 된 겁니까?"

"하아……."

페자무트는 긴 한숨을 내쉰다. 그리고 자기는 이제 그냥 노숙자로 살 테니 내버려 두란다. 그에게서 깊은 상심이 느껴졌다.

"전하."

몇 번 재촉하자 그는 어쩔 수 없다는 듯 입을 연다.

"알겠네. 다 말하겠어. 사실 얼마 전에 직접 봉인을 푼 전설적인 드라코 리치 쿠쿠바에게 패해 이렇게 거리에 내앉았네."

"쿠쿠바요? 이름이 꽤 이상한데요."

"정식 이름은 아니고 별칭 같은 걸세. 모두 그 드라코 리치를 쿠쿠바라 부르지."

드라코 리치는 드래곤이 리치가 된 경우다. 드래곤의 이름이 대개 그렇듯 발음하기가 난해하고 어렵다. 이쪽 편한 대로 부르다 그게 관용적으로 쓰이는 일이 많았다.

"쿠쿠바가 그렇게 강합니까? 드라코 리치라고 해도 전하께는 못 당할 텐데…."

아무리 페자무트가 허당으로 보여도 생전엔 서열 9위의 고위 마왕이었다. 나 역시 그의 힘을 넘어선지 얼마 되지 않았다. 게다가 사령술사는 상대가 언데드라면 더욱 힘을 발휘하는 부류가 아닌가.

"보통 드라코 리치가 아니라서 그래. 봉인되어 있는 걸 부하들을 시켜 어렵게 찾았지."

쿠쿠바는 200년 전에 악명을 떨치다 봉인된 드라코 리치라고 한다.

"막상 붙어보자 역부족이더군. 그렇게 강한 드라코 리치는 처음이었어…. 실제로 과거 몇몇 드라코 리치를 굴복시킨 적이 있었네. 그때의 경험을 갖고 덤볐는데도 어림없었지."

"그런데 어찌 이렇게 쫓겨나신 겁니까? 수하들을 동원해서 토벌했으면 됐을 텐데요?"

"그게 말일세…."

뜻밖에 쿠쿠바 쪽에서 내기를 걸어왔다고 했다. 일종의 패널 티 매치였다. 쿠쿠바는 자신의 강력한 기술을 몇 개 봉인할 테 니, 도시의 수장 자리를 걸고 승부를 겨뤄보자고 제안했다고.

"그래서 응하신 거고요?"

끄덕끄덕.

"…설마 질 줄은 몰랐지. 그래도 해볼 만하다고 생각했다네."

나는 당시 상황을 어렵지 않게 짐작할 수 있었다. 실력에 비해 허세와 자존심을 중시하는 게 이 페자무트란 사내다. 한 번 죽음 에서 돌아왔지만 그 버릇은 못 버린 듯했다.

엉망으로 깨졌으니 패널티 매치에서 승리해 체면치레를 하고 싶었던 거겠지. 부하들 보기에 위엄이 죽으면 곤란하니까. 쿠쿠 바란 놈은 페자무트의 성격을 간파해 그런 제안을 했겠고.

이거 완전히 놀아났구먼.

"아이구…, 인간아, 인간아."

나는 페자무트의 양 볼을 잡아서 마구 늘려버렸다. 이 웬수 같 은 놈을 어쩔고.

"으아악! 아프다네! 그만두게! 수, 수염이 끼었어!"

"아픈 건 알고? 응? 전하는 무슨 놈의 전하! 안 일어나!"

내 불호령에 놀란 페자무트가 황급히 일어났다. 바로 정강이 를 깠다.

"아이구! 나 죽네!"

"차라리 죽지 그랬냐, 이 인간아!"

"과인은 마족인데 아까부터 왜 인간이라고 부르는 건가?"

"시끄러워. 지금 그 드라코 리치는 어디에 있는데?"

"시청을 떡하니 차지하고 있네."

이 못난이가 자기 집무실까지 뺏기고 아주 잘하는 짓이다. 슈바르체토이펠은 뭐하고 있었냐고 물으니 이번 사태에 완전 발을 뺐단다.

"그 망할 영감탱이가 도와주기는커녕 과인더러 한 번 당해봐야 한다고 하더군. 그럴 줄 알았다나? 평소 잔소리가 심한 늙은이기에 무시했더니 이렇게 소인배처럼 굴 줄이야. 끄응!"

이 얘기만 들어도 어떻게 된 일인지 알만했다. 나는 슈바르체 영감의 뜻에 동조해 이번 일로 페자무트에게 교훈을 좀 내릴 필요를 느꼈다.

공과 과는 명확히 해야 하니까.

"바로 시청으로 가자고. 그 드라코 리치 놈을 몰아내 줄 테니까."

"앗? 그래줄 건가?"

페자무트는 반색하며 기뻐했다. 내가 도와준다는 소리를 하자마자 처져있던 어깨가 똑바로 펴진다. 그리고 금방 거만해졌다.

"여봐라, 뭘 보고 있느냐? 와서 시중을 들지 않고?"

언데드들이 눈치를 보며 말을 안 듣자 그는 불호령을 내렸다.

"이노옴들! 언제까지 과인이 노숙인일 거 같으냐!"

도시의 수장 자리는 이미 다시 찾은 거나 마찬가지라는 듯 구경하고 있던 언데드들에게 거드름을 부렸다. 그러자 다들 기가 막힌 듯했다. 그러거나 말거나 페자무트는 씩씩하게 앞장섰다.

"발러슈테드, 자네가 왔으니 이제 그런 드라코 리치는 끝이겠군. 암암."

참으로 입장 변화가 빠른 게, 부침개 뒤집듯 간편한 남자였다. 힘이 없을 때는 구걸을 하더니 나란 뒷배가 생기자 단번에 거물로 돌변했다.

몸에 힘이 팍 들어간 게 아주 의기양양하다. 마왕답게 걷는 것이 방금 노숙자의 엉거주춤함과는 완전히 달라서, 이게 과연 같은 인물인가 의심이 들 정도였다.

"못 말리겠군."

그를 보며 쓴웃음을 삼킬 수밖에 없었다. 고개를 절레절레 저으며 따라갔다.

그런데 앞서가던 그가 도시 중앙 광장에 이르자 멈춰 섰다. 그곳에는 높은 오벨리스크가 있었는데 갑자기 거기서 고개를 숙이고 잠시간 묵념을 하는 것이었다.

"음?"

처음 보는 오벨리스크였다. 높이는 20미터 정도 됐다. 오벨리스크에는 이런저런 이름들이 빼곡하게 새겨져있었다.

"이게 뭔가?"

"위령비일세. 그때 인스부르크에서 과인이 로엘린에게 쫓길 때 부하들이 많이 희생됐다네."

나도 후일 들었다. 특히 오크 노병들이 피해가 컸다고.

"그렇군."

이제 보니 오벨리스크에 써진 태반이 오크식 이름이었다. 페자무트는 아련한 얼굴로 오벨리스크를 쓰다듬는다.

"그들의 충성에 대한 보잘 것 없는 보답일세. 황제령을 약탈한 돈으로 세웠지."

의외로 이런 부분에선 의리가 있구나. 솔직히 나보다 낫다. 나는 부하들을 위해 이 정도까지 해준 적은 없는데.

사실 그를 좀만 겪다보면 의외로 허당인 걸 쉽게 알 수 있다. 그럼에도 수십 년이나 충성을 다한 이들이 있다는 걸 보면 이런 점 때문이겠지.

"부하들 보기 미안하면 좀 잘해봐. 이게 무슨 망신인가?"

"하하하, 면목 없구먼."

페자무트는 손바닥으로 뒤통수를 쓰다듬으며 웃는다.

"왜 무리를 한 거야?"

단순히 진짜 빈을 점령하고 싶었던 걸까? 하지만 전력을 증강하기 위해서는 더 편하고 빠른 방법도 많다. 통제가 어려운 전설의 드라코 리치를 소환하느니, 그의 특기를 발휘해 급이 낮은 본드래곤을 여럿 부리는 게 낫다. 본드래곤만 해도 인간 입장에서는 재앙 수준이니까.

"차라리 드래곤 시체를 찾아서 본드래곤을 만들지 그랬어? 당신 솜씨라면 충분할 텐데."

"그렇기야 하지. 하지만 쿠쿠바에겐 특별한 힘이 있다네."

"그래?"

페자무트는 고개를 끄덕이며 다시 앞서갔다. 그의 표정이 보이지 않았는데 일부러 보여주지 않는 걸 눈치채고 필리의 속도를 좀 늦췄다.

"그 전설의 드라코 리치는 망자의 영혼을 찾는데 선수라는군. 구천을 떠도는 원령이 있으면 찾아내 저승으로 보내주는 힘을 가졌다고 하네."

동양적으로 얘기하면 성불이다. 사령술사인 페자무트와 난 그런 힘은 없다. 오히려 성불과 반대의 짓만 하고 있지.

"쿠쿠바는 리치가 된 후 사악해졌지만 본디 선한 드래곤이었다고 하지."

문제는 그 성불 능력이 생전에 선할 때 사용하던 힘이었다고. 드라코 리치가 된 후에는 쓴 적이 없단다.

"더는 못하는 거 아닌가?"

"아닐세. 그 능력은 여전히 갖고 있는 걸로 알고 있네."

대화를 하던 나는 왜 그가 쿠쿠바의 성불 능력을 원했는지 짐작했다.

"당신 설마…."

페자무트는 대답하지 않고 입을 다물었다. 하지만 답은 듣지 않아도 알 수 있었다.

죽은 오크 노병들이 마음에 남았던 거겠지. 그들이 혹여나 구천을 떠돌까 걱정한 모양이군.

사령술사인 그나 나는 그들을 만나도 거짓된 삶 밖에 선사해 줄 수 없다. 누구보다 그런 사실을 잘 아는 페자무트는 그점에 좌절하지 않았을까.

사령술은 극의에 도달해도 성불을 못한다. 자기 능력으로 애석하게 죽은 부하들을 구해줄 수 없으니 마음에 짐으로 남았을지도 모른다.

사실 평범하게 고명한 사제를 불러도 되지만, 그 고명한 사제가 이 모르스 쏠라를 봤다가는 무슨 일이 터질지 모르니까 드라코 리치를 대안으로 선택한 건가.

언데드 중에 귀신을 성불시킬 수 있는 능력이라, 정말 특별하긴 하군.

"다들 잘 저승에 갔을 거야. 명예롭게 죽었으니까."

"하지만 한이 깊으면 그러지 못한다네."

아무래도 오크 노병들은 페자무트에게 특별한 존재였던 모양이다. 마지막까지 친위대로 그를 지켰다고 하니 그럴 수밖에.

"쿠쿠바라…. 그런 전설적인 존재를 찾아내고 소환하는 데는 돈이 엄청 들었을 텐데."

"…사재를 아낌없이 털었네."

그래서 황제 직할령에서 잭팟을 터뜨린 뒤에 움직인 거로군. 안 봐도 뻔하다. 이 남자는 여러 가지 의미로 들여다보기 쉬우니까.

"설마 부하들을 동원해 토벌하지 않은 것도 상대가 요구를 들어주지 않을까 그런 건가?"

쿠쿠바 정도면 이쪽에서 강제하기도 어렵다. 그러니까 그의 요구대로 승부한 뒤에 오크들의 일을 부탁하려고 한 모양이다. 도시의 전력을 동원해 승리하면 쿠쿠바가 앙심을 품고 들어주지 않을 테니까.

"아냐, 다 과인의 똥고집 같은 자존심이지. 크흐흐흐. 뭔가 오해를 하는 거 같은데 이번 일이 끝나면 엄하게 처벌해 주게나."

페자무트는 자기는 부하의 마음 따위는 모르는 냉혈한이라 강조했다.

"그깟 멍청이들 죽든 말든 무슨 상관인가. 과인이 그런데 신경 쓸 거 같은가! 하하하하! 그냥 내 욕심에 한 짓이야!"

바보 같기는. 멍청이란 말에 그렇게 애정이 담겨있는데 무슨 거짓말을 하려는 건지. 아, 진짜! 이렇게 나오면 맘이 또 약해지는데….

"엄청 엄하게 처벌할 거거든!"

아마 그 늙은 오크들은 페자무트를 인정해 주는 몇 안 되는 부류였을 거다. 어쩌면 자기들의 왕에 대해 마지막까지 희망을 버리지 못했을지도 모른다.

한데 그런 부하들이 몰살했으니 페자무트의 마음에 메워지지 않는 큰 구멍이 남는다고 해도 이상한 일은 아니겠지.

"아주 제로에서부터 다시 시작하는 언데드 생활을 보여주마. 해골로 만들어서 백의종군하게 해주지."

"하하하, 꼭 그래주게. …이 죄인에게."

페자무트는 너털웃음을 터뜨렸다. 나는 그 죄란 게 도시를 잃은 죄가 아니라 부하를 잃은 죄를 말하는 거 같게 느껴졌다.

"혹시 말일세… 이번에 쿠쿠바를 제압한다면."

그는 자신의 염소수염을 쓰다듬으며 한 가지를 부탁해왔다.

"웃기네! 누가 그런 거 해줄 주 알아!"

쿠쿠바에게 부탁해서 오크 노병 중 떠도는 영혼이 있나 찾아봐 달라는 거겠지.

"…그, 그런가."

페자무트는 내가 칼 같이 거절하자 머쓱한 듯 고개를 돌리고 앞서간다. 나는 그런 그의 뒷모습을 물끄러미 보다가 고개를 돌려 높게 솟은 오벨리스크를 쳐다봤다.

웃기네. 귀찮게 누가 그런 일 해줄 거라고 생각하는 건가.

"음….."

하지만 어째서인지 내 눈은 오벨리스크에서 좀처럼 떨어지지를 않았다.

시청에 도착했다. 여러 인원이 들락날락하는 게 어느 도시와 다르지 않다. 다들 언데드란 게 좀 특이했지만.

"봐! 봐! 저기 노숙왕이 행차했다!"

"진짜네, 전하께서 다시 오셨어!"

"드래곤에게 재도전하려는 건가?"

페자무트의 등장에 다들 수선스러워졌다.

"지하로 가면 쿠쿠바가 있네."

"응? 지하가 그렇게 크나?"

전설의 드라코 리치라면 덩치도 산만할 텐데 이 시청 건물의 지하에 그런 놈이 지낼 만한 곳이 있나?

"마법으로 둥지를 만들었다고 하더군."

"허, 역시 드래곤의 마법은 대단하구나."

들어보니 안에는 드래곤이 쉴 수 있는 거대한 지하 공동이 있고, 밖으로 다닐 때는 사람 형체를 변한다고 했다. 그래서인지 지하로 내려가는 계단은 보통 건물의 시설과 다를 바가 없었다.

"발러슈테드."

"왜?"

"미리 경고해 두겠나만, 그 쿠쿠바 놈의 성격이 꽤나 지랄 맞네."

페자무트가 이렇게 말할 정도면 상당한 거 아닐까. 그래도 승리할 자신이 있었다. 별의 자식에 이어 파도치는 핏물까지 죽인 탓에 레벨이 3이나 올랐다. 이 정도 전력이면 드라코 리치 놈이 잘났어도 충분히 해볼만 하겠지. 새로 획득한 기술들 역시 믿음직했다.

"다 왔네. 이 문을 열고 들어가면 돼."

지하에는 거대한 철문이 있었다. 페자무트가 안으로 밀며 들어가자, 거대한 지하 공동이 나왔다.

"오…."

땅 밑에 이런 광활한 공간이 있을 줄이야. 그리고 그 지하 공동 가운데 커다란 덩치를 자랑하는 드라코 리치가 있었다. 말 그대로 리치가 된 드래곤이었다.

몸을 웅크리고 있던 녀석은 긴 목을 들어 올리며 냄새를 맡는 시늉을 한다.

"킁, 킁. 킁, 킁."

뭐하는 건가 했더니 곧 드라코 리치를 우리 쪽을 보며 경박한 목소리로 비아냥거렸다.

"이거 참! 어디선가 안 좋은 냄새가 난다 싶었더니 패배자의 구린내였군?"

우와, 이 녀석, 성격이 안 좋은데.

"이놈! 감히 마왕에게 그딴 망발을 내뱉는 것이냐!"

"캬하하하하!"

발끈한 페자무트를 보며 드라코 리치 쿠쿠바는 뼈다귀를 부딪치며 낄낄거린다. 그러다니 몸을 일으키며 다가와 페자무트를 내려다본다.

"뭔가 착각하고 있구나. 마왕. 네놈이 아무리 마왕이라고 해도 승자인 나는 패자에게 조아리지 않는다. 오히려 네놈의 이마가 땅에 닿아야 하는 거 아닌가?"

"말이 지나치구나! 비록 과인이 패했다고 하나 어째 이리 무도하단 말인가?"

페자무트의 말에 쿠쿠바는 뼈만 남은 손가락으로 귀를 후비는 시늉을 했다.

"응? 뭐라고?"

대놓고 비아냥거리고 있었다. 페자무트는 못 참겠다는 듯 수염을 부르르 떨어댄다.

이봐, 그만 둬. 우리 마왕 양반은 단순해서 도발에 약하다고. 페자무트는 이미 정신적 딜이 너무 들어가 시작하기 전에 쓰러질 판이었다.

하지만 쿠쿠바는 멈추지 않았다.

"패배자, 요즘 거지 업계에서 잘 나간다며?"

"시끄럽다! 이놈!"

"패배자, 너는 슬라임 같은 존재야. 어느 공간에 넣어도 딱 맞아 들어가니까. 그러니까 거지 일을 계속하면 딱일 텐데 왜 찾아온 거지?"

파르르.

페자무트치고는 모욕을 잘 견디고 있었다. 하지만 결정적으로 인내의 끈이 끊어지게 한 일이 일어났다.

"그딴 보잘 것 없는 오크 놈들은 성불시켜서 뭐하게? 버러지들을 상대로는 내 능력이 아깝지."

"더는 참을 수 없다!"

페자무트가 눈에 핏발이 서서 앞으로 나서려는 순간 나는 그의 어깨를 짚었다.

"됐어, 여기서 부터는 맡겨."

내가 앞으로 나서자 쿠쿠바는 흥미를 보였다.

"이건 또 무슨 용건으로······."

"주둥이 쳐 닫아! 뼈다귀를 다 뜯어서 화석으로 만들어버릴 새끼야!"

"···뭐?"

앞뒤 안 가리고 욕부터 날리자 아무리 드라코 리치라도 당황하는 기색이 역력했다.

"니가 뭔데 페자무트를 욕해! 욕해도 내가 욕해!"

결정했다. 여기서 이 새끼를 쥬 팬 다음에, 끓어오르는 심연에게 끌고 가 노예로 만들어 달라고 해야지.

"마침 잘 걸렸다! 너, 내 탈 것이 되라!"

"뭐? 탈것? 지금 탈것이라고 했나!"

"그래, 탈것."

과거 회차에서 피도 눈물도 없는 자가 본드래곤을 타고 다니는 게 그렇게 부럽고 멋져 보이더라. 지금 이 몸은 그때 피도 눈물도 없는 자보다 훨씬 급이 높다.

나라고 못할 거 뭐있냐.

드라코 리치면 본드래곤 따위와 비교도 안 되는 상위의 존재다.

본드래곤이 그냥 스켈레톤화 된 드래곤이라면, 드라코 리치는 리치화 된 드래곤이다.

차원이 다르다. 잘나신 이 몸의 탈것으로 딱 어울린다고 할 수 있었다.

"안 그래도 하나 필요했는데 이렇게 근사한 게 나타나다니 딱 좋군. 흐흐흐."

잘 됐다는 듯 두 손을 비비며 다가가자 드라코 리치 쿠쿠바는 본능적으로 꺼림칙함을 느낀 듯 정색한다.

"이놈! 인간 주제에 그런 사악하고 음흉한 웃음을 흘리다니! 가까이 오지 말거라!"

크게 외친 쿠쿠바는 입을 쩌억 벌린다. 시커먼 연기가 그의 입에서 부글부글 끓어올랐다.

"피하게! 마법의 숨결을 토하려는 거야!"

콰아아아앙!

삽시간에 검은 연기가 우리를 덮쳤으나 페자무트가 시의적절하게 방어 마법을 펼쳐냈다. 역시 고위 마왕이라 그런지 이런 험악한 공격도 잘 막는다.

"바로 반격하세나!"

페자무트는 투쟁심이 불타오르고 있었지만 나는 고개를 저었다.

"얼른 도망치자고."

"엥?"

욕까지 날리고 기세등등하던 내가 갑자기 빠지자고 하니 페자무트는 혼란스러워했다. 그러거나 말거나 그를 붙잡고 지하공

동의 입구로 달려 나갔다.

"이놈들! 이제 와서 튀려는 것인가!"

성난 쿠쿠바가 검은 연기 너머에서 마법을 연달아 쏘아냈다. 마치 파랗게 타오르는 초승달 같은 마법이 회전하며 날아왔는데, 딱 봐도 위력이 장난 아니었다.

묵직한 땅 드레이크도 일격이겠군. 저런 걸 10개나 줄지어 쏘아내니, 정말 대단한 실력이잖아.

하지만 나 역시 호락호락하지 않다. 바로 SS등급 휘감는 촉수를 사용했다. 그러자 기괴하게도 양팔이 기다란 촉수로 변한다.

문어처럼 끈적이는 촉수는 아니고 마치 파충류의 꼬리와 같은 느낌이었다. 탄력있고 강하며, 표면은 단단한 비늘로 덮혀 있었다.

이게 괜히 SS등급 스킬인 게 아니다.

카앙!

촉수를 휘둘러 쇄도해 오는 강력한 파괴 마법을 쳐냈다. 파란 스파크가 사방으로 튀며 사람보다도 더 큰 초승달 형태의 마법이 튕겨나가 벽에 충돌한다.

콰아앙!

하지만 그것뿐만이 아니었다. 양팔의 촉수를 휘둘러 나머지 9개의 초승달도 모조리 쳐냈다. 극속으로 날아온 마법 10개를 쉬지 않고 쳐냈으니 그야말로 내 움직임은 보이지도 않을 정도였다.

한 가닥 하는 사람이라고 해도 빛이 파파밧! 튀는 정도만 보이겠지.

콰가가가강! 콰아앙!

튕겨나간 초승달이 지하 공동 여기저기를 때리며 대폭발을 일으켰다. 흙먼지와 소음으로 사방이 어지러운 틈을 타, 페자무트와 함께 지하를 빠져나왔다.

"쫓아오지 않을까?"

"그렇지는 않을 걸세. 저 드라코 리치는 거드름 부리는 성격이라 일단 달아나면 쫓지 않아. 조무래기가 튄다고 여기고 무시하지. 다만 자네가 성질을 긁었으니 어떨지 모르겠군."

다행히 드라코 리치는 엉덩이가 무거운 듯 추격해 오진 않았다. 도망쳤으니 이겼다고 여긴 모양이다.

"아니, 그것보다 왜 도망가는 건가! 탈것이라며!"

페자무트는 복수를 하고 싶었던 모양인지 분해보였다.

"생각보다 강하더라, 그 녀석."

그대로 싸웠으면 승리할 수 있겠지만 상당히 애 먹을 거다. 과연 전설이란 이름이 아깝지 않은 게 초월자 셋의 후원을 받은 내가 전투를 꺼리게 만들 정도였다.

"싸우면 중상은 피할 수 없겠더군."

"중상 정도야. 자네 능력이면 아무 것도 아니잖나?"

"물론 그렇긴 하지."

나는 이미 밤하늘에 별마저 생긴 초인이다. 그깟 상처가 문제겠는가.

"하지만 더 괜찮은 방법이 있다면?"

"오? 남을 나락에 떨어뜨리는데 특화된 그 머리에서 뭔가 또 나온 모양이로군?"

페자무트는 내가 꾀를 냈다는 걸 눈치채고는 투덜거리는 걸 멈췄다. 오히려 그는 만족한 듯 웃으며 기대감을 감추지 못했다.

"흐흐흐, 악랄한 계책을 내는 건 자네가 최고야. 그 머리에서 나온 계획으로 얼마나 많은 이들을 파멸시켰나? 원래 자네 인성은 용서가 없으니 망할 드라고 리치도 이제 끝이군."

이거 칭찬인지, 욕인지 좀 애매한데.

"저 쿠쿠바란 놈은 현재 언데드 도시의 특성을 잘 파악하지 못하고 있는 것 같아. 진정한 주인이 나란 점도 모르는 모양이야."

"맞네. 저놈은 과인을 쫓아내고 도시를 차지했다고 천하태평이야. 도전받지 않은 강자 특유의 오만이지."

"그렇다면 모르스 쏠라의 힘을 과소평가하고 있겠군."

얘기해 보니 심지어 마룡 슈바르체토이펠이 이 도시의 최대 투자자란 점도 모르는 것 같단다.

"그 망할 영감이 이번 사태에 관여하지 않은 탓이지."

어쩌면 이 산에 마룡이 산다는 걸 알지 못하는 게 아닐까 싶다.

"페자무트, 당신도 이 기회에 정신 좀 차려. 슈바르체 영감 잔소리가 꼭 틀린 것만은 아니니까."

"끄응…그런데 지금 어디 가는 건가? 이 방향이면 도시를 벗어나 그 영감탱이 땅으로 가는데?"

"맞아. 슈바르체 영감을 보러 가는 거지."

내 말에 페자무트는 펄쩍 뛰며 싫어했다.

"소용없네! 말해도 도와주지 않을 걸세! 그 영감은 귀찮은 일이라면 질색하지. 신경 쓰는 건 오로지 자기 수염뿐일세."

"가보면 알아. 너무 열 내지 말라고."

필리를 타고 앞장서자 페자무트는 투덜거리면서도 어쩔 수 없다는 듯 따라온다. 어차피 그는 내가 없으면 한 명의 노숙인에 불과하니까.

산을 좀 탄 뒤에야 페자무트와 함께 슈바르체토이펠의 둥지에 도착했는데, 그가 기다렸다는 듯 나타났다. 슈바르체토이펠은 페자무트는 보자마자 잔소리를 시작했다.

"도시를 시원하게 말아 먹은 놈이 무슨 낯짝으로 예까지 나타나!"

"아니, 누군 뭐 오고 싶어서 온 줄 아나? 영감탱이!"

옆에서 지켜보고 있자니 둘의 관계는 사이가 안 좋은 사장과 투자자를 떠올렸다. 다툼은 점점 유치해져갔는데, 이 중년과 노인의 싸움은 완전 애들 같았다.

"영감탱이! 그 긴 세월 동안 이룬 건, 수염이 자란 것 밖에 없지?"

"흥! 부러우면 부럽다고 말해! 염소 같이 경박한 수염 밖에 안 나는 놈."

인신공격으로 시작된 싸움은 이내 멱살잡이로 이어졌다. 진짜 못 봐주겠군. 지금 유치하게 아웅다웅하는 이 둘은, 하나는 전설의 마룡이고 다른 하나는 제국 서남부를 공포에 몰아넣었던 고위 마왕이다.

"헹! 못생긴 놈이! 인물로 따지면 이 페자무트 님이 훨씬 낫지!"

"뭐라! 이 피도 양심도 없는 마왕이!"

더 봐줄 수 없던 나는 박수를 짝! 쳤다.

"둘 다 곁에 자식이 없어서 다행이군. 이런 유치한 꼴을 보고 배울 일이 없으니."

내 말에 쌍심지를 켜고 멱살을 잡던 둘은 머쓱해져서 떨어진다. 자기들이 생각해도 좀 그런 모양이었다.

"자네, 왔군."

"잘 지내셨소? 슈바르체 영감."

"흥! 자네가 데려온 누구 덕에 이 고요했던 산지가 하루도 평안할 날이 없구먼!"

그러자 페자무트가 다시 발끈한다.

"영감탱이! 어서 심장발작으로 돌아가시는 게 모두에게 좋을 거야! 과인이 장례식은 거하게 해줄 테니 걱정 말고."

"뭐라!"

"안 그래도 자괴감만 느끼고 있잖나? 전설의 마룡이라고 불리면서 요즘의 새로운 마법 이론을 이해하지 못해서 머리만 긁고 있는 거 다 알고 있네."

"크윽!"

사실인 듯 슈바르체토이펠이 관우처럼 탐스러운 하얀 수염을 부르르 떨었다. 그러자 페자무트의 조소가 더욱 짙어진다.

"어차피 영감탱이가 하는 일이라곤 배에 복대나 두르고 난로가에서 요즘 마법이 개성이 없고, 진정한 마법은 옛 사람들이 했다고 불평이나 늘어놓겠지."

"이 멍텅구리 마왕 놈이!"

안 본 사이에 페자무트의 말발이 엄청 늘었는데. 슈바르체토이펠을 주둥이로 다운시키기 직전이었다. 내버려두면 또 한 번

거하게 터질 기미라 끼어들었다.

"페자무트, 당신은 지금처럼 늙으면 슈바르체 영감 반도 못 따라갈 테니 잘난 척할 거 없어."

"크윽."

"얼마 전까지 뒷방 늙은이 신세 경험해 본 사람이 늙은 마룡을 놀리면 못 쓰지."

페자무트는 할 말이 없는지 고개를 돌리고 딴청을 부렸다. 괜히 옆에 있는 마법 시약들을 살피는 시늉을 한다. 지켜보던 슈바르체토이펠은 비싼 거니까 건드리지 마! 라고 소리를 꽥 지르더니 근처의 흔들의자에 몸을 묻는다.

"자네의 방문은 반갑지만 어찌 이 몸의 집에 저런 골칫덩이를 데려온 건가?"

"저 골치의 일을 해결해 줘야지 않겠소."

"이보게, 발러슈테드. 자네는 너무 사람이 물러. 이럴 때 보면."

핀잔을 준 그는 뭘 도와주면 좋겠냐고 묻는다.

"일단 끓어오르는 심연을 소환하고자 하니 도와주시오."

"뭐? 그 어둠의 존재를 또!"

슈바르체토이펠은 깜짝 놀란 듯 의자에서 몸을 일으킨다. 아무리 마룡이라고 해도 어둠의 대군을 직면하는 건 두려운 일이겠지.

"자네, 그 존재를 너무 쉽게 생각하는 거 같군. 지난번은 잘 끝났지만 그가 변덕을 부리면 우리는 벌레처럼 죽고 말아."

"물론 그렇긴 하지. 하지만 너무 걱정하지 않아도 좋소."

나는 이미 두 번이나 더 끓어오르는 심연을 만났으며 그의 후원까지 얻어냈음을 말해줬다. 그러자 슈바르체토이펠은 눈이 찢어져라 커졌다.

"뭐라고! 그 존재의 후원까지 받았단 말인가!"

열 번 설명하는 것보다 한 번 보여주는 게 낫다. 나는 두 손을 촉수로 변형시켰다. 휘감는 촉수 스킬을 보자 슈바르체토이펠은 납득한 듯했다. 다만 크게 놀라 말을 잃어버렸다.

"발러슈테드, 자네는 대체….''

그러자 눈치를 보고 있던 페자무트가 기다렸다는 듯 끼어들었다.

"영감탱이! 이제야 그의 진가를 안 것인가? 참 아둔하군."

어째서 자기가 기가 산 건지 모르겠군. 페자무트는 내 곁에 오더니 어깨를 으쓱으쓱하며 의기양양했다. 마치, 봐라, 우리 발러가 이 정도라고 자랑하는 모양새였다.

하지만 슈바르체토이펠은 정말 놀란 듯 페자무트의 그런 태도에 한 마디 쏘아붙이지 못하고 수염만 쓰다듬는다.

"자네가 그 존재에게 후원받고 있으니 만남을 청하는 건 가능하겠지. 위험천만해서 솔직히 거절하고 싶은 심정이지만 한 번 해보지."

"고맙소. 슈바르체 영감."

"그런데 대체 뭘 부탁하려는 건가? 그런 위험스러운 존재에게."

슈바르체토이펠은 차마 끓어오르는 심연이라 부르지도 못하고 있었다. 하긴 저게 보통이다. 그런 격이 높은 존재 앞에선 정신이 하얗게 탈색되어 자아를 잃어버리기 쉬우니까. 대신격 아퀼라의 가호 덕에 덤덤한 내가 이상한 거다.

"그에게 팔 물건이 있어서 말이오."

내 말에 슈바르체토이펠은 질렸다는 표정을 감추지 못한다.

"자네는 정말 드래곤조차 할 말을 잃게 하는군. 정말 그런 존재와 거래를 하고 있었다니. 일전에 저 염소수염이 영혼석을 갖고 와서는 그 존재가 내린 영혼이 들어있다 자랑을 하기에 허풍으로 여겼네. 설마 참일 줄이야."

"그 외에도 맘에 드는 탈것이 하나 있어서 노예로 만들려고 하오."

"탈것?"

이해가 안 된다는 듯 고개를 갸웃거리는 그를 보며 나는 웃을 뿐이었다.

슈바르체토이펠을 만난 뒤, 도시 외곽에 있는 마법사의 탑 지역으로 향했다. 그곳은 총 13개의 마탑이 솟아 장관을 이뤘다.

이곳은 마법을 연구하는 상위 언데드들이 입주해있었는데, 12명의 강력한 리치에 의해 다스려졌다.

"영혼의 주인을 뵈옵니다!"

"영혼의 주인을 뵈옵니다!"

가장 큰 중앙 마탑에 도착하자 연락을 받고 미리 대기하고 있던 12인의 리치들이 내게 경의를 표했다.

이들은 끓어오르는 심연에게 받은 영혼을 페자무트가 언데드화 한 리치들이다. 살아생전 모두 한가락하던 자들로, 지금도 도서관의 마법서에서 이들의 이름을 찾아볼 수 있을 정도였다.

실력은 다들 다르긴 하지만, 대략 중위권~하위권 마왕 정도의 힘을 지녔다. 쉽게 생각하면 눈앞에 마왕이 12명이나 있는 셈이니 실로 엄청난 전력이 아닌가.

진짜 끓어오르는 심연은 챙겨줄 때는 확실히 챙겨준다. 옹색한 성품의 무덤에서 웅크리고 있는 자와는 상당히 비교됐다.

"위대하신 주인이시여. 저희 미천한 종복들을 어찌 찾으셨나이까?"

"간단하다. 이번에 도시에 들어온 드라코 리치 사냥을 도와줘야겠어."

"음? 그자는 새로운 도시의 관리인이 아닙니까?"

지금의 대답만 봐도 드라코 리치인 쿠쿠바가 얼마나 큰 착각을 하고 있는지 알 수 있었다. 그는 페자무트를 물리치고 이 언데드 도시를 날로 먹었다고 여기고 있는데, 심한 착오다.

모르스 쏠라의 중핵들은 모조리 내게 절대복종하는 노예나 마찬가지다. 그래서 페자무트가 패해서 물러난 일도 그저 관리인이 바뀌었다고만 여기고 있었다. 애초에 페자무트는 이 리치들의 주인이 아니니까.

"상황을 설명해 주지."

내가 그간 있었던 일을 알려주자 갑자기 12개의 해골 머리가 일제히 한쪽으로 돌아간다. 나를 쫄래쫄래 따라온 페자무트를 향해서였다.

그는 근처에서 신비한 마법 물품을 건드리며 놀고 있었는데,

자신에게 쏟아지는 시선에 해맑게 웃었다.

"하핫! 이놈의 인기하고는."

쑥스러워 하는 그 꼴에 12명의 리치들은 약속이나 한 것처럼 외면하며 소곤거린다.

"저래서 쫓겨난 겁니다."

"과연 쫓겨날 만한 겁니다."

"페자무트스러운 겁니다."

"가까이 가지 않는 겁니다. 페자무트가 옳는 겁니다."

"그 와중에 볼품없는 수염은 관리하고 있는 겁니다."

그들은 페자무트를 무시하고는 이쪽을 향해 묻는다.

"주인이시여, 저희가 할 일이 무엇입니까?"

"간단하다. 그 멍청한 드라코 리치에게 축하연을 열어줘라. 도시의 정당한 지배자로 인정하겠다고."

"음?"

12개의 해골 머리가 일제히 사선으로 기운다. 도대체 취지를 모르겠다는 듯했다. 하지만 내가 계획을 설명하자 그들은 사악하게 웃어댔다.

"축하연이니 드래곤의 덩치로 오기는 무리. 결국 사람의 형태로 참석하겠군요."

"과연! 적당히 띄워준 다음에, 놈의 흥이 올랐을 때 배때지에 칼빵을 놔주라 그거군요. ㅋㅎㅎㅎ"

리치들에게 작전을 지시한 후, 막간을 이용해 최근의 레벨 업 후 스탯을 살폈다.

발러슈테드 발러

나 이 22세

레 벨 6 (왕관을 찾아 헤매는 자)
5 (인류용사)
7 (피도 눈물도 없는자)
32 (괴물사냥꾼)

생명력 9490/9490
마 력 7350/7350
어 둠 5090/5090

아이템 가중치

★ 저주받은 태생	생명력 (+654)	어둠 (+112)	힘 (+32)
★ 류블라냐	생명력 (+310) 건강 (+120) 힘 (+120) 카리스마 (+110)		
★ 맨드레이크	생명력 (+40)		
★ 마물 카르마의 뼈마법봉	어둠 (+70) 마력 (+50) 카리스마 (+13)		
★ 배세볼렌스 재네1트릭스의 보석팔찌	마력 (+1500) 지능 (+96) 카리스마 (+400) 수사행동한정		
★ 정령의 눈물	마력 (+250)		

능력치가 큰 폭으로 오르고 새로운 스킬 세 개 생겼다.

S등급 스킬, [그림자 차원 이동]
S등급 스킬, [심연으로 추방]
SS등급 스킬, [괴종족 소환]

모두 왕관을 찾아 헤매는 자의 스킬이다.
먼저 그림자 차원 이동은 뛰어난 순간이동 능력이다. 그림자 차원으로 넘어가 이동한 뒤에 물질계에서 다시 나타나는 것으로, 숙련도가 오르면 다른 이 여럿 데리고 이동하거나 순간이동을 방해하는 주문을 뚫고 다닐 수 있다.

심연으로 추방은 일정한 확률로 목표를 끓어오르는 심연의 차원에 팔아먹는 기술이다. 숙련도가 오를수록 더 강한 적을 팔아서 돈과 경험치를 받을 수 있다.

괴종족 소환은 어둠의 대군들에게 봉사하는 갖가지 괴종족을 소환해 거래하는 기술이다. 숙련도가 오를수록 더 강하고 격이 높은 괴종족을 부를 수 있게 된다. 나중에 가면 괴종족 중에서도 전설로 통하는 네임드와 만날 수도 있나 보다.

뭣보다 이 스킬이 놀라운 건, 괴종족과 의사소통이 자유롭게 가능하다는 점에 있었다. 게다가 이쪽이 끓어오르는 심연의 후원을 받는다는 사실을 알기에 상대가 함부로 하지 못한다.

그렇게 스탯창을 살피고 있는데 리치 하나가 와서 알렸다.

"주인이시여. 사냥감을 요리할 준비가 끝났습니다."

"수고했다."

오늘 시청에선 도시의 유력자들이 모여, 새로운 관리자가 된 쿠쿠바를 축하하는 행사를 연다. 그를 흡족하게 할 많은 금은보화가 바쳐질 것이다.

"차질 없게 하라."

"알겠습니다."

리치가 검은 연기만 남기고 그림자처럼 사라졌다. 그 뒤 나는 전신거울을 보며 연회에서 입을 성장(盛裝)을 살폈다. 목 부분이 좀 잘 맞지 않는 것 같다. 곁에 달타냥이 있으면 툴툴 거리면서도 멋지게 바로잡아 줄 텐데.

"준비됐으면 우리도 슬슬 움직이자고."

"과인은 왜 이런 복장인가?"

오늘 페자무트는 나를 수행하는 하인처럼 차려입고 있었다. 뽐내기 좋아하는 성격상 영 불만인 듯하다.

"정체를 감춰야 하잖아. 그만 투덜대고 가지."

연회장에 도착하자 언데드 명사들로 가득했다. 다들 날 보고도 명령을 받은 게 있어 모른 척한다.

"쿠쿠바 님이 입장하십니다."

그때 오늘의 주인공인 드라코 리치 쿠쿠바가 나타났다. 그는 화려한 복장을 걸친 인간의 모습으로 변해 있었다.

"어서 오십시오. 쿠쿠바 님."

"모두가 새로운 지배자를 환영하고 있습니다."

언데드들이 앞 다퉈 인사하자 그는 매우 기뻐했다.

"다들 이렇게 와줘서 고맙군. 오늘 축하연을 베풀어준 도시의 유력자들에게 감사한다."

연회는 즐거운 분위기였다. 쿠쿠바는 거들먹거렸고 근처에 있던 언데드들은 열심히 비위를 맞췄다.

사실 여기가 보통의 언데드 도시였으면 자연스러운 모습이겠지. 언데드 사회는 철저히 강자존이니까.

하지만 그가 쓰러뜨렸다고 생각하는 도시의 지배자 페자무트는 실상 바지사장에 불과하다. 그저 관리자인 것이다. 만약 쿠쿠바가 날 쓰러뜨렸다면 얘기가 좀 달라졌겠지만.

"크하하하. 그대들의 성의가 눈부시군."

금은보화가 진상되자 분위기가 눈에 띄게 올라갔다. 사방에서 웃음이 터져 나온다. 근처에 있던 12명의 리치들은 그 모습을 보며 수군거렸다.

"저놈도 페자무트 못지않게 멍청한 겁니다."

"현명한 우리 눈에는 못 봐줄 수준인 겁니다."

"하는 소리마다 잠꼬대가 따로 없는 겁니다."

"역시 페자무트 균이 옳은 겁니다."

그 사이 점점 연회의 분위기가 달아오르고 있었다. 나는 언데드들이 좋아하는 수은 용액이 든 잔을 내밀며 말했다.

"페자무트, 이번 몰이사냥은 당신이 책임져."

"정말인가? 걱정 말게. 과인에게 맡겨두게."

"조금 뒤에 저 놈이 방심했을 때 그림자 언데드 하나가 공격에 나설 거야. 그 후에 리치들을 부려서 사냥을 시작하면 돼. 잘 두들겨서 약속한 장소로 몰아넣으라고."

"알겠네. 크흐흐."

복수할 생각에 페자무트는 희희낙락해했다. 근처에서 우리를 지켜보던 리치들이 다시 자기들끼리 얘기한다.

"이제 보니 페자무트에게 공을 세울 수 있게 이 자리를 마련해준 겁니다."

"현명한 우리는 알아챈 겁니다."

"혼자 이길 수 있을 텐데, 일부러 만회하게 해 주는 겁니다."

"페자무트의 체면을 생각해 주는 좋은 지배자인 겁니다."

"적재적소라는 겁니다."

나는 그들을 보며 조용히 하라고 검지를 입술에 가져다 댔다.

너무 눈치 좋은 녀석들은 싫더라.

"크하하하! 모두 고맙군. 나는 이 도시에 간섭할 생각이 없어. 그저 둥지를 채울 반짝이는 것만 넉넉히 준다면 말일세."

드래곤들이 가진 문제 중 하나는 힘을 지나치게 과신한다는 거다. 자기가 크와왕! 울부짖으면 모두 따를 거라고 생각하는데 실제로 세상은 그리 간단하지 않다.

예전에 이런 일도 있었다. 산지를 점령한 적룡 하나가 일대의 고블린을 노예로 부리려고 협박했는데, 다음날 고블린이 근처 도시에 있던 용사를 불러왔다. 그리고 그날로 바로 적룡의 목이 달아났다.

세상 일이란 그럴 수도 있는 거다. 드래곤의 협박은 대체로 잘 먹히지만 생각지도 못한 결과가 나타날 수도 있었다. 오늘 역시 그런 자리고.

"슬슬 시작이군."

들떠있던 쿠쿠바의 뒤로 얼음 조각 같은 특이한 마법검을 품은 그림자 언데드가 벽면을 미끄러지고 있었다. 미희들이 쿠쿠바의 곁에서 가슴을 부비며 아양을 떨어대는 탓에 그는 전혀 눈치채지 못했다.

"크아악!"

짧은 비명과 함께 모든 일이 일어났다. 비명을 지른 그의 배로 서늘한 얼음 칼날이 튀어나와 있었다. 곧 이어진 반격에 그림자 언데드는 사망하고 말았지만 이미 충분히 목적을 이룬 뒤였다.

"이놈들! 처음부터!"

연회에 참가했던 인사들이 하나 둘 무기와 마법봉을 빼들자 쿠쿠바의 얼굴이 일그러졌다.

"감히! 네깟 놈들이 백이고 천이고 모여 봐야 드라코 리치인 날 당할 수 있겠느냐!"

대답대신 수많은 마법들이 그에게 쏟아졌다. 쿠쿠바는 배에 박힌 검을 뽑고는 시청의 창을 부수고 튀어나갔다.

와장창!

빛이 번쩍이더니 시청 광장 앞에 거대한 드라코 리치가 모습을 드러냈다.

"쿠르르르르! 모조리 이 건물과 함께 깔아뭉개주마!"

곧장 삼나무 같은 앞발이 시청을 때려왔는데 쿵! 하는 소리만 나고 끄떡도 없었다. 리치들이 방어막을 전개한 탓이다. 페자무트는 지신있게 앞으로 나서 외친다.

"여기 복수를 위해 피와 죽음의 마왕 등장! 각오해라!"

"이놈! 네놈이 꾸민 일이었냐! 울면서 빌기에 목숨만은 살려 보냈더니 기어코!"

시청 광장에서 드라코 리치를 사냥하고자 페자무트를 필두로 수많은 언데드들이 일제히 공격에 들어갔다.

콰아아앙! 쾅! 쾅!

요란한 전투의 소음을 들으며 나는 그림자 차원 이동으로 빠져나왔다. 남은 일은 그들에게 맡긴 채 따로 할 게 있었다.

도착한 곳은 슈바르체토이펠의 둥지 앞이었다. 인위적인 안개가 자욱이 낀 이곳에서 늙은 슈바르체토이펠이 거대한 마법진을 완성해 둔 채 날 기다리고 있었다.

"하긴 하겠다만, 진짜 해야겠는가?"

"무슨 말이 그러시오. 시간 없소. 어서 시작하시오."

"끄응…."

어지간히 싫은 모양이었다. 하지만 어쩔 수 없다는 듯 일전에 서로 영혼을 건 약속을 했던 때와 같은 의식을 진행했다.

"끓어오르는 심연이여. 일흔 세 번째 성좌의 주인이시여. 거래함에 있어 공정한 자여…."

슈바르체토이펠이 의식을 진행할수록 주변 산지의 환경이 변해가기 시작한다. 고산이라 키가 작은 풀로 덮여있던 산자락은 풀잎 대신 검은 기운이 아지랑이처럼 피어오르고, 처음 보는 기괴한 생물들이 꿈틀거리며 몸을 드러냈다.

그 징그러운 모습들은 마치 괴종족의 사산아처럼 보였다. 그들은 꾸물꾸물거리며 사방에 질척한 체액을 뿌려댔다.

"어둠이여… 깊은 어둠이여. 여기 정해진 의식에 의해 위대한 존재를 배알하고자 하오니…."

슈바르체토이펠의 이마에는 땀방울이 줄지어 흐르고 있었다. 단단한 정신방어 마법을 썼을 텐데도 벌써부터 힘든 듯하다. 이미 사방에서 우주의 어둠이 밀려들고 있었다.

차원이 변했다. 더는 이 일대는 물질계가 아니었다.

"준비하게. 오고 있네!"

먼 곳에서부터 포효가 들려왔다. 거대한 존재감이 놀라울 속도로 다가온다. 끓어오는 심연이 도착하며 무슨 말을 할까. 고민하던 중 나타난 존재를 보며 입이 떡 벌어졌다.

"어?"

소환해 응한 건 끓어오르는 심연이 아니었다. 그것은 플라즈마처럼 일렁이는 검은 덩어리였는데, 무수히 많은 눈, 코, 입이 그 덩어리에 붙어있었다. 또한 수많은 촉수가 그 덩어리에서 기생충처럼 돋아난 모양새다.

나는 서둘러 슈바르체토이펠을 쳐다봤다. 그러자 그는 잘못된 게 없다는 듯 고개를 마구 내젓는다. 하긴, 저 마룡의 솜씨면 의식이 실패할 리는 없다. 하면 눈앞의 존재는 누구인가?

상대가 거물이란 점만은 알겠다. 느껴지는 기운이 뮌헨에 강신했던 화신 이상이었다. 신적인 존재가 틀림없다.

"당신은 누구십니까?"

근심을 애써 감추고 조심스레 물었다.

"이 몸은 게걸스러운 탐욕이다."

"위대하신 존재여. 저희는 끓어오르는 심연을 불렀나이다. 어찌 오셨습니까?"

내가 조심스레 묻자 그 존재는 분노를 터뜨렸다.

"천한 것! 네깟 게 감히 그분을 부르는 것이냐? 재 분수를 모르니 이 자리에서 파괴해 다시는 건방을 떨지 못하게 해주마!"

갑자기 엄청난 힘이 몰려오며 머릿속이 하얗게 변하는 기분이었다. 옆을 보니 슈바르체토이펠조차 피를 울컥 토하며 쓰러질 듯 흔들리고 있었다.

"이 무슨 짓을!"

황당한 기분만 든다. 아무리 어둠의 존재들의 사고방식이 이상하고 인간이 소통하긴 어렵다지만 갑자기 화를 내고 죽이려고 한다. 아니, 내가 뭘 어쨌다고.

주르륵.

이런, 코피가 줄줄 쏟아지네. 까딱하다가는 여기가 무덤이 되겠다.

"그분의 후원을 받는 날 여기서 죽이려는 거요!"

"어차피 필멸자 하나가 아닌가! 네놈은 전부터 쓸데없이 그분을 귀찮게 했다. 이번에 기회가 생겼으니 냉큼 정리해 버리는 게 낫지."

뭐야. 이 존재는 평소부터 나에 대해 불만이 있었던 건가? 아무래도 끓어오르는 심연과 내가 맺은 그간의 관계를 못마땅하게 여겼던 모양이다. 그렇다면 이대로 놔줄 거 같지는 않다.

"좋다! 어디 맘대로 해봐! 후회하게 해줄 테니까!"

내 경고에 게걸스러운 탐욕은 비웃음을 터뜨린다. 필멸자가 자신을 협박하는 게 가당치도 않다는 거겠지. 그렇다면 행동으로 보여주는 수밖에.

"크아아압!"

일시적으로 크게 힘을 발출해 그의 압력을 몰아낸 뒤, 마법 지퍼를 하나 꺼냈다.

"제법이군?"

게걸스러운 탐욕은 재밌다는 어투로 힘을 잠시 거둔다. 마치 내가 예전에 장수풍뎅이를 손가락으로 눌러보고 녀석이 의외로 힘이 세서 재밌어 했던 것과 비슷했다.

속으로 울컥하는 기분이 들었다. 그러다 나는 칠마성전에서 본 내용이 떠올라 상대의 정체를 파악할 수 있었다.

"이제 보니 그분의 시종장이군!"

상대는 끓어오르는 심연의 시종장으로 어지간한 신격에 버금가는 존재였다.

"필멸자 주제에 지식이 제법이구나."

"이제부터 더 놀랄 거다."

나는 마법지퍼를 열어 발푸르가 여신격의 도움으로 가져온 파도치는 핏물의 사체들을 쏟아냈다.

철푸덕.

"화신의 육체가 아닌가!"

상대는 설마 내가 이걸 가져올 거라고 여기지 못했는지 경악을 금치 못했다. 하지만 중요한 건 지금부터다. 나는 늘어놓은 귀한 사체를 의도적으로 훼손하기 시작했다. 그러자 상대가 대경실색한다.

"이런 미친! 이 화신의 가치를 알고 하는 짓이냐! 멈춰라!"

멈추라고 한다고 멈출 놈이었으면 이렇게 막 나가지도 않았다.

"끓어오르는 심연이시여! 여기 당신께 드릴 제물을 이 고약한 자가 가로채려고 저를 공격했습니다!"

"뭐라? 이런 미친놈이!"

"이 탐욕스러운 자를 벌해주십시오!"

"감히 그분의 시종장인 날 모함해!"

게걸스러운 탐욕을 황당함을 금치 못하고 전신을 파르르 떨어댔다. 그는 곧장 나를 찢어발기려 했는데, 이내 멈칫할 수밖에 없었다.

절세검객의 기술인 차원 자르기로 화신의 사체를 헤집기 직전이었기 때문이다.

그우우웅!

차원 자르기의 힘을 머금은 검신이 요란하게 진동하자, 심상치 않은 기운을 느낀 듯 게걸스러운 탐욕은 서둘러 말린다.

"이놈! 어서 그 검을 치워라."

나는 상황이 더 나빠질까 주저하는 그를 보며 이죽거렸다.

"후회하게 해준다고 했지?"

"그분께서 이런 얕은 수작에 속을 것 같으냐!"

"아니, 그건 상관없다. 중요한 건 네놈 때문에 이게 엉망이 됐다는 거다."

이 모든 건 상대가 다짜고짜 나를 파괴하려 했기에 일어난 일이라 그거다.

"네놈도 파멸을 면치 못할 것이다!"

"그러니까 같이 죽자고 이 새끼야! 내 성질 건드리고 멀쩡할 줄 알았어!"

이유도 모르고 살해당하느니 같이 망하는 게 내 취향에 맞다.

상대는 어째서인지 다짜고짜 나를 처리해 버리려고 하고 있었다. 이러니 너 죽고, 나 죽자로 나갈 수밖에.

"정말 주제를 모르고 날뛰는군. 화신의 사체 때문에 네놈을 죽이지 못하리라 생각하느냐?"

"그깟 자존심 때문에 이 사체를 포기하고 싶으면 하라! 대신 그 결과를 감당할 수 있겠나?"

나는 전에 성좌를 읽었을 때 끓어오르는 심연이 형언할 수 없는 암흑에게 패퇴했던 일이 떠올라 언급했다.

"최근의 패배로 추스를 일이 많겠지. 하면 강한 힘을 내재한 이 화신의 사체는 크게 도움이 될 거다! 그런데 포기하겠다고?"

"필멸자 주제에 이쪽 소식도 잘 알고 있군. 갈수록 맘에 안 드는 놈이로다! 살려두면 필히 후환이 될 것!"

아차, 이런 실수가. 상대를 압박하기 위해 한 말이 오히려 악수가 됐다.

"죽어라! 먼지 같은 자여!"

게걸스러운 탐욕의 몸체인 검은 플라즈마가 끓어오르기 시작했다. 상대는 신적 존재. 힘을 진짜로 발휘하면 삽시간에 쓸려나가겠지.

하지만 죽을 때 죽더라도 기개를 잃긴 싫었다.

"좋다! 마지막에 네놈 몸뚱이에 칼은 한 번 꽂아주지!"

구우우우웅!

차원 자르기의 비기를 머금은 류블라냐가 시커먼 검은 빛으로 진동했다. 마치 작은 블랙홀을 보는 것만 같다. 분명 이 기술이라면 신적 존재의 육체에도 상처를 낼 수 있을 터.

"슈바르체 영감!"

"알겠네! 빌어먹을! 어차피 이리된 거 싸워볼 수밖에!"

사태가 글렀다는 걸 알고 슈바르체토이펠도 있는 대로 힘을 끌어냈다. 최고의 마법을 펼치려는 듯 그의 지팡이는 백열로 작렬한다.

"오냐! 얼마든지 해 보거라! 먼지가 하나나 두 개나 결과는 같으니!"

양쪽의 힘이 충돌하기도 전에도 이미 멀리서부터 부딪쳐 스파크를 일으켰다.

쫘강!

요란한 소리와 함께 스파크들이 사방으로 튀며 난리를 일으켰다. 그렇게 막 쌍방이 충돌하려는 찰나, 웅장한 목소리가 이 열기를 거짓말처럼 지워버렸다.

"그만들 하라."

짧은 명령이 다였다. 하지만 그걸로 우리가 준비하던 힘은 온데간데없이 사라져버렸다. 게걸스러운 탐욕의 힘조차 마치 바람 앞의 촛불처럼 사라졌다.

우리는 아예 싸울 의지를 잃어버리고 말았는데, 지금 이 차원 전체가 어떤 거대한 존재의 뱃속이나 다름 아니란 사실을 깨달았기 때문이었다.

그 정도로 상대는 이 군소 차원 하나를 가득 채울 존재감을 갖고 있었다.

"진짜 왔군…."

슈바르체토이펠이 이를 악문다. 나 역시 느끼고 있었다. 우리가 진정 만나고자했던 끓어오르는 심연이 모습을 드러내려 했다. 슈바르체토이펠은 용건도 없는 자신이 더 견디기 어려웠던지 아예 고개를 숙이고 이상한 주문만 외웠다.

"주인이시여."

게걸스러운 탐욕은 불안한 듯 수많은 눈을 전후좌우 사방으로 부산히 움직인다. 또한 몸에 달린 수많은 입으로 이런저런 변명을 늘어놓는다.

방금까지 범접하지 못할 것 같았던 그는 끓어오르는 심연에 비하니 마치 밤톨처럼 작은 존재로 느껴졌다. 세상에… 대체 어둠의 대군은 얼마나 거대하고 강력한 건가.

새삼 그 위력을 다시 느끼고 절망감에 깊이 빠져들었다. 아무리 종언의 석판의 도움을 받는다고 하지만 저런 존재를 리켄티 아투스에서 추방하려 하고 있다니. 어디 가서 미친놈이라고 손가락질 당해도 이상하지 않을 거 같군.

"음?"

바닥이 뜨거워져 내려다보니 시커멓고 끈적거리는 액체가 점점 차오르고 있었다. 이게 뭔가 의아해하던 나는 금방 답을 알수 있었다. 그건 끓어오르는 심연이 흘리고 있는 피였다.

"허…."

어둠 속에서 모습을 드러낸 끓어오르는 심연의 몰골을 본 나는 경악할 수밖에 없었다. 이 위대한 존재는 전신이 상처입어 검은 피를 끊임없이 쏟아내고 있었다.

촉수에 붙은 수많은 눈알은 태반이 터져서 체액을 줄줄 흘렸고, 그의 몸 이곳저곳에 있는 주둥이들은 이빨이 부러지고, 불에 뭉개지고 엉망이었다.

이 거대한 참상을 보고나니 새삼 인간이 가진 치유 주문이나 힐링 포션이 얼마나 하찮은 건지 절감했다.

우주적 존재는 상처도 우주적이다. 저걸 치료하려면 힐링 포션의 바다에 들어가 있어야만 할 것 같았다.

"발러슈테드. 이 몸의 시종장이 제멋대로 군 것 같군."

끓어오르는 심연에겐 몇몇 화신 외에도 신적 존재의 반열에 오른 부하들이 있는데, 그중 하나가 저 게걸스러운 탐욕이다. 그들은 끓어오르는 심연에게 속해서 나름대로의 만신전을 구성했다.

"별일 없었으니 괜찮습니다."

"크크큭. 대범한 건 여전하군. 이 녀석은 최근 일로 화풀이를 할 곳이 필요했던 것이다. 마침 아니 꼽게 생각하던 네놈이 나타나자 옳다구나 나선 거겠지."

그 최근 일이 뭔지 짐작할 수 있었다. 아마 형언할 수 없는 암흑에게 패한 일인 거 같다.

"평소 이 녀석은 네놈을 마음에 들어 하지 않았다. 필멸자 주제에 감히 나와 거래하고, 매번 이득을 챙겨가니 건방지다 여겼지. 이 몸이 가진 거에 비하면 피 한 방울에 불과한 것이거늘…. 시종장의 도량이 이리 좁을지는 몰랐다."

"위대한 분이시여! 부디 용서하십시오!"

끓어오르는 심연의 거대한 촉수에 붙잡힌 그는 정말 작디작은 존재로만 보였다.

"이 녀석은 물질계에서 쓰고자 직접 후원하는 인간이다. 그걸 어찌 네놈이 멋대로 죽이려 하느냐!"

그 꾸짖음에 차원 전체가 진동하며 수많은 벼락이 하늘에서 떨어져 내린다. 한동안 우르릉! 콰앙! 하는 천둥소리와 번개가 점멸해 사방이 하얗게 변하는 현상만이 반복됐다.

"주제 넘었습니다! 다시는 멋대로 행동하지 않겠습니다!"

"흥! 꺼져라! 자중하고 있도록!"

끓어오르는 심연이 촉수를 휘둘러 던지자, 붙잡혀 있던 게걸스러운 탐욕은 보이지도 않는 곳까지 날아갔다. 기가 막히군. 이런 존재랑은 싸우는 게 아니란 생각만 든다.

"좋다. 무슨 일인가? 오늘은 평소보다 중요한 용건이 있어야 할 것이다."

말은 그렇게 하면서도 그의 눈동자 중 몇 개가 내 앞에 있는 화신의 사체를 살피는 게 보였다.

"시답잖은 용건이면 용서하지 않겠다. 이 몸의 상태를 보면 알겠지만 전쟁은 날이 갈수록 치열해지고 있다."

아닌 게 아니라, 그의 곁에 늘 달고 다니던, 사로잡힌 수많은 인간의 영혼들도 안 보였다.

"전쟁이 어렵습니까?"

"흥! 어려우면 진영을 갈아타기라도 하려느냐?"

"못할 것도 없죠."

"건방진 놈."

말은 그렇게 하면서도 끓어오르는 심연은 성질을 내지는 않는다.

"쉽지 않다. 역시 어둠의 대군 중 정점에 오른 형언할 수 없는 암흑이라 할 수 있겠다. 녀석이 무슨 생각을 하는지, 무얼 원하는지 알기 어려워."

"그가 인격신의 기질이 없어서입니까?"

"그렇다."

내 앞에 있는 <끓어오르는 심연>이나, 또 다른 후원자인 <무덤에서 웅크리고 있는 자>는 인격신으로 분류할 수 있는 존재다. 대단히 격이 높지만 이렇게 인간과도 서로 대화하는 게 가능하다.

반면 <형언할 수 없는 암흑>이나 <발버둥치는 죽음>은 인격신의 기질이 없다. 그들은 어둠이자 혼돈이며, 헤아리지 못할 존재들이었다.

형언할 수 없는 암흑은 말 그대로 형언할 수 없다. 뮌헨에서 내가 싸웠던 존재는 그의 화신이라 소통이 됐을 뿐이다. 끓어오르는 심연은 그 화신에 대해 언급했다.

"형언할 수 없는 암흑의 화신은 알기 쉬운 악당들이지. 힘은 세지만 하는 짓은 삼류다. 하지만 본체는 완전히 다르다. 이 몸조차 그 존재의 뜻을 헤아리기 어렵다."

"이름 그대로군요."

고개를 끄덕인 나는 근처에 있는 화신의 사체를 가리켰다.

"보십시오. 끓어오르는 심연이여. 파도치는 핏물의 사체입니다."

"상당히 특이한 걸 가지고 왔구나. 그것은 본디 필멸의 존재가 수습할 수 없는 것인데."

"도움을 좀 받았습니다."

"크흐흐, 아무렴 어떨까. 추궁하지 않겠다."

역시 성격이 시원시원해서 좋군. 무덤에서 웅크리고 있는 자면 집요하게 추궁했을 게 뻔한데. 그리고 발푸르가 여신격의 도움을 받았다고 시비를 걸었겠지.

"이것을 당신께 바치겠습니다."

"크흐흐흐, 좋구나. 아주 좋아. 참으로 시기적절할 때 가지고 왔도다. 이것은 그 강력한 발버둥치는 죽음의 화신의 사체. 분명 그의 힘 역시 간직하고 있다. 크게 도움이 되겠지."

끓어오르는 심연은 형언할 수 없는 암흑뿐 아니라 발버둥치는 죽음도 싫어한다. 그는 최종적으로 어둠의 왕관을 쓰는 게 목표라 자기 경쟁 상대를 모두 증오했다.

"이것을 이 몸에게 바치고 뭘 받고자 하느냐?"

그 물음에 나는 곰곰이 생각해 보다가 고개를 가로저었다.

"됐습니다. 도움이 됐다면 기쁠 뿐입니다."

"감히 필멸자가 이 몸을 동정하려는 것이냐?"

말은 그렇게 해도 화난 기색은 아니었다. 오히려 재밌어 한다. 하긴 벌레가 자길 동정해 주면 화나기보다 흥미가 생기겠지. 열등감을 느낄 만한 대상이 자길 동정해줘야 분노하는 법이다. 지금은 오히려 기특하게 여길 거다.

"동정이랄 게 있겠습니까? 그저 좋은 게 좋은 것 아니겠습니까? 필요에 의해 후원을 받고 있습니다만 매사 꼭 그렇게 원하는 만큼 챙겨가고 그럴 생각은 없습니다."

"뭐라? 크흐흐!"

"나중에 더 좋은 걸 가져오겠습니다. 그때 이자까지 쳐서 주십시오."

내 말에 끓어오는 심연은 여러 주둥이를 벌리고 기괴한 소리를 질러댄다. 박장대소하는 느낌이었다.

"어떻게 이런 괴이한 인간이 태어났는가! 크하하하하! 이 몸, 태어나서 처음으로 적선을 받았도다! 좋다! 일단 받지!"

끓어오르는 심연은 촉수를 뻗어와 파도치는 핏물의 사체를 움켜쥐더니 주둥이로 가져갔다. 그리고 단번에 뜯어먹기 시작했다.

와그작! 와작!

거대한 주둥이가 화신의 사체를 베어 물자, 그의 주둥이로 질펀한 핏물이 묻어난다. 마치 악어처럼 몇 번 씹더니 순식간에 집어삼켰다.

"감탄이 절로 나오는군! 엄청난 힘이야! 이 사체는 발버둥치는 죽음의 힘이 상당히 들어있다!"

다 먹은 그는 드물게 흥분된 목소리로 기뻐했다. 아무래도 경쟁자의 힘을 공짜로 흡수했으니 그럴 수밖에.

화르르륵!

그때 끓어오르는 심연의 육체 곳곳에 불길이 타올랐다. 끈적끈적한 그의 체액과 피는 삽시간에 기름처럼 불이 붙었다.

"괜찮으십니까! 갑자기 이 무슨!"

나는 그가 타죽는 줄 알고 깜짝 놀라서 허둥거렸다. 뭔가 저 화신의 사체에 내가 알지 못하는 함정이 있었나?

도움이 되라고 줬는데 이대로 죽어버리면 그것만큼 황당한 일도 없다. 여기서 그가 사망하면 최악이다.

힘도 잃어버리는 데다가 아까 본 게걸스러운 탐욕 같은 초월자에게 원한이나 살 테니.

"끓어오르는 심연이시여!"

다시 급한 맘에 외치자 상대가 웅장한 포효를 터뜨렸다.

"!##@%$%#%#$%!"

도대체 뭐라 하는지 알 수 없는 언어였다. 아마 신들의 말이겠지. 이 언어의 여파로 이 차원의 일부가 무너져 내리는 게 관측됐다. 저 지평선의 멀리서부터 땅과 하늘이 천천히 붕괴되고 있었다.

보고도 안 믿기는 황당무계한 힘이었다. 하지만 우리에게 피해를 줄 생각은 없던 듯, 슈바르체토이펠조차 멀쩡했다. 만약 해치고자 했다면 방금의 포효로 필멸자는 수백만이 떼죽음 당해도 이상하지 않을 정도였다.

"힘이 끓어오르는구나! 크하하하핫!"

그의 몸을 덮고 있던 강력한 불길이 대부분 사그라져 신체(神體) 여기저기서 모닥불처럼 타닥타닥 타고 있는 정도만 남았다. 놀랍게도 끓어오르는 심연은 상처의 상당 부분을 회복한 상태였다.

"다시 한 번 형언할 수 없는 암흑과 싸울 수 있겠군!"

끓어오르는 심연이 크게 만족해한다.

"회복을 축하드립니다."

"발러슈테드! 다 네놈 덕분이다! 이런데 힘을 내리지 않는다면 말도 안 되지! 무릇 거래는 공평해야 한다. 그게 이 몸의 법칙이기도 하다."

끓어오르는 심연은 자신에게 큰 도움을 줬으니 그만한 힘을 내리겠다고 약속했다.

"흐흐흐, 뭐 주시면야 안 받을 생각은 없습니다."

"그럴 줄 알았다. 이놈."

"기왕이면 큰 게 좋습니다."

"이런 욕망의 덩어리 같으니라고. 크흐흐흐."

우리 둘이 그렇게 서로 흐뭇하게 웃고 있는데 갑자기 차원의 경계에 금이 가기 시작했다.

"음? 뭔가 들어오려 하는구나."

"아! 들여보내 주십시오! 미리 함정을 설치했는데 이쪽으로 오게 만들어뒀습니다."

"그런가, 알겠다."

끓어오르는 심연이 허락하자 차원에 구멍이 나며 하얀색의 덩치 큰 무언가가 허둥대며 안으로 날아들었다.

"으윽! 빌어먹을 언데드 놈들! 지독스럽게 쫓아오는구나! 음? 여긴?"

난입해 온 이는 드라코 리치 쿠쿠바였다. 페자무트의 몰이사냥이 성공한 모양이었다.

언데드들은 슈바르체토이펠의 둥지 앞으로 쿠쿠바를 몰아넣게 돼있었다. 거기에 차원이동을 강제하는 함정이 설치되어 있어, 결국 이리로 오고만 거다.

"뭐야, 이 더러운 동네는?"

그는 주변을 둘러보다 우리를 발견했다. 끓어오르는 심연은 워낙 거대하여 제대로 보지 못한 듯하다. 아니면 격의 차이 때문에 인지를 못한 걸 수도 있고.

"아니! 네놈! 네놈은 그때 마왕이랑 둥지로 왔던… 크아아아!"

쿠쿠바는 말을 하다가 거대한 촉수에 잡혀서 공중으로 올라갔다. 끓어오르는 심연이 촉수를 뻗어 잡아챈 것이다. 그는 유심히 드라코 리치를 들여다본다. 그제야 그를 인지한 쿠쿠바는 공포에 빠져 비명을 질러댔다.

"이! 이건 뭐야! 크아아아! 어둠의 신이다! 왜 갑자기 이런 괴물이! 끄아아아!"

끓어오르는 심연은 촉수로 쿠쿠바를 잡은 채 내게 묻는다.

"발러슈테드, 뭐냐? 이 조잡한 해골은? 네 장난감인가? 네놈이 타고 다니기엔 적당한 날틀 같다만."

지상을 호령하던 전설적인 드라코 리치조자 그에겐 장난감이었다. 다른 촉수로 반응을 살피는 듯 콕콕 찔러댄다.

쿠쿠바는 그의 앞에서 그냥 한 마리의 사슴벌레나 마찬가지였다. 사슴벌레가 곤충계에선 강력하다고 하나 인간에겐 그냥 여름방학에 하는 곤충채집에 불과하다. 그거랑 똑같았다.

끓어오르는 심연은 비명을 지르는 쿠쿠바를 이리저리 들었다 놨다 살피다 곧 흥미를 잃어버렸다.

"그건 그렇고 이딴 허접한 해골은 왜 들여보내 달라 했느냐?"

나는 그의 시각에 맞춰 말해야 무시를 안 당한다는 걸 깨달았다. 그래서 별 거 아니라는 듯 요구했다.

"장난감이 맞는데 고장이 났습니다. 말 좀 듣게 노예 낙인이라도 새겨주시면 안 되겠습니까?"

"그 정도야 어렵지 않으니 공짜로 해주겠다. 이 몸은 관대하다."

푹!

촉수 하나가 드라코 리치 쿠쿠바의 이마를 관통했다.

"아니, 이게 뭐하는! 꿱!"

쿠쿠바는 반항하다 이마가 뚫리자 그야말로 꼴까닥하고 죽은 듯 늘어진다. 목이 비틀린 오리 같은 모습이었다. 세상에 이렇게 볼품없는 꼴의 드래곤은 처음 봤다.

"정말 날틀이나 하기 딱 적격인 해골이군. 그런데 이렇게 시원찮아서야 날아가다 떨어지는 거 아닌가 모르겠네. 쯧쯧."

끓어오르는 심연은 쿠쿠바에 대해 혹평이었다. 물론 그의 입장에서 보면 날파리 같겠지만 그래도 전설의 드라코 리치인데 너무 평이 박한 거 아닌가?

쿠쿠바의 전투력은 페자무트보단 강하고 나보단 약하다. 대강 암흑천공의 마왕 파르자 정도 된다. 물질계에선 한 가닥 하는 거물인 셈.

그런데 너무 모자란 놈 취급하는 것 같아 호기심이 동했다.

"끓어오르는 심연이시여. 이런 말은 부끄럽습니다만, 제 장난감과 저는 크게 힘 차이가 나지 않습니다. 한데 어찌 저는 높게 평해주시고 제 장난감은 수준이 낮다 하시는지요?"

"진정 몰라서 묻느냐?"

크릉! 하는 소리가 나는 게 성대하게 콧방귀를 뀌는 느낌이었다. 그 사이에도 촉수를 타고 시커먼 무언가가 쿠쿠바에게 꾸물꾸물 흘러들어갔다.

"그 말대로 이 장난감과 네놈의 전투력 차이는 크지 않다. 네놈이 이기기야 하겠지만 그게 그거지."

인간이 보기에 장수풍뎅이나 사슴벌레나, 누가 이기던 어차피 곤충이다. 아마 그런 느낌이겠지.

"하지만 중요한 건 잠재력이다. 네놈의 장난감은 어떤 잠재력도 느껴지지 않는다. 이 작은 파충류는 드라코 리치라는 형태가 되어 생전보다 더 성장했으나 이미 한계이다."

거기까지 말하던 끓어오르는 심연은 바로 앞까지 촉수를 뻗어왔다.

"반면 네놈! 네놈은 아직 엄청난 잠재력이 남아있지. 초월자 셋에게 후원을 받아 궁극적으로는 어둠의 대군의 화신과 일전을 겨룰 정도로 성장할 것이다. 필멸자로서는 대단한 경지겠지."

그 정도면 그와 같은 존재들이 보기에도 의미있는 힘이라고 했다.

"네놈은 거기까지 커질 거다. 이딴 해골 뼈다귀랑 차원을 달리하니 취급에 차이를 둘 수밖에."

끓어오르는 심연은 그 점에서 분명히 선을 그었다. 내게 잠재력이나 특이점이 없었다면 이렇게 후원하지 않았을 것이라고.

"처음부터 네놈은 아주 특이했지. 게다가 몇 번의 만남이 거듭될 때마다 더욱 특이해져서 나타나고 있다. 흐음······."

그의 거대한 눈알 가운데 하나가 나를 뚫어져라 쳐다본다. 초월적 존재의 간파하는 힘이었다. 하지만 그는 그걸 발동하지 않았다.

"그 이상한 가호를 아직도 갖고 있군. 이 몸의 힘으로 깰 수 있으나 내버려 두겠다. 오늘 널 포상해도 부족하다. 가진 걸 박살낼 수 없지."

내게 관심을 거둔 그는 노예 각인이 끝났다며 쿠쿠바를 툭 던져준다.

콰아아앙!

그의 입장에선 작은 장난감 던지는 거였겠지만 이쪽은 장난이 아니었다. 몸길이 30미터가 넘는 해골 드래곤이 날아오니 어쩌겠는가? 순간 슈바르체토이펠과 나는 식겁해서 피했다.

"깜짝이야!"

놀란 가슴을 쓸어내리고 있는데 쿠쿠바가 몸을 일으키더니 거대한 머리를 땅에 닿게 조아렸다.

"위대한 존재의 명을 받아, 당신을 영원한 제 주인으로 삼기겠습니다."

와, 이거 대단한데? 원래 이 쿠쿠바란 존재는 뭔가 좀 경박함이 있었다. 그런데 말투도 정중해지고 절대적인 충성을 다짐해왔다.

역시 끓어오르는 심연이라 그런지 일반적인 노예 낙인과 차원이 다르다. 아예 상대의 인성조차 고쳐버렸다. 감탄을 금치 못하면서도 푹! 이거에 안 당하게 조심해야겠단 생각이 들었다.

"음, 순종적으로 잘 만들어졌군."

끓어오르는 심연은 촉수로 쿠쿠바를 툭툭 건드려보더니 만족했다.

"이제 네놈에게 힘을 내리겠다. 이 몸을 위기에서 구해줬으니 마땅한 대가를 내려줘야겠지. 이번 일은 아주 탁월했다."

그는 즐거워하는 기색이 역력했다.

"발버둥치는 죽음은 봉인된 상태라 화신인 파도치는 핏물을 파견하기 위해 상당한 무리를 했다. 그런데 웬 필멸자에게 걸려 작살났으니 지금쯤 얼마나 발광하고 있을지 안 봐도 훤하다. 게다가 자신의 힘이 깃든 화신을 이 몸이 먹어치운 걸 알면 무슨 기분일까! 크크- 하하하하!"

새삼 발버둥치는 죽음이 얼마나 난처해졌는지 실감했다. 완전히 쫄딱 망했다고 할 수 있었다.

"그게 다 발러슈테드! 네놈 때문이다! 이러니 밤하늘에 네놈의 별이 뜨고 어둠의 대군이 동요하는 건 당연한 이치! 이제 그에 어울리는 힘을 가져라! 네놈은 충분한 자격이 있다."

그의 외침과 함께 갑자기 지진이 난 것처럼 지면이 출렁이며 흔들렸다. 또 배를 촉수로 푹 찔러서 힘을 줄까 경계하던 나는, 갑자기 땅을 뚫고 거대한 벌레가 튀어나오자 경악했다.

20층 아파트 정도는 될 듯한 거대한 벌레는 하늘이 무너지는 것처럼 날 덮쳤다. 비명을 지를 틈도 없었다. 속으로 경악하는 순간 이미 어둠에 삼켜졌다.

꿀럭, 꿀럭.

거대한 벌레의 미끌거리는 식도를 타고 안으로 한없이 들어간다. 순간 끓어오르는 심연이 날 속이고 함정에 빠뜨린 게 아닐까도 싶었다.

하지만 다음 순간 갑자기 벌레의 내부에서 뾰족한 뼈 같은 게 전신을 관통해 와 생각을 이어갈 수조차 없었다.

"크아아아아!"

눈이 뒤집히는 격통에 발버둥을 쳤지만 현재 상황을 벗어날 수 없었다. 하지만 이건 시작도 안 한 거였다. 곧이어 몸에 꽂힌 뼈를 통해 어둠의 힘이 꾸물꾸물 들어오자 잠시도 견딜 수 없었다.

"아아아악! 끄아아!"

이러다 세계를 구하기는커녕 여기서 끝장이다 싶었는데 머릿속에 끓어오르는 심연의 목소리가 들렸다.

- 참아라. 대가없이 얻어지는 힘은 없으니. 강한 힘일수록 큰 고통이 따르는 법이다

이에 나는 입에 게거품을 물고 간신히 대꾸했다.

- 이건 참을 수준이… 그그극! 아닙니다. 이대로라면… 그윽! 죽음에 이를 겁니다!

- 크흐흐흐, 힘을 준다고 했지 그걸 네놈이 꼭 받아들일 수 있다고 보장은 하지 않았다. 이 정도도 버틸 수 없다면 네놈도 뻔하다. 죽으면, 죽으라.

끓어오르는 심연은 확실히 지금까지와 차원이 다른 힘을 내릴 작정인 것 같았다. 하지만 동시에 날 시험하고 있었다. 내가 그 정도 힘을 받아들일 그릇이 된다면 기꺼이 계속 후원을 이어 가지만, 여기서 깨지면 바로 내치겠다는 뜻이었다.

- 분투하라, 발러슈테드. 기대하지. 이 몸을 실망시키지 마라.

이제는 대꾸할 여력도 없었다.

"끄아아아아아!"

모든 것들이 검게 물드는 것 같았다. 밀려드는 어둠이 나란 정보 자체를 시커멓게 덧칠해 아무 것도 아닌 존재로 만드는 기분이었다. 이대로라면 몸이 터지거나 백치가 될 거다.

직감적으로 끝까지 못 버틴다는 걸 깨달았다. 빠져나가기 위해 그림자 차원 이동을 써봤지만 전혀 먹히지 않았다.

- 크크크, 발러슈테드. 이 몸이 내린 힘으로 도망칠 수 있을 거라 여겼나?

젠장, 어떻게 하지? 검을 휘두를 수 있다면 차원 자르기를 통해 탈출이 가능할 터. 하지만 팔을 꼼짝할 수 없어서 공간이 안 나왔다.

점점 의식이 희미해진다.

"끽! 끅!"

쇼크로 몸이 제멋대로 발작을 일으키고 있었다. 정말 단 한 번의 기회 밖에 없을 것 같았다.

생각해라. 빠져나갈 방법을.

고민하던 내게 갑자기 평소에 잘 쓰지 않던 기술이 떠올랐다. 바로 피도 눈물도 없는 자의 <뼈의 벽>이다. 뼈로 된 성벽을 만드는 그 기술이라면 분명 벌레 속의 공간을 넓혀줄 터. 그렇다면 칼을 휘두를 수 있을 거다.

"크으윽!"

이미 입에서 피인지 침인지 모를 게 줄줄 쏟아지고 있었다. 나는 의식이 끊길 듯한 그 와중에 뼈의 벽을 사용했다.

콰가가각! 달그닥!

뼈가 잔뜩 부딪치는 소리가 들리더니 일순간 벌레 안의 내부 공간이 확장된다. 몸을 꿰뚫은 뾰족한 뼈도 모두 떨어져 나갔다.

퓨슈슈슈!

몸의 구멍에서 피가 분수처럼 쏟아져 나왔다. 정신이 하나도 없었으나 이미 본능에 의해 류블라냐를 소환했다. 그리고 검신에 작은 블랙홀 같은 검은 빛이 서린다.

"크아아아앱!'

부우우웅!

격렬한 파공음과 함께 검이 수평으로 크게 베고 지나간다. 나는 그걸로 그치지 않고 뒤로 돌아 반대편도 수평으로 베었다. 360도를 검으로 그어버린 셈이다.

"크아아아!"

차원 자르기로 이 군소차원에 균열을 만들었다. 차원의 벌어질 이질적인 틈 사이로 우주 어딘가로 향하는 시커먼 어둠이 보였다.

구우우우웅!

거대한 벌레의 몸은 차원 자르기 때문에 윗부분이 넘어가는 나무처럼 육중하게 쓰러졌다. 그리고 마침내 다시 하늘이 보였다.

엄청난 해방감을 느꼈다. 하지만 기뻐하기도 잠시, 그때까지 꼿꼿하게 서있던 벌레의 몸통 아래쪽도 머리 부분이 사라지자 같이 넘어갔다.

"으아아아아아!"

위에 있던 나까지 지상으로 같이 곤두박질쳤다. 마치 놀이동산의 자이로드롭처럼, 땅으로 빨려드는 것처럼 떨어진 나는 지면과 충돌했다.

콰아아아아앙!

요란한 소리와 함께 뼈의 벽에서 부서진 뼈다귀들과 함께 땅을 뒹굴었다. 한참을 굴러가던 나는 어딘가에 부딪쳐 멈췄다.

"쿠아악!"

세상이 온통 핏빛이었다. 내 입은 뭐라, 뭐라 중얼거리고 있는데 들리지 않았다. 하지만 용사의 지독한 재생력이 이 모든 걸 회복시키고 있었다.

"크흐흐흐, 힘이 잘 주입됐군."

끓어오르는 심연의 거대한 눈동자 중 하나가 뻗어있는 날 내려다본다. 너무 높아서 구름이 떠다니는 위치에서 쳐다보고 있었다. 대체 그의 몸이 얼마나 큰 건지 모르겠다. 어쩌면 이 군소 차원 전체가 그의 몸이 아닐까도 싶었다.

"…진짜 죽일 생각이셨습니까?"

더듬거리는 목소리로 묻자 거대한 노란 눈알이 하늘 위 적색

구름 사이로 사라진다.

"제때 잘 빠져나왔다. 그 벌레는 힘을 주입해 줄 뿐 정도가 없다. 결국은 터져죽고 말지. 최대한도까지 버텨 많은 힘을 얻고 나오는 게 관건이다. 처음치고는 잘했다."

나는 바보 같이 왜 미리 안 알려줬냐고 따지지 않기로 했다. 어둠의 존재치고 이 정도는 짓궂음 축에도 못 들기 때문이었다.

"쿠에엑!"

입에서 다시 피를 한 바가지 토해내자 속이 편해졌다. 이제야 겨우 살겠네.

"자네 괜찮은가?"

걱정이 됐는지 슈바르체토이펠이 얼른 지팡이를 타고 날아와서는 날 부축해준다.

"진짜 대단하군. 나는 아무리 힘을 준다고 해도 그런 짓은 못 하겠군. 아까 거대한 벌레가 자네를 삼킬 때 얼마나 놀랐는지 아나. 그 벌레는 인세의 것이 아니었어. 이 마룡조차 우습게 보이게 하는 신의 권속이었네…."

슈바르체토이펠은 질렸다는 듯 수염을 부르르 떨었다. 그때 끓어오르는 심연의 목소리가 다시 들려왔다.

"얻은 힘을 확인해 보라. 네놈의 한계까지 내렸다."

어느새 그의 목소리는 멀어져 있었다.

군소차원의 핏빛 하늘이 푸른색으로 점점 돌아오고 사방에 가득했던 괴이와 기괴가 사라져간다. 거대한 어둠의 거인이 자신의 차원으로 돌아가고 있었다. 나는 눈길로 그를 배웅하고는 상태창을 열었다.

그리고 깜짝 놀랐다.

"SSS등급 스킬?!"

그것도 무려 2개나 SSS등급 스킬이 생겨있었다. 내가 아는 게 맞는다면 SSS등급은 신의 능력. 결코 필멸자에게 허락된 게 아니었다. 나 역시 지난 회차의 100년 동안 단 한 번도 얻어 본적 없는 힘이었다.

"네놈의 별이 떠서 가능해진 것이다!"

내 마음을 짐작한 것 같은 외침이 저 멀리서 들려왔다. 그리고 그것을 끝으로 끓어오르는 심연과의 이번 만남이 끝났다.

"그러고 보니, 자네…."

슈바르체토이펠이 새삼 놀랍다는 듯 입을 열었다.

"왜 그러십니까?"

"자네 뭔가 기세가 확연히 변했군. 마치 신격과도 같은 기운이 느껴져."

그게 무슨 뚱딴지같은 소리냐고 생각했으나 날 보는 슈바르체토이펠의 눈빛은 진지했다.

"이제 보니 인간을 구분하는 게 서툰 나 역시 잘 알겠네. 자네는 필멸자를 점점 벗어나고 있군. 신성의 초입이 느껴지네."

지켜보던 슈바르체토이펠이 수염을 쓰다듬으며 의견을 내놨다.

"슈바르체 영감. 이건 끓어오르는 심연이 변화시킨 건 아닌 것 같소."

"그렇네. 변화 자체는 자네가 신성에 가깝게 다가갔기에 저절로 생겨난 거야. 하지만 끓어오르는 심연의 영향이 없었다고는 할 수 없지. 아마 그가 자네에게 내린 힘은 신적인 능력이겠군?"

역시 드래곤이라 그런지 현명하다. 정보를 알지 못함에도 단번에 추론해 버린다. 그의 말에 따르면 끓어오르는 심연이 내린 SSS등급 스킬이 내가 신성에 더욱 다가가도록 한 게 틀림없다.

"그러고 보니 그가 말했지. 자네의 별이 떴다고."

"맞소."

"별은 예로부터 우주의 어둠 속에서 태어난, 신적 존재의 힘의 근원이자 상징이네. 자네의 별이 떴다는 건 자네가 신격의 길을 걷고 있다는 방증이지. 세상 모든 건 격이란 게 존재하네. 격이 오르면 아름답고 강해지는 걸세."

물론 그 생물이 생각하는 기준으로 말이다. 괴종족 같은 경우는 격이 오를수록 어둠의 대군을 닮아간다. 그들에겐 그런 이상한 형태가 우수하다고 여겨지니까.

반면 나는 인간이다. 내 기준으로 아름답고 강한 건, 이처럼 신격과 닮은 완벽한 육체의 미남자일 수밖에.

"아마 그 형태는 자네의 무의식에 영향을 받았을 걸세. 자네가 멋지다고 생각하는 외형으로 기운 거지. 하지만 그런 변화는 시작일 뿐이야."

"시작일 뿐이란 말이오?"

"신격의 길을 걷다보면 더 많은 게 변하겠지. 지금은 겨우 한 단계가 지난 것뿐이야. 종국에는 어떨지 알 수 없어. 평범하거나 기괴한 모습을 한 신격들도 많으니까."

뭣보다 신성을 얻는 게 쉬운 일은 아니란다.

"힘이 강하고 마법이 깊다고 신격이 되는 건 아니야. 지상에 강자가 부지기수였네. 하지만 신격의 반열에 오른 건 극소수 중의 극소수. 게다가 그 방법은 알려지지 않았지."

"일단 자중하는 게 좋겠소?"

"그렇네. 게다가 그 비범한 외형은 적에게 새로운 정보를 제공해 줄 수 있어."

듣고 보니 정말이네. 내가 신격의 위에 욕심을 갖고 있다는 소문이 돌면 여러 가지로 꼬일지도 모른다. 가뜩이나 적이 많은 상황인데 일을 더할 필요는 없다.

"다행히 좋은 방법이 있소."

왕관을 찾아 헤매는 자의 능력 중 <형태 변형>이란 게 있다. 도플갱어의 능력보다도 상위의 것이라 틈나는 대로 연습해 왔다.

스르륵.

형태 변형을 사용하자 내 몸의 질감이 액체처럼 변하더니 금방 재구성된다.

<형태 변형 스킬이 숙련 2단계에 오릅니다!>

그간의 수련이 더해져 숙련 2단계에 올랐다. 덕분에 이 모습을 감추기 더 수월해졌다.

"감쪽같군."

거울에 비춘 모습은 이전과 다를 바 없는, 슈판다우에서 온 발러슈테드 발러였다. 이렇게 하면 외형이 달라진 문제는 없겠지.

"이보게."

"말하시오."

"아직 몰라서 그렇지 단순히 외형이 멋져진 것만은 아닐 걸세. 격이 올랐단 거야. 그렇다면 뭔가 더 변화가 있겠지. 이후 고민해서 찾아보게."

과연 그럴 수도 있겠다. 격이 오른다는 건 중요한 의미를 가진다. 격의 차이 때문에 상대를 보지 못하거나, 베지 못하는 일이 생기니까.

"조언 감사하오."

중요한 얘기였다. 분명히 뭔가가 더 있겠지.

"이번에 끓어오르는 심연을 만나고 많은 게 바뀌었군."

격이 오르고, SSS등급 스킬을 두 개나 얻었다. 이제 필멸자라는 건 내 인생의 여정에서 점점 뒤쪽에 있는, 돌아봐야 하는 게 되어가고 있었다.

모르스 쏠라에서 유일의 노숙인이자, 최초의 노숙인이었던 페자무트가 본직으로 돌아왔다. 많은 이들이 도시의 명물이 사라졌다고 아쉬워했다. 노숙왕이라 놀리면서 동전을 던지는 재미가 쏠쏠했다고.

"여름이어도 밤에는 쌀쌀하더군. 금화를 줬으니 노래를 불러 달라는 요구에는 정말 당황했었지. 하지만 잘 불렀다고 칭찬 받았다네. 흐흐흐."

결국 불렀던 거냐···. 금화 하나면 되는 남자구나, 페자무트.

"그러니까 앞으로 좀 잘하라고 인간아."

내 구박에도 페자무트는 껄껄 웃으며 손을 덥석 잡아왔다.

"이번 일은 정말 고맙네. 자네가 일부러 그런 거란 걸 알아."

사실 그때 쿠쿠바의 둥지에서 놈을 때려 팰 수도 있었다. 하지만 굳이 연회를 열고, 빙 돌아간 건 페자무트가 재기할 기회를 주기 위해서였다. 페자무트는 이번에 언데드를 부려 쿠쿠바를 잘 제압해 체면을 세웠다.

"딱히 쓸만한 자가 없어서 그런 것뿐이야. 담에도 그러면 국물도 없을 줄 알아."

흥, 내가 지를 진짜 좋아하는 줄 아나.

"하하하, 고맙네. 자, 그러면 출발하세."

페자무트의 말에 옆에 있던 쿠쿠바에게 손짓했다. 그러자 거대한 드라코 리치가 몸을 숙여 내가 탈 수 있게 해주었다.

"가자."

가볍게 박차를 가하자 쿠쿠바가 묵직한 소리를 울리며 모르스 쏠라의 대로로 나아갔다. 이미 중앙 대로에는 수많은 언데드가 모여있었다. 그들은 행진하는 나를 보며 소리를 지른다.

"와아! 모르스 쏠라(오직 죽음만이)!"

"모르스 쏠라의 지배자시여!"

오늘 행사는 그간 모습을 드러내지 않던 내가 이 도시의 진정한 지배자임을 알리는 자리였다. 더불어 사로잡은 드라코 리치 쿠쿠바를 선보여 위엄을 더했다.

언데드 도시라 그런지 모든 일정은 밤에 이뤄지는 게 기본이었다. 사방에 을씨년스러운 마법의 푸르딩딩한 불빛이 빛나는 가운데, 온갖 부류의 죽은 자들이 모여 있었다. 나는 그들의 시선을 한 몸에 받으며 당당히 중앙대로를 지났다.

모르스 쏠라.

처음에는 슈바르체토이펠을 뜯어먹으려 임시변통으로 내놓은 계획이었다. 그런데 이렇게 당당하고 웅장한 언데드 도시가 완성되다니 감개무량이다. 3만이 넘는 도시민이 소리를 질러대고 있었다.

신경 쓴 행렬 역시 장관이었다. 화려한 갑옷을 입은 데스나이트와 각종 고위 언데드가 날 따랐다. 내 주위에는 도시의 최강자인 12명의 리치들이 몸소 수행 중이었다. 그들은 연신 쿠쿠바를 힐끔힐끔 보는 게 무척 부러운 듯했다.

"아주 귀하고 멋진 날틀인 겁니다."

"저런 걸 부리다니 우리 주인은 정말 대단한 겁니다."

중하위권 마왕의 전투력을 가진 그들에게 고위 마왕의 힘을 가진 드라코 리치는 언감생심이겠지.

"얌전히 굴면 한 번 태워줄지도 모르는 겁니다."

"…앞좌석은 방금 제가 예약한 겁니다."

"시끄러운 겁니다. 앞좌석을 넘보면 제 지팡이가 매운 맛을 보여주는 겁니다."

이래가지고는 안 태워줬다가는 섭섭하다는 소리 나오겠는데. 이거 참, 무슨 놀이동산 어트랙션도 아니고.

리치들조차 이러니 일반 언데드는 오죽하겠는가. 다들 선망의 대상을 보듯 눈을 떼지 못한다. 얼굴이 썩거나 없어서 표정을 잘 몰라보겠는 게 좀 아쉬웠지만.

나는 그대로 언데드의 환호를 받으며 대로를 지나 시청에 도착했다. 시청 앞 광장에는 행사장이 마련되어 있었는데 몰려든 언데드로 가득 찼다. 오늘 행사를 위해 언데드들이 즐기는 수은주스와 마력이 든 마정석이 아낌없이 뿌려졌다.

"다들 아주 반응이 좋습니다."

홉고블린 쿠르라크의 보고에 나는 한껏 거들먹거렸다.

"요즘은 금화가 넘쳐서 내 피에도 금이 흐르는 거 같아. 인심 팍팍 써서 뿌려."

"네, 주군!"

그렇게 달아오른 분위기에 맞춰 내가 지배자임을 확인하는 의식이 벌어졌다. 언데드 군중이 지켜보는 가운데 도시의 유력자들이 하나씩 내게 무릎을 꿇고 복종의 맹세를 했다.

"위대하신 주인이시여! 남은 뼈가 썩어 없어질 때까지 따르겠습니다."

"주군! 마지막 살점 하나까지 주군을 위해 바치겠습니다! 적들이 결코 승리의 기쁨을 얻지 못하게!"

연달아 충성 맹세가 이어졌고, 마지막에 페자무트가 등장했을 때 장내는 떠나갈 듯 시끄러웠다.

"과인은 죽음에서 돌아온 두 번째 생을 위대한 주인인 발러슈테드 발러를 위해 바치겠다. 번개나 대포처럼 확고하게 나아가 그를 막을 모든 적을 쳐부술 것을 맹세한다!"

전직 마왕이라 그건가. 페자무트는 웅변은 엄숙하고 경탄할 만했다. 목소리는 힘이 넘쳤고 지도자의 영도력이 빛났다. 언데드들도 그의 권위에 고개를 숙였다.

역시 할 때는 하는구나, 페자무트.

"여기 이 별처럼 빛나는 사내를 보라! 그가 모두를 영겁의 죽음으로 이끌 것이다!"

"와아아아아-!"

시청 광장이 떠나갈 듯한 환호가 터져 나왔다. 그 열광 속에서 페자무트는 내게 충성서약이 적힌 황금 연판장을 바쳤다. 거기에는 도시의 유력자의 이름이 빼곡히 적혀있었다.

"만세! 만세!"

"모르스 쏠라의 주인이시여!"

모두의 환성 속에서 나는 황금 연판장을 들고 자리에서 일어났다.

펄럭!

예식용으로 준비한 화려한 망토가 바람에 길게 나부낀다.

"모두 들으라. 이제 세상에 종말이 도래했으니 더는 명예도, 동맹도, 준엄한 서약도 없는 시대가 됐다! 하여 이제

짐은! 원하는 걸 전하기 위해 그대들의 힘을 빌리고자 한다."

모두가 보는 앞에서 황금 연판장을 펼쳤다.

"이 신성한 황금 연판장에 의해 요구하니 총과 대포를 갖고 가라! 그리고 그것으로 짐의 뜻을 전하라!"

"와아아아아아!"

귀가 먹먹해질 것 같은 환호성 속에서 나는 팔을 앞으로 뻗었다. 그러자 일순간 거짓말처럼 소음이 사라졌다. 모두가 흔들던 팔조차 멈춘 채 나를 쳐다본다. 그리고 그 긴장이 절정에 오른

그 순간 내 목소리가 터져 나왔다.

"빈으로 제 2차 출진을 명한다! 죽음의 이름으로 이를 행하라!"

"와아아아아! 만세! 모르스 쏠라 만세!"

다시 환호가 해일처럼 일어나 모든 걸 삼켜버렸다. 나는 그 군중의 열기 속에서 손을 들어 화답했다.

모르스 쏠라의 지배자로서 완벽한 데뷔였다.

이번에는 1차 출정처럼 건드려 보는 수준이 아니다. 팔츠 선제후 프리드리히까지 끼어 들 큰 판이었다.

나 역시 보헤미아로 친정을 떠날 예정이다. 페자무트는 언데드군과 보헤미아에서 전개할 내 병력이 합쳐져 빈을 포위하게 된다.

신격에겐 신격의 일을.

인간에겐 인간의 일을.

이번에 황제를 죽이고 그 인간의 일을 완전히 끝낼 작정이다.

나는 드래곤의 피를 원한다.

2. 빚은 보이지 않는 곳에서 쌓인다

모르스 쏠라의 지배자로 화려한 데뷔를 한 나는 며칠 동안 도시에서 머물렀다. 그 시간 동안 샤프리히터를 처리하는 일에도 도전했다.

이 무기는 서열 3위 마왕 오드가쉬가 생전에 쓰던 것으로, 형언할 수 없는 암흑이 후원하는 마왕 중 최고에게만 허락한 물건이다.

이러다 보니, 다른 이가 사용하려면 엄청나게 어렵다. 마치 은행 직원은 금고를 번호로 열 수 있지만, 도둑은 강제로 뚫기 위해 갖가지 고생을 하는 것과 비슷한 이치다.

"크으윽!"

나는 손 안에서 푸른 번개를 뿜어내며 반항하는 샤프리히터를 집어던졌다. 도저히 감당하지 못할 물건이군.

"어이가 없네."

이 정도 강해지고도 강제로 굴복시키는 게 불가능하다니. 고개만 절레절레 젓는데 지켜보던 슈바르체토이펠이 조언한다.

"힘으로 찍어 누르려면 마왕 오드가쉬보다도 훨씬 강해야 할 걸세. 무리한 일이지."

도저히 닿을 수 없을 정도로 강해보이던 마왕 오드가쉬도, 요즘은 화신들을 보고 나니 예전 같게 느껴지진 않았다. 하지만 그렇다고 내가 마왕 오드가쉬보다 강하다는 건 아니다.

여전히 그 강력한 마왕은 올려다봐야 하는 존재였다. 그런 그보다 강해져야 샤프리히터를 강제로 굴복시킬 수 있다니, 그냥 포기하는 게 정신 건강에 이롭겠다.

"하아. 장족의 발전이 있어 혹시나 했는데…."

내 한탄에 수염을 쓰다듬고 있던 슈바르체토이펠이 한 가지를 권해온다.

"그러지 말고 자네의 진짜 모습을 드러낸 후 도전해 보지 그러나?"

그것은 현재 강력한 스킬로 감춰둔 상태다.

"진짜 모습으로 말이오?"

"그렇다네. 일견 신체가 훌륭해지긴 했으나 전에도 말했 듯 그게 다가 아닐 걸세. 뭐가 달라진 건지는 다 알기는 어려우나 하나는 추론할 수 있지."

"그게 뭐요?"

"뭐긴 뭐겠나. 격이 높아진 거지. 애초에 외모는 부수적인 부분이야. 격이 높아진 거니 외적인 형태도 바뀐 걸세."

변한 신체가 워낙 빼어나 시선을 빼앗겼지만 사실 그게 핵심은 아니다.

"자네도 잘 알겠지만 격이란 중요한 걸세. 격이 낮으면 격이 높은 존재를 인지하지도 못하지. 반면 격이 높으면 격이 낮은 존재에게 쉽게 해를 입지 않네."

그러니 격의 차이로 샤프리히터를 제압해 보라 그거였다.

"나쁘지 않군."

해볼 만한 가치가 있었다. 나는 형태 변형을 풀고 진신을 드러냈다. 그러자 뭔가 심후한 기운이 웅장하게 사방으로 퍼진다. 지켜보던 슈바르체토이펠조차 눈썹을 꿈틀하며 물러났을 정도다.

"이제 보니 확실히 알겠군. 자네 안에서 어떤 위대함이 있는 걸."

하지만 상태창에는 어떤 변화도 없었다. 뭐라도 오르나 싶어 샅샅이 살폈지만 스탯은 1도 안 올랐다. 생긴 스킬도 없었다.

정말 의아하군. 혹시 신격의 능력은 더 이상 스탯창에 안 잡히는 건가? 문득 떠올린 그 가정은 그럴 듯하단 생각이 들었다.

"해보겠소."

진짜 모습을 드러낸 채 샤프리히터에게 다가가자 무기가 웅-웅- 울기 시작했다. 그런데 어째서인지 그건 애처롭게만 느껴졌다. 방금 전까지 격렬하게 날 밀어내던 기세는 더 없었다.

이게 이렇게 무력했나? 나는 단번에 샤프리히터를 제압해 버릴 수 있음을 느꼈다. 희한하군. 방금까지는 말도 안 된다 싶은 어려운 일이 이제는 어린애 손을 비트는 것처럼 쉽게 느껴졌다.

파지직!

손을 내밀자 스파크가 튀긴 했지만 좀 따가운 정도였다. 무기의 몸체를 꽉 쥐자 손바닥에서 타는 소리가 나며 연기가 올라왔지만 그 이상의 저항은 없었다.

"하하."

지금까지 뭘 했나 싶을 정도로 간단했다.

[샤프리히터] SS등급 마법물품.

제국 7대 병기.

산을 무너뜨릴 힘을 가졌다는 마법의 폴액스. 형언할 수 없는 암흑의 힘이 깃들어 있다.

공격력 +2,678   **힘** +500

생명력 +800   **건강** +500

스킬

마법방어 관통, 산 무너뜨리기, 심연의 우레, 번개의 정령왕 소환.

샤프리히터는 스펙도 어마어마한데 스킬 역시 보기만 해도 무섭다. 산 무너뜨리기는 대체 뭔가? 그리고 번개의 정령왕 소환이라니….

그간 잘 쓰던 류블라냐는 상대도 안 되는 능력이었다. 앞으로 중요한 결전을 치를 가공할 파괴병기가 생긴 셈이었다. 다만 진짜 모습을 드러낸 뒤에야 쓸 수 있다는 게 약점이었지만.

"축하하네. 드디어 샤프리히터를 손에 넣었군. 죽은 오드가쉬가 발작하겠구먼."

"그자는 예전부터 발작하고 있었을 거요. 이런 근사한 무기를 두고 죽었으니."

모르스 쏠라는 부산하게 전쟁 준비에 들어갔다.

"페자무트, 아직 시간이 있으니 차분히 준비해. 보헤미아에서 일이 필요한만큼 진행되면 연락할게."

"알겠네."

나는 페자무트와 앞으로의 작전을 조율한 뒤 뮌헨으로 떠났다. 이제 계속 머뭇머뭇 거리며 미뤄왔던 일을 해결하기 위해서다.

바로 진실을 털어놓는 것.

"후…."

그 진실이란 게 늘 어렵고 버겁게 다가온 걸 보면 새삼 내가 얼마나 겁쟁이인지 알만 하다. 진실은 용기를 필요로 하는 일이었으니까.

이제 그림자 차원이동을 쓸 수 있었기에 뮌헨까지는 한순간이었다. 필리를 타고 곧장 바이에른 선제후의 궁전으로 향했다. 발푸르기스와 마리를 만나려 했는데 공교롭게도 두 사람 다 일이 있었다.

"니더바이에른 백작님께선 가신단과 회의 중입니다. 마르가레타 님께서는 새로 짓는 발푸르가 여신격의 성당을 살피러 가셨습니다. 두 분을 불러드릴까요?"

시종장의 말에 나는 고개를 저었다.

"아닐세. 두 사람의 일이 끝난 뒤에 봐도 되겠지. 그것보다 달타냥 경이 어디 머물고 있는지 아나?"

"달타냥 경이라면 제가 안내해 드리겠습니다."

다행히 그녀는 의식을 회복했다고 한다. 속으로 안도의 한숨이 절로 나왔다. 진짜 달타냥의 머리가 터졌을 때는 눈앞이 깜깜해지는 게 어떻게 되는 줄 알았다.

뚜벅. 뚜벅.

시종장을 따라 궁전의 조용한 회랑을 따라갔다. 도시의 번잡함과 차단된 쉬기 좋은 곳이었다. 중정(中庭)에선 귀한 집안의 자제들이 햇살을 받으며 담소를 나누고 있었다. 그곳에서 좀 더 가자 조용하고 안락한 장소에 도착했다.

"달타냥 경. 비텐바이어- 바젤 공작께서 찾아오셨습니다."

시종장이 노크를 해 기별한 뒤 내게 허리를 숙여보였다.

"합하, 저는 이만 물러가겠습니다. 필요한 게 있으시면 언제든 부르십시오."

"고맙네."

방문 안으로 들어가자 보고 싶었던 달타냥이 침대에 앉아 있었다. 선명한 햇빛을 받으며 앉아있는 그녀는 병약함이 느껴졌다.

평소와 다른 분위기에다, 햇살 속에 반짝이는 창백한 달타냥이 너무나 아름다워 멈칫하고 말았다. 하지만 그럴수록 일부러 쾌활하게 말을 걸었다.

"마드모아젤, 저승에 다녀온 기분이 어때?"

침상에 앉아 있던 달타냥은 쓴웃음을 지으며 읽고 있던 책을 내려놓는다.

"아무래도 사람이 놀라서 그런지 말수가 줄어들더군요. 그런 의미에서 합하께서도 한 번 저승에 다녀오시는 것도 괜찮을 듯합니다."

"뭐?"

"이런 더운 날씨에도 종달새처럼 주둥이가 활발하시니 그편이 모두를 위해 좋지 않겠습니까?"

"뮌헨에 오자마자 들린 건데 반응이 너무하네."

저 까칠함은 여전한 걸 보니 멀쩡하구나. 속으로 안도의 한숨을 내쉬었다. 내가 물끄러미 계속 쳐다보자 달타냥은 어깨를 으쓱한다.

"합하, 죽었다 돌아오니 제가 딴 사람 같습니까?"

"아냐, 미안."

여기까지 오면서 많은 이야기를 생각했다. 하지만 막상 그녀 앞에 마주서자 입이 쉽게 떨어지지 않았다.

나 때문에 달타냥이 죽는 순간은 내게도 큰 충격으로 남았다. 애써 쾌활한 척해도 뭐라 해야할지 쉽게 말을 고르기 어려웠다.

먼저 미안해라고 해야 할까. 고마워라고 해야 할까. 달타냥은 내 고민을 느낀 건지 고개를 돌려 조용히 창 밖을 바라본다.

"날씨가 좋네요. 합하."

"응, 그렇네."

마치 굳이 어렵게 얘기를 꺼내지 않아도 좋다는 배려로 느껴졌다. 하지만 나는 그러고 싶지 않았다.

"저기…."

어렵게 막 입을 뗀 순간, 창문 가득 들어오는 햇살 덕에 작은 깃털의 파편 일부가 하늘하늘 떠다니다 달타냥의 머리에 내려

앉는 게 보였다.

나는 무심코 손을 뻗어 깃털을 떼어주려 했다. 아마 내 깃털 모자에서 떨어져 나온 것 같았다.

"네?"

하필 손을 뻗던 그 순간 달타냥이 내 부름에 고개를 돌린다. 그래서 내 손은 그녀의 볼에 가 닿았다. 마치 부드럽게 감싸는 것처럼.

"아."

실수를 했다는 건 알았지만 손바닥을 통해 느껴지는 그녀의 볼이 기분 좋아서 뗄 수가 없었다. 달타냥은 말없이 나를 쳐다본다. 그리고 어째서인지 그녀의 얼굴이 점점 달아오르는 게 보였다. 표정은 무심했지만 볼은 잘 익은 사과처럼 붉어졌다.

"합하. 언제까지 만지고 계실 겁니까?"

"아, 미안."

"새로운 성희롱입니까?"

"아냐. 이걸 떼어주려고."

나는 그녀의 머리칼에 있는 작은 깃털을 떼어냈다. 다시 침묵이 찾아왔다. 하지만 처음처럼 불편하지 않았다. 여유를 찾은 나는 조금 더 그녀의 반응들을 보고 싶어했다.

가만, 무슨 말을 해야 동요할까? 고민하던 나는 적당한 주제가 떠올랐다.

"달타냥, 저기 결혼…."

흠칫!

갑자기 결혼 얘기를 꺼내자 달타냥이 어깨가 들썩일 정도로 놀란다.

"네? 결혼이요?"

애써 포커페이스를 유지하고 있었지만 툭 건드려도 무너질 정도로 불안해 보였다.

"응, 결혼식 예물로 뭐가 좋을까? 팔츠 선제후 프리드리히의 막내아들이 이번에 장가간다더군. 동맹이 됐으니 좋은 걸 보낼 필요가 있어서.

"아…, 그 얘기입니까?"

달타냥은 괜히 놀란 게 억울하다는 듯 입을 뾰족 내민다. 그러더니 혼자 예물에 대해 설명하기 시작했다.

하지만 내 귀에 이미 그런 건 들어오지 않았다. 결혼이란 말에 허둥대는 모습만 남았다. 애써 아무렇지도 않은 척, 담담한 척하는 게 그녀다웠다.

재밌는데 또 하나 던져볼까.

"달타냥, 서로 연인…."

화들짝!

연인이란 말에 달타냥은 이불을 잡고 있던 두 손을 꽉 쥐며 놀란다.

"여, 연인이요? 아, 아직 마음의 준비가…."

이번에는 말까지 더듬는다. 하지만 나는 못들은 척 얘기를 이어갔다.

"응, 드물게 둘이 서로 연인인 사이라고 하더라. 팔츠 선제후가 정략 결혼을 결정하기 전에 이미 어릴 때부터 알던 사이였다는 거야."

"그, 그렇군요. 그 얘기였군요."

어째서인지 달타냥은 급격히 시무룩해진 기색이었다. 힘이 다 빠진다는 듯 자리에 누우려 한다.

"하긴 저 같은 게 어찌…."

"응?"

"아닙니다. 일부러 와주셔서 감사한데 피곤하군요. 좀 자야겠습니다."

"알겠어. 당연히 비켜줘야지."

애써 속으로 웃음을 참으며 맞춰줬다. 역시 달타냥은 반응이 재밌어서 자꾸 짓궂게 되네.

뚜벅. 뚜벅.

그때 밖에서 누군가 다가오는 소리가 들렸다. 이곳은 조용한 곳이라 손님이 오지 않는 장소였다. 그런데 갑자기 누굴까?

의아해하는데 갑자기 달타냥이 놀라서 허둥댄다. 그녀는 당황하며 어서 내게 숨으라고 했다.

"뭐? 숨으라고? 내가 왜?"

나는 존귀한 지위를 가졌고 이 뮌헨에서 어딜 가도 대접받는다. 내가 왜 숨는가?

"니더바이에른 백작이 틀림없습니다! 정기적으로 병문안을 와줍니다. 오늘도 백작이 오는 날입니다!"

"그게 뭐?"

"아까 뮌헨에 오자마자 들렀다고 하셨잖습니까? 그건 니더바이에른 백작을 먼저 만나지 않았다는 뜻이죠?"

"그렇지."

그제야 나는 일이 좀 곤란해졌다는 걸 깨달았다. 회의가 있다고 해서 그런 거긴 하나 발푸르기스 입장에선 섭섭할 수 있는 일이었다. 약혼녀를 두고 달타냥을 먼저 만나고 있으니 말이다.

"이건 니더바이에른 백작에게 실례를 하는 겁니다. 합하, 아무리 배우자를 여럿 두는 게 풍속이라고는 하나 그만큼 위계가 중요합니다. 정실이 되실 분을 대접해 드리지 않으면 안 됩니다."

달타냥은 벌떡 일어나더니 나를 벽장에 떠밀기 시작했다.

"어서! 어서!"

기운이 어찌나 장사인지 놀랐다. 나는 삽시간에 밀려 벽장 안에 들어갔다. 좁은 틈새로 밖으로 내다볼 수 있을 뿐이었다.

잠시 기다리고 있자니 방문자가 안으로 들어왔다. 그런데 예상과 다르게 니더바이에른 백작이 아니었다. 화려한 드레스를 입은 귀족 영애였다. 누군지는 모르겠군.

"아, 아니!"

달타냥은 그 귀족 영애를 보더니 당황해서 어쩔 바를 몰라 했다.

"어머나, 달타냥 경. 제 방문이 그렇게 기쁜가요?"

"영애! 내일 온다고 하지 않았나요!"

어째서인지 달타냥은 반쯤 패닉을 일으키고 있었다. 아무래도 저 영애가 이 타이밍에 나타나면 무척 곤란한 모양이었다. 어떻게든 영애를 내보내려 하고 있었으나 전혀 소용이 없었다.

"당신을 위해 온 친구에게 이런 대접은 곤란해요. 후훗."

정체불명의 영애는 천연덕스럽게 근처 의자에 앉고는 꼼짝도 안 한다. 달타냥은 어쩔 바를 모른 채 내가 있는 쪽을 힐끔거렸다.

이상하네? 왜 저러지?

저 여자가 저리 당황하는 건 처음 본다. 호기심이 크게 동했다. 대체 이게 무슨 상황인가 싶었는데, 그 영애가 폭탄을 던졌다.

"달타냥 경. 기뻐하세요! 경이 부탁했던 야한 속옷을 구해왔어요!"

"꺄악!"

달타냥이 머리를 쥐어뜯기 시작했다. 그러자 영애가 고개를 갸웃거린다.

"왜 그러세요? 노리는 사냥감을 쓰러뜨리기 위해 필요한 거라고 했잖아요?"

"으아아!"

달타냥은 이제 혼자 베개에 머리를 연달아 박아댔다.

퍽! 퍽! 퍽!

"어머. 오늘의 경은 정말 이상하네요? 좋아하는 남자를 위해 부끄럽지만 야한 속옷을 입고 유혹해 보겠다고 결의했잖아요? 그래서 제가 유명한 장인에게 경의 치수대로 주문한 걸 가져온 거고요. 여기에 무슨 문제가 있나요?"

"아, 아니에요. 제 수치심 말고는 아무 문제없지요…."

"네?"

넋이 나간 듯 달타냥은 멍하니 입을 벌린다. 뭔가 저 입 속에서 혼이 기어 나오고 있는 느낌인데? 그나저나 무슨 소리야? 달타냥이 누군가에게 보여주려고 야한속옷을 샀단 말인가!

"자, 보세요. 이 가슴 가리개를 차면 안이 비춰 보인답니다. 제가 이미 써먹어 봤다고요. 남자들이 껌뻑 죽는 거예요.”

이제 달타냥은 귀를 막은 채 고개를 절레절레 젓고 있었다. 이불을 뒤집어쓰려고 하자 영애가 용서하지 않고 마구 잡아당긴다.

“대체 왜 자꾸 이불 속으로 들어가는 거예요? 경이 주문한 거잖아요. 친우인 저에게!”

영애는 자랑스러운 임무를 수행하고 왔으니 칭찬해 달라는 기색이었다. 동시에 내 입가에는 미소가 걸리고 있었다. 호, 이거 봐라. 그런 요망한 속옷을 준비했단 말이지.

“고, 고마워요. 그런데 제가 지금 몸이 안 좋아서….”

이제 달타냥은 반쯤 우는 목소리였다.

“알겠어요. 물건은 여기 두고 갈게요! 또 올 테니까 푹 쉬세요.”

그렇게 영애가 떠나자 나는 벽장에서 나왔다. 달타냥은 내 쪽을 쳐다보지도 않고는 이불 속으로 몸을 감췄다.

“달타냥.”

“…그런 사람 없습니다. 나가주세요.”

“속옷 누구 보여주려고 산 거야?”

“그쪽이 기대하는 사람 아니니까 나가주시라고요!”

차라리 목을 매겠다는 달타냥을 말리느라 진땀을 뺐다. 결국

불합리한 약속을 하는 걸로 그 상황을 종결시킬 수 있었다.

먼저 그 속옷이 날 위해 준비된 게 아니라는 걸 달타냥의 체면을 위해 인정해줬다. 진실은 뻔했지만 그녀가 수치로 죽기 직전이었으니 어쩔 수 없었다.

그 때문에 달타냥의 존재하지 않는 가상의 남자가 생기게 됐다.

"딱히 합하를 위해 준비한 게 아닙니다!"

훌륭한 새침데기였다.

다만, 그녀 역시 하나를 양보해야 했다. 나는 그 가상의 남자를 만나선 안 된다고 강하게 선을 그었다.

"절대로 인정할 수 없다."

그러자 달타냥은 묘하게 기쁜 기색으로, 주군이 원하니까 그러면 만나지 않겠다고 약속해 왔다.

세상에 이런 코미디 같은 상황이 있을까?

창조되자마자 달타냥에게 차인 그 가상의 사내에게 유감을 표할 수밖에 없었다. 하지만 나는 달타냥이 야한 속옷을 입은 걸 언젠가 꼭 보고 싶어서 넌지시 덧붙였다.

"그거 비싼 거 같은데 버리진 말고. 혹시 알아? 나중에 쓸 일이 있을지."

지나가는 투로 나는 맘에 들더라, 라고 하니 달타냥은 볼이 붉히고 고개를 들지 못했다.

언젠가 그녀의 하얀 나신이 저 야릇하고 나풀거리는 속옷에 간신히 가려있는 꼴을 볼 수 있을까? 어쩐지 침대 위의 달타냥은 평상시 드센 모습과 다르게 얌전하고 수줍음 많지 않을까 싶군.

어디까지나 내 망상이다. 벗겨보기 전엔 모를 일이지.

"저기."

"네? 속옷 얘기는 이제 그만했으면 좋겠습니다만."

"그게 아니야."

고개를 저은 나는 진지한 태도로 말했다.

"너는 훌륭한 동료다. 이 말을 해주고 싶었어."

"…합하."

"자주 꾸짖었던 건 미안하다. 지금껏 널 인정하지 않았지."

달타냥이 본래의 실력을 발휘해 주길 바래서지만 내심 많이 섭섭했을 거다.

"네가 맘에 안 들어서가 아냐. 더 잘할 수 있으리라 기대했기 때문이야."

"……."

"하지만 이제 그런 말은 필요 없을 것 같네. 누구보다도 널 인정하게 됐으니까."

처음 만난 이래 달타냥과 온갖 일을 겪었다. 그리고 어느새 그녀는 등을 맡길 만한 좋은 동료가 됐다.

"앞으로도 잘 부탁한다. 달타냥 경."

내 말에 달타냥은 환하게 웃었다.

"네!"

꽃봉오리가 피어나는 것 같은 미소였다.

달타냥과 만난 이후 발푸르기스, 마리와 저녁 식사를 같이 했다. 우리는 밀린 이야기들을 하며 즐거운 시간을 보냈다.

뭐랄까, 이 두 여자는 내게 있어 이쪽 세계에서 얻은 가족 같은 느낌이었다. 시작부터 계속 함께하고 있으니까.

"내일 두 분께 중요한 얘기를 하고 싶습니다. 긴 얘기가 될 텐데 시간을 내주실 수 있겠습니까?"

둘은 기꺼이 그러겠다고 했다. 오늘은 서로 피곤했고 늦었으니 식사 후 헤어졌다. 이쪽 세계는 일찍 일어나 일찍 잠 드는 게 보통이다.

"편히 쉬시길."

둘과 헤어진 나는 산책에 나섰다. 졸리긴 했지만 밤하늘을 관찰하기 위해서 어쩔 수 없었다. 성좌를 읽는 법을 익힌 후로 매일 빠지지 않고 별들을 관찰하고 있다.

지금 우주는 대전쟁 중이다. 보지 않으려고 해도 안 볼 수가 없었다. 성좌를 관찰한 뒤에는 무력감과 공포에 휩싸이지만 저쪽 소식은 계속 파악해야만 했다.

"하아암."

손바닥으로 하품을 막았다. 밤하늘을 만날 쳐다보느라 잠이 부족한 게 문제군.

"음?"

그런데 오늘따라 무덤에서 웅크리고 있는 자의 위치가 이상했다. 보통 그는 끓어오르는 심연과 연합해 형언할 수 없는 암흑과 다투곤 한다.

끓어오르는 심연은 지난 번 내 도움으로 몸을 회복한 뒤, 다시 기세를 올리고 있었다. 무덤에서 웅크리고 있는 자도 당연히 이에 가세할 거라 여겼는데, 의외로 혼자 떨어진 모양새다.

"뭐지…?"

주류에서 밀려난 건가? 아니면 관망? 아리송했지만 아무리 봐도 그 이상은 알 수 없었다.

별을 읽어 초월자들의 동향을 파악하는 건 극도로 어려운 기술이다. 대현자들조차 보통 엄두를 내지 못한다. 게다가 내 성좌 관형찰색은 겨우 숙련2단계.

원하는 만큼 자세한 정보를 얻긴 무리였다.

"음…."

뭔가 무덤에서 웅크리고 있는 자에게 꿍꿍이가 있는 것 같았지만 알 길이 없었다. 개인적으로 그를 안 좋아한다. 표독스럽게 사악한 성격이라 현재 그와의 관계는 위태로운 외줄타기에 불과했다.

언제 무슨 일이 터질지 모르는 폭탄과 같다. 하지만 피도 눈물도 없는 자의 힘은 내 전투력의 근간과도 같아서 관계를 끊을 수도 없었다.

최상위직 세 개를 대성해야 화신과 겨룰 수 있다. 여기서 하나라도 빠지면 화신을 상대하지 못하니까 어떻게든 후원 관계를 유지해야만 했다.

절레절레.

나는 뭔가 불길함을 느꼈지만 그 정체를 알 수 없었기에 그만 자리에서 일어났다.

그리고 다음날, 일찌감치 눈을 떴다. 어째서인지 싱숭생숭해서 잠을 제대로 자지 못했다. 불과 세 시간 밖에 눈을 붙이지 못한 것 같다. 일어나 보니 이불이고 베개고 땀으로 흥건하다.

"끄응…."

앓는 소리가 절로 나왔다. 어젯밤에 별을 본 이후부터 마음이 천근만근 무거웠다. 잘 기억나지 않지만 악몽을 꾼 것 같기도 하다.

답답하군. 기분을 풀 겸 필리를 타고 좀 질주하다 와야겠군. 승마는 꽤 즐거운 일이다. 특히 필리 같은 명마를 탄다면 더더욱. 시원하게 달리고 나면 이 꿉꿉함이 사라지겠지.

"히이잉!"

말은 일찍 일어난다. 새벽 4~5시면 눈을 뜨기에 이미 필리에게는 해가 중천인 상황이다. 녀석은 날 반갑게 맞아줬다.

"달리러 가자."

안장을 얹은 뒤에 필리와 함께 그로스글로크너로 그림자 차원이동을 썼다. 산악지대의 여름 풍경이 펼쳐지자 필리가 소리 높여 울며 즐거워한다.

뾰족하고 높은 산들은 구름으로 반쯤 가려져있고 언덕을 덮은 풀은 아침 이슬로 촉촉하게 젖어있었다.

"아…."

그제야 나직하게 숨을 내쉬었다. 불안한 마음이 사라져갔다. 딱히 필리를 달리게 하지 않았다. 나른하게 앉아 녀석이 풀을 뜯으며 멋대로 돌아다니게 됐다.

"너무 민감했나 보군."

공연히 호들갑 떤 것 같았다. 그래서 조용히 눈을 감고 산지의 바람을 느꼈다. 목가적인 시간이 마음을 안정시켜줬다.

그런데 어느 순간 바람이 뚝 멈췄다. 그리고 필리가 불안해하는 울음을 흘리기 시작했다.

"음?"

의아해져서 눈을 떠보니 삽시간에 산지가 어두침침해져 있었다. 갑자기 이게 무슨? 폭우라도 쏟아지려는 건가? 이상한 일이었다. 방금 전만 해도 아침해가 황금빛 광채를 자랑하며 떠오르고 있었다.

하지만 더 이상한 일은 다음에 일어났다. 뭔가 꺼림칙한 기분이라 그림자 차원이동을 썼는데 기술이 발동하지 않는 것이었다.

"이런 말도 안 되는!"

순간이동을 방해하는 주문은 그 종류가 많다. 하지만 그림자 차원이동은 일반적인 순간이동과 궤를 달리하는 상위의 기술이다.

그걸 이렇게 완벽히 차단하다니 대체 누가? 게다가 하늘이 어두컴컴해진 것도 이제 보니 먹구름이 아니었다.

그건 사이하고 불길한 기운으로 가득한 시커먼 영기였다. 그 검은 영기가 하늘을 가득 채워 일대를 어두컴컴하게 만들고 있었다.

서둘러 이 산에 있는 슈바르체토이펠에게 연락을 해봤지만 통신마법도 불통이었다. 가능한 연락처가 모두 소용이 없었다.

나는 류블라냐를 뽑아들고 소리쳤다. 무언가 찾아왔다는 직감이 들었기 때문이다.

"무슨 목적으로 온 것이냐! 정체를 드러내라!"

내 외침이 일대를 쩌렁쩌렁 울렸지만 반응은 없었다. 초조하고 긴장된 침묵만이 가득하다. 새소리 하나 들리지 않고 지독한 정적뿐이었다.

그러던 그 순간, 하늘이 쩌억 갈라졌다. 하늘이 마치 눈꺼풀처럼 열리고 거대한 무언가가 눈을 뜨는 것 같았다. 그리고 그 갈라진 틈으로 보이는 건, 영원한 어둠이 가득한 우주였다.

그곳에는 선명한 악의로 빛나는 별빛이 가득했다. 나는 창공이 찢어져 다른 차원으로 가는 틈이 벌어진 걸 깨달았다. 대체왜? 어째서 물질계에 이런 황당한 일이 벌어지는 걸까.

하지만 무슨 일인지 고민하고 있을 틈은 없었다. 갈라진 차원 너머에서 크기를 짐작하기 어려운 거인 셋이 모습을 드러냈기 때문이었다.

"커허!"

보자마자 놀라서 사래가 들려버렸다. 웅대한 뿔이 난 그 시커먼 거인들은 우주의 일부를 잘라 만든 듯했다. 검은 몸에는 마치 별이 박힌 듯 빛이 무수히 반짝이고 있었다.

우워어어어-!

그들은 가타부타 말도 없이 하늘에서부터 손을 뻗어왔다. 손바닥은 거의 작은 섬만이나 했다. 절대 이 자리에서 도망칠 수 없겠군.

저 셋 다 신적 존재였다.

"필리! 달려!"

나는 급히 필리에서 내려 녀석의 볼기를 때렸다. 하지만 필리는 히이잉! 울기만 할 뿐 달아나려 하지 않는다.

"너라도 도망가란 말이야! 이 멍청아!"

힘껏 다시 한 번 때리자 그제야 필리는 달렸다. 다행히 저들은 말에겐 관심이 없는 듯했다. 노리는 목표는 오로지 나였다.

"이 새끼들아! 덤벼보던가!"

류블랴냐를 뽑아들고 악을 쓰던 나는 이내 씁쓸하게 웃을 수밖에 없었다. 거인 셋이 모두 손을 뻗어 오자 하늘 위가 시커멓게 변해 아무 것도 안 보였던 것이다. 너무 압도적인 스케일이다.

이래서 뭘 하겠나. 차원 자르기를 시도해 봤으나 아무 소용없었다. 그저 저들의 손바닥에 아주 작은 상처를 낸 게 전부였다.

"허허……."

허탈하기 그지없다. 진신을 드러내고 샤프리히터를 꺼낼 의미도 없었다.

"네놈들은 대체 누구야!"

다시 소리를 질러봤지만, 대답 대신 어둠이 무자비하게 날 덮쳐왔다. 그러자 모든 게 쓸려 사라졌다.

"끄으윽… 으윽!"

간신히 정신을 차리고 보니, 내가 하늘을 보며 누워있다는 걸 깨달았다. 여기는 대체 어딜까?

올려다보니 밤하늘에 하얀 무언가가 떼 지어 날아다니고 있음을 깨달았다. 저게 뭘까? 혼자 미간을 좁히고 고민하고 있던 나는, 그게 사람의 영혼이란 사실을 알고 소름이 쫙 돋았다.

"헉!"

재빨리 일어나 주변을 둘러본 나는 이 기괴하고 어두운 장소가 언젠가 와본 적 있는 곳이란 사실을 깨달았다.

이곳은 영원한 밤이 지속되는 이 테멘 앙 키(E- temen- an- Ki)였다. 바로 무덤에서 웅크리고 있는 자가 다스리는 죽은 자들의 차원이었다.

"후우, 후우."

나도 모르게 식은땀을 흘리고 숨을 헐떡거렸다. 적대적인 차원의 기운에 숨을 쉬는 것조차 어려웠다.

쿠아아아아아아아아아아!

그때 차원을 요동치는 거대한 포효가 들려왔다. 검은 하늘 위에서 유영하던 하얀 영혼들은 깜짝 놀란 물고기처럼 사방으로 흩어졌다.

쿵! 쿵! 쿵!

위대한 존재가 다가오는 게 느껴졌다. 그가 누군지 알기에 가만히 서있는 것조차 힘들어 두 다리가 후들거렸다.

바로 어둠의 대군인 무덤에서 웅크리고 있는 자다, 그의 압박감은 전신을 바늘로 찌르는 것처럼 고통스러웠다.

다가오는 그는 어찌나 키가 큰지 머리가 밤구름 위에 있는 것같았다. 고개를 한참 들어야 저 위에 있는 머리가 보일까, 말까였다.

그저 바라보는 것만으로도 압도되는 느낌이었다. 무덤에서 웅크리고 있는 자는 산을 깎아 만든 자신의 옥좌에 주저앉는다. 그러자 차원 전체가 진동하듯 요동쳤다.

"다시 만나서 기쁘군, 발러슈테드."

그의 목소리는 천둥이 치는 것 같이 차원 전체를 울렸다. 듣기만 까무러칠 것 같았기에 입술을 깨물며 버텨냈다.

"어찌 저를 부른 것입니까? 이 차원에 얼씬거리지 말게 하셨으면서."

아니, 묻고 싶은 건 그것뿐이 아니었다.

"절 잡아온 거인들은 모두 신적인 존재들이었습니다. 어찌 인과율의 영향도 받지 않는 겁니까? 분명히 원인은 없었을 텐데."

그 거인들은 무덤에서 웅크리고 있는 자의 부하가 틀림없다. 어떻게 그들은 인과율을 벗어난 걸까? 내 의문에 무덤에서 웅크리고 있는 자는 껄껄 웃어댔다.

"원인이라면 있지. 바로 네놈에게 내린 이 몸의 힘이다! 너는 힘의 대가를 제대로 치르지 않았다!"

그는 내가 자신의 후원을 받으면서 제대로 일하지 않았다고 했다. 일방적으로 힘을 받아쓰면서 대가를 지불하지 않았으니

원인이 쌓였다는 건가.

"마왕 파르자를 죽이지 않았습니까?"

"물론 그렇긴 하지. 하지만 그걸론 충분하지 않았다. 네놈이 사령술의 힘을 펑펑 쓰면서도 해결해준 건 그 하나뿐이니까!"

무덤에서 웅크리고 있는 자의 일갈에 다시 하늘에 수백 가득의 번개가 가로지른다. 이 차원의 모든 자연적 경이는 그의 감정을 대변하는 장치 같았다.

"아닙니다! 발버둥치는 죽음의 휘하에는 마왕만 있는 게 아니잖습니까? 저는 마왕보다 더한 존재를 쓰러뜨렸습니다."

파도치는 핏물을 죽인 일을 꺼냈다. 화신을 쓰러뜨린 위업을 고려하면 100년은 힘을 얻어 써도 될 것 같은데. 하지만 내 주장에 무덤에서 웅크리고 있는 자는 잔인함이 묻어나는 목소리로 웃어댔다.

"크크큭! 크크하하하하! 그 공적은 인정한다. 나 역시 큰 도움을 받았지. 하지만 이 몸이 언제 화신을 처리해 달라고 했나? 마왕을 죽이라고 했지!"

무덤에서 웅크리고 있는 자는 계약조건을 이용해 내 공적을 싹 무시하겠다는 거였다. 실제로 화신 살해는 계약 조건이 아니었으니까. 이런 망할 자식을 보겠나.

"발러슈테드, 이 몸이 바보라서 널 내버려둔 줄 아느냐? 이전부터 네놈이 임무를 방기하고 인과율을 쌓아가는 것을 지켜보고 있었다! 그러다 때가 무르익자 이렇게 잡아온 것이다! 크흐흐흐흐!"

"아…."

어리석었구나. 상대의 의도를 간파하지 못한 채 그저 편의적으로 수월한 후원자라고 생각했으니.

어둠의 대군에게 후원 받은 적이 처음이라 오판하고 말았다. 무덤에서 웅크리고 있는 자는 그런 내 아둔함에 대해 단호한 선고를 내렸다.

"자, 발러슈테드. 이제 대가를 치를 시간이다!"

마른하늘에 날벼락 같은 소리였다. 둥지가 도둑놈한테 싹 다 털린 드래곤도 이 정도로 좌절하진 않을 거다.

상대는 절대적인 힘을 가진 초월자였다. 어떻게 하겠다고 하면 따를 수밖에 없다. 반항의 여지란 존재하지 않는다. 나는 사태가 걷잡을 수 없게 되기 전에 서둘러 변명했다.

"그 부분에 관해서 심기를 불편하게 해드린 점 사죄드리겠습니다. 하지만 일의 순서가 있어 바로 처리하지 못했습니다. 이제 제국의 권력을 잡는 게 코앞입니다. 이후에는 단번에 마왕들을 쓸어버릴 수 있습니다."

내 말에 그는 코웃음쳤다.

"네놈이 권력을 잡으려는 건 스스로를 위해서가 아니냐? 이 몸이 명한 마왕 척살은 부수겠지. 애초에 네놈이 진짜로 과업을 수행하고 싶었다면 기회는 얼마든지 있었다. 하지만 발버둥치는 죽음의 후원을 받는 마왕이 아니라 엄한 놈들을 온통 건드리고 다니더군. 크크큭! 결국 네놈 이득이 우선이란 소리가 아니겠느냐?"

"그건!"

"긴 말 할 것도 없다. 그걸 뻔히 알면서도 왜 이 몸이 방기했겠느냐? 닭이 살찌길 기다렸던 것이다."

무덤에서 웅크리고 있는 자의 거대한 손이 높은 곳에서 내려오더니 날 움켜쥔다. 너무 압도적인 존재감에 몸이 얼어버려 피할 수도 없었다.

"으아아아아!"

갑자기 그의 손에 쥐어서 내 몸이 고공으로 치솟았다. 어찌나 빨리 상승하는지 정신이 하나도 없었다. 짙고 더러운 구름을 뚫고 나서야 멈췄다.

"커헉."

구름 위에 올라서야 무덤에서 웅크리고 있는 자의 얼굴을 제대로 볼 수 있었다. 이 차원의 희미한 달빛을 받아 드러난 그의 모습은 공허함으로 가득했다.

크고 뻥 뚫린 눈은 깊이를 알 수 없었다. 마치 무저갱이 두 개 있는 것 같았다. 저런 눈으로 세상을 보면 대체 어떻게 보이는 걸까?

"네놈이 입을 잘 터는 건 알고 있다. 하지만 그것도 이제 끝이다."

"저를 버리신다면 제국에서 영향력이 줄어들 겁니다!"

"상관없다. 그 작은 세계가 어둠의 대군들의 주의를 끌었던 건 발버둥치는 죽음이 봉인된 장소기 때문이다. 그리하여 우리가 관심을 갖기에 한 뼘도 안 되는 곳임에도, 온갖 모략의 각축장이 됐었지."

하긴 우주적 존재인 그들에게 겨우 한 행성의 구석인 제국은 너무나 작은 장소다. 그런데 거기에 발버둥치는 죽음이 봉인되어 있기 때문에 모두의 관심이 쏟아졌던 거다.

"종말이 오기 전에는 인과에 의한 제약이 심대했다. 아무리 잘난 존재라도 인과율에선 자유로울 수 없으니까. 그래서 네놈을 부려 발버둥치는 죽음을 견제하려 한 것이다. 하지만 그 존재 가치가 언제까지 가는 건 아니지!"

나는 이미 틀렸다는 걸 깨달았다. 상황이 이리 되자 상대가 어둠의 대군이든 뭐든 욕이 절로 나왔다.

"이런, 시발 새끼야! 그런다고 이렇게 팽하려고 해!"

"크하하하하! 정말 기세가 좋은 인간이야! 영겁의 시간 동안에도 이런 놈은 처음이로다. 보통 내 존재감에 미쳐 죽어야 정상인데 욕설을 하다니!"

크게 웃는 바람에 드래곤도 삼킬 것 같은 그의 거대한 입이 벌어졌다. 그 입 안에는 수많은 원령이 개미처럼 차서 드글드글거리고 있었다. 보기만 해도 정신이 날아갈 것 같이 끔찍했다.

"발러슈테드. 지금 상황을 납득하지 못하겠나?"

"너라면 납득하겠냐!"

"크크크. 본래 이대로 집어 삼켜야 좋겠다만, 네놈이 너무 재밌으니 특별히 설명해주지."

세상에 이런 일이 다 있나. 알 수도 없는 외계 차원에서, 이렇게 고공에 매달려 죽을 이유에 대해 듣게 되다니.

"이번 일은 네놈 스스로 무덤을 판 것이다."

"뭐라?"

"우리 중 누구도 설마 필멸자 나부랭이가 화신을 쓰러뜨릴 수 있을지는 몰랐지."

현재 나 때문에 발버둥치는 죽음은 그야말로 쪽박 찬 상황이라고. 덕분에 발버둥치는 죽음을 견제할 이유가 상당히 줄어들었다고 한다.

"어리석은! 놈은 언제고 봉인이 풀려날 수 있다! 수호자가 죽으면 풀려난다는 걸 모르나!"

"잘 알고 있지. 크크큭. 하지만 어둠의 대군 간의 힘이란 언제나 동일하지 않는 법이다. 멍청한 것아!"

발버둥치는 죽음은 설령 풀려나도 화신을 잃은 탓에 한쪽 팔이 없이 부활하는 셈이라 했다.

봉인 상태에서 화신을 내보냈으니, 단순히 화신의 힘이 아니라 그 이상을 투자해야 했다고.

"완전히 거덜난 것이다. 크크큭. 정말 잘해줬구나, 발러슈테드. 네놈이 내 수족이었단 사실이 자랑스럽다!"

그런데 그런 발버둥치는 죽음의 처지와 다르게 다른 어둠의 대군들은 더 강해질 기회가 있다고 했다.

"종말의 때가 와 어둠의 대군들이 싸움에 나섰다. 즉, 어둠의 대군이 다른 어둠의 대군을 죽여 흡수하는 일도 가능해진 것이다."

맙소사. 지금보다 더 강해진다고?

"물론 그 외에도 힘이 강해질 방법은 다양하다. 발러슈테드, 네놈도 그런 방법 가운데 하나이다."

"뭐?"

"아직 모르겠는가? 네놈은 신성을 갖기 시작했다. 즉, 네놈을 먹어치우면 네놈의 별이 가진 힘을 흡수할 수 있다는 것!"

세상에, 그렇다는 건 나는 어떤 것보다 맛있는 먹이인 셈이다. 내 얼굴이 절망으로 물드는 걸 봤는지 그는 웃음을 참지 못했다.

"이후 신격이 되면 잡아먹기 어렵지. 그러니 지금, 어린 새순처럼 맛있을 때 먹어치우겠다!"

완전히 놀아났다. 처음부터 토사구팽 하려고 했던 거다. 계약 조건을 가지고 물고 늘어지는 건 비열한 핑계에 지나지 않았다. 도저히 타협의 여지가 없구나.

"솔직히 비루한 인간 놈이 설마 신성의 길을 걸으리라 생각도 못했다! 이 또한 기다림의 묘미이자 즐거움! 이제 네놈의 영혼을 씹어 수확의 기쁨을 누리겠다!"

"이렇게 된 이상 얌전히 죽을 거 같나!"

검은 번개를 모든 어둠과 마력을 끌어내 떨어뜨렸다.

콰아아앙! 쾅! 쾅! 콰앙!

눈앞에 무수히 많은 번개 줄기가 작렬했다. 지금껏 이렇게 힘을 내본 적이 없을 정도로. 하지만 아무 소용없었다.

"크크크하하하! 이게 인간의 어둠인가! 정말 보잘 것 없군!"

진신을 드러내고 샤프리히터를 써 볼까도 싶었다. 하지만 그것도 부질없다. 비장의 수단인 SSS등급 스킬조차 큰 의미가 없을 정도였으니까. SSS등급이니 먹히긴 할 거다. 하지만 워낙 격차가 커 성질만 돋울 게 뻔했다.

상대는 초월자 중에서도 가장 최상위에 위치한 존재다. 무슨 짓을 해도 무의미했다.

"젠장, 이렇게 허무하게 죽을 수는⋯."

입술을 깨물며 필사적으로 머리를 굴렸지만 할 수 있는 게 없었다. 눈앞에서 거대한 입이 쩍 벌어진다. 너무나 압도적인 폭력 앞에서 나는 완전히 무력했다.

"그래! 처먹든 말든 맘대로 해라!"

어쩔 방법이 없다. 마치 어항 안에 든 작은 금붕어나 마찬가지의 처지였으니까. 그런데 다 끝났다고 여기던 그때 갑자기 무덤에서 웅크리고 있던 자가 멈춘다.

"음? 네놈의 영혼은 아주 묘하군?"

"갑자기 그게 무슨 소리냐."

"…먹어치울 수가 없다. 네놈의 영혼은 그 육체와 분리되면 다른 차원으로 떠나게 되어 있군. 그걸 이 몸의 힘으로도 저지할 수 없다고? 이런 말도 안 되는!"

놀랍게도 무덤에서 웅크리고 있는 자의 목소리에서 진심으로 당혹해 하는 기색이 느껴졌다.

"대체 네놈은 무엇인가?"

그 물음에 나도 당황했다. 하지만 곧 이유를 알 수 있었다.

대신격 아퀼라의 가호 때문이 틀림없다. 그의 말에 의하면 나는 이 세계에서 완전히 죽음을 맞이하면, 영혼만 원래 세계인 지구도 돌아간다고 했다. 그리고 한제우의 육체에 깃들어 원래의 삶을 되찾을 수 있다.

동의 없이 이쪽 세계로 끌고 왔으니 일이 틀어지면 돌아갈 수 있게 아퀼라가 배려해준 거다.

"이상하군! 이상해! 네놈에게 걸린 괴상한 방법을 해결할 수가 없다니!"

무덤에서 웅크리고 있는 자는 매우 심기가 불편한 목소리였다. 지고한 자신의 능력으로도 요상한 마법을 풀지 못하고 있으니 열 받을 수밖에.

하지만 이걸 건 이는 대신격 아퀼라. 아무리 무덤에서 웅크리고 있는 자라고 해도 당장 해결할 순 없었다.

"크하하하! 거 아쉽겠군! 씹어 먹을 수 있는 게 내 영혼이 아니라 육체뿐이어서!"

어차피 중요한 건 영혼이다. 신성은 영혼에 깃들기 때문이다.

"그렇다고 네놈 처지가 나아질 줄 아느냐! 좀 놀랍긴 하다만 시간만 있으면 충분히 해결책을 찾을 수 있다!"

"어디 맘대로 해보시지! 다른 대군과 싸움질로 바쁠 텐데 이런 일을 연구할 시간이 있나 모르겠다만!"

"크르르릉!"

정곡을 찔렀나 보다. 분노한 듯 무덤에서 웅크리고 있는 자는 날 집어던졌다.

"으아아아아!"

더러운 구름을 뚫고 땅바닥까지 처박혔다.

콰아아앙!

지면에 요란한 소리를 내고 충돌했는데 질긴 이 목숨은 그 정도로 죽지 않았다.

"크윽!"

팔다리가 다 뒤틀어졌지만 용사의 힘으로 바로 회복되어 갔다.

"이 빌어먹을 놈을 데려가! 데려가서 심연의 우물에 처넣어!"

아무래도 그는 당장 어쩌기 어려우니 날 억류해 뒀다가 나중에 해결하려는 모양이다.

"여기에 붙들리느니 차라리 자살을 택하겠다! 영혼만은 자유로히 빠져나갈 수 있게!"

"맘대로 하라! 하지만 네놈처럼 집착과 탐욕으로 가득 찬 인간이 자살을 택할 리가 없지."

그건 무덤에서 웅크리고 있는 자의 말이 맞았다. 제국에 너무나 많은 미련이 남아있다. 당장 죽음을 택하고 지구로 돌아갈 수는 없었다.

"발러슈테드! 네놈의 힘을 모두 봉인하겠다! 어디 가진 능력을 잃어버리고도 그 교만이 어디까지 가나 보지!"

"크아아아악!"

갑자기 온몸을 갈기갈기 찢는 것 같은 고통과 함께 내 안의 모든 게 억눌리는 걸 느꼈다.

"이 개 같은 자식!"

악을 쓰며 버틴 뒤 서둘러 상태창을 열어보았다.

발러슈테드 발러
[괴물사냥꾼 32레벨⇨0레벨]
[피도 눈물도 없는 자 07레벨⇨0레벨]
[왕관을 찾아 헤매는 자 6레벨⇨0레벨]
[인류용사 5레벨⇨0레벨]

"맙소사…."

순간 말문이 막혀버렸다. 가진 능력을 잃어버린 건 아니지만 모두 0레벨로 봉인된 상태였다.

"끌고 가! 심연의 우물에 처넣으라고!"

무덤에서 웅크리고 있는 자가 외치자 땅 속에서 데스나이트 둘이 스윽 일어났다. 그들은 양쪽에서 날 붙잡았는데, 평소라면 단번에 쳐 죽일 수 있을 놈들임에도 꼼짝도 할 수 없었다.

"놔! 놓으라고!"

그래도 내 성질머리가 있어 반항했는데, 데스나이트 하나가 주먹을 휘두르기 시작하자 코에서 피가 터지며 힘이 쭉 빠졌다.

건틀렛을 낀 데스나이트의 주먹질이 어찌나 매운지 제대로 서있을 수도 없었다. 이후 나는 흉흉한 해골 군마에 짐짝처럼 태워져서 어딘가로 끌려갔다.

의식은 깨어나면 금방 다시 끊기곤 했는데, 눈을 뜨면 내가 계속 쌍욕을 시전했기 때문이었다. 그럴 때마다 주먹질이 이어졌고 기절하기를 반복했다.

좀 얌전히 잡혀가면야 좋겠지만 궁지에 몰리자 성질이 한껏 더러워져서 악만 남았다. 특히 무덤에서 웅크리고 있는 자에게 아무 반항도 할 수 없었다는 상황 자체에 분노가 치밀었다.

촤아악!

그때 별안간 끈적끈적하고 더러운 물이 얼굴에 쏟아진다. 정신이 돌아와 눈을 떠보니 데스나이트 둘이 흉흉한 안광을 빛내고 있었다.

"뭐! 이 새끼들아! 쳐다보면 어쩔 건데!"

힘을 완전히 잃은 내가 여전히 뻗대자 임무를 수행하던 둘도 기가 막힌 듯 처음으로 말문을 열었다.

- 정말 보통 놈이 아니군.

- 맞아. 이 차원에 잡혀온 필멸자들은 똥오줌을 지리며 눈물을 좔좔 쏟아내는데.

- 우리 주인에게도 욕설을 날릴 정도로 지독한 놈이다.

- 어서 우물에 집어 던지고 돌아가자고.

갑자기 몸이 붕 떠오른다. 데스나이트 둘이 날 집어든 것이다.

"안 내려놔! 이 해골 새끼들아! 내가 힘을 찾으면 니들부터 먼저 조질 거야! 알아!"

하지만 그들은 대답도 없이 날 내던졌다.

"으아아아!"

나는 어떤 거대한 구멍으로 떨어졌다. 그 안은 오로지 밤만 지속되는 이 테멘 앙 키의 지상조차 밝아 보일 정도로 어두운 장소였다.

퍼억!

"크억!"

땅에 떨어지자마자 몸을 꿈틀꿈틀 거렸다. 뼈마디가 모두 분질러지는 듯한 느낌이었다. 하지만 나는 악에 차서 고개를 들고 소리쳤다.

"이 발러슈테드! 이대로는 안 끝나! 안 끝난다고! 무덤에서 웅크리고 있는 자 이 새끼야! 지옥 끝에서라도 기어 올라갈 테니까 기다리고 있어!"

속에서 열불이 터지고 얼굴이 뜨거워졌다. 내 처지 때문에 목구멍에서 울컥 뭐가 올라오려 했다. 하지만 울지는 않았다. 다른 이유가 아니라 감상에 빠질 시간이 없어서였다.

"젠장…."

지하로 떨어진 나를 향해 수십이 넘는, 안 좋은 무언가가 몰려 들어 오고 있었다.

3. 갈고 닦은 인성은 지하에서도 빛난다

아무리 모든 능력이 봉인되었다지만, 감각의 일부는 남아있다. 사방에서 좋지 않은 의도를 품은 것들이 다가오는 게 느껴졌다.

"답답하군…."

예전이면 적의 숫자를 정확히 감지했을 텐데 지금은 안개가 낀 듯 모든 게 흐리다. 어쩔 수 없지. 직접 부딪쳐 볼 수밖에.

레벨이 날아갔다고 해도 익힌 검술이 어디로 가는 건 아니다. 저깟 놈들 류블라냐만 있으면….

"어?"

허리춤을 더듬어보던 나는 그제야 사태를 깨달았다. 허리가 허전했다. 아니, 칼뿐만이 아니라 모든 게 없었다. 갑옷과 장비 전부.

입고 있는 건 팬티 한 벌이 전부였다. 그제야 떨어지기 전에 본 게 얼핏 떠올랐다. 그 데스나이트 놈들의 해골군마에 내 옷과 장비가 실려있었던 걸. 녀석들이 다 털어간 것이다.

"이런 빌어먹을!"

레벨이 0이 됐는데 장비빨도 받을 수 없다면 상황이 극히 나쁘다. 나는 서둘러 적당한 짱돌을 쥐어들었다.

비참한 꼴이었다. 화려한 스킬과 강력한 무기를 쓰던 내가 어찌 이런 거지만도 못한…. 심지어 진신을 드러내는 일조차 안 됐다.

"이러면 완전 나가리인데…."

팬티 바람에 짱돌을 들고 있자니 이 긴장감을 표현할 길이 없다. 새삼 갑옷, 칼, 권총이 얼마나 훌륭한 물건이었는지 절감했다.

"왔군."

나타난 이들은 평범한 존재들이었다. 분위기상 불가사리 같은 얼굴에 촉수와 날개를 가진 옛것들이 와도 이상하지 않을 정도였는데.

의외로 인간, 엘프, 드워프, 오크 같은 종족들이었다. 대단히 더럽고 상태가 안 좋아 잠깐 저게 뭔지 헷갈릴 정도였지만.

악취가 코를 찔러왔다. 저마다 몽둥이나 돌 같은 무기를 들었고, 야광주 같은 보석을 조명으로 쓰고 있었다. 다들 날 보더니 실망한 기색이 역력했다.

"뭐야, 이번 신입은 개털이잖아?"

"빌어먹을! 새 옷을 얻을 수 있을 거라 기대했는데!"

놀랍게도 그들은 살아있는 자들이었다. 이 테멘 앙 키에는 죽은 자만 있는 줄 알았는데, 나처럼 살아 숨 쉬는 놈들이 또 있을 줄이야. 뭐라 말을 걸까 고민하는데 자기들끼리 아웅다웅하기 시작했다.

"빌어먹을! 저딴 쪽박에 흥분한 새끼 누구야? 덕분에 할당량을 채우기 힘들어졌잖아."

"그러면 꺼지던가!"

"니미! 남아서 팬티나 잘 빼앗아 입어라 새끼야! 퉤엣!"

몰려온 자들 중 반은 돌아갔는데 나머지 반은 여전히 내게 관심이 있는 모양이었다.

"기왕 이렇게 된 거 신입 놈이나 두들겨 패서 스트레스나 풀어볼까?"

"저 팬티는 내거야!"

세상에, 지금 내가 입은 팬티를 빼앗으려는 건가? 보통 머리끝부터 발끝까지 다 털어가는 악랄한 강도라도 팬티 정도는 남겨준다. 그런데 놈들이 팬티마저도 가져가겠단다.

"이런 미친놈들이…."

욕설이 절로 나오는데 상대 중 하나가 코웃음 친다.

"황당하지? 어? 나도 처음엔 그랬어, 새끼야! 크크큭!"

그는 중년의 인간 남성으로 몸에 걸친 게 하나도 없었다. 대체 이 안에선 무슨 일이 벌어지고 있는 걸까? 할당량이란 건 또 뭐고?

"어디 가져갈 수 있으면 가져가 보던가,"

"이번에 온 신참은 기운이 좋은 녀석일세. 하지만 물정 모르고 날뛸 수 있는 것도 지금 뿐이야. 네놈만 잘난 줄 아냐? 우리도 물질계에 있을 때는 다들 한 가닥 했다고!"

그 말과 함께 노팬티의 중년 남성이 야만인처럼 돌격해 왔다.

온몸이 오물로 더럽고 양물이 덜렁거리는 터라 식겁하지 않을 수 없었다.

"히익!"

내가 움찔하자 겁먹었다고 생각한 줄 알고 기세를 올렸는데 그 다음 순간 녀석의 이빨이 우수수 털려나갔다.

퍼억!

들고 있던 짱돌로 놈의 얼굴을 찍어버린 것이다.

"으아악!"

피를 토하며 달려오던 기세 그대로 땅바닥에 뒹군 중년인. 내 아무리 0레벨이 됐다지만, 놀던 수준이 있는데 야만인에게 당할까.

데스나이트야 고위 언데드니까 피떡이 됐다지만 이런 무식한 놈 처리하는 건 일도 아니었다.

"으아아아! 내 이빨이! 젠장! 네놈도 약화됐을 텐데 왜 이리 강한 거야!"

"너희도 힘이 봉인됐냐?"

"크으으… 그렇다. 심연에 우물에 들어오는 이는 모두 힘이 봉인된다. 그렇게 보지 마라! 아, 입 아파… 이래 뵈도 다캄 왕국을 대표하는 전사장이었다!"

"리켄티아투스가 아냐?"

"뭐? 그게 어딘데?"

물질계에 행성이 리켄티아투스만 있는 게 아니니 다른 곳에서 온 건가. 다캄 왕국이란 건 들어본 적도 없다. 전사장이라는 원시적인 직업 역시 제국에는 존재하지 않고.

꼭 고대에나 있을 법한 후줄근한 직업이 아닌가. 존나 촌스럽네, 전사장이 뭐야.

"깡촌 새끼가 이 비텐바이어 공작님께 감히!"

주제도 모르는 놈 같으니라고. 실컷 패줬다. 아니, 진짜 어이가 없어서. 세상의 풍속이 각박해지고 도덕이 땅에 떨어졌다고 하지만 어디 감히 공작 앞에서.

빠각!

사커킥으로 놈의 걷어차자 턱뼈가 부딪치는 소리가 났다. 녀석이 기절해서 축 늘어지니 지켜보던 놈들은 얼빠진 표정이 된다.

"뭐야? 네놈 새끼들도 볼 일 있냐?"

"히이이! 괴물이다! 이번 신참은 괴물 같은 놈이야!"

아무리 힘이 봉인 됐다지만 나는 화신과 놀던 자다. 약해져도 이들보단 더 강했다. 다들 물질계에선 힘깨나 썼던 모양이지만 내겐 어림없었다.

"열 받는데 니들 마침 잘 걸렸다. 이리 안 와?"

"으아아! 달아나! 어서!"

나는 근처에 있는 놈들을 붙잡아 두들겨 패기 시작했다. 다들 다람쥐처럼 도망쳐버려서 늘씬하게 때려눕힌 놈은 다섯 밖에 되지 않았다. 일단 놈들이 지닌 소지품을 빼앗았다.

"흑흑, 제발 돌려주세요. 그거 없으면 저 굶어 죽어요!"

"뭐? 이 곡괭이 말이야?"

"네, 으아앙!"

짜악!

울기에 그치라고 뺨을 맛깔나게 갈겨줬다. 그러자 뚝 그쳤다. 역시 이게 직빵이라니까.

"안 그쳐? 남자가 질질 짜고 말이야. 이게 왜 여기서 필요한 건데?"

"말하면 돌려주실 건가요?"

"더 안 맞을 권리는 주마."

감히 내 팬티를 벗기려고 한 죄는 매우 크다. 합법적으로 이 팬티를 벗길 수 있는 건 발푸르기스 밖에 없다.

"왜? 아직 주먹이 부족하나? 확실히 힘이 봉인돼서 주먹이 예전 같지 않나 보네. 그렇다면 한 대 때릴 거 열 대 때리면 되지. 딱 대, 이 새끼야."

무릎 꿇린 도적놈의 머리채를 잡고 주먹질 하려고 하자 그가 양손을 싹싹 빈다.

"말할 게요! 말할 게요! 제발 용서해 주세요! 흑흑."

"후딱 말하는 게 좋아. 나는 인성이 깨끗하지만 이 주먹은 그렇지 않으니까!"

듣자니 이곳에 유폐된 자들은 심연의 보석이라는 광물을 캐내는 일을 해야 한다고 한다.

"지금 저희가 광원으로 쓰고 있는 이게 그 보석입니다요."

정해진 할당량이 있고 밥 비슷한 걸 얻어먹으려면 도리가 없다고.

"물자나 이런 건 어디서 구하는데?"

"곡괭이 등 몇 가지 물품은 보석으로 살 수 있어요. 저 그거 사려고 한 달은 굶었어요."

아, 그거야 내 알 바는 아니고.

"곡괭이 말고 다른 물건은 어떻게 구하는데? 너희를 보니 걸레짝 같은 의복이나 그것마저도 없는 놈들이 흔해 보이는 걸."

"…흑흑, 필요한 물건을 구하기 위해서는 신참이 유일한 방법이에요. 그래서 신참이 우물로 떨어지면 다들 사냥하러 나오는 거예요. 하지만 설마 팬티만 입고 올 줄이야…, 이런 경우는 없었는데."

신참이 갖고 있을 의약품이나 식량 같은 건 굉장히 탐나는 물건이라고 했다.

"안에는 극도로 물품이 부족해요. 그래서 신참을 약탈한 물건은 아주 귀하죠."

그런 물건들은 아주 비싸서 많은 보석을 줘야 구할 수 있다고 한다. 하지만 할당량이 있기에 화폐로 쓸 수 있는 보석이 적어 더욱 힘들다고.

"캐낸 보석은 누구에게 주는 건데?"

"일주일에 한 번, 보석을 수거하러 죽은 자들이 와요. 그들에게 보석을 바치고 식량이나 몇 가지 물건을 구할 수 있어요."

요컨대, 심연의 우물 안은 자치령과 비슷했다. 죽은 자들은 일주일에 한 번 들릴 뿐인데, 식량을 쥐고 있으니 유폐자들은 말을 들을 수밖에 없었다.

"음…, 그래도 이상한 걸. 이런 암담한 곳이면 자살자가 속출해야 하잖아. 어째서 다들 악을 쓰며 살아가는 거지?"

"여기서 죽으면 혼이 이 테멘 앙 키에 귀속되요. 누구도 이 지옥 같은 곳에 영원히 있긴 원하지 않죠. 그리고 일정한 보석을 바친 이는 물질계로 돌아갈 수 있어요. 실제로 몇 명이 귀환했고요. 그래서… 아잇!"

말을 하던 그자는 나를 보더니 깜짝 놀란다. 벌떡 일어나서 내 가슴팍을 손가락질하기까지 했다.

"다, 당신은!"

"왜 그러는데?"

"당신은 말로만 듣던 영구 유폐자군요!"

"뭐?"

이제 보니 가슴팍에 이상한 낙인이 찍혀있었다. 설마 이 낙인이 찍힌 자는 영구히 우물을 나갈 수 없는 건가?

"다, 당신은 진짜 거물이군요. 우리도 모두 물질계에서 이름을 날린 사람들이에요. 하지만 어둠의 대군의 주의를 끌기에는 턱없이 부족하죠. 다들 그의 권속들과 거래가 잘못돼서 잡혀온 거예요."

나를 이 차원으로 잡아온 신적인 세 거인도 그렇고, 무덤에서 웅크리고 있는 자에게 강력한 부하들이 여럿인 거 같다. 아마 그런 자들과 거래했겠지.

"그런데 당신의 그 낙인은 무덤에서 웅크리고 있는 자가 직접 남긴 거예요. 그가 직접 관리하는 죄수라고요! 세상에 당신은 무슨 짓을 해왔던 거죠?"

"염병… 보석을 모아도 나갈 수 없다 그건가."

오로지 내 운명은 무덤에서 웅크리고 있는 자에게 달려있다 그거다. 하지만 그대로 납득할 이 몸이 아니지.

나는 길을 찾을 것이다. 언제나 그랬듯이.

"나머지 새끼들도 곡괭이 다 바쳐."

"그런 사악한! 곡괭이는 어차피 하나 밖에 필요 없습니다! 가진 보석을 다 드릴 테니 용서해 주십시오!"

다른 놈들이 놀라서 펄쩍 뛰기에 다시 주먹으로 응징해줬다. 그리고 내게 처음 덤볐던, 턱뼈가 깨져 아직 기절해 있는 중년인을 가리키며 으름장을 놓았다.

"원한다면 자비를 베풀겠다. 곡괭이를 돌려주지. 대신 교환 조건은 네놈들 턱뼈다! 이 새끼들아!"

이 살벌한 협박에 다들 입이 쩍 벌어진다. 결국 그들은 눈물을 머금고 가진 곡괭이들을 내놨다. 총 다섯 개였다. 다들 나를 욕심만 큰 바보로 보는 것 같았다.

하지만 나는 주변에 있던 뾰족한 돌을 주워서 곡괭이 자루에 V자를 세겼다. 발러할 때 V였다. 그리고 포로 다섯에게 곡괭이를 돌려줬다.

"에? 이걸 왜 다시?"

다들 어리둥절해했다. 나는 그런 그들을 보며 씩 웃었다.

"이제 보니까 니들이 너무 불쌍해서 안 되겠다. 돌려줄게."

"그게 정말이십니까!"

"암, 정말이지. 대신 앞으로 니들이 캐는 보석의 30%는 내 거다.

"뭐, 뭐라고?"

무릎 꿇고 있던 다섯이 황당함을 금치 못하겠다는 듯 동시에 입이 쩍 벌어졌다.

"왜? 이해를 잘 못하겠나? 그렇다면 우리 선생님들 이해하시게 알려드려야지요. 응? 10개를 캔 다음에 3개를 나한테 주면 된다니까. 간단하지? 그렇게만 하면 이 곡괭이들이 너희들 거야."

"그, 그건 사기입니다! 거, 거절하겠습니다! 차라리 곡괭이를 포기하⋯."

우드득.

갑자기 내 주먹이 소리를 내기 시작했다. 그리고 내가 주변에 떨어진 나무 막대를 창처럼 쥐고는 혀로 핥자 다들 경악을 금치 못했다.

"아, 악마다⋯."

그들은 넋이 나간 표정이 됐다.

"너무 걱정하지마. 너희는 받게 될 테니까."

나는 뾰족한 돌로 놈들의 이마에 V자를 새겨줬다. 그러니까 내 마지막 존엄을 노리면 안 되지.

"됐다. 우린 이제 친구야? 그치?"

"네에⋯⋯ 악마에게 팔렸어, 난 이제⋯."

이후 턱이 깨진 놈을 빼고 노예 다섯을 이끌고 우물 안쪽의 갱도로 들어갔다. 그제야 군데군데에서 다른 유폐자들을 만날 수 있었다. 그들은 우리를 보더니 놀라서 소곤소곤거렸다.

"인간 사냥이다! 인간 사냥을 하고 있어!"

다들 나와 눈이 마주치다 달아나기 바빴다.

"도망쳐! 인간 사냥꾼이 온다!"

"으아아아! 인성을 어머니 뱃속에 남겨 놓고 온 자가 나타났어!"

나는 그들의 꼴에 어이없어 하며 노예들에게 물었다.

"여긴 마을 같은 거 없어?"

"있습니다!"

"안내해."

"알겠습니다!"

노예들은 아주 고분고분해졌다. 대신 발음이 좋지 않았다. 안타깝게도 교육 과정에서 상당수의 이빨을 잃어야 했기 때문이었다.

우물 속에는 몇 개의 마을이 있는데 가장 큰 마을은 송곳니 무덤이다. 거대한 드래곤의 송곳니가 마을 곳곳에 있었기 때문이었다. 무슨 이유에선지 이곳에는 드래곤의 유골이 많았다.

이 마을의 지배자는 유폐자 중 가장 강력한 그룹을 이끄는 카이투스라고 불리는 남자다. 흔히 땅밑왕 카이투스라고 불렸다.

드래곤의 뼈로 만든 거대한 거처에서 하프 자이언트 피를 가진 그는 나른하게 권좌에 앉아 있었다. 그의 뒤에는 무수히 많은 보석이 쌓여 보기만 해도 호화찬란했다.

모두 우물의 주민들이 땅밑왕에게 공납으로 바친 것들이다. 그 보석이면 몇 번이고 물질계로 돌아갈 수 있었지만 땅밑왕 카이투스는 그러지 않았다.

다들 그게 의문이었다. 누군가는 이 지하 우물 속 세계에서 왕 노릇하는 게 좋아서 그런 거 아니냐고 했는데 그건 설득력이 없었다.

카이투스 정도의 남자가 물질계로 돌아가 힘을 회복하면 거대한 나라를 창업하는 건 일도 아니었기 때문이었다. 그러니까 결코 이런 지하 깊은 곳에 머물 이유가 없는 거물이었다.

"이번에 재밌는 신입이 들어왔다고?"

드래곤의 턱뼈를 가공한 의자에 앉아 묻는 카이투스에게 졸개 하나가 허리를 조아린다.

"네, 전하. 듣자니 낙인의 거물이라거나 인간 사냥꾼 발러라고 불립니다. 지금 닥치는 대로 유폐자들을 사로잡아 몸에 V자를 새긴 뒤 노예로 부리고 있답니다."

"크크크흐흐! 아주 재밌군. 우물이 이 카이투스의 땅임을 모르지 않을 텐데!"

"조치에 들어갈까요?"

"내버려두라. 크흐흐. 유쾌한 놈이니 당분간 주시하도록."

"알겠습니다. 전하."

졸개가 물러나자 그의 표정이 일변한다. 지배자의 여유는 사라지고 심각한 얼굴이 됐다.

'범상치 않은 자로군. 설마, 심연의 우물에 묻혀있다는 신의 육체를 파낼 사내가 나타난 건가? 예언에는 분명 낙인의 거물이 나타난다고 했지….'

땅밑왕 카이투스는 줄곧 그 예언 속의 남자를 기다려왔다. 혼자서는 땅에 묻힌 신격의 육체를 파낼 재간이 없었기 때문이다. 그가 아무리 강해도 신성에 손을 대긴 무리였다.

'작업을 위해선 신격이나 신성에 다가가고 있는 필멸자가 필요하다. 그 사내는 그런 특이한 조건을 갖추고 있단 말인가?'

하지만 속단하긴 일렀다. 카이투스는 이 우물 속에서 긴 시간을 보냈고 수많은 좌절과 실망을 겪었다. 드물게 그를 들뜨게 하는 자가 나타나곤 했지만 기대에는 못 미쳤으니까.

'일단 지켜보는 수밖에.'

우물 속 갱도에서의 생활은 참으로 고통스러웠다. 단지 밤이 계속되고, 사방을 짓누르는 암흑이 물러나지 않는다는 이유만으로 모든 게 엉망이었다.

"더 속도를 내!"

나는 사로잡은 노예 11명을 부려서 보석을 채굴했다. 이곳에서 살아남고 필요한 물건을 얻으려면 어쩔 수 없었다.

광산은 바람 한 점 불지 않아 극히 더웠다. 장소는 비좁아 보석을 캐기 여간 힘든 게 아니었다. 몸을 옹색하게 구부린 채 단단한 암반을 깨부수려면 갖은 애를 써야했다.

"곡괭이는 소모품이군."

여기서 밥줄인 곡괭이는 주기적으로 새로 살 수밖에 없었다. 이래가지고는 우물에서 탈출하기는커녕 언제까지나 노예로 묶여있을 수밖에 없는 구조였다. 애초에 정상적으로 보석을 캐서는 돌아갈 수가 없었다.

"저 단단한 부츠는 왜 안 신는 거야?"

노예 하나가 맨발로 일하는 걸 보고 물었다. 그의 발등은 떨어진 돌에 맞은 듯 상처투성이였다.

"어쩔 수 없습니다요. 이 동굴 안은 습도가 지독하죠. 저런 신발을 신고 며칠만 지나면 무좀이 잔뜩 일어납니다. 축축한 발바닥에는 곰보처럼 구멍이 송송 뚫립니다."

다만 저런 더운 부츠도 작업에 따라 쓸 곳이 있으니 소중히 갖고 다닌다고.

그런데 무좀 정도는 약과였다. 고약하게도 사람들의 몸에서 곰팡이까지 자라고 있었다. 가려워 긁으면 새빨갛게 종기가 일어났고, 이후 고름이 차올랐다. 긁다가 터지면 보기 싫은 흉터로 남거나 새로운 감염으로 이어졌다.

그래서 이곳에선 알몸의 미녀가 돌아다녀도 누구하나 돌아보지 않았다. 피부가 엉망진창에 다들 구취도 지독했기 때문이었다.

나는 다른 이와 대화를 하는 게 너무 힘들었다. 입 냄새가 감당하기 어려웠다. 그들의 입 안에는 각종 염증으로 엉망이었으니까.

"정말 좆같은 세계군."

역시 어둠의 존재와 거래한 말로(末路)는 이런 거지. 결국은 이리 파멸하는 거야.

나만은 안 그럴 줄 알았는데 저기 노예들과 다를 바가 없었다. 무덤에서 웅크리고 있는 자에게 당해서 이렇게 나락으로 떨어졌으니까.

으득.

이가 절로 갈렸다. 그 빌어먹을 놈에게 한 방 먹여줄 수 있으면 뭐라도 할 수 있을 거 같았다. 하지만 현실은 노예 열 명 데리고 있는 광부 신세다.

그나마 이것도 앞으로 어찌될지 알 길이 없었다. 처음 들어와서 화끈하게 나간 건 좋은데 여기 지배자들의 심기를 건든 모양이다.

사방에서 온갖 협박과 회유가 이어졌다. 그래도 내가 노예들과 보석이 잘 나지 않는 갱도 외곽으로 피한 덕에 큰 충돌은 없었다.

"저쪽 입장에선 주제 파악했다고 생각하겠지."

"네?"

내 혼잣말에 노예 하나가 되묻자 나는 머리를 벅벅 긁어댔다. 간지러워 죽겠군.

"여기 지배자들은 자기들끼리 세력 다툼에도 바쁘잖냐. 어디서 괴상한 신참이 하나 나타나긴 했으니 알아서 기니까 그냥 넘긴 거겠지."

"…현명한 처사셨습니다."

"그렇긴 한데 갱도 외곽이라 보석이 잘 안 나오는 게 문제군. 이거 하루 벌어서 하루 먹고 사는 처지도 아니고."

카앙!

나 역시 곡괭이를 휘둘렀다. 노는 것도 하루 이틀이지, 가만히 앉아서 남들 보석 캐는 거 구경하는 것도 질려버렸기 때문이다.

역시 세력을 모아서 가장 만만한 지배자를 하나 칠까? 구미가 당기는 일이긴 한데, 야심을 드러냈다가는 다른 지배자들이 어떻게 반응할지 모르겠군.

아직 이 세계의 생리에 대해 제대로 파악하지 못하고 있는 게 문제였다. 그렇게 혼자 고민만 하고 있는데 묘한 소리가 들렸다.

- 여보세요. 여보세요?

웬 귀여운 소녀의 음성이었다. 처음에는 누군가 날 부르는가 싶어 주변을 둘러봤다. 하지만 근처에는 생활에 찌들어 목소리가 갈라진 유폐자들 뿐이었다. 이렇게 상큼하게 날 불러줄 이는 없었다.

- 여보세요? 뭐지요. 지금 무시?

- …환청인가?

지독한 우물이지 싶었다. 이런 환청이 다 들리다니.

- 환청이라니요. 각성해서 처음 말을 걸고 있는 건데요!

- 각성?

아니, 이건 또 무슨 소리야. 일단 곡괭이를 내려놓고 태연한 척 자리에 앉았다.

- 누군데?

갑자기 머리 속에 나타나 말을 걸고 있으니 경각심이 일어난다.

- 이제야 관심이 생기는 겁니까? 반응이 늦잖아요.

- 대체 누구냐고?

아무리 기억을 떠올려 봐도 아는 목소리는 아니다.

- 궁금해 하시는 거 같으니 바로 알려드리겠어요. 저는 누미디아의 사기꾼이랍니다. 짜잔!

- ……뭐?

멍청하게 되물을 수밖에 없었다. 누미디아의 사기꾼이라니 갑자기 너무 뜬금포가 아닌가.

- 너는 분명 마법지퍼에 넣어뒀을 텐데.

- 각성했습니다.

- 여기서 꽤 떨어져있는 거 아냐.

- 각성했습니다.

- 어떻게 이렇게 원거리 통신을.

- 각성했습니다.

말을 말자.

- ……

분명 발푸르가 여신격에게 SS+등급의 갑옷인 누미디아의 사기꾼을 받긴 했다. 하지만 각성하지 못해 그저 단단한 갑옷에 불과해 여태 입지 않았다.

계속 입고 있던 '저주받은 태생'이 몸에 익은 데다가 스탯치 향상도 있어서 말이다. 다만 그 저주받은 태생이 워낙 여기저기 박살이 나 슬슬 갈아타야 하지 않나 생각만 하고 있었다.

- 어떻게 각성한 건데?

- 조건이 맞은 거죠. 소유자가 신격이나 신성을 가진 존재일 것, 그리고 어둠의 대군과 만날 것. 이 두 가지가 제가 깨어나는 데 필수 요소였답니다.

- 요컨대, 양 진영의 힘이 모두 자극해 줄 필요가 있었다 그건가?

- 똑똑하시네요! 물론 저보단 못하겠지만. 이해가 빨라서 좋다고 생각합니다.

내가 신성을 갖기 시작하자 자극을 받은 건가. 그리고 무덤에서 웅크리고 있는 자를 만남으로 나머지 조건도 달성한 거로군.

- 그나저나 당신 멍청이 아니에요? 깨어나자마자 주인이랑 헤

어지다니 제 운명도 시작부터 재수가 똥인 거 같아요.

- 상대는 어둠의 대군이라고. 방법이 없었어.

그 말에 누미디아의 사기꾼은 피식피식 웃는다.

- 이거, 이거. 후배님은 배움이 떨어져서 정말 문제네요. 저는 과거에 어둠의 대군까지 속였다고요.

- 아니, 그거야 당신은 전설의 대사기꾼이니 그런 거고…. 아니, 그것보다 이상한데.

누미디아의 사기꾼이 이렇게 어린 소녀티가 팍팍 나는 존재였다니? 마치 발랄한 여중생이랑 얘기하는 것만 같다. 이런 느낌을 얘기하자 상대는 다시 웃는다.

- 역시 이 후배는 아직 멀었군요. 정말 제가 어린 소녀라고 생각하시나요?

순간, 아차 싶었다. 들리는 목소리와 태도가 완전히 귀여운 소녀였지만 상대는 대사기꾼. 이런, 시작부터 우를 범했구나.

- 이보시게. 허허허, 이러면 나는 노인 같은가?

갑자기 목소리가 바뀐 누미디아의 사기꾼. 완전 나이 많이 먹은 늙은이가 따로 없었다, 누미디아의 사기꾼은 목소리와 태도를 계속 바꿨다.

노파가 되기도 하고 청년, 어린애까지 연기하지 못하는 게 없었다. 그럴수록 나는 쓴웃음을 삼켜야만 했다. 어쩐지 누미디아의 사기꾼이라고 하면 교활한 인상의 중년인을 떠올려 왔기 때문이다.

- 후배여, 선입견에 사로잡히지 마시게.

이제 상대는 인자한 성직자 같은 태도였다. 목소리가 태양처럼 따뜻한 게 어느 성당의 고명한 사제 같았다. 기가 막히군. 이 게 대사기꾼인가.

- 이보시게, 후배. 이 몸이 과거 어둠의 대군을 어찌 속였다고 생각하는가?

- 모르겠습니다.

- 간단하다네. 어둠의 대군을 속이기 위해 어둠의 대군을 연기 했지.

황당해서 입이 떡 벌어진다. 상대는 나와 차원이 달랐다. 그야 말로 진정한 연기자이자 사기꾼이었다. 어둠의 대군조차 속일 정도로.

연기와 사기의 극에 달한 존재였다. 나는 상대의 본질이 뭔지 알 수 없었다. 늙었는지, 젊은지, 남자인지, 여자인지, 어느 것 하 나 알아내지 못했다.

- 자기 자신에게 실망하셨나요?

누미디아의 사기꾼은 처음의 소녀 목소리로 돌아왔다.

- 뭐… 너무 큰 차이에 의기소침해졌다고 할까.

- 호호호, 괜찮아요. 처음부터 잘하면 재미없는 법이죠.

그래, 더 큰 경지를 봤다고 좌절할 필요는 없지. 그것보다 그 녀(?)가 내게 뭘 해줄 수 있는지 알아보는 게 우선이었다.

- 좋아, 원하는 게 뭐야?

- 회복이 빨라서 좋군요. 간단합니다. 유능한 제가 지금 당신 을 도와주겠다고는 거예요.

당연히 공짜일 리가 없다. 나는 원하는 게 뭐냐고 물었다.

- 공짜라고 생각하지는 않는군요?

- 공짜를 좋아하는 건 바보 멍청이들뿐이야.

- 호호호. 제 요구는 명확합니다. 신격이 될 수 있게 도와주세요.

- 신격?

- 네. 과거 대신격 아퀼라를 도운 것도 신격이 되고 싶어서 한 건데, 결국 손해만 봤지요. 하지만 아직 늦지 않았답니다. 당신이 절 도울 수 있을 거라고 생각하고 있어요. 그렇지요?

- 흐음….

이건 또 생각지도 못한 일이군. 누미디아의 사기꾼이 원하는 게 신격의 길이었구나. 아퀼라를 도운 것도 그 때문이고. 그런데 잘 되진 않았나 보다.

- 선택이 어려우신가요? 그렇다면 저와 함께할 이득을 알려드리지요.

- 말해봐.

- 위험한 곳에 언제나 그럴싸한 물건이 감춰져 있단 얘기 알아요? 역시 당신 같은 외줄타기 인생이라면 와 닿는 게 있을 텐데.

확실히. 나도 모르게 고개를 끄덕였다. 내가 지금까지 얻은 좋은 건 모두 위험천만한 곳에서 얻어낸 거니까.

- 설마 이 테멘 앙 키에 귀한 게 감춰져 있다는 건가?

- 정답! 돈 냄새에는 민감하게 반응하시는군요. 역시 저와 같은 피가 흐르는 거예요.

- 돈 좋아하나 보네.

- 사실 생전에 사기꾼보다 수전노라고 불렸답니다. 헤헤.

어쩐지 엄청난 상대를 만난 거 같다.

- 그래서 그 수전노가 뭘 약속해줄 건데? 여기 뭐가 있어?

- 여러 가지 있지요. 다 얻을 수는 없겠지만 후배에게 지금 필요한 건 약속할 수 있답니다. 일단 프로그래마 모르티스(Prográmma Mortis) 어때요?

- 프로그⋯ 뭐?

아니, 이 자식은 왜 이리 어려운 말을 지껄이는 거야.

- 프로그래마 모르티스요.

- 프로그래마 모르티스? 그게 뭔데.

- 듣고 나면 흥미가 동할 거예요.

- 글쎄, 허세 부리는 거치고 제대로 된 거 없더라.

내 말에 공감하는 게 있는지 누미디아의 사기꾼은 쿡쿡, 웃었다. 허세야말로 사기의 근본적인 요소 중 하나이기 때문이겠지.

- 잘 들어주세요. 프로그래마 모르티스는 무덤에서 웅크리고 있는 자가 만든 일정한 <명령어 집합체>입니다. 사령술의 전투 체계와 기술의 절차, 어둠과 마력을 구현하는 방법이 빼곡히 적혀있는 일종의 오브지요. 거대한 오브.

- 아니, 잠깐⋯.

순간 바로 감 잡히는 게 있어 소름이 돋았다. 명령어 집합체라니.

- 오호? 역시 자기 이득에 관해서는 머리가 팍팍 돌아가네요. 후배도 유능한 친구였어요.

- 설마 그것만 있으면 나는 무덤에서 웅크리고 있는 자에게서 독립할 수 있는 건가!

분명히 그 프로그래마 모르티스는 무덤에서 웅크리고 있는 자가 필멸자에게 내리는 후원의 알고리즘 같은 게 틀림없었다.

- 후배의 지식은 대단하네요. 바로 알아듣다니 솔직히 저도 좀 놀랐네요.

- 칠마성전을 봤거든. 초월자들은 힘을 내리는 데 일정한 체계를 갖고 있다고. 안 그러면 귀찮아서 감당이 안 되니까.

초월자 입장에선 이거 해주세요, 저거 해주세요 할 때마다 힘을 내려줄 순 없잖나. 그러니까 중개소 역할을 하는 자동화 기기가 있는 거다. 알아서 허락된 힘을 내릴 수 있도록 하는 창구가.

- 그런 게 생물일 수도 있고 무생물일 수도 있다고 하지. 초월자에 따라 자기 휘하의 신적 존재를 대리인으로 쓰기도 하고, 방금 프로그래마 모르티스처럼 대단한 아티펙트를 만들어 놓기도 하고, 그런다고 들었어.

짝짝짝.

갑자기 박수소리가 들린다.

- 후배의 지식에 이 선배는 꽤나 감동했답니다. 솔직히 도와줄 가치를 느끼고 있어요.

- 그건 고마운 말인데. 설마… 도와준다는 게 지금 내가 생각하는 그건가?

- …….

잠시 아무 대답도 들려오지 않았다. 나는 곧 그게 일부러 그러는 것임을 깨달았다. 아주 사람 마음을 들었다 놨다 하는데 달인이었다. 역시 대선배.

상대의 의도를 알면서도 먼저 입을 열고 싶은 충동을 느꼈다. 식은땀이 살짝 흐르고, 성급하게 열리려는 입을 애써 깨물던 그

때 대답이 돌아왔다.

 - 맞습니다! 후배가 프로그래마 모르티스를 훔치게 도와줄게요! 무덤에서 웅크리고 있는 자에게 거하게 엿을 먹여보자고요. 그걸 갖고 도망가면 그가 내리는 후원은 일시에 다 끊겨버립니다. 요컨대, 물질계 행성 곳곳에 있는 피도 눈물도 없는 자가 모두 실업자가 되는 거예요! 오로지 후배만 빼고!

 씨익.

 구미가 당겨 나도 모르게 입 꼬리가 사악하게 올라갔다.

 - 혹하는군. 그거 완전 제대로 엿 먹이는 건데?

 - 쿡쿡, 역시 남을 절벽에서 떨어뜨리는 일이라면 의욕이 나는 게 제 후배답네요!

 프로그래마 모르티스만 얻으면 무덤에서 웅크리고 있는 자의 후원은 더 필요 없다. 그딴 녀석이 없어도 피도 눈물도 없는 자의 힘을 유지하며 한계치까지 성장할 수 있겠지.

 - 후배님, 하지만 아직 흥분하긴 일러요. 흐흐, 이 테멘 앙 키에는 훔칠 만한 보물이 더 있으니까요.

 - …어떻게 그리 잘 아는 거지?

 지식이라면 자신 있었는데, 상대는 내가 생각도 못하던 걸 줄줄이 꿰고 있지 않나.

 - 간단해요. 생전에 이곳에 와봤거든요. 저도 그 우물에 150년 정도 갇혀있었어요.

 뭐야, 이거.

 감방 선배잖아.

 - 150년이나 갇혀있었다고?

- 그런 거예요! 돈으로도 감방가는 걸 피할 수 없을 때가 오는 법이지요. 하지만 저는 긍정적이니까요, 그 150년 기회를 알차게 써야한다고 생각했답니다.

이 인간, 150년 동안 이 테멘 앙 키에서 훔칠 만한 걸 찾았던 건가. 역시 보통이 아냐.

- 그래서 그 프로그래마 모르티스 말고도 훔칠 만한 게 뭐가 있는데?

- 아주 적당한 게 있는 겁니다. 후배님. 흐흐흐.

소녀가 음침한 웃음을 흘린다. 마치 뭐라도 팔아보려는 영업사원 느낌인 걸.

- 지금 후배가 있는 우물 말이죠. 굉장한 게 묻혀있답니다.

- 여기에?

- 네, 심연의 우물 지하에는 오래 전에 죽은 드래곤 신격의 육체와 정수가 묻혀있어요.

- 드래곤 신격?

- 이름은 저도 모른답니다. 다만 한 가지 확실한 건 알고 있지요. 그 드래곤 신격이 이 차원에서 어떤 고대의 악을 쓰러뜨리고 같이 죽었다는 거예요. 자신의 수많은 드래곤의 부하들과 함께 말이죠. 어쩐지 지하에 드래곤의 뼈나 송곳니가 듬성듬성 보이지 않나요?

- 아, 그러고 보니….

그게 드래곤 신격과 그를 따르던 드래곤들의 흔적이란 건가.

- 애초에 우물 속에 있는 심연의 보석도 드래곤 하트가 터지면서 만들어졌단 가설이 있어요.

- 그런 일이 있었나. 하지만 여기는 무덤에서 웅크리고 있는 자가…,

- 그가 오기 전에 여기는 황량하고 아무도 찾지 않는 차원이었어요. 무덤에서 웅크리고 있는 자가 이 차원에 정착한 건 그렇게 오래되지 않았습니다.

즉, 정치적으로 실각하고 도망쳐 온 것이 여기란 거다.

- 무덤에서 웅크리고 있는 자는 모르나? 우물에 드래곤 신격의 몸이 있다는 걸.

- 모릅니다. 애초에 관심도 없다고요.

- 정말?

- 그는 오로지 원래 자신이 머물렀던 세계로 가길 원하고 있어요. 이 테멘 앙 키에는 애정이 없지요. 심연의 보석도 여기 거주민들에게 필요하니 채굴하게 명한 것일 뿐 본인은 신경 쓰지도 않아요. 사실 그 정도의 소모품이 어둠의 대군의 관심을 끌 수 있을 리가요.

- 등잔 밑이 어둡다 그건가.

알았다면 반드시 캐내려고 하겠지. 지금은 조금의 힘이라도 더 필요한 시절이니까.

- 대가는 알겠어. 그런데 아직 이해가 안 되는 게 있는데.

- 뭔가요? 까다로운 후배.

- 내가 어떻게 당신이 신격이 되게 도울 수 있다는 거지?

나 자신도 신성의 여정을 어떻게 완료하는지 모른다. 그저 진입로에 들어섰을 뿐이다.

- 내 코가 석자라고. 어떻게 너까지 신격으로 만들어.

- 후후후, 후배. 발뺌이 지나치네요.

- 뭐?

- 이 선배는 다 알고 있답니다. 종언의 석판에 대해.

- 으윽.

하긴 그렇겠지. 대신격 아퀼라의 파트너였던 자니까.

- 종언의 석판을 발동시키면, 이름이 적힌 신적 존재들은 리켄티아투스에서 추방되지요. 그렇다면 남은 이 중 주목할 만한 이는 발푸르가 여신격. 그녀는 아퀼라의 안배로 이름이 적히지 않았으니까요. 그리고 또 하나는 바로 후배랍니다.

- 요지가 뭐야?

- 만약 성공한다면 구원 후의 세계에 단 둘 밖에 안 남을 신격 중 하나가 당신이라고요. 후배. 그런 후배가 날 신격의 위에 올려주지 못한다고요?

상대는 깔깔거린다.

- 아퀼라 때는 대가를 제대로 받지 못했답니다. 하지만 이번에는 달라요. 후배, 나와 거래해요. 이득을 약속하겠습니다.

- …음. 적어도 하나는 맘에 드는군.

- 뭔가요?

- 믿어달라고 하지 않는 것.

그 말에 소녀는 다시 웃어댔다.

- 믿음이란 금화가 반짝 거리는 동안에만 잠깐 찾아볼 수 있는 거랍니다. 후배, 사기꾼 사이의 명언을 아시나요?

- …믿는 자만 속게 되어 있다.

- 맞습니다. 신뢰니 뭐니 하는 건 개나 줘버리세요. 그저 우리

가 나눌 금과 권력을 논하면 되는 거예요.

- 속물이군.

- 아니죠. 이런 건 우수한 인간이라고 하는 거랍니다. 저 사실 천재거든요.

사고방식이 나랑 판박이였다.

- 게다가 후배는 제가 없으면 종언의 석판을 제대로 다룰 수 없을 겁니다.

이래저래 이 감방 선배랑 손을 잡을 수밖에 없어보였다. 어쩐지 내 머리 꼭대기 위에 올라 있는 거 같아 불안했지만.

- 이 세계의 보물을 훔치는 것도 좋고, 종언의 석판도 좋단 말이야. 근데 이 감옥 부터 나가야할 텐데 방법이 있는 건가?

- 물론이죠.

- 역시 노하우가 있군. 뭔데 그게? 그리고 선배는 지금 어디에 있지? 여길 빠져나가면 찾아갈게.

마법지퍼 안에 온갖 보물이 가득하다. 짐을 빨리 되찾아야 한다. 그런데 상대가 생각도 못한 대답을 해왔다.

- 걱정 마세요. 일단 제가 갈 테니까요.

- 뭐?

아니, 이게 무슨 소리야. 그녀는 분명히 갑옷에 깃들어 있을 뿐인데. 게다가 마법지퍼 안에 갇혀 있을 터.

- 어떻게 여기까지 오려고?

- 그건 후배가 걱정할 바가 아니랍니다. 또 봐요!

그걸로 연락은 끊겼다. 속으로 몇 번이고 다시 불러봤지만 상대는 대답이 없었다. 이 무슨, 황당한….

여기까지 어떻게 오려고?

"하아…."

절로 한숨이 나왔다. 일단 이 건은 잊어버리기로 했다.

누미디아의 사기꾼에게서 새로운 소식은 없었다.

"역시 헛방이었어."

되도 않는 소리를 하는 게 역시 사기꾼답단 생각이 들었다. 나는 감방 선배에 대해선 금방 잊어버렸다. 당장 우물 속에서 일이 중요했기 때문이었다.

"또 땅밑왕에게 연락 왔어?"

"네, 대장."

노예 하나가 가져온 전서에 기분이 안 좋아졌다. 땅밑왕이란 작자가 자꾸 회유와 협박으로 날 자기 휘하에 두려고 하고 있었다.

그런데 예리한 사기꾼의 감은 이놈이 날 이용해 먹으려 한다고 말해주고 있었다. 당근과 채찍으로 연일 압박하는 게 꼭 내 수법과 같았기 때문이다.

"아주 교활하고 못돼 처먹은 놈이야."

어떻게 남을 속여 이용하려고 할 수 있어. 양심이 없는 놈이 아닌가. 당연히 거절했다. 그리고 다른 지배자들에게 끈을 대서 땅밑왕의 압박을 벗어나려 노력 중이었다.

하지만 상대는 내 생각보다 훨씬 간절했던 것 같다. 설마 나 같은 신참에게 이곳의 패왕이 얼마나 관심을 둘까 싶었는데 그건 오판이었다.

"네놈이 그 발러인가?"

"이런… 설마 직접 찾아올 줄이야. 어지간히 오지랖이 넓으시군."

"현장파라서 말이야."

보자마자 상대가 땅밑왕이란 걸 알 수 있었다. 하프 자이언트답게 거대한 몸체는 가히 반칙이다 싶었다. 물질계에 있을 때 드래곤 여럿 접고 다녔을 기세인 걸.

"내 이렇게 직접 왔는데, 제안에 대한 답을 듣고 싶군."

"거절하겠다."

"그렇다면 이 주먹으로 해결해 볼 수밖에. 애송아, 이 몸은 여태 이 주먹으로 갖지 못한 게 없다."

그 말에 나는 킥킥 웃었다.

"그 첫 번째에 내가 오르겠군."

"금으로 살 수 없는 것도 이 주먹으로 해결해왔다. 이번에도 같을 것이다."

아니지. 그런 무식한 것보다 반짝이는 게 훨씬 근사하다고. 멍청한 새끼 같으니라고.

"맘대로 해봐. 이 발러 님은 누군가에게 굴복하는 남자가 아니다!"

"그렇다면 네 자신의 주먹으로 증명하라!"

퍼억!

인지할 틈도 없이 얼굴이 돌아갔다. 이 느낌은 뭔가, 대포알에 턱을 친 것만 같았다. 이 무슨 황당한…"

"크악!"

시야가 미친 듯이 빙빙 돌았다.

"아아악!"

비명을 지르며 갱도를 데굴데굴 굴러갔다. 갱도의 벽에 몸이 막힐 때까지 내가 할 수 있는 건 아무 것도 없었다.

"크으…."

간신히 추스르고 일어나자 피가 쏟아졌다.

울컥.

봉인 됐는데도 이 정도라니? 주먹의 소양이 대단하군. 물질계에서 거의 베오울프에 준했던 것 아닐까. 어느 행성 출신인지 모르겠으나 그 행성을 일신의 무력으로 쩌렁쩌렁 울린 패자가 틀림없었다.

"곤란한 걸. 나는 좀 많이 세련된 남자라 이런 무식한 싸움에 약하단 말이지."

"흥! 한 주먹에 의지가 꺾인 건가! 변변찮은 놈!"

하지만 앓는 소리를 하는 건 다음 수를 위해서였다. 나는 넘어지며 움켜쥐었던 모래를 뿌렸다.

"으윽! 이런 치사한!"

원래라면 먹힐 리가 없다. 아니, 그나 나 정도의 강자면 이런 유치한 짓을 하지도 않는다. 하지만 공평하게 약해졌기에 삼류나 할 법한 행동도 먹혔다. 설마 모래를 뿌릴 줄은 몰랐겠지.

퍽!

그가 주춤하는 정강이를 까자 땅밑왕이 허리가 구부러졌는데, 그 순간 물구나무를 서며 발바닥으로 내려온 그의 턱을 올려찼다.

퍼억!

제대로 들어갔다! 하지만 희열은 잠깐이었다.

덥썩!

땅밑왕이 날 붙잡더니 있는 힘껏 땅에 내리꽂았기 때문이었다.

"컥!"

비명도 나오지 않았다. 아니, 차라리 거기까지였으면 다행이었다. 땅밑왕은 땅에 말린 오징어처럼 납작하게 뻗은 날 쥐더니 근처의 돌무더기에 집어던져 버렸다.

와르르르! 콰앙!

돌들을 무너뜨리며 처박혔다. 온몸의 뼈마디가 다 부러지는 것만 같다.

"제법 멋진 공격이었다. 게다가 모래를 뿌린다니. 그런 허접한 같은 짓은 수백 년 만에 다시 보는군. 음… 그래, 나도 첫 전투에서 그런 비열한 짓을 해 살아남은 적이 있다."

하찮은 놈들의 개싸움에선 흔한 짓도 절대강자에겐 신선하게 느껴지는 듯했다.

"하지만 여기까지다."

정말 그랬다. 요행은 요행일 뿐이었다. 진짜 이 하프 자이언트는 무식하게 강한 놈이었다. 나는 애써 몸을 일으키며 부산하게 머리를 굴렸다.

생각해라, 언제나 길은 있으니까. 상대는 어둠의 대군이 아니다. 그렇다면 분명 살 길은 있지 않을까.

절그럭, 절그럭.

한데 그때 이 긴박감에 초를 치기라도 하 듯 기괴한 소리가 들렸다.

"음?"

철걱, 철거덕.

뭔가 이상한 소리였다. 쇠 같은 게 제멋대로 부딪치는 듯한 소음에 나뿐 아니라 모두가 의아해 고개를 돌렸다. 그러자 그곳에 상상도 못할 만한 게 있었다.

"저게 뭐야?"

누군가 내뱉은 말은 우리 모두의 심경을 대변했다. 웬 속이 깡통처럼 빈 갑옷이 제멋대로, 불안한 발걸음으로 걸어오고 있었던 것이다.

새하얀 그 갑옷은 성스럽다는 말이 어울릴 정도로 깨끗하고 멋져서 도무지 이 쓰레기장 같은 세계에 안 어울렸다. 하지만 갑옷의 움직임은 절로 소름이 돋을 정도로 이상했다.

우리가 말을 잃어버리고 있을 때 그 갑옷이 건틀렛을 번쩍 들어올렸다.

- 후배! 여기 이 선배가 왔어요. 상황을 보니 때마침 멋진 등장?

그 순간 상황을 파악했다. 지금 살 길은 오로지 저 갑옷뿐이었다. 있는 힘껏 그쪽으로 달렸다.

"엇!"

주변에서 놀랐으나 말릴 틈도 없었다. 나는 재빨리 갑옷 뒤에 숨었다. 그제야 안도의 한숨이 나왔고, 아픈 몸에도 불구하고 다시 우쭐해졌다.

"땅밑왕 너 이 새끼! 넌 이제 죽은 목숨이다! 우리 선배님이 어마어마한 분이거든!"

설마 온다고 하더니 리빙아머 같은 상태로 걸어올 줄이야. 생각도 못했다. 진짜 어이없는 선배가 아닌가.

"크하하하!"

절로 웃음이 터졌다. 이제 이 갑옷만 있으면 두려울 것 없다. 우물에서 봉인되는 건 필멸자의 힘뿐이다. 무기류는 대체로 그대로다. 이 갑옷이 각성했다고 하니 힘 옵션만 붙어 있어도 대박이다.

- 저기요? 후배.

한데 내 열렬한 반가움에도 상대는 떨떠름하다.

- 왜?

- 아무리 갑옷이라지만 여자 엉덩이 뒤에 숨어서 당당해지는 건 좀 아니지 않을까요?

뭐야, 지금 내 커리어를 부정하는 건가. 내가 여자 엉덩이 뒤에 숨어서 얼마나 많은 승리를 거뒀는데. 그래서 당당히 대답해 줬다.

- 사실 이번이 처음이 아니다. 주특기거든.

- 네? 아… 그, 그런 건가요.

이번만큼은 누미디아의 사기꾼도 당황한 음성이었다.

- 날 너무 얕보지 않았으면 좋겠군. 이런 짓이 한두 번이 아니라고.

- 이 남자, 이상한 부분에서 자랑을 하고 있네요….

누미디아의 사기꾼은 어이없어 하더니 다시 낄낄 웃는다.

- 뭐 좋아요. 역시 후배는 맘에 듭니다.

- 어떤 점이?

- 명예를 모르는 점이요!

그렇게 우리가 떠들썩 할 때, 이 대화가 들릴 리 없는 땅밑왕은 황당한 기색이었다. 내가 갑옷 엉덩이 뒤에 허리를 낮추고 숨어 시시각각 표정변화를 하고 있으니 미친 것처럼 보이겠지.

"뭐해! 가서 잡지 않고! 놈은 빈사다!"

"네! 대장!"

엉망인 꼴을 보니 자신이 생긴 듯 그의 졸개들이 우르르 몰려왔다. 그러자 누미디아의 사기꾼이 소리쳤다.

- 후배! 지금부터 멋진 포즈라도 잡으세요.

- 아니, 왜?

- 합체할 거니까!

번쩍.

각성한 누미디아의 사기꾼이 순식간에 내 몸을 휘감기 시작했다.

차르륵!

이거 몸에 딱 맞는 게, 핏이 정말 죽이는 걸.

"오오!"

뭔가 촥 감기는 느낌에 절로 탄성이 터졌다. 지금까지 많은 갑옷을 입어봤지만 이것처럼 딱 맞는 느낌은 처음이다. 하지만 감탄도 잠시, 금방 당황해서 허둥댔다.

"뭐야! 앞이 안 보이잖아?"

어째서인지 이놈의 투구에는 앞을 볼 틈새가 없었다. 아무리 나라도 능력이 봉인된 상태에서 눈앞이 깜깜해지면 당황할 수밖에.

카앙!

묵직한 무언가가 머리와 몸을 연달아 때리는 게 느껴졌다. 갑옷 때문에 통제가 잘 안 되는 몸이 휘청였다. 그때 누미디아 사기꾼의 목소리가 울린다.

- 자동 균형을 활성화 합니다.

그 말과 함께 내 다리가 제멋대로 움직여 균형을 잡는다.

"일단 시야를 좀!"

우우웅!

- 전투 시스템을 불러오고 있습니다.

뭔가 묵직한 소리와 함께 갑옷에 변화가 일어났다. 죽어있던 게 생명을 얻는다는 느낌이랄까. 갑자기 눈앞이 훤하게 보이기 시작했는데 마치 전면 디스플레이가 켜진 듯하다.

캉! 퍼억!

그 사이에도 몰려든 땅밑왕의 졸개들이 날 두들기고 있었다.

"어떻게 좀 해봐. 당하고 있잖아!"

- 이거 참 성급하시네요. 어쩔 수 없잖아요? 저도 오랜만이 기동하는 거고 시간이 좀 걸린다고요.

"팔이라도 어서 움직이게 해봐."

- 걱정이 참 많네요. 저런 조잡한 놈들에게 이 갑옷은 기스도 안 난다고요.

아닌 게 아니라 충격이 하나도 없었다. 특이하네. 보통 갑옷이란 건 고통까지 막아주지 못하는데. 예를 들면 건틀렛을 끼고 칼을 맞으면 끄떡없지만, 손은 아프다. 파고들어오는 충격은 어쩔 수 없었다. 그런데 지금은 그저 맞는다는 느낌만 올 뿐 통증은 전무하다.

"이놈! 멀쩡하잖아? 밀어버려!"

"넘어뜨려서 제압해!"

졸개들은 갑옷을 두들겨봐야 소용없다는 걸 알고는 날 땅바닥에 처박으려 했다. 하지만 십여 명이 달려들어도 나는 꼼짝도 하지 않았다.

- 쿵! 대단하죠? 자동균형이 활성화된 탓이에요.

힘 하나 안 써도 넘어지지 않는다니 대단하긴 했다.

"끄아아아!"

"밀어어!"

덩치 큰 사내들이 안간힘을 써도 여유만만이었다.

- 그나저나 기분이 좀 나빠지기 시작하네요. 저런 더럽고 땀내 나는 사내들이 가련한 제 몸에 붙어있다니 말이죠.

"가련한 몸이 아니라 그냥 철판인데."

- 그냥 철판이라니요! 세상에 저처럼 세련된 갑옷이 어디있다고. 후배, 저는 갑옷계에서 미스 유니버스 정도예요. 철판으로 만들어진 것 중에 경국지색인 거죠.

"……"

- 후배는 운이 좋아요. 이런 갑옷 미녀와 살을 맞대고 끈적끈적 붙어있으니.

당장 벗고 싶다고 항의했다. 그러자 그녀는 밝은 목소리로 말을 돌렸다.

- 마침 로딩이 끝났군요. 이제 직접 전투가 가능해요.

아닌 게 아니라 전신에 힘이 넘쳐나고 있었다. 당연히 봉인 전과 비교 할 수는 없지만, 이 정도면 심연의 우물을 휘젓고 다니기 충분할 듯하다.

쾅!

힘껏 발을 구르자 날 둘러싸고 있던 땅밑왕의 부하들이 비명을 지르며 우르르 넘어졌다.

- 아! 제대로 되고 있네요. 이 갑옷을 입고 힘을 발휘하면 강력한 충격파가 일어나거든요. 저쪽에 주먹을 질러보실래요?

그녀가 가리키는 곳은 아직 가세하지 않은 땅밑왕의 졸개들이 몰려있었다. 나는 곧장 달려가 정권을 내질렀는데 그 순간 폭음이 터졌다.

쾅!

그리고 마치 볼링공에 강하게 맞은 볼링핀처럼 몰려있던 졸개들이 사방팔방으로 날아갔다.

치이익.

주먹에선 흰 연기가 올라오고 있었다. 어쩐지 엄청 멋있는데. 나는 주먹을 가까이 대고 연기를 들이켰다.

"좋아, 이게 바로 승리의 냄새지."

- 뭘 폼을 잡고 있나요? 숨구멍이 없어서 연기도 안 들어오는데.

"화생방 방호 같은 건가?"

- 화생방이 뭔지 모르겠으나 나쁜 걸로 부터 지키기 위해서랍

니다. 마법 덕에 숨 쉬는데는 지장 없으니 걱정마시고요.

이제는 잡담할 여유까지 생겨버렸다. 이게 바로 템빨인가.

"이봐, 땅밑왕."

"…뭐냐."

"딱 이리 와. 내가 당한 건 못 참는 소인배라서 말이지."

최소 12배로 앙갚음해 줘야 한다. 앙갚음, 이것보다 멋진 단어
가 어디있겠나. 정의가 살아있는 세계라면 의당 용서보다 앙갚
음이 앞쪽에 있어야 한다.

땅밑왕이 대단하다고는 하나 힘이 봉인된 상태에 불과했다.
이미 붙어보기도 전에 전투력의 차이는 명백하다.

"이 몸이 겁이라도 먹을 것 같느냐! 대체 그 신급의 갑옷이 어
디서 나타난 건지 모르겠으나, 그렇다고 비굴해지지는 않는다!"

역시 기개는 있군. 하지만 앙심 품은 사람 앞에서 그딴 건 아
무 소용없었다.

퍼억!

기습적으로 둔중한 주먹이 날아왔지만 가볍게 왼손을 들어
막았다.

"주먹이 변변찮군."

"크으! 이놈!"

더 대화할 것도 없었다. 바로 앞차기를 먹였다.

"크악!"

앞차기를 맞은 땅밑왕은 뒤로 날아가 돌무더기를 우르르 무
너뜨리고 쓰러졌다.

- 일부러 저쪽으로 보냈군요. 역시 후배는 유달리 속이 좁네요.

아까 땅밑왕에 맞아 저 돌무더기에서 굴렀다. 그래서 노린 거다.

"자, 네놈을 어떻게 패야 잘팼다고 소문이 날까?"

"시끄럽다! 그딴 협박에 굴할 것 같은가!"

"그건 열 대만 맞으면 생각이 달라질 거다."

경고하며 다가서던 그때, 갑자기 갱도 안이 무너질 듯 흔들거렸다.

우르르릉! 쿠아아앙!

깊은 곳에서 부터 올라오는 듯한 진동이었다.

"뭐야?"

강력한 지진이라도 일어난 것 같다. 이런 지하에서 갱도가 무너지면 꼼짝없이 죽고 만다. 여유만만하던 나 역시 식겁하지 않을 수 없었다.

"으아아아!"

"지진이다!"

다른 이들도 비명을 질러대고 있었다.

"요즘 점점 잦아지고 있어!"

"그래도 이렇게 큰 지진은 처음이잖아!"

최근에 지진이 계속 이어졌던 건가? 땅밑왕을 보니 표정이 딱딱하게 굳어있었다. 뭔가 심상치 않은 분위기였다.

"대체 무슨 일일까?"

- 대강 알겠네요. 역시 나는 천재.

"뭔데?"

- 이봐요, 후배님. 무능력하단 소리 듣기 싫으면 머리를 쓰라고요. 여기서 이 정도로 강한 진동이 오게 할 힘은 무엇인가요?

"드래곤 신격의 육체?"

- 정답입니다.

누미디아의 사기꾼은 분명이 땅밑에 묻힌 드래곤 신격의 육체에 문제가 생겼을 거라고 했다.

- 신의 육체는 단순한 살덩어리가 아니에요. 신적인 권능을 머금고 있으니 방치만 해도 문제가 생길 수 있죠. 신격의 죽은 육체가 어둠의 힘을 머금고, 행성 전체를 떨게 할 대언데드가 됐다는 얘기 못 들어봤어요?

금시초문이다. 하지만 납득할 만하다. 신격의 육체가 언데드가 됐으니 얼마나 강하겠나? 게다가 신성을 잃고 껍질만 언데드가 된 거라 인과율도 피해갈 터. 분명히 지상을 닥치는 대로 휘저었겠지. 지켜보던 다른 신격들은 발만 동동 굴렀을지도 모르겠군.

- 즉, 신격의 육체는 단순히 썩는 거나 어둠에 물드는 것만으로도 큰 문제가 됩니다. 괜히 신적 존재는 봉인하거나 제사를 지내는 게 아니에요. 뒤탈을 없애려는 거랍니다.

- 확실히 대사기꾼이라 박학하군. 배울 게 많네.

- 이 정도 통찰력은 기본이죠. 저 진짜 잘났거든요.

아, 예….

"아무튼, 지금 그 육체에 문제가 생겼다는 거야?"

- 틀림없었어요. 이런 경우를 본 적이 있답니다. 최근 지진이 잦아졌다는 말로도 짐작해 볼 수 있지요. 근자에 저 땅밑왕이 캐내려고 노력하던 육체에 문제가 생겼음이 틀림없어요.

"설마 무리수라도 둔 건가?"

- 좋은 추측이네요. 그럴 확률이 높죠. 땅밑왕이 신격의 육체를 캐내지 못해서 무리한 방법을 동원했고, 결국 뭔가를 그르쳤을지도.

아닌 게 아니라 땅밑왕의 표정은 아주 안 좋았다. 전투를 피하거나 굴복하지 않겠다는 그가 슬그머니 몸을 돌린다.

"이 빚은 다음에 갚지. 지금은 때가 아니니 승부를 미루겠다."

"그냥 보낼 순 없지."

"이놈! 이 지진이 안 느껴지냐! 이걸 멈출 수 있는 건 나뿐이다! 죽고 싶지 않으면 물러나!"

"흐흐흐, 어째서 네놈뿐일까?"

내 지적에 그는 입을 닫았다. 그럴 수밖에. 대답할 수 없을 테니까.

"내가 맞춰볼까?"

"뭐라?"

눈가를 움찔하는 땅밑왕. 그는 서둘러 주위를 둘러보는데 다들 지진에 놀라 흩어진 상황이라 듣는 이는 없었다.

"혼자 아주 근사한 짓을 하고 있더군?"

"흥! 소문으로 추궁하려는 것인가. 그런 잡설은 언제나 있어왔다. 썩 꺼져라!"

"흐흐, 잡설이라? 그 드래곤 신격의 육체에 관한 얘기가 잡설이라면 어쩔 수 없지."

"뭐?"

땅밑왕은 딱 굳어버렸다. 이 난리통에서도 그는 혼자 음소거를 한 것처럼 침묵했다. 그 꼴은 참 만족스러웠다. 이게 내가 좋아하는 상황이다.

내 적이 주제를 파악하는 모습을 보면 절로 콧대가 올라갔다. 처음에는 드세게 나오지만 결국 이렇게 꿀 먹은 벙어리가 되고 말지. 마치 내 판결을 기다리는 것처럼.

"잡설이라며? 가봐. 다음에 보자고."

"아니… 그것은…."

땅밑왕은 동요를 억누르고 있었지만 이미 목소리의 떨림을 감추기엔 늦었다.

"아니 왜? 안 가려고? 사람 그렇게 안 봤는데 자꾸 오락가락하네."

"네놈… 넘겨짚는 게 먹힐 줄 아나?"

"맘대로 생각해. 어차피 이 지진은 뻔하지. 그 육체에 문제가 생긴 거 아냐? 감히 자격도 없는 놈이 파내려다 탈이 난 거지."

"윽!"

정곡을 찌른 모양이었다. 땅밑왕은 이제 귀신이라도 본 듯한 표정이었다. 어리석은 놈, 신적 존재의 몸을 회수하는 건 필멸자에겐 무리다. 나 역시 파도치는 핏물을 육체를 회수할 때 괜히 발푸르가 여신격에게 도움을 청한 게 아니니까.

"애송이! 그깟 일로 협박해도 아무 소용없을 거다. 내 끈이 이어진 곳이 우물 안 뿐이리라 생각하나?"

"호? 뭐가 또 있으시나?"

"우물 밖의 권력자들과도 연이 닿아있다. 그들에게 부탁하면 네놈을 더욱 나락으로 떨어뜨리는 건 일도 아니지. 그 갑옷을 어찌 얻은 건지 모르겠으나 본신의 힘이 봉인된 상태에선 우물 밖의 권력자들에게 못 당할 거다."

이런 상황에서도 도리어 날 협박하다니. 참 걸물이로군. 하지만 결국 그뿐이다. 나는 유들유들 웃으며 그에게 다가갔다.

"맘대로 하시게. 대신 나도 네놈이 벌일 일은 이 우물에 퍼뜨리고 다니지. 자기 혼자 신이 되려고 모두를 기만한 사내의 얘기를 말이야."

"크으……."

땅밑왕의 이마에 식은땀이 송글송글 맺어졌다. 다들 엄청난 배신감을 느끼겠지. 그리고 힘을 합쳐 드래곤 신격의 육체를 노릴 거다.

"네놈의 라이벌들은 힘을 얻고 네놈의 정권은 무너질 거다. 그리고 말이야. 네놈이 신격의 육체를 파낼 기회는 완전히 사라지는 거라고."

누미디아의 사기꾼이 말해줘서 이제야 그를 이해할 수 있었다. 자기 행성을 제패할 정도의 인물이 이런 곳에서 오랜 시간 썩고 있는 건 다 이유가 있었던 거다.

신격이 될 매우 희귀한 기회를 포착했으니 떠날 수가 없겠지. 만일 신격이 되기만 한다면 지금의 고생은 아무 것도 아니니까.

"그러니까 서로 원하는 일을 하자고. 좋잖아?"

내 물음에 그는 한참이나 말이 없었다. 고민이 깊은 것 같기에 한 마디 해줬다.

"하지만 경우에 따라서 우리가 서로를 도울 수 있겠지."

"뭘 해줄 수 있는 건가?"

"간단하다. 네놈이 드래곤 신격의 육체를 파낼 수 있게 도와주지."

"!"

그는 놀란 듯 눈이 커졌다.

"정말인가?"

"왜 아니겠어. 내가 사실 거짓말은 할 줄 모르거든. 말만 열면 진실이라 사는데 고생이 많았다니까?"

머릿속에서 선배의 야유가 쏟아졌지만 무시했다.

"나는 신성에 다가가고 있는 자다. 비록 봉인되어 잠시 그 빛을 잃었지만 드래곤 신격의 육체를 파낼 방법을 알고 있다. 빨리 선택하는 게 좋을 거다. 이건 네놈에게 허락된 마지막 기회일 테니까. 거절하면 내일부터 우물의 모두가 드래곤 신격의 육체에 대해 알게 될 거란 걸 약속하지."

애초에 상대에겐 선택의 여지가 없었다. 결국 그는 굴복했다.

"…알겠다. 너와 손을 잡기로 하지."

그 말에 나는 고개를 흔들었다.

"잡기로 하지가 아니라 잡겠습니다다."

"뭐?"

"일단 네놈과 내 위치를 조정할 필요가 있겠군. 꽤나 건방을 떨던데 난 주제 파악 못하는 놈을 제일 싫어한다."

일부러 근처에 있던 진흙에 발을 문질렀다. 그리고 그 발을 상대 쪽으로 내밀었다.

"일단 꿇어. 그리고 핥아라."

"지금 무슨!"

"왜 못하겠나? 하기 싫으면 하지 말고 꺼져! 하지만 네놈이 신격이 될 기회는 영영 끝일 거란 점만 알아둬라."

자존심 강한 땅밑왕의 얼굴이 와락 구겨진다. 이제야 좀 볼만한 얼굴이 됐군. 나는 그런 그에게 악마 같이 제안했다.

"초월자가 되려면 이 정도는 해야지?"

물론 진짜 초월자가 될 수는 없겠지만. 뭐, 사람이란 게 꿈이 중요한 게 아닌가. 꿈. 나는 언제나 그런 꿈을 팔고 다니는 사람이고.

4. 자유를 위해서

땅밑왕은 이 제안에 크게 분노했다.

"애송이! 도무지 예의라곤 모르는 천둥벌거숭이구나!"

"맘대로 생각해라. 이길 수만 있다면 그딴 거 신경 안 쓴지 오래됐으니까."

단순히 게임을 하던 시절에도 해피엔딩에 대한 갈망 때문에 성격이 꽈배기처럼 꼬였던 나다. 그런데 모든 게 현실이란 선고가 떨어진 이후에는 어떻겠나?

적에겐 피도 눈물도 없어졌다.

"악을 써봐. 어차피 네놈에겐 선택의 여지가 없으니까."

부르르.

얼마나 열 받았는지 수염이 보일 정도로 떨리고 있었다.

"빨리 선택하는 게 좋을 거다. 지금도 인내심이 화승줄처럼 타들어가고 있으니까."

과연 땅밑왕은 어떤 선택을 할 것인가? 자존심 때문에 장렬히

폭사하고 혼이 이 테멘 앙 키에 갇히는 꼴을 택할까?

그건 그것대로 재밌을 거 같다. 그의 협조가 없으면 신격의 육체를 파내는 일에 수고가 더해지겠지만 못할 것도 없다.

"자, 어쩔 건가?"

"…좋습니다. 알겠습니다."

"크하하하하!"

그의 태도 변화에 웃음이 터졌다. 세상에 이렇게 웃긴 일은 처음이었다.

"크흐흐하하하하!"

너무 재밌어서 손바닥을 치며 웃었다. 여진이 가늘게 이어지는 갱도 안에서 내 기괴한 웃음과 건틀렛이 부딪치는 소음만이 들렸다.

역시, 권력이란.

이 정도로, 한 행성의 패자를 자처할 왕도 자존심을 꺾는구나. 그 정도로 초월자란 대단한 권력이었다.

우주의 역사, 우주의 투쟁에 참여할 기회를 얻는 것. 영원히 별의 길을 따라 흐르는 것. 비참하기 짝이 없는 죽음에서 벗어나는 것.

모두가 바라마지 않는 일이었다.

"비웃으려면 맘대로 하십시오."

"아니야. 낄낄낄. 네가 현명하다는 건 알겠다. 그 태도 변화에 비웃은 건 사실이지, 하지만 내게 덤볐다면 경멸했을 거다. 최악의 멍청이로."

"대신 조건이 있습니다. 제게 보증이 필요합니다. 당신의 정체를 알고 있으니까."

그는 놀랍게도 아까 얘기하기 전부터 내 본질을 알고 있었단다.

"뭐야? 이미 내가 신성에 다가가고 있는 존재인 걸 짐작하고 있었다고? 우물에 들어왔을 때부터? 그건 어디에 기반하고 있는 통찰력이지?"

"알려드릴 수 없습니다."

흐음…, 어쩔 수 없지. 나라고 모든 힘을 파악할 순 없으니까.

"어쨌든 그런 당신이니 드래곤 신격의 육체를 빼앗으려 할지 알 수 없습니다. 저는 그저 길잡이로 전락하고 싶지 않습니다."

"그렇겠지. 하지만 걱정할 것 없다. 나는 드래곤 따위로 변하고 싶지 않으니까."

드래곤 신격의 육체를 얻으면 신의 품격을 갖게 되겠으나 본질이 드래곤에 가깝게 변한다. 인간의 몸과 드래곤의 몸이 융합하면 드래곤킨처럼 보일지도.

"물론 변신 주문이 있긴 하지만 오리지널은 소중한 거라고. 나는 변형을 원하지 않아. 네놈은 상관없는 건가? 드래곤처럼 변해도?"

"오히려 환영하고 싶군요. 인간에서 드래곤으로 변한다니, 전부터 동경하던 일입니다."

감각 자체가 다르군. 나는 인간이고 싶고, 인간 기반의 신격이고 싶다. 그는 드래곤 기반의 신격이라도 괜찮다는 거군.

"나는 이미 신성에 다가가고 있기에 육체가 변형을 일으키고 있다. 신격의 위에 부합하게 진화 중이지. 그러니 새삼 죽은 몸은 필요 없다."

"정말이십니까? 맹세할 수 있습니까?"

맹세라…. 위험하긴 한데 조건만 맞추면 못할 것도 없지. 조건만 맞으면 맹세란 더욱 유리한 상황을 만들어 주니까.

"가능하다. 맹세를 어기는 자는 이 테멘 앙 키에 영원히 귀속되는 조건으로 하지. 됐나?"

"그 정도라면…."

맹세란 무거운 것이기에 땅밑왕은 만족해한다.

"당신이 저와 협력할 뜻이 있다는 건 알겠습니다. 그 대가로 요구하는 게 무엇입니까?"

"간단해. 넌 프로그래마 모르티스를 찾게 도와줘야 한다. 신격의 육체를 얻으면 막강한 힘을 얻겠지. 그 힘으로 날 도와. 그게 내 요구다."

"프로그래마 모르티스?"

처음 듣는 것 같기에 설명해줬다. 그러자 그게 무덤에서 웅크리고 있는 자의 힘이란 사실에 크게 놀라워했다.

"그런 짓을 했다가는 어둠의 대군의 원한을 살 겁니다!"

"그 정도는 되어야 신격의 위를 갖기 위한 모험에 어울리는 거 아닌가? 게다가 세계는 종말의 때다. 모 아니면 도라고. 지금처럼 모험을 하기 좋은 시절도 없지."

"종말이라니?"

"이런 지하에 처박혀 있으니 아무 것도 모르겠지. 어차피 네놈은 신격을 얻지 않으면 미래는 없어. 이딴 차원은 언제 박살날지 모르니까."

종말의 때에 관한 썰을 풀어주고 나서야 그는 결심을 내렸다.

"알겠습니다. 당신이 그 힘을 찾는 걸 돕겠습니다. 맹세의 조건을 정하는 게 좋겠습니다."

우리는 이후 다음 조건들을 합의했다.

갑(발러)은 을(땅밑왕)이 드래끈 신격의 '육체'를 갖게 돕는다.

을은 힘을 얻은 후 갑이 프로그래마 모르티스를 찾는 걸 돕는다.
(그에 필요한 명령을 할 수 있다. 대신 조건에 맞지 않는 부리한 명령을
내릴 수 없으며, 명령은 총 세 개를 넘지 않는다).

- 갑과 을은 서로를 공격하지 않는다.

- 신의와 성실로 계약을 수행하며 추가적인 사항은
협의할 수 있다.

- 이 계약은 이 태만 앙 키를 탈출할 때까지 지속한다.

대강 이 정도였다. 땅밑왕은 갑, 을이란 말에 어리둥절해 했지
만 더 묻지 않았다.

"나는 프로그래마 모르티스를 갖고 나가고 싶을 뿐이야. 그
이상은 바라지도, 요구하지도 않겠다. 그것만 해주면 신격의
'육체'는 네 것이야."

"좋습니다."

즉석해서 맹세와 계약이 이뤄졌다.

"잘 부탁드리겠습니다."

"그래, 이제 할 건 해야지?"

"무슨?"

"뭘 어물쩍 넘어가려고?"

나는 아직 진흙이 묻어있는 발을 들이밀었다.

"크윽….."

땅밑왕의 얼굴이 와락 구겨졌다. 그러거나 말거나 나는 발끝으로 그의 정강이를 톡톡 쳤다.

"어서 꿇어. 지금까지 날 모욕한 새끼 중에 그냥 넘어간 놈이 없었다. 네놈도 자기 행성에서는 잘 나가던 놈이겠지. 하지만 나 역시 마찬가지다. 감히 날 때리고도 그냥 지나갈 수 있다고 믿었다면 곤란해."

빨리 꿇으라고 손가락을 아래로 까딱까딱거렸다. 내가 진심이란 걸 안 그는 치욕을 억누르더니 결국 무릎을 꿇는다.

털썩.

마치 과하지욕의 한신 같은 꼴이다.

"사죄드리겠… 윽!"

막 발에 입을 대려던 그의 뒤통수를 밟아버렸다. 그리고 진흙탕 바닥에 찍어 눌러서 문질렀다.

"아까 받은 모욕은 이걸로 넘어가주지. 하지만 한 번만 더 내 성질을 건든다면 다시는 품위를 지킬 수 없게 해주마."

"크으… 감사… 으윽!"

그는 어떻게든 입을 열려고 했지만 그때마다 나는 발을 짓눌렀다. 패배자의 꼴은 이렇게 비참하다. 그래서 우리는 그토록 권력을 갈구하는 거 아닌가.

"이쪽입니다."

땅밑왕의 안내를 받아, 그만이 통과할 수 있는 비밀스러운 갱도에 진입했다. 갱도는 아래로 길게 이어지고 있었다.

"이 밑에 드래곤 신격의 육체가 있는 건가?"

"그렇습니다."

그와 함께 내려가면서 누미디아의 사기꾼을 속으로 불렀다.

- 수습할 방법이 있나? 내가 이걸 훔치게 도와준다고 했잖아?

- 당연히 있지요. 대책 없는 사기꾼처럼 쓰레기인 것도 없어요. 후배, 신격이 뭐로 이뤄져 있는 줄 알지요?

- 그래, 신체와 정수잖아.

신체(神體)는 신격의 육체다. 정수는 내부에 있는 신의 본질이자 힘이다. 하드웨어랑 소프트웨어라고 생각하면 이해가 편하다.

- 흐흐, 아까 계약은 훌륭했답니다. 저 땅밑왕은 신격에 대한 이해가 부족해 반밖에 얻을 수 없겠지만요. 그것도 오염된 것으로.

계약의 조항을 보면 분명히 나는 그가 드래곤 신격의 육체를 갖게 돕는다고 했다. 정수에 관해서는 전혀 언급이 없었다. 처음부터 정수는 내가 먹어치울 셈이었다.

하드웨어인 신격의 육체는 필요 없다. 게다가 반쯤 썩어서 큰문제를 일으키고 있으니까.

- 후배, 그런 썩은 육체를 얻으면 폭주해 버릴 수 있단 걸 알고 있지요?

- 그래, 그러니까 주겠다는 거 아냐. 흐흐흐.

죽은 신격의 육체는 외부 환경에 쉽게 오염된다. 반면 안에 있는 정수는 순수성을 강하게 유지한다.

- 당신이 그런 부분을 잘 알고 있으니 문제없답니다. 여기서부터는 맡기세요.

갱도를 따라 깊게 내려간 우리는 마침내 드래곤 신격의 육체에 도착했다. 그곳은 수많은 드래곤의 뼈가 쌓여있는 무덤이었다. 그 가운데 꾸물거리는 어둠에 반쯤 집어삼켜진 드래곤 신격의 육체가 있었다.

"기괴하군…."

생전에 눈부시게 아름다운 신격이었던 것 같다. 금과 은을 녹인 것 같은 비늘로 덮인 거대한 드래곤이었겠지. 그런데 이제는 몸의 상당 부분이 괴종족처럼 기괴하게 변해 있었다.

촉수가 돋아나고 진물이 흐르며 게걸스러운 입이 주둥이를 내밀며 꿈틀거렸다. 드래곤 신격의 몸에서 마치 동충하초처럼 뻗어 나온 촉수는 주변의 지반으로 뚫고 들어가 있었다.

"저게 요동칠 때마다 땅이 흔들린 거군."

"아마 이 장소에서 탈출하고 싶어 하는 것 같습니다."

"흐음… 이대로 두면 화신급의 괴물이 될 것 같은데."

어쩌면 나는 지금 어둠의 대군이 탄생하는 광경을 보고 있는 건지도 모른다. 죽은 신격의 몸을 영양분 삼아 자라나는 어둠이라니… 그로테스크하군.

- 저래 보여도 금방은 안 돼요. 저 어둠은 육체는 반 이상 집어 삼켰지만 정수에는 아직 손을 대지 못하고 있어요. 위협적으로 보여도 지능이 낮고 자기가 뭘 해야 할지도 모르니까요. 저게 초월자로 재탄생하려면 수천 년은 필요하답니다.

선배의 명쾌한 해설이었다. 나는 이제 일의 진행은 그녀에게 맡겼다.

- 좋아요! 시작하죠!

갑자기 갑옷이 환하게 빛을 발했다. 그리고 그 빛은 드래곤 신격의 육체 중 오염된 곳에 쏘아졌다. 날카로운 그 빛은 마치 절개하는 것처럼 그곳을 도려낸다.

고통을 느끼는 듯 촉수가 미친 듯이 꿈틀거렸다. 하지만 누미디아의 사기꾼은 단호했다. 빛으로 반항하는 촉수를 모조리 잘라냈다.

- 지금 뭐하는 거야?

- 제 정화능력으로 오염된 신체에 구멍을 내는 거예요. 정상적인 신체라면 어림도 없겠지만요.

누미디아의 사기꾼이란 유감스러운 영혼이 깃들어 있지만, 갑옷 자체는 매우 성스러운 물건이었다. 그래서 오염으로 격이 떨어진 신체를 절개할 수 있었다.

치이이이잉!

사방으로 빛이 튀는 게 고열로 철판을 절단하는 모습 같다.

- 슬슬 나올 거예요!

그녀가 외치자마자 절단면이 벌어지며 안에서 내장 같이 역겨운 게 와르르 쏟아졌다. 끈적이는 피를 사방에 뿌려진다.

철푸덕.

마치 암세포로 말기까지 간 끔찍한 장기에 기생충들이 잔뜩 붙어있는 것 같은 끔찍한 광경이었다. 그리고 그 살덩이 한 가운데 빛나는 보석이 있었다.

- 저게 정수인가!

신격의 힘의 근원인 정수는 역겨움에 둘러싸여 있음에도 그 깨끗함을 잃지 않고 있었다.

- 지금 신체에 유착해 있는 어둠은 마치 태아나 마찬가지예요. 정수를 오염시킬 힘이 없었던 거예요. 다행이네요. 저 정수, 아주 깨끗해요. 역시 드래곤 신격은 생전에 선한 신격이었음이 틀림없어요.

우리가 감탄하고 있던 그 순간 갑자기 땅밑왕이 앞으로 맹렬히 튀어나갔다.

"오오오!"

정수를 노리고 있다는 걸 바로 알 수 있었다. 하지만 그 상황에서도 우리 둘은 태연했다.

- 후배님, 저럴 줄 알았나요?

- 뭐, 그렇지. 애초에 계약 사항에 정수에 관한 부분은 없으니까. 땅밑왕도 보자마자 알아챈 거 아니겠어? 저게 진짜라는 걸. 그 같이 과감한 사내라면 바로 움직여도 이상하지 않지.

하지만 주제 파악 못한 짓이다. 주제 파악 못하면 늘 패망 뿐이지.

"멈춰! 후회할 거라고!"

내 선한 만류에 그는 비웃음을 돌려줬다.

"맘대로 해보시지! 어차피 우리는 서로를 공격할 수 없다!"

"아, 그건 그렇지만…."

내가 공격한다는 게 아닌데….

퍼억!

짧고 강력한 소리가 들리더니 땅밑왕이 촉수에 맞아 날아갔다.

"크악!"

달려가던 기세 그대로 데굴데굴 굴러갔다. 정수를 감싸고 있던 촉수가 바로 반응한 것이다.

"저런…. 쯧쯧."

나도 모르게 혀를 찼다. 지금 드래곤 신격의 신체와 정수를 감싸고 있는 어둠은 태아나 다름없지만 기본적인 사고는 있다. 정수가 자기에게 중요하다는 걸 알기 때문에 빼앗기지 않으려고 하는 거다.

힘이 봉인된 땅밑왕의 신체능력으로는 그 촉수를 피해 정수를 빼앗기란 무리다.

"자기 능력을 알고 덤벼야지…."

신격의 힘이 눈앞에 있으니까 눈이 뒤집히는 건 알겠지. 뭐, 과감하고 멋진 결단이긴 했다. 내 말대로 후회하게 됐지만.

"자, 그러면 주인공 나가신다."

나는 느긋하게 앞으로 나섰다. 물론 소인배 기질이 어딜 가지 않아서 늘씬하게 뻗어있는 땅밑왕을 일부러 한 번 꾹 밟고 갔다. 이 정도는 공격 축에도 안 드니 괜찮겠지.

"꽥!"

비명이 재밌어서 가다 돌아와서 일부러 한 번 더 밟았다.

"꾸엑!"

결국 지켜보던 감방 선배가 혀를 찼다.

- 후배도 어지간히 또라이네요. 또라이는 약도 없는데….

- 괘씸하잖아. 예상은 했다지만 기회가 오니 바로 배신했다는 점에서 말이지.

나는 불쾌한 시선을 감추지 못한 채 뻗어버린 땅밑왕을 툭툭 찼다. 세상에 믿을 놈 하나 없다더니…. 어째서 이렇게 속고 속이는 세상이 된 건지 개탄스럽군.

"이, 이럴 순 없다… 저 신격의 힘은 본디 나의… 것… 어디서 굴러 들어온 개뼈다귀 같은 새끼가…… 크윽!"

땅밑왕은 분한 마음을 참기 어려운 듯 이를 갈았다. 오랜 시간 저 드래곤 신격의 육체를 독점하면서 당연히 자기 것이라 생각 했겠지. 마치 운명처럼 말이다.

하지만 운명은 사람을 장님처럼 만들어 버린다. 자기 역량은 보지 못하고 그게 자신을 향해 웃어 보일 것이라는 묘한 믿음과 함께 돌진하게 된다.

낭떠러지로 말이다.

사실 눈이 먼 채 달려가는 건 그나 나나 별 차이가 없다. 누군 이기고, 누군 졌을 뿐이다. 그래서 승리란 그리 중요한 일 아니겠나.

더는 땅밑왕에게 관심이 가지 않았다. 즉각 앞으로 내달렸다. 마치 기계체조 마루운동에서 점프 전에 폭발적으로 달리는 것처럼. 그러자 정수를 빼앗기지 않으려고 촉수들이 일제히 찔러 들어왔다.

- 후배! 피해요!

- 걱정 마, 피하고 도망치는 거 주특기니까.

몸을 숙여 피하고 때로는 발차기로 촉수를 차냈다.

카앙! 캉!

몇 번은 어쩌지 못하고 촉수가 몸을 강타했지만, 레일처럼 바닥에 긴 자국을 내며 밀리는 것 외에는 타격은 없었다.

쿠워어어어어!

안 되겠던지 촉수들은 발광하며 지진이 일으켰지만 결국 거기였다. 갑옷 덕에 어렵지 않게 가서 정수에 닿았다.

- 손바닥을 대고 집중하세요. 후배.

- 알았어.

시키는 대로 거대한 보석처럼 보이는 정수에 손을 대자 웅장한 기운이 거대한 파이프 오르간처럼 울렸다.

구우우우웅- !

머리털이 쭈뼛 곤두설 정도의 힘이 생생히 느껴졌다. 과연 이것이 초월자….

- 드래곤 신격이 죽은 지 오랜 시간이 지나서 정수의 힘이 흩어졌지만 생각보단 많이 남아있네요.

- 어느 정도인데?

- 흡수하면서 낭비될 부분을 고려해도 반신격은 될 수 있을 정도? 이 정도면 나쁘지 않아요.

곁에서는 촉수들이 구슬픈 소리를 흘렸다. 마치 장난감을 빼앗긴 아이 같은 태도였다. 하지만 이미 정수가 내게 감응하고 있어 저 어둠의 태아가 할 수 있는 건 없었다.

- 정수가 후배를 택하는군요. 어차피 계속 있어봐야 저 어둠의

태아에게 먹힐 테니.

- 나도 그리 깨끗하기만 한 존재는 아닌데.

- 대신격 아퀼라의 가호가 있잖아요. 게다가 인간이기도 하고.

그런 이유에서인지 저 어둠이 여태 정수를 집어삼키지 못했던 것과 달리, 내겐 저항하지 않고 흘러들어왔다.

"오!"

정수의 힘에 의해 무덤에서 웅크리고 있는 자가 새긴 낙인이 사라졌다.

[괴물사냥꾼 0레벨⇨32레벨]

[피도 눈물도 없는 자 0레벨⇨7레벨]

[왕관을 찾아 헤매는 자 0레벨⇨6레벨]

[인류용사 0레벨⇨5레벨]

역시 낙인이 없어지니 잃어버렸던 힘이 되돌아 오는군.

묵은 체증이 내려가는 기분이다. 그간 멀쩡한 힘이 사라져서 얼마나 짜증이 났었나. 이제는 괜찮다.

한데 그것만 아니라 내가 무언가 상위의 존재로 재탄생하려는 걸 느꼈다. 마치 무협에서 읽은 환골탈태 같은 상황이 아닐까. 나는 자연스럽게 이 흐름에 몸을 맡기려는데 누미디아의 사기꾼이 제지하고 나섰다.

- 정지! 정지예요!

- 왜?

힘에 취해있던 터라 불쾌함을 느꼈다.

- 이대로는 신격이 되어버리고 만다고요! 후배.

- 좋은 거 아닌가?

- 바보 아닌가요? 이 차원에서 신격이 되면 단번에 무덤에서 웅크리고 있는 자의 주의를 끌 거예요. 자칫하면 물질계로 도망치지 못할 수도 있어요.

게다가 더 큰 문제가 있었다.

- 신격이 되면 인과율에 묶인다는 걸 잊은 거예요? 제국으로 돌아가고 싶어도 갈 수 없는 몸이 될 수 있어요.

- 아!

그 순간 나는 발푸르가 여신격이 한 말을 다시 절감했다.

신격에겐 신격의 일을.

인간에겐 인간의 일을.

강한 힘이라고 무조건 능사가 아니다. 인간이기에, 필멸자이기에 할 수 있는 일이 있는 것이다. 여신격은 아마 그걸 말하고 싶었겠지.

- 그럼 어떻게 할까?

- 일단 챙긴 뒤 물질계로 돌아가고 나서 생각해 봐도 된답니다. 정수를 가지고 있으면 마지막 카드가 되어줄 테니까.

맞는 얘기였다. 정말로 최악, 최후의 순간이 오면 이게 구원이 되어줄지 모른다. 하지만 그전까지는 인간으로서 발버둥쳐야 한다.

- 좋아, 이 정수. 필요할 때까지 감춰두지.

- 현명한 결정이에요. 후배.

본래의 힘을 되찾았으니 일단은 됐다. 나는 재빨리 정수에서 손을 떼고 더 힘을 받아들이길 멈췄다. 그리고 마법지퍼 안에 드래곤 신격의 정수를 담았다.

우르르르! 꾸아아아!

신격의 정수를 빼앗긴 촉수가 다시 발버둥을 치기 시작했다. 행동 패턴이 완전 애가 따로 없었다. 빼앗은 걸 돌려줄까 싶어 얌전했던 것도 잠시, 이제는 정말 울고불고 난리가 났다.

콰아앙! 쿵! 쿠우웅!

촉수가 사방으로 움직이며 난동을 부린다. 이대로라면 이 땅밑의 공간이 무너질 듯했다. 나는 뻗어있는 땅밑왕에게 성큼성큼 걸어갔다.

"이제 계약을 이행할 시간이 왔군."

"뭐?"

본능적으로 거부감을 느끼는 듯 식겁하는 땅밑왕.

"신격의 육체를 얻게 해주겠다고 하지 않았나?"

"아, 아니! 지금 상황에서는!"

구구절절 설명해줄 필요도 없었다. 곧장 땅밑왕을 집어서 분노한 어둠의 태아에게 던졌다. 마치 맹수에게 먹이를 주는 것처럼 말이다.

"이런 미친! 으아아!"

이대로 잡아먹히면 큰일이 난다는 걸 아는지 땅밑왕은 허공에서 발버둥을 쳤다. 하지만 촉수 하나가 그를 공중에서 잡아채서 자신의 끈적거리는 몸 안에 쑤셔넣는다.

"아아아악! 누가 이런 식으로!"

땅밑왕은 마치 유사에 먹히는 희생자처럼 어둠의 태아의 몸에 빨려 들어가고 있었다.

"이 쓰레기 같은 자식! 이대로 죽을 순 없다! 신격이 되어야 할 이 몸이!"

"거, 계약대로 해줘도 시끄럽네."

"그걸 말이라고 하나!"

땅밑왕은 어떻게든 딸려 들어가지 않으려고 악을 썼다.

"잘 들어. 지금 그 녀석은 정수를 잃고 약해진 상태라고. 게다가 사고 자체가 유아 수준이다. 네놈이 정신만 잘 차리면 동화된 후에 육체의 지배권을 얻을 수 있다."

"뭐라?"

"너무 좌절하지 말라고. 여기서 부터는 너 하기 나름이야."

말은 그렇게 했는데 나도 어찌될지 잘 모르겠다. 칠마성전의 지식에 의하면 필멸자가 껍질만 남은 신격의 육체를 차지하는 게 가능했다. 관련 사례가 몇 개나 책에 적혀있었고.

다만 이번에는 어둠의 태아가 있는지라 점유권 쟁탈이 될 텐데 해낼 수 있으려나. 어쨌든 나는 계약대로 했다. 그에게 신격의 육체를 넘겨줬으니까. 도리어 잡아먹힐지도 모르는 상황이 됐지만 자기 복이지 않나.

- 어떻게 될 거 같아?

- 글쎄요. 의외로 저 땅밑왕이 의외로 분투해 줄 수 있을 거 같네요. 힘이 봉인되어 촉수에 맞고 뻗을 정도지만 본래 그는 강대한 영웅이니까요. 하지만 거기까지겠지요. 상대가 아무리 태아 수준이라고 해도 격이 다릅니다. 거기에 비하면 인간의 영혼은 조잡한 거니까요.

역시 어렵다는 건가.

- 그렇다면 이런 식으로 처분하는 것도 괜찮겠지. 서로 공격할 수 없다는 계약 사항을 우회하는 방법이니까. 하지만 그래도 땅밑왕이 살아남는 게 유리한데….

- 그런가요? 그렇다면 방법이 없는 것도 아니에요.

그녀는 자신이 돕는다면 일시적으로 땅밑왕이 어둠의 태아와의 다툼에서 승리하게 할 수 있다고 했다.

- 사마를 밀어내는 정화 능력이 제 특기니까요. 물론 시간이 지나면 결국 땅밑왕은 다시 어둠의 태아에게 잠식될 거지만.

- 한동안은 땅밑왕이 저 육체의 소유권을 갖는다는 거지?

- 맞아요. 제 잘난 능력이 그런 일을 가능하게 해주는 거죠.

- 그거 괜찮은데. 저 녀석이 살아남으면 이후 행보가 유리해지거든.

누미디아의 사기꾼은 내 요청을 받아 정화 능력을 발휘했다. 그러자 태양광처럼 눈을 찌르는 빛이 쏘아졌고 촉수들은 불에 탄 것처럼 움츠려 들었다.

"땅밑왕! 지금이다! 정신력을 발휘해 보라고!"

내 외침에 호응하듯 갑자기 땅밑왕의 목소리가 들려오기 시작했다.

"빌어먹을! 네놈! 죽일 거다! 이 육체를 손에 넣으면 죽일 것이다!"

"일단 어둠의 태아나 밀어내고 말해."

"크으으으으으! 아아아앗!"

정화의 빛이 쏟아지는 가운데 실로 기괴한 광경이 펼쳐졌다.

꿈틀대는 살덩이 속에서 이미 변형을 일으켜 다른 존재가 된 땅밑왕이 비명을 지르며 튀어나왔다가, 다시 촉수에 뒤덮여 사라지길 반복했다.

신체의 점유권 다툼이 치열한 것 같았다. 하지만 결국 정화가 효험이 있었는지 땅밑왕이 신격의 육체를 차지했다.

꾸물꾸물.

제멋대로 자라나고 터지길 반복하던 육체가 다시 안정화 되어간다. 그리고 어떤 모습을 갖추기 시작했다. 그건 뭘까… 촉수 드래곤이라고 해야하나?

사악한 기운을 검은 드래곤이었다. 등에 날개 대신 수많은 촉수가 돋아난 게 이상했지만.

"말미잘을 짊어진 드래곤?"

내 평가에 누미디아의 사기꾼은 깔깔거렸다.

- 세상에, 말미잘 드래곤이래.

그런 우리 분위기와 다르게 상대는 고요한 눈길로 날 쏘아보고 있었다. 분노가 깊으면 오히려 침착해진다고 했지. 신격의 육체를 차지한 땅밑왕의 눈빛이 장난 아니었다.

"새 몸은 마음에 드나?"

"아주 좋은 걸 주는군. 이런 기괴한 걸!"

더 얘기할 것도 없다는 듯 땅밑왕은 촉수를 찔러왔다.

"계약 괜찮겠어?"

움찔.

내 한 마디에 거의 코앞까지 찔러온 촉수가 멈췄다.

"우리 계약을 잊지 말아야지, 친구. 서로가 서로를 공격할 수 없다 아니었나? 만약 날 그 흉흉한 촉수로 찌른다면, 네 영혼은 이 테멘 앙 키로 떨어진다. 그래도 좋으면 해보고."

"이런 사기꾼 같으니라고! 크르르릉!"

"드래곤의 성대라 그런지 목소리가 아주 허스키하고 멋진데."

"빌어먹을! 차라리 파멸할지언정 네놈을 가만두지 않겠다! 누가 모를 줄 아느냐! 지금 내가 이 몸을 가진 건 일시적이란 사실을! 어차피 어둠에 먹힐 거 상관없지 않나!"

자포자기하고 폭주하려는 기색이 느껴졌다. 하지만 이 정도는 이미 예상하고 있었다. 사기꾼이라면 늘 다음 상황을 그려야 하는 법이다.

"살 길이 있다."

"뭐?"

"살 길이 있다고."

"또 무슨 거짓말을 하려고 입을 놀리는 거냐!"

"거짓은 무슨. 내가 언제 거짓말 했나?"

따지고 보면 틀린 얘기는 없었다. 교묘한 뒤통수라서 그렇지. 그래서인지 땅밑왕은 벙찐 표정이 된다. 뭐 이런 새끼가 다 있어? 란 것 같다.

"사람이 진실만 말해도 세상 사는 게 쉽지가 않다니까."

"닥쳐라! 가증스럽구나!"

"뭐? 그래서 안 듣겠다고?"

또 그건 아닌지 땅밑왕은 입을 다문다.

"들어보면 알 거 아냐."

나는 손가락으로 천장을 가리켰다.

"네가 살 길은 이 우물 밖에 있지. 이대로 심연의 우물을 뛰쳐 나가서 이 테만 앙 키에 있는 신적 존재를 잡아먹으면 돼. 그리고 놈의 정수를 빼앗으면 다시 태어날 수 있다. 그렇게만 하면 지금 내면에서 너와 다투고 있는 어둠의 태아조차 제압할 수 있겠지."

이건 거짓말이 아니라 진실이다.

"신적 존재를 죽이고 신적 존재가 되라 그거야. 설마 자신 없다고 하지 않겠지? 쉽지 않겠지만 너 역시 신격의 육체를 얻었다. 가서 반신격 정도 되는 놈을 찾아서 기습하라고. 해볼 만하잖아?"

내 말에 땅밑왕은 깊은 생각에 잠겼다. 그러다 으르렁거리며 말문을 열었다.

"동정심에 알려주는 건 아니겠지. 짧게 봤지만 네놈이 어떤 놈인지 안다. 무엇을 노리나?"

"간단하다. 말했잖아. 프로그래마 모르티스. 네놈이 올라가서 난장판을 벌이면 나는 그 틈에 그걸 훔칠 생각이야."

"내가 하지 않겠다면?"

"명령하면 되지. 계약 내용을 떠올려 보라고."

내 말에 땅밑왕은 어이없다는 듯 고개를 흔든다.

"설마 이 정도까지 할 줄이야. 정말 교활하기 짝이 없는 놈이 구나! 하지만 이 테멘 앙 키는 만만한 곳이 아니다. 비록 신격의 육체를 얻긴 했지만 나 혼자 날뛰는데 한계가 있다."

하긴, 그 혼자 수많은 언데드를 쓸어버릴 테지만 결국 포위돼 사냥당하겠지. 하지만 내가 언제 혼자 보낸다고 했나. 나는 손가락으로 머리를 두들겼다.

"그 목 위에 붙은 건 장식인가? 머리를 좀 쓰라고, 머리."

"말하고자 하는 게 뭐냐?"

"이 심연의 우물을 봐. 영웅이란 인적 자원이 많잖아? 그들을 데리고 탈주하는 거야. 신격의 육체를 가진 네놈이라면 심연의 우물을 뚫고 지상까지 올라가는 게 가능하겠지. 여기 갇힌 놈들에게 그건 탈출을 위한 절호의 기회로 보일 거다. 다 같이 가자고. 밝고 아름다운 지상으로."

벌써부터 내 머릿속에는 난장판이 그려졌다. 심연의 우물에서 모두 탈주한다면 이 테멘 앙 키가 일시적으로 개판이 될 게 틀림없었다.

우여곡절이 있었지만 땅밑왕은 내 제안을 받아들였다.

"빌어먹을 사기꾼! 사기꾼들은 모두 네놈과 같이 일을 하나!"

"그만 좀 투덜거려. 나한테 사기 당한 놈 중에 네가 제일 시끄러우니까."

그는 입에서 불을 뿜어내는 드래곤처럼 분통을 터뜨려댔다. 하지만 날 공격할 수조차 없었다.

"그러게 계약서를 잘 읽었어야지."

"빌어먹을!"

쿵! 쿵! 쿵!

거대한 드래곤이 발을 굴러댔다. 하지만 그에겐 도리가 없었다. 이 심연의 우물을 빠져나가 신적 존재를 잡아먹는 수밖에.

"일단 좀 인간으로 변해봐. 그 덩치론 갱도를 통과 못하니까."

땅밑왕은 덩치 큰 흑인인 본래 모습으로 변했고, 우리는 심연의 우물에 있는 마을로 돌아왔다.

"이제 유폐자들을 모두 불러봐."

"시간이 꽤 걸릴 텐데."

"이 빡대가리 새끼야! 힘만 세면 뭐해? 머리를 좀 쓰라고. 참석하는 자들에겐 공짜로 보석을 뿌릴 거라고 해. 너 어차피 보석 많잖아?"

"…하여간 머리 돌아가는 게 교활하군. 하지만 내게 적대하는 자들은 오지 않을 거다."

"어차피 모두 데려갈 수 없어. 여기서 뒈지던가 맘대로 하라고 해."

땅밑왕이 보석을 뿌리겠다고 하니 심연의 우물이 들썩였다. 수천이 몰려드는데 반나절도 안 걸렸다.

"땅밑왕! 땅밑왕! 땅밑왕!"

덥고 습한 지하에서 그를 연호하는 자들이 가득 찼다. 불만 어린 시선을 감추지 못하는 이들도 있었지만 지금은 대부분 보석이 눈이 돌아간 상태다.

이 자리에서 땅밑왕은 탈출 계획을 설명했는데 당연히 난리가 났다.

"뭐라고! 여길 나간다니!"

"무모한 거 아닌가?"

"애초에 불가능해!"

큰 소동이 일었는데 땅밑왕이 신격의 육체를 드러내고 포효

하자 다들 꿀 먹은 벙어리가 됐다.

"최근 나는 땅속에 묻혀있는 신격의 육체를 얻었다. 이게 그 결과다."

그는 신격의 육체 덕에 모두를 잡아두고 있는 우물의 힘을 박살낼 수 있다고 공언했다.

"올라가기만 하면 고향으로 갈 수 있다! 이 테멘 앙 키의 지상에는 차원의 균열이나 차원관문 등 물질계로 돌아갈 길이 있으니까. 의지가 있는 자는 나를 따르라!"

그 말에 어떤 유폐자 하나가 반론을 제기한다.

"보석을 모으면 언젠가 나갈 수 있습니다. 그편이 안전한 길 아닙니까?"

"어리석은 놈! 이제 나를 필두로 반역이 일어날 것이다! 앞으로 언데드들이 보석을 대가로 무언가를 내줄 거라 여기느냐? 이 몸이 움직이기로 결정한 이상 네놈들도 따르는 것 말고는 선택의 여지가 없다!"

약자는 어쩔 수 없이 강자를 따를 수밖에 없다. 남는다고 해도 반역자란 굴레를 피하기 어려웠다. 오히려 언데드들의 분풀이로 처분될 확률이 높겠지.

"저희는 따르겠습니다! 부디 힘을 돌려주십시오!"

강경파의 목소리가 삽시간에 커져 온건파의 목소리는 더 들리지 않게 됐다. 그렇게 대세가 바뀌자 땅밑왕은 바로 행동에 들어갔다.

"좋다! 이제 네놈들을 묶고 있는 봉인을 모조리 풀어주마!"

비록 육체만 얻어 반쪽짜리긴 하나 그는 신적인 힘을 얻었다.

크게 입을 벌리더니 여기 모인 수천의 봉인을 빨아들이기 시작했다.

쿠와아아아아!

수만은 살리고 도시를 복구한 발푸르가 여신격에 비하면 보잘 것 없지만, 인간의 기준으로 보면 기적 그 자체였다. 어떤 인간 마법사가 수천의 봉인을 한 번에 깨부수겠나?

"힘이 돌아왔어!"

"맙소사! 금제가 사라졌다!"

온갖 차원에서 몰려든 영웅들이 자신의 힘을 되찾았다. 웅장한 기운이 솟아나는 게 다들 자기 행성에선 한가닥 하는 자들이 틀림없었다. 다들 고귀한 지위를 갖고 영웅호걸 소리 듣고 살았겠지.

"낭비할 시간이 없다! 바로 지상으로 쳐들어간다!"

그 말과 함께 땅밑왕은 사선으로 땅을 파고 들어가기 시작했다.

와르르르! 콰앙!

지반이 무너지며 엄청난 흙먼지가 일어났다. 본디 심연의 우물은 강력한 마법에 의해 막혀있어 빠져나갈 수가 없다. 하지만 땅밑왕은 강력한 신격의 육체로 그걸 찢어발기려는 것이다.

- 후배는 일처리가 참 통이 크군요. 저는 예전에 비좁은 비밀 통로로 혼자 궁색하게 탈출했는데… 아주 통째로 데려가시는군요.

이미 수천의 영웅들이 힘을 되찾아 우르르 몰려나가고 있었다. 다들 그간의 울분을 토해내고자 독이 잔뜩 오른 상태였다.

"전형적인 성동격서지. 자, 감방선배. 저들이 소란을 부릴 때 우리는 보물을 챙기자고. 그 프로그래마 모르티스의 위치는 잘 알고 있는 건가?"

- 물론이에요. 예전에 왔을 때 언젠가 꼭 훔치고 싶어서 잘 기억해뒀으니까.

나 역시 몰려가는 무리에 끼어서 이 테멘 앙 키의 지상으로 향했다.

"개판이네…."

높은 탑에 올라 지상의 상황을 내려다보던 나는 고개를 절레절레 저을 수밖에 없었다. 지금 아래쪽에선 심연의 우물을 탈출한 영웅들과 이 차원의 언데드들이 미친 듯이 싸우고 있었다.

그중 가장 장대한 전투는 한 신적 존재를 집어삼키기 위해 발버둥치고 있는 땅밑왕이었다. 상대는 반신격으로 보이는 거대한 괴생명체였는데, 땅밑왕은 걸신들린 듯 그를 뜯어먹고 있었다.

쿠아아아!

콰아아아하!

거대한 괴물 둘이 서로의 꼬리를 깨물고 있었다. 마치 뱀 두 마리로 우로보로스의 문양을 만들어 놓은 것만 같다.

"아주 괴수 대전이로군."

신적 존재들의 싸움이라 더 보고 싶었지만 시간이 부족했다. 여기서 지체했다가는 일부러 소란을 일으킨 보람이 없으니까.

"어디까지 가야해?"

- 도시의 외곽에 있어요. 서두르세요.

우리는 폐허와 다를 바 없는 언데드 도시를 가로질렀다. 그녀의 인도대로 외곽지대로 가보자, 황량한 검은 사막 가운데 거대한 마름모꼴의 건물이 있었다.

- 저건 저승의 마스타바(Mastaba)라는 시설입니다. 건물 아래로 복잡한 지하 통로가 있는데, 가장 깊은 곳에 프로그래마 모르티스가 숨겨져 있어요.

딱 봐도 보통 시설이 아니었다. 안에도 장난 아닐 거 같은데.

"가보자고. 여기까지 와서 꽁무니를 뺄 수는 없지."

하지만 그런 내 결심도 곧 무색해지고 말았다. 마스타바에 접근하자 그 앞에서 대기하고 있는 일단의 무리를 발견했기 때문이었다.

"이런… 좋지 않은데…."

욕설이 절로 나올 것 같았다. 무리는 총 100여 명 정도였는데 모두 리치나 데스나이트, 밴시 같은 고위 언데드였다. 하지만 제일 큰 문제는 언데드 가운데 있는 파라오의 관을 쓴 덩치 큰 미라다.

"검은 파라오…."

입술을 절로 깨물자 그 검은 파라오는 앞으로 나선다.

"짐을 알고 있나? 필멸자 주제에 지식이 탁월하구나."

그는 엄청난 위엄을 물씬 풍겼다. 말투를 들어보니 내가 누군지 바로 아는 것 같았다. 얼굴을 투구로 가리고 있는 보람이 없구나.

"모를 리가 있겠습니까? 고대 왕국의 살아있는 전설이자, 무덤에서 웅크리고 있는 자의 총애를 받는 이가 아닙니까."

저 검은 파라오는 무덤에서 웅크리고 있는 자 만신전에 속한 악한 신격이다. 한때 리켄티아투스에서 전설적인 왕이기도 했다.

당연한 얘기지만 나 같은 건 상대도 안 된다. 발푸르가 여신격이 와도 어림없을 거다. 저 검은 파라오는 그 정도로 거물이었다.

발푸르가 여신격이 속한 리켄티아투스의 만신전에서도 저 검은 파라오를 상대할 수 있는 이는 거의 없으니까.

"이제는 입 밖에 내는 이가 없는 퇴물인데 알아주니 기쁘군. 아니면 자네는 힘 앞에 공손해지는 성격인가?"

"힘은 권력입니다. 권력 앞에 고개를 숙이는 게 어찌 흠이겠습니까?"

"크하하하! 재밌는 젊은이로군."

그와 짧은 대화를 나누면서 칠마성전에서 본 내용이 생각났다. 이 검은 파라오는 사악한 자지만 제왕의 품격 또한 갖고 있다는 것.

그래서 경우에 따라선 자비를 얻을 수도 있었으나 지금 상황이 너무 안 좋았다. 누가 봐도 이 중요한 시설을 털러 온 게 뻔히 보였으니 말이다.

"자네처럼 멋진 젊은이를 만나는 건 짐의 기쁨이라네. 하지만 때와 장소가 좋지 않군."

"유감입니다."

"짐은 사실 그대를 기다리고 있었다네. 그분의 명을 받아서 말일세."

전투를 피할 수 없을 거라 여겼는데 말하는 걸 들어보니 곧장 공격해 올 것 같지는 않았다.

"짐과 함께 마스타바 안으로 들어가세. 안에서 그분께서 기다리고 있으시네."

"그분?"

"그래, 이 차원의 주인 말일세. 거절은 하지 말게. 자네에게 선택의 여지가 없으니까."

어느새 뒤에서도 언데드들이 나타나 있었다. 눈앞에 있는 수와 거의 비슷했다. 정말 도리가 없었다.

"알겠습니다."

이미 저쪽에선 다 파악하고 있었구나. 내가 이리 올 거란 점까지. 나쁘지 않은 작전이었으나 역시 이 테멘 앙 키는 무덤에서 웅크리고 있는 자의 손바닥 안이었구나.

쿠우우웅!

마스타바의 거대한 문이 열리자 안에는 흑요암(黑曜巖)을 가공해 만든 복도가 나왔다. 안에는 듬성듬성 푸른 빛을 내는 횃불이 걸려있었다.

흡사 지옥으로 가는 길과 같구나. 아닌 게 아니라 복도를 지나 아래로 내려갈수록 몸이 짓눌릴 것 같은 사악한 영기가 가득해져갔다.

"자네는 정말 출중한 젊은이로군."

"어찌 그리 말씀하십니까? 위대하신 파라오여."

"안에는 무덤에서 웅크리고 있는 자께서 계신다네. 짐조차 오싹오싹해서 정신을 차리기 힘들어. 그런데 자네는 입술을 좀 깨무는 것 빼고는 태연하니 놀라울 수밖에. 보통 인간이라면 이 저승의 마스타바만 봐도 정신이 나가버릴 텐데…."

"제 몇 안 되는 장점 가운데 하나입니다."

"정말 재밌군. 그러니 그분께서도 관심을 가지시는 걸까."

차라리 마스타바로 오지 말고 그냥 물질계로 튀는 게 나았을지도 모르겠다. 그놈의 보물을 탐내다가 무덤에서 웅크리고 있는 자에게 끌려가는 신세라니. 아니, 저쪽에서 처음부터 알았다면 그것도 불가능했을지도 모르겠군.

"자, 여길세. 짐은 물러나도록 하지."

거대한 청동문에 도착해서야 검은 파라오는 물러갔다. 그러다 그는 잠시 멈추더니 나를 돌아봤다.

"우리는 다시 만날 걸세. 짐은 자네에게 기대가 크다네."

"네?"

무슨 소리인지 알 수 없었지만 그는 설명 없이 떠나버렸다. 그건 그렇고, 저 강대한 신적 존재조차 무덤에서 웅크리고 있는 자 앞에선 하인에 불과하구나.

나는 대체 얼마나 터무니없는 존재와 싸우고 있는 걸까.

쿠우우웅.

나직한 소리와 함께 문이 열렸다. 안에는 피라미드 형의 공간이 있었고, 그 가운데 고대풍의 검은 옷을 입은 장년인이 서있었다. 풍겨내는 기운만으로 숨이 막힐 것만 같다.

"이런 모습은 처음 보겠군? 발러슈테드."

거대한 괴이였던 무덤에서 웅크리고 있는 자가 마치 사람 같은 모습을 하고 있었다.

"본인은 다른 어둠의 대군들과 다르게 인격을 가진 존재지. 그래서 이런 모습이 가능하다. 별로 좋아하진 않지만. 그래도 너희 인간 마법사도 필요하면 벌레로 변신하곤 하잖나? 그것과 같은 것이다."

"그나저나 무슨 일이신지? 이제 절 씹어 먹을 방법을 찾은 겁니까?"

무덤에서 웅크리고 있는 자에게는 인과율의 함정에 의해 사로잡혔다. 그리고 신성을 띄기 시작한 나를 맛있는 과일처럼 먹어치우려 했다. 하지만 아퀼라의 가호 덕에 실패하고는 성질이 나 심연의 우물에 처박아 버렸다.

한데 어찌 이렇게 불렀을까?

"계획이 바뀌었기 때문이다. 원래는 널 먹어치우려고 했지. 하지만 더 좋은 방법이 떠올랐다면 당연히 그리 하는 게 맞지 않겠나?"

또 무슨 간교한 수작을 떠올린 건지 걱정스러웠다.

"우선 그를 위해 진실을 알려주지. 네놈은 지금 천둥벌거숭이처럼 날뛰고 있지만, 모든 걸 알게 된 후에도 그럴까?"

"……."

뭔가 상대가 치명적인 비밀을 감추고 있다는 예감이 들었다. 그리고 어째서인지 아까부터 누미디아의 사기꾼도 조용하기 짝이 없다. 무덤에서 웅크리고 있는 자는 내 갑옷을 스윽 보더니 비웃음을 머금는다.

철컥.

그의 시선을 받는 것만으로도 면갑이 절로 올라가 내 얼굴이 드러났다.

"긴장하고 있군. 발러슈테드. 하긴 네놈의 운명은 지금 이 몸의 손바닥 안이니까. 마치 너희 인류의 운명처럼 말이야. 크크큭."

"인류는 패하지 않습니다. 설령 제가 여기서 죽는다고 해도."

비록 내가 죽어도 종언의 석판으로 리켄티아투스를 구원할 여지는 남는다. 발푸르가 여신격과 발푸르기스가 그 사실을 알고 있으니 내 유지를 이어가겠지. 하지만 무덤에서 웅크리고 있는 자는 그런 희망은 단번에 박살냈다.

"설마 그 종언의 석판을 믿고 있는 건가? 크하하하하!"

무덤에서 웅크리고 있는 자는 폭소를 금치 못했다. 배를 잡고 웃어댄다.

"발러슈테드! 발러슈테드여! 네놈은 정말 아무것도 모르는구나."

그는 손가락을 튕겨 거대한 권좌를 소환하더니 거기에 거만하게 앉는다.

"혹독한 진실을 알려주마. 그 종언의 석판을 만든 건 사실 이 몸이다."

"뭐라?"

"그리고 석판을 이용해서 초월자를 추방하는 방법 역시 이 몸이 아퀼라에게 제안한 것이다."

순간 말이 귀로 잘 들어오질 않았다. 아니, 지금 뭐라고?

"드물게 당황한 표정이군."

"…믿을 수 없다."

"너희 같은 벌레는 유일한 희망이 박살나면 대개 그런 반응이지. 하지만, 이 기회에 우주가 어떻게 돌아가는지 알아두는 게 좋을 거야."

그 말과 함께 무덤에서 웅크리고 있는 자와 나 사이에 리켄티아투스의 환영이 떠올랐다. 지구를 닮은 아름다운 별이었다.

"종언의 석판을 이용한 초월자를 추방하는 방법 말이지, 그건 사실 당시에 아퀼라와 내 이해가 맞아떨어진 결과에 불과하다."

갑자기 그는 내게 물었다.

"왜 우주적 존재들이 리켄티아투스에 관심이 쏠려있는지 아나? 발러슈테드."

"그건 발버둥치는 죽음의 봉인이 있기 때문에…."

"아니, 그 전에. 왜 발버둥치는 죽음이 그런 작은 행성에 봉인된 건지 아느냐 말이다."

우주적 존재인 발버둥치는 죽음이 일개 행성인 리켄티아투스에 봉인된 이유라….

사실 가장 근본적인 문제라 줄곧 고민했던 부분이었다. 하지만 가장 지혜로운 자조차 그 문제의 답을 몰랐다. 심지어 업적치로 산 아퀼라의 지식에도 그 내용은 없었다.

"그건…."

내가 머뭇거리자 무덤에서 웅크리고 있는 자가 입 꼬리를 올리며 히죽거렸다.

"당연히 모를 것이다. 미천한 신격들이 그 사실을 감췄을 테니까."

그렇다는 건, 아퀼라는 진실을 알고도 안 알려준 건가? 갑자기 배신감이 밀려왔다. 그리고 순수하게 그를 믿어도 되는지 혼란스러웠다.

"발러슈테드. 종언의 석판은 신격들에게 치부나 다름없다. 그런데 그걸 믿고 모든 것을 걸려는 건가? 크하하하하!"

"신격들에게 치부나 마찬가지라고 하셨습니까?"

"그래, 직접 보는 게 가장 빠르겠지."

무덤에서 웅크리고 있는 자가 손가락을 튕기자 갑자기 내 앞에 시커먼 석판 나타났다. 거기에는 위대한 이름들이 빼곡히 적혀있었다.

"환영이지만 진품을 그대로 재현한 것이다. 돌처럼 보여 석판이라 불리나 실상 발버둥치는 죽음의 뼈를 깎아 만든 물건이다. 우주에서 가장 단단한 물질 가운데 하나지."

그 유명한 드래곤본도 이것에 비하면 수수깡 수준이라고 한다.

"눈이 있다면 읽어봐라."

글씨는 괴종족의 언어로 되어 있었다. 칠마성전의 지식이 아니었으면 알아보지 못할 뻔했다.

"형언할 수 없는 암흑… 발버둥치는 죽음… 무덤에서 웅크리고 있는 자…."

종언의 석판의 위에는 가장 유명한 셋의 이름이 적혀있었다. 그 아래로 또 다른 어둠의 대군들의 이름이 이어졌다. 신격들의 이름은 아래쪽에 몰려있었다.

"이걸 보면 무엇을 느끼나?"

인정하기 싫었지만 답은 명확했다.

"…서열입니까?"

"축하한다. 이제야 진실에 한 걸음 다가갔구나. 입술을 깨문 그 표정이 참 보기 좋군!"

짝. 짝. 짝.

무덤에서 웅크리고 있는 자는 내게 박수를 쳐주며 거만하게 의자 등받이에 몸을 기댄다.

"신격들이란 말이야. 네놈들 생각보다 위대한 존재가 아니다. 우리의 입장에서 보면 오히려 비천하지. 그들 역시 우주의 어둠에서 태어났으나 애초에 너희 벌레들의 발명품이 아닌가. 어둠의 대군에 비하면 천출이나 다름없는 것이다."

충격적인 말이 계속 이어지는군.

"왜 신격들의 이름이 석판 아래쪽에 있는지 궁금하겠지? 아무래도 그럴 수밖에. 그들은 우리 용병이나 마찬가지인 존재였으니까."

"그런…."

"처음 들을 거다. 신격들이 그런 수치스러운 역사를 남겨뒀을 리가 없으니까. 기록되지 않은 이야기지."

세상에서 가장 매운 펀치가 있다면 진실이 아닐까? 연달아 맞으니 숨이 막혀서 정신을 차릴 수 없었다. 머리가 어질어질한 기분이다. 하지만 나는 들어야만 한다.

"…진실을 알고 싶습니다."

"좋다. 본래라면 귀찮아서 알려주지 않았겠지만 지금 나는 목적이 있으니까. 이 얘기를 듣고 네놈 머리에서 신격에 대한 경외심이 탈색되길 바라지."

먼저 어둠의 대군 간에도 급이 있다는 설명으로 얘기가 시작됐다.

"인간에게도 작위란 게 있잖느냐. 어둠의 대군도 마찬가지지. 이 몸이나 발버둥치는 죽음은 인간으로 치면 황제다. 하지만 남작이나 훈작사 같은 어둠의 대군도 있는 법이지."

우주적 존재가 있는가 하면 그저 일개 행성에 묶인 존재도 있다 그거다.

"어둠의 대군 중 약한 이는 이 몸의 화신 정도에 불과하다. 하지만 그들 역시 후원을 내릴 능력을 갖고 있으니 어둠의 대군이란 직위는 정당하다. 그저 힘과 능력의 차이일 뿐 우리의 본질은 모두 같다. 그리고 본래 이 행성은 그런 하위 어둠의 대군만이 거주하는 장소였다."

무덤에서 웅크리고 있는 자는 만년도 더 전에 있었던 인간의 탄생을 지켜봤다고 한다.

"꽤 재밌는 범용 생명체였다. 하지만 그런 건 우주 어디에나 있는 거고 큰 관심을 갖지 않았지. 그런데 예기치 못하게도, 이 몸의 시선을 잡아끄는 일이 일어났다. 그 범용 생명체가 신격이란 존재를 발명하고 행성에 머물던 어둠의 대군을 모조리 격퇴한 사건이었다."

무덤에서 웅크리고 있는 자는 제법 놀랐다고 한다. 인간에 대한 평가를 올릴 수밖에 없었다고.

"하지만 그뿐이었다. 놀랍긴 했지만 우주에 그런 승리가 어디 리켄티아투스 뿐일까. 이 몸은 곧 흥미를 잃어버렸지. 요컨대, 신격들이 지금까지 스스로를 치켜세우는데 쓴 그 해방전쟁은 하위 어둠의 대군을 상대로 한 짓에 불과했다."

즉, 황제의 입장에서 지방 남작이 다스리는 땅에 반란이 일어난 셈이다. 고블린들이 쳐들어와 남작이 살해되고 몬스터굴이 됐다는 것. 하지만 광활한 제국을 다스리는 방만한 황제는 그런 사소한 일에 신경 쓰지 않았다.

"너희가 누린 1만여 년의 번영과 영광된 신격의 승리는 사실 절대자들의 무관심 속에 꽃 핀 것에 불과하다."

"……."

"우리에게 그건 잠깐의 시간이고. 마치 그것과도 같지 않나? 돌로 포장된 도로 위에 질기게 자라난 잡초, 그게 너희의 고향인 리켄티아투스다. 그리고 이제 그 잡초를 뽑을 때가 된 거지."

진실이란 어찌 이리 잔인한 건가.

"제가 알기로 1만여 년의 평화가 끝나고 어둠이 다시 나타나자 신격들은 전력으로 싸운 걸로 알고 있습니다. 그리고 대신격 아퀼라의 희생으로 종말까지 유예를 얻었다고 들었습니다."

"크하하하하하!"

내가 아는 걸 얘기하자 무덤에서 웅크리고 있는 자는 세상에서 제일 웃긴 소리를 들은 것처럼 폭소했다. 심지어 권좌에서 굴러 떨어질 뻔했다. 간신히 권좌에 몸을 걸친 채 눈물을 쏟아낸다.

"뭐라? 그건 신격이 너희 인간에게 하고 있는 선전인가? 그때 그들이 무엇 한 줄 아느냐? 모두 도망갔다. 너희 인간을 버리고 모두 도망갔다고. 그때 너희가 칭송하는 1만여 년의 평화를 끝낸 건 발버둥치는 죽음의 등장이었다."

우주적 존재인 그가 나타난 순간, 리켄티아투스의 만신전은 모두 새파랗게 질려서 달아났다는 것. 어린 아이처럼 무력한 인간을 버리고.

"그들은 아이를 버린 부모다."

무덤에서 웅크리고 있는 자의 조소에 어째 대꾸할 말이 없었다.

"하긴 애초에 싸움 자체가 불가능하긴 했다. 너희 중 아퀼라는 유난히 강했지. 그건 인정한다. 이런 작은 행성계(Planetary System)를 다스리는 존재라 믿을 수 없을 정도로 강했다. 하지만 그뿐이었다. 그들이 얻은 유예란 우리 절대자들의 정치적 구도에서 떨어진 우연한 선물에 불과하다. 당시에 모종의 사건이 터져서 발버둥치는 죽음을 시작으로 여러 거물들이 이 행성을 찾았지."

그리고 지금 종말의 때와 같은 대전쟁이 벌어졌다고 한다. 리켄티아투스의 신격들은 그 혼돈에서 살아남기 위해 어둠의 대군들의 용병 일까지 했다고.

"애초에 종언의 석판은 그런 대전쟁의 끝을 알리는 정전협정서와 같은 것이다. 이 별의 신격들도 싸웠으니 이름을 넣어준 것이다. 물론 대가를 주고 부릴 수 있는 비천한 용병이니 가장 밑바닥에 말이다."

진실 속에선 신격들의 위대한 헌신과 희생 같은 건 존재하지 않았다. 행성계를 주관하던 그들은 더 큰 우주적 존재의 출현에 놀라서 어쩔 바를 몰랐던 거다. 오히려 그런 거물들의 하수인으로 활약하며 살길을 찾았다고.

"자, 이제 알겠나? 발러슈테드. 네놈들이 누리는 것이란 이런 것이다. 첫 번째 번영의 시간과 그 다음의 유예의 시간. 모두 너희 의지와 상관없이 우리의 협의에 부산한 결과에 불과하다. 물론 우리 중 누구도 인간의 생존에는 관심이 없었지."

"아무래도 상관없는 존재였군요."

"그래, 너희는 그저 거기 있었을 뿐이다. 잡초나 풀벌레처럼."

뚝. 뚝.

그때 뭔가 물기가 떨어지기에 손바닥으로 닦아보니 식은땀이었다. 땀이 물처럼 흐르고 있었다. 아무리 제정신을 차리려고 해도 무력감에 나락 깊은 곳으로 떨어지는 기분이었다.

"애초에 종말이란 말도 웃기는 소리다. 우주는 한도 끝도 없이 거대하다. 우리가 싸우면 분명 수많은 별들이 떨어지겠지. 하지만 그건 이 우주의 티끌에 불과하다."

설명을 들을 수록 내 이해는 더 확실해져갔다. 그래서 바로 알아들을 수 있었다.

"종말이란 말도 이쪽의 편의에 의한 표현이라 그겁니까? 아니, 이쪽의 편협한 시각의…."

무덤에서 웅크리고 있는 자는 즐거운 듯 웃었다. 기뻐하는 선생처럼.

"똑똑하구나. 역시 네놈은 드물게 쓸만한 인간이야. 그래, 종말이란 건 너희 행성계의 끝을 말할 뿐이지. 그건 그저 나무 하나가 벌목되어 쓰러지는 일에 불과하다. 숲은 한없이 넓은데 나

무꾼이 나무를 했다고 해서 숲의 종말이라고 할 수 있겠나? 너희 인간과 신격은 그리 미물이면서 표현 하나는 거창하기 짝이 없구나! 크하하하하! 아이구, 배야!"

…숨이 막혔다. 더 싸우고 싶지 않았다. 원래 듣기로는 '신격의 패배로 종말이 일어났다'고 들었다. 하지만 그것조차 선전이나 거짓에 불과했던 거다.

"신격들은 이쪽이 종말이라고 하는 사건에 관여하고 영향을 끼칠 능력조차 없었던 거군요."

"실로 옳은 지적이다. 자신들조차 어쩔 수 없기에 신도들에게 모든 걸 운명론적으로 받아들이라고 종말이니 뭐니 하는 단어를 붙인 것이다. 교활한 놈들이지."

그렇다면 대체 아퀼라는 무엇을 하려고 했던 걸까? 그의 말대로 이 세계의 운명에 묶이지 않은 나였으면 뭔가 가능했던 걸까? 이제는 모두 의심암귀로 빠져 들어갔다. 그는 과연 인간의 편인가?

"대체 발버둥치는 죽음은 리켄티아투스에 왜 온 겁니까? 그 1만여 년의 번영이 끝난 후 무슨 일들이 있었던 겁니까?"

내 간절한 질문에 무덤에서 웅크리고 있는 자는 피식 웃을 뿐이었다.

"거기까지 대답해줄 이유는 없다."

"아니!"

"이 정도만 말해도 네놈이 가진 신격에 대한 경의를 잃게 하기 충분하니까. 더 말하자면 이 몸의 입이 아프구나."

아직 알아야할 게 너무 많았지만 상대는 단번에 끊어버렸다. 종언의 석판이 진짜로 효과가 있는지도 관건이었다.

"종언의 석판으로 초월자를 추방할 수 있는 게 진실입니까?"

"그 점 역시 대가 없이 대답해줄 이유는 없다. 하지만 네놈이 내 요구를 들어준다면 얘기가 다르겠지."

무덤에서 웅크리고 있는 자는 거래를 제안해왔다. 하지만 나는 어떻게 해야 할지 알 수 없었다.

"무슨 짓을 해도 리켄티아투스를 구할 수 없다면 거래가 다 무슨 소용입니까? 이러나저러나 망하는 건 매한가지인데."

"아니, 애초에 리켄티아투스를 구한다는 개념이 무엇이냐?"

무덤에서 웅크리고 있는 자는 권좌에서 벌떡 일어나더니 다가왔다.

"종언의 석판을 쓰고자 하면 네놈이 원하는 건 뻔하지. 이름이 적힌 초월자를 모두 추방해서는 인간들만의 세계를 만들려는 거 아닌가? 하지만 말이다. 의심을 하란 말이다. 네놈의 특기처럼."

그는 손가락으로 내 머리를 톡톡 건드렸다.

"의심입니까?"

"그래, 네놈의 잘 굴러가는 머리를 기민하게 쓰란 말이지."

무덤에서 웅크리고 있는 자는 손짓을 하더니 종언의 석판을 자신의 앞으로 가져왔다.

"보라, 여기서 특기할 만한 점이 무엇인가? 10초를 주지. 10초 안에 못 맞추면 너와 네 가련한 갑옷을 즉각 파괴하겠다."

절대 저건 농담이 아니었다. 10초 안에 답을 찾지 못하면 그가 보기에 난 거래할 가치도 없는 벌레에 불과하니까. 여기서 죽으면 영혼 역시 이 테멘 앙 키에 갇힌다. 오늘 들은 비밀을 떠벌일 수도 없으니 맘 놓고 날 부숴버릴 거다.

"십, 구, 팔…."

"윽!"

시간이 너무 촉박했다. 아니, 이 신적인 기물의 비밀을 10초 안에 파악하라니?

"칠, 육, 오…."

답은 감도 안 잡히는데 시간은 속절없이 지났다. 갑자기 속이 울렁거리며 눈앞이 아지랑이 치는 것처럼 흔들렸다. 토할 거 같은 기분이었다.

"제길, 제기랄!"

다리 힘이 쭉 빠져 주저앉을 것 같았다.

"키키킥! 볼만한 얼굴이군. 사, 삼…."

10초라고 하면 분명히 직관적인 부분일 것이다. 대체 그게 무엇인가! 번뇌에 빠져있던 나는 그 순간 한 가지를 누미디아의 사기꾼이 언급했던 게 떠올랐다.

바로 사기꾼들의 오래된 금언.

[믿는 자만이 속게 되어 있다.]

그 순간 나는 알아챘다.

"대신격 아퀼라의 이름이 석판에 없군요."

내 대답에 무덤에서 웅크리고 있는 자는 만족해서는 카운트를 멈췄다. 그리고 내 어깨를 두드리며 말한다.

"그러면 초월자가 모두 추방된 뒤 누가 가장 큰 이득을 보는 건가?"

그 말이 가슴을 쿵! 하고 울렸다.

"그런 말도 안 되는…."

"왜 말이 안 된다고 생각하는 건가? 발러슈테드."

분명 무덤에서 웅크리고 있는 자의 말대로였다. 석판이 발동하면 이름이 적힌 초월자는 리켄티아투스에서 모두 쫓겨난다. 유일하게 발푸르가 여신격만이 남는데, 사실 그게 아니었다?

게다가 대신격 아퀼라가 힘을 잃은 게 아니라 감추고, 때가 오길 기다렸던 거라면?

하면 그는 종언의 석판 발동 이후의 최대 수혜자가 된다. 이 리켄티아투스 행성계는 온전히 그의 손아귀 아래 들어갈 테니까.

게다가 굳이 발푸르가 여신격만은 남긴 것도 저의가 의심스럽다. 그녀는 아름답고 고결한 처녀 여신격. 후일 반려로 삼으려고 예비해 둔 거 아닐까?

하지만 무덤에서 웅크리고 있는 자의 말만 듣고 대신격 아퀼라를 죽일 놈이라고 생각하는 것도 문제다. 생각해 보면 이상한 점도 많다.

굳이 인간의 모습으로 변해서 날 저렇게 설득할 필요가 있을까? 혹시 내가 이 테멘 앙 키에 머무는 동안 초월자들의 정치 구도가 바뀐 게 아닐까?

이 세계에 있는 동안 성좌관형찰색을 쓰지 못해 여러 사정에 어둡다. 하지만 며칠 사이에 무덤에서 웅크리고 있는 자의 결심을 바꿀 정도의 일이 터지지 말란 법도 없지 않나.

전쟁통에는 하루, 하루 상황이 다르다.

"확실히 대신격 아퀼라의 거동은 이상합니다. 하지만 그렇다고 그를 무작정 의심할 수는 없습니다."

"발러슈테드. 아까 말하지 않았나? 종언의 석판이란 건 이 몸과 아퀼라의 이해관계가 맞아떨어진 결과라고."

무덤에서 웅크리고 있는 자가 손을 튕겼다. 그러자 주변의 환경이 변했다. 마스타바 안에 있었는데 어느새 광활하고 척박한 산지가 펼쳐졌다.

산 아래에서 언데드와 심연의 우물을 탈출한 영웅들의 전투가 벌어지는 게 보였다.

하지만 정작 무덤에서 웅크리고 있는 자는 그건 신경도 쓰지 않았다. 그에겐 저런 일은 사소한 문제인 듯했다.

그보다 손을 벌려 이 테멘 앙 키 전체를 가리켰다. 그의 존재감이 어찌나 거대한지 일개 인간의 모습임에도 차원 전체를 끌어안는 느낌이었다.

"이곳은 내가 쫓겨 온 세계다. 전쟁이 끝나고 발버둥치는 죽음이 봉인됐을 무렵 이 몸 역시 대가를 치를 수밖에 없었다. 그건 정치적 실각이자, 본성(本星)에서의 추방이지."

여기서 본성(本星)은 단어 그대로 별이라기보다 그가 머물던 차원 자체를 말하는 것 같았다.

"나로서는 괴로운 결과였다. 목표였던 어둠의 왕관을 탈취하는데 실패하고 쫓겨나게 됐으니까."

발버둥치는 죽음의 리켄티아투스 강림으로 시작된 전쟁은 어둠의 왕관이 원인이었던 건가. 이 자는 성격이 꼬여서 내키지 않으면 순순히 말해주지는 않는데, 떠벌리기 좋아하는 건지 이렇게 유추할 걸 툭툭 던졌다.

애초에 무슨 계획이 있어 말하지 않는 게 아니라 기분 문제인 걸로만 보였다. 그러고 보면 이 무덤에서 웅크리고 있는 자는 자기 힘에 어울리는 품격이라고는 없었지.

끓어오르는 심연은 그야말로 우주적 존재란 느낌인데, 반면 이쪽은 광대한 힘을 가졌으면서도 속이 더럽게 좁고 치졸하기까지 하다.

내 마음으로 진짜 초월자라 인정하는 존재는 끓어오르는 심연뿐이다. 나머지는 하여간, 우주에 개새끼들만 드글드글 해가지고는. 쯧!

"그래서 다른 놈들에게 한 방 먹여줄 필요가 있었다. 종언의 석판은 정전협정을 조인하는 내용이지만 숨겨진 기능이 있었던 거지."

일단 석판에 힘이 있다는 건 결국 인정하는군.

"아퀼라 역시 거기에 이해관계가 부합했단 거군요."

"그래, 녀석은 리켄티아투스에서 초월자를 다 쫓아내고 싶어했다. 그래서 우리는 종언의 석판을 합작한 것이다."

한 명은 귀양가게 생겨서, 다른 한 명은 외부의 초월자들이 자기 구역에서 깽판 쳐서, 그런 이유로 모두를 추방하는데 뜻이 맞았단 거군.

"음⋯."

그건 그렇고 아퀼라란 존재는 수상하군. 행성계 대신격 주제에 너무 강한 거 아닐까? 실제로 그의 가호나 정신 보호는 어둠의 대군 중 최상위권을 상대로도 유효했다.

무덤에서 웅크리고 있는 자도 나를 보호하는 가호에 특이함을 느꼈다. 하지만 그게 사실 아퀼라의 힘이란 점을 알면 그가 어떤 반응을 보일까?

분명 이상하다고 여기겠지. 하지만 세상 모든 일에는 이유가 있다. 나는 점점 아퀼라의 정체에 대해 의심이 짙어졌다. 혼자 미간을 좁히고 있자니 무덤에서 웅크리고 있는 자가 나직이 욕설을 내뱉었다.

"엿 같은 일이지. 그 빌어먹을 형언할 수 없는 암흑 놈이 왕관을 챙겼을 줄이야. 당시에는 그것까진 몰랐지만 뭐라도 먹여줘야 했지."

잠깐? 형언할 수 없는 암흑이 어둠의 왕관을 갖고 있는 건 극비일 텐데. 끓어오르는 심연도 최근에야 나를 통해 알게 됐다. 한데 어찌?

"형언할 수 없는 암흑이 왕관을 갖고 있는 걸 아시는군요?"

"빌어먹을, 그것도 며칠 전에야 알게 됐다. 끓어오르는 심연이 폭로했으니까."

"네?"

"하하하. 여기 갇혀있어서 네놈은 몰랐군. 끓어오르는 심연이 이 사실을 폭로하고 어둠의 대군들을 휘하에 잔뜩 끌어모았다. 그렇게 세를 불려 지금 무섭게 형언할 수 없는 암흑을 몰아붙이고 있지."

아니, 며칠 사이에 그런 일이 있었나. 끓어오르는 심연은 이번 반격에 승부수를 던진 모양이다. 중요한 비밀까지 폭로해 형언할 수 없는 암흑에 대항하는 진영을 꾸린 걸 보니.

"그런 일이…."

"하지만 한 가지 사실이 더 밝혀졌다. 어차피 네놈도 나중에 알게 될 테니 알려주지. 그 자식이 갖고 있는 어둠의 왕관은 반쪽짜리다."

"반쪽짜리입니까?"

"그래, 어둠에 왕관을 장식할 중요한 보석들이 빠져있어."

"영원의 보석들….."

칠마성전에서 봤다. 어둠의 왕관에는 무한한 힘을 가진 영원의 보석들이 박혀있다고. 그런데 그것들의 일부나 전부가 빠져있는 모양이었다.

"그렇다. 역시 초월자와 관련된 지식은 빠삭하군. 괴상한 인간 놈. 그런데 그 영원의 보석이 어디에 있는지는 아무도 모른다고 한다."

그 말에 나는 무심코 답했다.

"발버둥치는 죽음이 갖고 있지 않겠습니까? 갖고 봉인됐겠지요."

깊이 생각하지 않고 숨 쉬듯 내뱉은 말에 무덤에서 웅크리고 있는 자는 화들짝 놀란다. 아마 그 역시 그리 생각하고 있었던 모양이다. 그제야 나는 그가 원하는 걸 알 수 있었다.

"제게 맡길 일이 뭔지 짐작할 만하군요."

그와 함께 현재 상황을 추리할 수 있었다. 머리가 빠르게 돌아가기 시작하며 갑자기 여유가 돌아왔다.

아, 그런 거였군.

무덤에서 웅크리고 있는 자는 나를 설득하기 위해서 입을 열었지만 필요 이상의 정보를 흘리고 말았다. 이 녀석, 너무나 강하기 때문에 오히려 이런 아기자기한 교섭에는 약한 게 아닐까?

"뭐라?"

"내심 짐작하고 계셨겠지요. 흐흐흐."

"네놈, 기분 나쁘게 웃는군."

"아, 이런 실례를."

나는 귀족적으로 허리를 숙였지만 명백한 비아냥이었다.

"이제 보니 왕관은 파괴된 상태였던 겁니다. 원인은 아마 예전의 그 전쟁 때문이겠지요. 왕관의 본체와 영원의 보석들은 나뉜 겁니다. 오늘 날까지 그 물건들이 어디있는지 불확실했으나 끓어오르는 심연의 폭로로 확실해진 거고요."

"……."

추리를 이어가자 상대의 표정이 점점 굳어갔다. 갑자기 상황이 역전된 분위기다.

"심지어 어둠의 왕관에 보석이 없단 사실까지 드러났지요. 자, 그러면 보석은 어디에 있을까요? 이미 오랜 시간동안 어둠의 대군들이 우주를 샅샅이 뒤졌을 겁니다. 영원의 보석 중 한 개만 얻어도 무궁한 힘을 가질 수 있을 테니까요. 그런데 누구도 발견하지 못했습니다."

이건 정말 이상한 일이다. 긴 시간을 많은 초월자들이 들쑤시고 다녔는데 성과가 없다니.

"그렇다면 유력한 가설이 떠오르죠. 과거 발버둥치는 죽음이 몰래 빼돌린 게 아닐까? 우주 어디에도 안 보인다면 사실 같이 봉인된 게 아닐까?"

"……."

"물론 아닐 수도 있습니다만 귀가 솔깃해지는 얘기란 점은 사실이지요."

"네놈… 기세등등해지는 게 건방지군."

"어이쿠! 이런 실례를."

말은 그렇게 해도 내 태도는 전혀 달라져 있었다. 근처에 멋대로 앉기까지 했다. 무덤에서 웅크리고 있는 자는 대번에 얼굴이 찌푸려졌지만 뭐라 하지 않았다.

"위대하신 분께서 가르침을 주신 탓에 저도 좀 깨달았습니다. 얼마나 편협한, 인간적인 사고에 갇혀있었던 건지 말입니다."

"무슨 말이 하고 싶은 것이냐?"

"저는 종말의 때가 왔다고 철썩 같이 믿었죠. 하지만 그 종말이란 이쪽의 종말이지 우주의 종말이 아닌 것입니다. 즉, 인과율은 여전합니다. 당신들, 초월자는 인과에서 여전히 자유롭지 못하다 그겁니다."

특히 그와 같이 높은 위치를 갖고 있으면 더더욱 그렇다. 높은 곳에 있을 때는 살짝만 실수해도 끝장이니까.

"제국에서 파도치는 핏물과의 싸움은 이런 제 착각을 가속화 시켰습니다. 실제로 파도치는 핏물은 무모하게 행동했죠. 그래서 저는 인과율의 제약이 이제는 약해진 게 아닐까 오판했던 겁니다."

하지만 파도치는 핏물의 본체인 발버둥치는 죽음의 사정을 헤아리지 못한 실수다. 발버둥치는 죽음은 봉인되어 매우 불리한 위치에 있다.

무리수를 둘 수밖에 없는 상황이라 그거다. 결국 인과를 무시한 강신이란 짓을 했지만 결과는 어떻게 됐나?

간단하다. 내 덕에 쫄딱 망하고 말았다.

인과율은 이 정도로 무섭다. 실제로 발버둥치는 죽음의 화신인 파도치는 핏물은 발푸르가 여신격의 본체와 비슷할 거라 추측된다.

즉, 발버둥치는 죽음>>>넘을 수 없는 벽>>>파도치는 핏물=발푸르가 여신격이란 식이다.

하지만 파도치는 핏물은 처음부터 큰 인과율로 강신하지 못했다. 예전에 베오울프의 예이츠를 멸망시키려 했던 국가단위의 인과율로 강신한 게 아니란 거다.

뮌헨 사태처럼 도시급 정도의 인과율로 강신했으니 상당히 쪼그라든 상태로 나온 셈이다. 그나마 그것도 나 때문에 도중에 반푼이가 됐다. 결국 발푸르가 여신격의 화신에게 먹기 좋게 썰렸다. 실제로 끓어오르는 심연이 그 잘 뜬 회를 꿀꺽했었지.

결국 이 모든 사태는 인과의 법칙 때문에 일어난 거다.

"하지만 당신께서 굳이 제게 이런 이야기를 해 설득하려는 걸 보면 확실하지요. 우주의 거물조차 인과율에 묶여있는 존재라는 사실을."

"이놈!"

우르르릉! 콰앙!

무덤에서 웅크리고 있는 자가 화를 내자 이 테멘 앙 키의 하늘을 수백 가닥의 번개가 가로질렀다.

이 소동에 놀란 하늘의 혼백들이 일제히 귀곡성을 울려서 귀가 먹먹해질 정도였다. 역시 인간의 형태를 하고 있다지만 힘은 그대로구나.

하지만 나는 눈 하나 깜빡하지 않았다. 지금까지 늘 그랬다. 상대가 얼마나 강하든 말든 내가 유리한 점을 발견하면 이렇게 간이 배 밖으로 나오곤 했으니까.

"사실이 그렇잖습니까? 아니, 뭐 그러시면 직접 리켄티아투스로 달려가 행성 째 박살을 내시던가요. 아니, 뭐 그러지도 않을 거면서 힘자랑만 하고."

내가 궁시렁, 궁시렁 거리자 무덤에서 웅크리고 있는 자는 기가 막힌다는 표정을 감추지 못했다.

"네놈, 죽고 싶은 것이냐?"

"죽여서 이쪽 힘 흡수할 수도 없으면서 그렇게 말하지 마쇼."

상황이 바뀌자 내 말투도 변했다. 역시 내 싸가지는 가변적이라니까. 아주 환경 적응이 뛰어난 싸가지야.

아니, 그것보다 내가 여기서 죽는다고 영혼이 이 테멘 앙 키에 귀속되는지도 모르겠다. 신성을 띄고 있는 나이기에 그런 일반론에서 벗어날 확률이 높았다.

"거, 말하는 거 보니까 물질계로 가서 봉인과 영원의 보석에 관련된 일을 처리해 주는 거 같구먼. 이번 일은 꽤 비싸겠어. 흐흐흐흐."

"……."

"인과율에 묶여있으니 용병은 써야겠고 똘똘한 놈은 나뿐이고, 거 당연한 결론이구먼."

갑자기 기분이 좋아졌다. 상대가 우주적 공포에서 그저 고객님으로 전락한 탓이다.

"그, 그렇다… 네놈에게도 나쁜 제안은 아니겠지. 이 몸의 요구를 들어준다면 엄청난 보상과 함께….”

나는 얘기도 듣지 않고 일단 손을 내밀었다. 어서 달라는 듯 손바닥부터 흔들었다.

“뭐냐?”

“착수금부터 주쇼.”

“이놈! 적당히 건방을 떨지 못하겠느냐!”

어둠의 대군이 분노하자 산 전체가 강진이 난 것처럼 요동쳤다.

콰아아아앙!

산지의 저 멀리에서 산사태가 일어나 시커먼 흙이 무너져 내리고 있었다. 그러거나 말거나 나는 태연히 귓구멍만 후볐다.

왜냐면 상대의 사정이나 의도가 뻔했기 때문이다. 지금 끓어오르는 심연을 중심으로 형언할 수 없는 암흑에게 총공세가 가해지고 있다.

즉, 이틀에 일을 처리하려는 게 틀림없었다. 우주적 거물 둘이 싸우는 이런 기회는 흔치 않다. 그런데 물질계에서 인과율을 빗겨가는 필멸자 중 나만한 거물도 없었다.

이대로 좀 더 성장하면 뮌헨 사태 같은 도시급 인과율을 갖고 강신한 화신과 맞먹을 정도다. 게다가 제국에서 최고의 세력을 일구고 있고 세상의 비밀에도 정통하다.

“나 말고 적당한 이도 없잖수. 이제 와서 후원할 마족을 고를 거요? 하하하, 구관이 명관이란 말 모르시나. 내가 일 처리가 상당히 괜찮은데.”

“대체 뭘 달라는 거냐!”

일단 착수금으로 좋은 게 있었다.

"프로그래마 모르티스."

딱 내놔, 이 새끼야.

프로그래마 모르티스를 언급하자 무덤에서 웅크리고 있는 자는 당혹감을 감추지 못했다.

"네놈, 어찌 그걸 알고 있는 건가? 아! 그렇군. 저 사기꾼 년이 말해줬구나."

무덤에서 웅크리고 있는 자는 내 갑옷을 힐끔 보고는 비웃음을 머금는다. 방금 전부터 그랬지만 그는 누미디아의 사기꾼을 굉장히 경멸하는 기색이었다.

게다가 왜 누미디아의 사기꾼은 꿀 먹은 벙어리가 된 거지? 그녀는 수다스러운 성격인 데다가 과거 어둠의 대군까지 속인 전력이 있다. 상대가 무덤에서 웅크리고 있는 자라고 해서 입 다물고 있을 거 같지는 않은데.

하지만 속으로 아무리 불러 봐도 누미디아의 사기꾼은 대답이 없었다.

"좀 내놓으쇼."

"참으로 교활하기 짝이 없는 놈이 아닌가. 힘은 힘대로 쓰고 독립하겠다니."

"이번 일의 가치를 생각하면 그 정도는 받아야 않겠습니까. 대승적으로 갑시다."

"어림없는 소리! 그걸 내줬다가는 여러 행성에 있는 피도 눈물도 없는 자들 모두 힘을 잃어버린다. 이 몸의 사업장이 어디 여기뿐인 줄 아느냐?"

사정은 알겠지만 나도 단호했다. 독립 안 시켜주면 일 맡길 생각하지 말라고 버텼다. 지금은 똥배짱으로 나가도 되는 상황이었다.

"아니, 솔직히 요즘 일하는데 다들 어찌나 머리를 굴리시는지 뒤통수가 남아나질 않겠더이다. 그러니 힘을 내어주쇼. 받은 만큼 일할 테니."

이 문제로 한참이나 무덤에서 웅크리고 있는 자와 옥신각신했는데 결국 그가 한 발 물러났다.

"썩어 문드러질 놈. 좋다. 대신 복제품을 주지. 네놈이 원하는 독립을 얻기에는 부족함이 없을 거다."

복제품으로도 충분히 독립이 가능하나 두 가지 점에서 원본보다 부족했다.

1)프로그래마 모르티스를 이용해 다른 이를 후원 할 수 없다.
2)프로그래마 모르티스를 조작해 단번에 피도 눈물도 없는 자만렙이 될 수 없다.

이 정도였다. 하지만 그 외에는 바라는 목표 달성이 가능했다. 앞으로 무덤에서 웅크리고 있는 자와 상관없이 피도 눈물도 없는 자로 계속 성장해 나갈 수 있으니까.

"음… 이 정도라면."

애초에 프로그래마 모르티스를 통째로 내놓으란 게 너무 무리하긴 했다. 훔쳤으면 좋았겠지만 이 정도로 타협해야지. 독립 자체도 대단한 성과였다.

"감히 이 몸에게 그런 무례한 요구를 하다니. 만약 성과를 내지 못하면 리켄티아투스를 통째로 갈아버리겠다."

"걱정 마쇼. 받은 뒤에는 일처리를 확실히 할 테니까."

무덤에서 웅크리고 있는 자는 칠흑의 오브를 꺼내 보여줬다. 어찌나 그 색이 검던지 주변의 빛조차 빨아들이는 것 같았다.

[프로그래마 모르티스- 복제품]
SSS등급 마법 물품.
사령술 체계에 관한 명령어 집합으로, 피도 눈물도 없는 자가 발휘하는 힘의 근원이다.

"오!"

절로 감탄사가 터졌다. 이것은 오로지 초월자만이 만들 수 있는 물건이었다. 인간 중 가장 뛰어난 마법사도 이 검은 오브가 무엇으로 이뤄진 건지 감도 못 잡겠지. 이 엄청난 물건에 순수하게 감탄할 수밖에 없었다.

"일을 수락하면 바로 넘겨주겠다. 그러니 나불거리는 입 좀 처닫고 얌전히 들어라."

"말해보쇼."

"영원의 보석은 발버둥치는 죽음과 같이 봉인됐을 확률이 높다. 그 교활한 녀석이라면 그런 짓을 하고도 남지. 하지만 다른 가능성도 존재한다."

애초에 영원의 보석은 총 다섯 개라고 한다. 그러니 분산됐을 확률이 충분하다.

"발버둥치는 죽음의 화신 가운데 하나가 영원의 보석을 보관

하고 있을 수도 있다."

화신을 시켜 일부 빼돌린다라, 그럴 듯한 얘기다.

"그의 화신들을 조져보지 않은 거요?"

"당연히 그러려고 했으니 녀석이 미리 대비하고 있었다. 현재 발버둥 치는 죽음의 화신이 누군지 정확히 파악 못하고 있다."

힘을 감추고 숨어버려 찾기가 무척 힘들다고 했다.

"얼마 전에 나타났던 파도치는 핏물은 애초에 우리가 존재를 허락한 화신 가운데 하나다. 그런 화신들은 보석을 갖고 있지 않다."

"요컨대, 보석을 빼돌린 화신은 정체조차 모르고 있단 거 아뇨?"

나는 황당한 기분에 혀를 찼다.

"그런 화신을 어찌 찾으라고? 어둠의 대군들도 못 찾는데…."

"네놈에게 바라지도 않는다. 가능성에 대해 언급한 것일 뿐, 우리의 표적은 어디까지나 발버둥치는 죽음이 갖고 있는 걸로 추정되는 보석이다."

"지금 나보고 그 보석을 찾아내는 걸 도우란 거요?"

황당하기는 매한가지였다.

"그렇다."

"아니, 그걸 무슨 수로…."

"멍청한 놈아. 얘기를 끝까지 들어라. 누가 네놈 따위에게 영원의 보석을 구해 바치라고 하겠나? 애초에 그건 말이 안 된다."

무덤에서 웅크리고 있는 자는 날카로운 눈초리로 날 쏘아 봤다.

"네놈은 신성을 밟아가고 있다. 그런데 영원의 보석까지 얻으면 어떻게 되겠나? 네놈 성격상 중간에 반드시 가로채겠지."

정곡을 찔려버렸다. 내 머릿속에도 수단과 방법을 가리지 않고 배신하는 그림이 떠올라 그저 시선을 피하고 딴청을 부릴 수밖에 없었다.

"이 몸이 원하는 건 간단하다. 제국으로 돌아가 발버둥치는 죽음의 봉인을 모두 풀어라. 그 뒤에는 이 몸이 해결하겠다. 네놈에게 원하는 건 그거다."

"봉인을 모두 풀라니."

"지금 발버둥치는 죽음은 약화된 상태다. 발러슈테드, 네놈의 덕이지. 반면 나는 오래 전쟁을 준비해 왔기에 만전이다. 정면으로 붙으면 누가 이기겠나?"

아니, 그것보다 봉인이 풀리면 발버둥치는 죽음은 자기가 머물던 외차원으로 도망치려 할 거다. 그 전에 잡으려면 물질계에서 쳐야하는데, 인과율의 문제가 발목을 잡는다. 내가 그 점을 지적하자 무덤에서 웅크리고 있는 자는 나직하게 웃는다.

"원인에 대해서는 걱정할 필요 없다. 과거에 종언의 석판을 작성할 때 발버둥치는 죽음이 날 속였으니 이미 원인이 발생한 거다. 게다가 오늘을 위해 사용하지 않고 아껴온 또 다른 원인들이 있다."

집요한 점은 알아줘야겠군. 이번 공격을 위해 원인을 계속 적립하고 있었다는 거다.

나 역시 그렇게 잡혔다. 피도 눈물도 없는 자로 임무를 느긋하게 진행하다가 이를 계속 노려온 그에게 당하겠지. 하여간 치졸한 방법에는 일가견이 있어.

"하지만 그것만으로는 원인이 부족하지 않겠소. 화신도 아니고 어둠의 대군의 본체가 강신하는 건데….."

"물론 행성까지 내려가진 않을 거다, 그랬다가는 인과율이 눈덩이처럼 부풀 테니까. 우주 공간에서 기다리고 있다가 발버둥치는 죽음을 공격하겠다."

하지만 그래도 충분하지 않을 텐데. 고개를 갸웃거리자 그가 쓰게 웃었다.

"나머지는 직접 감당할 것이다. 어차피 영원의 보석만 얻으면 그런 손해는 아무 것도 아니다."

"승부수를 던졌구려."

"이미 한 번 주류에서 밀려났다. 강자는 더욱 강해지고 약자는 계속 약해지는 게 우주의 이치임을 모르지 않겠지. 이번에 만회하지 못하면 이 몸은 영원히 2류로 전락할 것이다. 그러니 승부하겠다. 어둠의 왕관을 써 지존이 될 수 있게."

그의 결의를 듣는 내 표정은 어두웠다. 그도 그럴 게, 지상이 초토화 될 게 뻔했기 때문이다.

무덤에서 웅크리고 있는 자의 본체가 행성 근처로 접근하기만 해도 끔찍한 일이 일어날 거다. 비록 우주 공간에 있겠다고 했지만 지상의 생물들이 떼죽음 당할 건 안 봐도 훤하다.

게다가 발버둥치는 죽음의 봉인이 풀릴 때도 난리가 나겠지. 그의 봉인은 아퀼라의 정보에 의하면 제국 북부에 있다. 분명히 봉인이 풀리는 순간 제국 북부가 증발할 터.

"수백만의 목숨이 아침 이슬처럼 사라질 텐데….."

내 걱정에 무덤에서 웅크리고 있는 자는 코웃음을 쳤다.

"그게 무슨 상관이더냐?"

그는 정말 이해하지 못하겠다는 표정이었다.

"잡초 밭에서 잡초가 반절 가량 죽었다고 해도 그게 뭐 어쨌다는 거냐? 반이나 남았지 않느냐? 그리고 비가 오면 풀은 또 자랄 것이다. 행성만 남아있으면 그걸로 다행이 아닌가?"

역시 초월자라 그런지 수백만의 인명 따위는 아무렇지도 않게 생각하고 있었다. 물론 아주 이해가 안 가는 건 아니었다.

인간만 해도 목청이나 석청을 위해 벌집을 초토화시켜 버린다. 그때 누가 벌을 불쌍히 여기는가. 얼마나 많은 벌이 죽는지 신경 쓰는 채집꾼은 없다. 오히려 벌까지 잡아 술로 담그겠지.

"이번 일의 대가로 이 몸이 해줄 수 있는 건 명확하다. 리켄티아투스의 만신전을 모조리 치워주마. 이 행성에서 신처럼, 왕처럼 살아라."

잔인하긴 하지만 달콤한 제안이었다.

"영원의 보석을 얻으면 이 몸의 힘은 가히 백천만겁과 아승기겁에 다다를 터. 그 무진무궁하고 미래영영 이어질 힘에 걸고 약속하지. 네놈을 리켄티아투스 행성계의 대신격으로 올려주마."

꿀꺽.

나도 모르게 침을 삼켰다. 행성계 대신격이란 게 얼마나 지고한 위치인지 알기 때문이었다. 내가 혹하는 모습을 보이자 그의 유혹은 더욱 노골적이 됐다.

"네놈의 욕망이 보인다. 발러슈테드. 대신격에 이르면 원하는 건 뭐든 갖고 창조할 수 있겠지. 생각해 봐라, 영원한 권력을!"

그는 권력에 비하면 다른 가치들은 무의미하고 단언했다.

"이런 승리와 성공 앞에 그깟 풀포기 수백만이 무슨 상관이더냐?"

심지어 그는 자신의 이름을 걸고 약속을 보증하겠다고 했다. 무덤에서 웅크리고 있는 자는 정말 이번 일에 올인할 작정인 것 같았다.

"제가 대신격이 되어도 좋겠습니까?"

"크하하하! 영원의 보석에 비하면 이딴 촌동네를 누가 다스리던지 무슨 상관일까. 발러슈테드, 좋은 제안이 아닌가? 리켄티아투스에서 그토록 아끼는 인간을 이끌고 번영하라."

무덤에서 웅크리고 있는 자는 마법을 부려 내게 환영을 보여줬다. 리켄티아투스 행성 인간들의 문명이 발전해, 행성계 여러 별들을 점령해 가는 모습을.

그 가운데 나는 인간의 정점이자 인간을 돌보는 대신격으로서 모두를 이끌고 있었다. 아름다운 여신격들은 모두 내 아내이자 연인이었다.

나는 황금 권좌에 앉아 헐벗은 여신격들의 요염한 몸을 희롱하며, 다른 행성계의 세력과 끝없는 전쟁을 명하고 있었다.

환상 속의 나는 야심만만하게 웃고 있었다. 적들의 위대한 도시는 불바다였고 수많은 정예병들이 그 속에서 나를 찬양했다.

황제 폐하 만세!

황제를 위하여!

"헉!"

환상에서 깨어난 나는 고개를 흔들었다.

"후우, 후우."

숨을 몰아쉬면서 저 환상이 엄청나게 매력적이었다는 점을 인정하지 않을 수 없었다. 잠깐 사이 나는 마음속의 욕망이 구현된 삶을 보았다. 그리고 그걸 진짜로 갖고 싶단 생각에 사로잡혔다.

"어떤가?"

입술을 절로 깨물 수밖에 없었다.

"대신격이 된 후 마음대로 하라. 어차피 우주는 넓다. 잘 다니지 않는 길에 잡초가 무성하다고 그걸 일부러 뽑을 정도로 이 몸은 한가하지도 않고."

무덤에서 웅크리고 있는 자는 애초에 거절하지 않을 거라 여겼는지, 환영을 보고 창백해진 날 내버려둔 채 주절주절 얘기한다.

"돌아가거든 일단 황제를 정리해라."

"황제 말이오?"

"봉인을 원활히 풀기 위해선 네놈이 제국을 좌지우지할 수 있는 위치에 가야한다. 그러려면 황제를 치우는 게 우선이지. 마침 잘 됐지 않느냐. 안 그래도 네놈은 황제와 싸우기 직전이었으니까."

팔츠 사태 이후 알게 된 거지만 황제는 발버둥치는 죽음과 손을 잡았다. 무덤에서 웅크리고 있는 자는 그 점을 언급하며 주의하라고 당부했다.

"발버둥치는 죽음에게 마지막으로 짜낼 게 남았을지도 모른다. 그 녀석도 급할 테니까."

거기까지 말한 무덤에서 웅크리고 있는 자는 나를 똑바로 쳐다봤다.

"딱 한 번만 묻겠다. 그리고 딱 한 번만 제안하겠다. 올바르게 결정하라."

"……."

"이 몸의 요구대로 제국으로 가 발버둥치는 죽음의 봉인을 풀겠느냐?"

번뇌와 고민이 밀려왔다.

과연 내게 인간을 위해 제국 북부를 통째로 날려버릴 자격이 있는 걸까. 아니, 피해를 최소한으로 잡아도 그 정도겠지. 봉인이 풀리면 대체 무슨 일이 일어날지 다 예측하기 어렵다.

게다가 발버둥치는 죽음도 바보가 아니란 점이 걸렸다. 일이 묘하게 변해서 봉인을 유지하는 게 안전해 보이는 상황이 됐지만, 이전까지만 해도 그는 봉인을 풀고 나오려고 노력했었다.

나름대로 복안이 있었으니까 그랬던 게 아닐까. 어쩌면 무덤에서 웅크리고 있는 자가 무리하는 것도 사실 발버둥치는 죽음의 계략이 아닐까 걱정스러웠다.

"자, 발러슈테드. 대답하라."

위험천만한 게 천 길 낭떠러지 위에 선 기분이었다. 하지만 나는 선택해야 했다.

나 자신과 인류의 자유를 위해서.

5. 저놈들을 던져라

"만약에 제가 돕지 않겠다고 하면 어떻게 됩니까?"

내 질문에 무덤에서 웅크리고 있는 자가 피식 웃는다.

"영원히 여기 있어야지."

"…제 혼이 이 테멘 앙 키에 귀속된다는 법도 없습니다."

"물론 그렇기야 하지. 하지만 혼이 귀속되지 않아도 물리적으로 잡아둘 방법이야 많으니까."

그는 내가 교활하니까 언젠가 탈출할 거라고 했다.

"하나 그전까지 네놈의 고향이 불타고, 사랑했던 모든 게 무너져가는 꼴을 지켜볼 수 있게 해주지."

결국 무덤에서 웅크리고 있는 자의 제안을 받아들일 수밖에 없겠군. 내심 그렇게 마음을 정리하고 있을 때, 생각지도 못한 일이 일어났다.

- 후배.

여태 입 다물고 있던 누미디아의 사기꾼이 조용히 말을 건 것이다.

- 태연한 척해요. 무덤에서 웅크리고 있는 자는 제가 제압된 줄 알고 있어요.

- 뭐야? 그래서 말 못하던 거였어?

역시 사정이 있었구나. 어쩐지 이 수다스러운 여자가 입 꼭 다물고 있는 게 이상하더라.

- 아마 제가 끼면 후배를 설득하는데 방해될 거라 여겨서겠죠.

- 그나저나 아퀼라가 배신한 거 맞아?

시간이 없어서 중요한 걸 바로 물었다. 그녀라면 제대로 대답해 줄 거라 여겼는데, 의외로 말꼬리를 흐렸다.

- 저도 모르겠어요⋯. 사실 여태 그분을 철썩 같이 믿고 있었는데 무덤에서 웅크리고 있는 자의 말을 들으니 마음이 흔들립니다.

아퀼라의 파트너였던 누미디아의 사기꾼조차 그에 대한 의심이 피어오르는 것 같았다.

- 후배, 어떻게든 우리가 대화할 시간을 만들어줘요.

- 알겠어.

나는 무덤에서 웅크리고 있는 자에게 왕관을 쓴 후의 계획에 대해 물었다. 또한 앞으로 그가 통치하는 우주가 어떻게 되는 건지도 궁금하다고 했다.

내게 대답을 강요하던 그는 질문에 흥미를 느낀 듯한 표정이었다.

"우주의 지존으로서 말인가!"

그는 허영심에 들 떠 장광설을 늘어놓는다. 그 사이 재빠르게 마음속으로 누미디아의 사기꾼과 얘기를 나눴다.

- 후배, 지금 우리는 최악의 상황이에요.

- 굳이 말 안 해줘도 안다고.

- 어차피 그의 제안에 응해야 해요. 하지만 여기서 중요한 건 여지를 남기는 겁니다. 반전을 일으킬 여지.

일단 선배 사기꾼의 의견을 경청했다.

- 저는 이것을 씨앗을 심는다고 표현해요.

- 재밌는 표현이네.

- 그러면 우리의 속임수도 뭔가 건실한 작업 같이 들리잖아요. 아무튼, 사기의 기본은 가능한 순간마다 씨앗을 심는데 있어요.

과연 경험의 차이인지 그녀는 나보다 멀리 보고 있었다.

- 그건 그렇고, 지금 제 마음 속에는 엿 된 거 아닌가 하는 생각이 스물스물 피어오르네요. 그렇게 생각하고 싶지 않지만 아퀼라에게 속은 건지도 모르겠어요.

나는 그녀의 태도가 맘에 들었다. 여기서 아퀼라 님을 믿어야 해요, 아퀼라 님이 그럴 리가 없어요, 라고 했으면 정이 뚝 떨어졌을지도 모른다.

하지만 사기꾼의 기질이란 어디 가질 않는구나. 뭔가 아니다 싶으니 거대한 모험을 함께한 파트너조차 바로 뒤통수 용의선상에 올리고 있었다.

- 게다가 지금은 우리는 궁지에 몰려있어요.

- 당장 묘수는 없지만 후일을 위한 포석을 두자 그거군.

- 역시 후배는 대화가 통해서 좋네요. 어차피 외통수예요. 무덤에서 웅크리고 있는 자의 제안을 받아들이세요.

- 받아들이는 건 좋은데 내게 이런저런 제약을 걸 거야. 배신하지 못하게.

단순히 봉인을 해제하란 조건만 걸 리가 없다. 분명히 뒤로 꿍꿍이를 부리지 못하게 할 조건도 걸겠지. 제약이 많아지면 뒤통수치기는 급격히 난이도가 올라간다.

- 그러니까 선수를 치자고요. 저를 인질로 넘기겠다고 하세요. 그걸로 제약을 좀 완화할 수 있을 거예요.

그뿐 아니라 누미디아의 사기꾼이 이번 계약에 묶이는 일도 막을 수 있을 거라 했다.

- 스스로 이번 일의 씨앗이 되겠다는 거야?

- 그래요. 무덤에서 웅크리고 있는 자는 분명 저를 불안요소로 판단하고 있어요. 일단 보자마자 술수를 부려 절 침묵하게 만든 걸 보세요. 실제로 중간에 풀어냈지만.

이 감방 선배가 비록 갑옷에 빌붙어 지내는 신세긴 해도 내 생각 이상의 거물이 아닐까 싶었다. 비록 당하긴 했지만 저런 초월자의 술수를 풀어낸다는 건 범상한 일이 아니다. 적어도 내 수준에선 어림도 없을 정도니까. 과연 대사기꾼이라 그건가.

- 절 바치겠다고 하면 분명히 만족할 거예요.

- 깨어난 걸 숨기고 내부로 침투하겠다 그거군. 하지만 위험해. 무슨 일을 겪을지 알 수 없어.

- 하지만 아무 것도 안 하는 것보단 낫겠죠. 후배, 잘 생각해요. 이건 그의 품에 폭탄을 심는 일이에요. 게다가 무덤에서 웅크리고 있는 자와 같이 거만한 이는 자기 기술이 실패할 거라 쉽게 생각하지 못해요.

아마 누미디아의 사기꾼이 깨어났다는 걸 알아채려면 시간이 꽤 거릴 거라고 했다.

- 지금 상황이 어려워 불발탄이 될지도 몰라.

내 지적에 누미디아의 사기꾼은 낄낄 웃었다. 지금의 심각한 상황에 어울리지 않게.

- 저는 항상 인생을 걸고 도박을 해왔어요. 늘 불확실함이 함께했죠. 하지만, 아직 운이 다하지 않았다고 믿는답니다.

결국 나는 그녀의 결정을 따를 수밖에 없었다. 고민할 시간도 없었으니까.

- …몸 조심해.

- 해줄 얘기가 많았는데 시간이 없네요. 저도 후배에게 전부 솔직했던 건 아니에요. 그점은 미안해요.

- 괜찮아. 사기꾼이잖아.

누미디아의 사기꾼은 다시 웃는다. 그런데 어째서인지 그 웃음이 어쩐지 낯익었다. 어디서 들었지? 누구의 웃음 소리였지?

- 후배. 아니, 발러슈테드 폰 비텐바이어- 바젤 공작.

- 말해.

- 약속해 줘요. 설령 실패하더라도 호락호락 당하지 않겠다고. 우리는 신들도 속이는 사기꾼이잖아요? 이대로 넋 놓고 털릴 셈은 아니겠죠?

그 말에 하마터면 표정관리 하고 있던 얼굴에 미소가 어릴 뻔했다. 무덤에서 웅크리고 있는 자가 눈치채지 못하고 조심하며 대답했다.

- 그래, 이 발러슈테드. 남을 밀어 쓰러뜨리는 걸 인생 최대의

기쁨으로 삼고 있는 남자다.

- 우와, 역시 기분 나쁜 사내군요. 쿡쿡.

한데 누미디아의 사기꾼은 왜 이 정도까지 협력해 주는 걸까. 그 점을 묻자 그녀는 다소 침울한 목소리가 됐다.

- 언젠가 말할 날이 올지도 모르죠. 저를 의심해도 좋아요. 하지만 제가 쓸모 있다는 것만 알아주세요. 그거면 충분하잖아요?

- 알았어.

그 뒤로 빠르게 이것저것 대강이나마 합의를 했다. 누미디아의 사기꾼을 두고 가는 게 악수일지, 묘수일지 나도 모르겠다. 하지만 그녀의 말대로 뭐라도 해야 했다.

"발러슈테드, 이 몸의 구상은 충분히 알았을 것이다. 이제 선택하라."

더 시간을 끌 수 없었다. 나는 그의 앞에서 조아렸다. 그러자 무덤에서 웅크리고 있는 자가 만족했다는 듯 웃음을 터뜨렸다.

"크흐흐하하!"

"위대하신 분이여, 제가 당신의 뜻대로 하겠습니다."

나는 그에게 지상에 내려가서 수단과 방법을 가리지 않고 발버둥치는 죽음의 봉인을 풀겠다고 약속했다.

"온 마음과 몸을 다해 일을 수행하겠습니다."

"좋다."

"또한 이 일을 보증하고자, 누미디아의 사기꾼을 맡기겠습니다."

"뭐라?"

무덤에서 웅크리고 있는 자는 매우 재밌어 했다.

"그년은 실로 교활하지. 이곳에 두고 가겠다고 하니 발러슈테드, 네놈이 계약을 잘 이행하고자 하는 의지를 알겠다."

내 제안은 그를 상당히 흡족하게 한 기색이었다.

"하신 말씀이 다 맞습니다. 그깟 잡초 수백만이 죽으면 어떻겠습니까? 대신격의 위가 보장됐는데."

"역시 기회주의자다, 네놈은."

"제 성인 발러는 사실 '풀 베는 이'란 뜻입니다. 이 기회에 무수히 많이 자란 잡초를 베고 이름값 좀 하겠습니다."

"크하하하! 좋다!"

하지만 무덤에서 웅크리고 있는 자는 추가적인 계약 조건을 걸었다. 신의성실에 어긋나게, 계약 조건을 우회해 흉계를 꾸밀 시에는 내 영혼이 이 테만 앙 키에 귀속된다는 조건이었다.

"이 계약이 정한 바에 의해 네놈의 영혼이 이곳에 귀속되면, 네놈을 지켜주는 가호도 소용이 없을 것이다. 정당한 계약에 의한 대가이기 때문이다. 영혼이 통째로 뜯기고 싶지 않는다면 속임수를 쓰지 않는 게 좋을 거다."

상당히 어려운 조건이 붙어버렸다. 지금까지 나는 계약의 빈틈이나 독소조항을 이용해 왔다. 하지만 이번에는 신의와 성실이란 말로 그걸 원천 봉쇄해 버린 것이다.

그 신의와 성실의 범위는 실로 광범위해서 봉인을 푸는 것만이 아니라, 이후 무덤에서 웅크리고 있는 자가 발버둥치는 죽음을 공격하는 것을 방해하지 않는다는 내용까지 규정하고 있었다.

시작부터 사기꾼의 손발을 묶는 일이었다.

"철저하시군요."

"네놈이 어떤 놈인지 알기 때문이지."

누미디아의 사기꾼도 우려를 표했다.

- 다행히 저는 계약에 묶이지 않았어요. 저는 적의 품속에서 자유를 얻은 셈이죠. 반면 후배는 너무나 철저한 제약에 놓이는 군요.

- 괜찮아. 행동까지 어쩌진 못하니까.

내가 인형 같은 걸로 전락한 게 아닌 이상 행동 자체까지 제약하지는 못한다. 게다가 나는 무덤에서 웅크리고 있는 자 말고도 다른 초월자에게 후원을 받고 있으며, 신격의 길을 걷고 있어 그 격도 높다. 노예 계약도 아니고 행동까지 제약할 수는 없었다.

- 하지만 계약은 계약이에요. 어겼다가는 파멸이랍니다. 설마 인류를 위한 순교자가 될 셈이에요?

- 미안하지만 죽었다 깨어나도 그런 일은 없으니까 걱정 안 해도 돼.

당연한 얘기지만 인간 수백만 보다 내 목숨이 더 귀하다.

- 넋 놓고 털리지 말라고 했잖아. 나는 답을 찾을 거야. 늘 그랬듯이.

- 좋아요. 행운을 빌겠어요.

누미디아의 사기꾼을 벗어 무덤에서 웅크리고 있는 자에게 바쳤다.

"좋다. 네놈이 이리 협조적으로 나오는데 이 몸도 약속을 지켜야지."

무덤에서 웅크리고 있는 자는 시커먼 오브를 내밀었다. 프로그래마 모르티스의 복제품이었다. 손바닥을 내밀자 그것은 내 안으로 흡수되어 들어왔다.

"이제 네놈은 이 몸에게서 독립한 거나 마찬가지다. 하지만 대신격이 된다면 이 정도 힘은 아무것도 아니지. 네놈이 하기에 따라 스스로 위대해질 수 있다는 거다."

"명심하겠습니다."

이후 무덤에서 웅크리고 있는 자와 계약을 맺었다. 지난 세월 그와의 관계를 고려해 볼 때 어쩐지 끝이 좋을 거 같지 않은 계약이었다.

하지만 정면 돌파만이 방법이었다. 나는 계약을 떠안고, 계약을 이용해서 길을 찾으려 한다.

"자, 그러면 네놈의 세계로 떠나 서둘러 일을 처리하라. 이 몸은 지금 어둠의 대군간의 벌어지는 전쟁이 끝도 없이 길어지게 손을 쓸 테니."

돌아온 장소는 그로스글로크너였다. 마침 밤이었기에 내가 제일 먼저 한 일은 별을 살피는 일이었다.

"허, 정말이군⋯."

끓어오르는 심연이 형언할 수 없는 암흑을 무섭게 밀어붙이고 있었다. 비단 그뿐이 아니었다. 끓어오르는 심연 곁에 다른 어둠의 대군들이 포진해 있음을 알 수 있었다.

정말 승부수를 던졌군. 이 일로 우주적 공포 가운데 하나인 형언할 수 없는 암흑이 대권에서 탈락하면 좋을 텐데.

나는 한 동안 별을 보며 상념에 잠겨있었다. 앞으로의 계책을 정리하느라 바빴기 때문이다. 한참이나 산지를 서성여도 좋은 방법이 안 나왔는데 한 가지 사실이 떠올랐다.

"가만……."

현재 내 영혼의 그릇은 초월자 셋의 후원을 감당할 수 있다. 그런데 이번에 무덤에서 웅크리고 있는 자에게 독립하는 덕에 그 후원 슬롯이 한 칸 비게 된 거다.

프로그래마 모르티스의 복제품으로 인해 후원 따위는 받지 않아도 피도 눈물도 없는 자의 힘을 쓸 수 있게 됐으니까.

"크크킥."

갑자기 웃음이 터졌다.

"후원자 공개 모집이라도 해야 하나."

새로운 후원자가 앞으로의 행보에서 변수가 될 것 같았다.

이 테멘 앙 키에 갔다 돌아오니까, 상황이 어려워져 있었다.

"합께서 실종되신 기간은 무려 한 달입니다. 동맹이 흔들리기 충분한 시간이었죠."

달타냥의 보고에 나는 소파에 몸을 기대며 한탄했다.

"한 달만에 흔들릴 동맹이라니 어지간히 허술했군."

"그만큼 합하의 카리스마로 뭉쳐진 조직이란 겁니다. 사실 합하의 세력이 정교한 행정망과 규칙으로 연결된 건 아니잖습니까. 오로지 합하 하나만 보고 몰려들었죠."

"음, 그런가. 그것보다 태도가 너무 딱딱한 거 아냐. 달타냥."

"그렇습니까?"

"어둠의 대군에게 잡혀가 죽다 살아왔음에도 여전히 냉랭하군. 마지막에 봤을 때는 귀여웠는데 말이야."

어제 뮌헨에 돌아왔을 때 발푸르기스는 날 붙잡고 엉엉 울었다. 약혼자가 한 달 동안 증발했으니 얼마나 놀랐겠는가. 반면 달타냥은 심드렁한 태도였다.

"죽다 살아 온 게 뭐 벼슬입니까?"

"크윽….."

달타냥은 여전히 신랄하구나.

"우리 사이가 좀 진전됐다고 믿었는데 유감이로군."

"물론 진전은 있습니다."

어디에? 라고 묻자 달타냥이 내게 다가온다.

"뭐? 뭐하려고? 때리려고?"

황급히 손을 올리자 달타냥이 생각지도 못한 짓을 했다. 몸을 돌리더니 자기 엉덩이를 내 쪽으로 내민 것이다.

"만지셔도 됩니다."

"어? 뭐어?"

순간 당황해서 말이 제대로 안 나왔다. 이게 대체 무슨 상황인지도 모르겠다. 눈을 뗄 수 없을 정도로 멋진 그녀의 엉덩이가 눈앞에 내밀어져 있었다.

손바닥을 무릎에 대고, 엉덩이를 내민 채 허리를 구부린 달타냥은 담담한 말투로 말한다.

"당황하실 거 없습니다. 합하라면 만지셔도 됩니다."

"그, 그게···."

"언제나 원하시지 않았습니까? 이 달타냥, 합하께서 사라지신 동안 생각해 봤습니다."

"무, 뭘?"

"누군가에게 제 엉덩이를 허락해야 한다면 그건 누굴까, 말입니다."

"그래서 결론이 뭔데?"

달타냥은 조금 더 엉덩이를 가까이 들이밀었다. 그러지 말았으면 좋겠다. 충동적으로 얼굴을 박아버리고 싶으니까.

"역시 합하 밖에 없다고 생각합니다."

"······."

"어째서 대답이 없으신지요? 나름 로맨틱한 대사였다고 생각합니다만."

내가 여자는 아니지만 지금 상황이 로맨틱과 100광년은 멀다는 걸 알 수 있었다.

"달타냥, 네가 잘 몰라서 그런가 본데··· 자기 엉덩이를 들이밀고 로맨틱을 논하는 여자는 세상에 없을 거야."

"···그렇습니까. 제가 소설을 잘못 봤나 보군요."

분명히 로맨스 소설이 아니라 야설을 본 게 틀림없어.

"누구 소설을 본 건데?"

물어보면서도 나는 쫙 달라붙은 옷을 입어 한껏 드러난 달타냥의 엉덩이에 시선을 떼지 못하고 있었다. 그녀는 그녀대로 자세를 바꿀 생각이 없어서 지금 엉덩이랑 대화하고 있는 것 같은 착각에 빠졌다.

"도나시앵 알퐁스 드 사드 후작입니다."

"사드 후작이었나!"

"왜? 이상한 분입니까? 분명 문체가 유려하고 아름다워서 존경받는 명사라 여겼습니다만…. 아무튼, 책에 따르면 이제 제 엉덩이를 찰싹찰싹 때리며 체벌하시면 됩니다."

"……."

사드 후작은 사디즘의 원조다. 애초에 가학증을 말하는 사디즘이란 단어 자체가 사드 후작을 어원으로 하고 있을 정도다.

"그거 혹시 금서로 지정된 거 아냐?"

"최신작입니다. 요즘 사드 후작의 명성이 하늘을 찌르고 있습니다. 애초에 제국에는 후작이란 작위도 없지만, 본인이 우리 옛 조국의 후작이란 작위를 칭하니 모두 그리 부르고 있습니다."

그러고 보니 달타냥이랑 사드 후작이랑 동향인이구나. 그래서 좀 더 쉽게 접한 건가.

"다, 달타냥. 그 책은 당장 갈아버려. 조만간 금서로 지정될 테니까."

"그렇습니까? 아깝군요. 밧줄로 묶어 사랑을 강하게 확인시키는 게 멋졌는데…."

"사드, 이 새끼야아아아!"

급한 일이 끝나면 잡아다 교수대에 매달아 버리던지 해야지.

"그건 그렇고 만지실 생각이 없으십니까? 합하께서 사라진 사이 제 생각도 변했습니다. 제가 불쾌해 할까 걱정하지 않으셔도 됩니다. 합하의 손길이라면 기쁘게 받아들이겠습니다."

꿀꺽.

나도 모르게 마른침을 삼켰다. 눈앞에 이렇게 탱글탱글한 엉덩이가 있으니 쉽게 손을 댈 용기가 안 났다. 손가락을 살짝 찌르며 바로 튕겨 나올 것만 같았다.

"흥, 치킨 같으니라고."

"뭐?"

"아닙니다. 혼잣말입니다."

달타냥은 자세를 바로하고는 아무 일 없었다는 표정을 짓는다.

"역시 선제후 전하의 표현이 맞았습니다."

"바, 발푸르기스? 왜? 그녀가 뭐라 하는데."

"합하께선 세상사에 노련한데 이상하게 여자에겐 찐따 같다고 하시더군요."

"큭!"

설마 발푸르기스까지 내 마음에 칼을 꽂을 줄이야.

"선제후 전하께선 그래서 더 좋다고 하셨습니다."

"…전하께선 예절바르시군. 일단 한 대 친 다음에 수습도 해주시고."

"아직 안 끝났습니다."

"……."

달타냥은 어째 냉랭하기 짝이 없는 얼굴로 날 내려다본다.

"전하께선 자신이 합하와 함께하면서 몸과 마음을 다하셨다고 하셨습니다."

"그, 그거야 그렇지."

발푸르기스는 전심전력을 날 도와줬다. 큰 은혜를 입었다.

"근데 여태 덮치질 않으니 답답하시다는군요. 혹시나 싶어 향수도 뿌리거나 관심있다는 신호를 보내도 소용이 없었다고요. 어쩐지 오늘은 올 것 같아 침대에서 기다리다 밤샌 적도 여러 번이라고 하셨습니다."

그러고 보니 발푸르기스가 살짝, 살짝 날 유혹했던 적이 있었던 거 같아. 어느 날은 좀 능글맞게 엉덩이를 툭툭 건드리기에 그녀답지 않단 생각을 했었다. 설마 그게 다 신호였나?

"뭐랄까, 정치와 전쟁에선 백전노장인데 여자관계에 있어선 책만 본 순진한 수도승 같다고 평하셨습니다."

발푸르기스의 평가는 실로 정확했다. 전쟁과 정치에 능한 건이 리켄티아투스를 가상으로 구현한 게임 속에서 100년을 보냈기 때문이다.

하지만 여자를 상대로는 어설플 수밖에 없었다. 지구에서 본래 나는 똑똑하지만 집구석에서 게임만 하는… 뭐랄까, 너드 같은 이미지였으니까.

너드(Nerd)가 연애에 뛰어날 리가…. 인류의 수호자 게임을 할 때도 히로인 공략은 나와 별 인연이 없었다.

"그러니 전하께서 말씀하시길, 제 자랑인 엉덩이를 내밀고 유혹해도 소용없을 거라 하셨습니다. 한데 오늘 보니 전하의 지혜가 실로 놀랍군요. 설마 이 정도로 찐따였을 줄이야…."

"뭐, 찐따?! 말 다했어!"

찐따 보고 진짜 찐따라고 하면 울컥하는 법이다.

"열 받으시면 일단 바이에른 선제후 전하나 어찌해 보시죠. 제국을 점령하겠다면서 약혼녀 하나 침대에서 쓰러뜨리지 못하고 있으니, 참 그 웅지(雄志)가 대단하십니다."

달타냥은 고개를 설레설레 저었다.

"틈나는 대로 제게 손을 뻗어 오시기에 수많은 여자를 넘어뜨린 줄 알았습니다만, 동정이셨군요."

"……다음 보고나 계속 하도록."

위기를 벗어나기 위해 말을 돌리자 달타냥이 보고서를 다시 들고는 한 마디 한다.

"음… 그렇지만 저는, 합하가 아니면 관심 없습니다."

"정말?"

반색해서 묻자 그녀는 새침한 목소리로 말을 돌렸다.

"다음 안건입니다."

현재 상황은 사실 좋지 않았다. 현재 페자무트의 언데드 군은 출병해서 서열 2위 고룩할감의 마왕군과 교전 중이라고 했다.

"설마 고룩할감의 아들이 황제와 손을 잡을 줄이야."

"황제의 수완이 좋은 것이죠. 직할령의 상당 부분은 마왕군에게 할애하겠다고 했답니다."

페자무트는 사전에 계획대로 황제의 직할령에 다시 쳐들어갔다. 이번에는 길을 잃어버리지 않고 잘 갔는데, 문제가 있었다. 황제가 재빨리 그 직할령을 서열 2위 마왕 고룩할감에게 줘버린 것.

"갑자기 마왕 VS 마왕의 싸움이 돼 버렸습니다. 양측이 박빙의 상황입니다. 밀고 밀리는 전투가 계속되고 있지요."

"거긴 그렇고, 다른 쪽은?"

"원래 페자무트 전하와 함께 두 개의 축으로 출병했어야 할 전하의 군대는 지휘관의 실종으로 주저앉아 있는 상황입니다. 북쪽에선 헤센-카젤 방백이 바이에른을 견제하고 있기도 하고요."

헤센-카젤 방백은 황제에 의해 마왕 파르자가 다스리던 뷔르츠부르크를 할당받았다. 그렇게 바이에른 북쪽에 자리 잡은 그는 우리에겐 목에 걸린 가시처럼 껄끄러웠다.

"황제 쪽은?"

현재 황제는 내가 없는 틈을 타서 보헤미아를 신 나게 압박 중이라고 했다.

"황제는 직할령이 초토화된 탓에 번영한 보헤미아를 탐내고 있습니다."

제국 황제가 보헤미아 왕을 겸하고는 있지만, 보헤미아는 자치령에 가까웠다. 황제에게 신종하며 세금을 바치긴 해도 자기들끼리 살고 있는 느낌이랄까.

그런데 돈과 땅이 필요해진 황제는 그걸로 만족할 수 없게 된 거다. 그래서 왕관의 소유자로서 이전과 다른 통치를 요구하고 나섰다.

"보헤미아에서도 황제와 결전을 주장하는 목소리가 높아가고 있습니다만, 쉽게 결정하지 못하고 있습니다. 아무래도 상대가 황제니까요."

아무리 이빨 빠졌다고 해도 호랑이라고 해도 호랑이다. 황제는 무서운 존재였다.

"뭔가 계기가 필요하다고 생각합니다."

"그걸 이 몸이 해줘야지."

나는 보헤미아로 달려가 반 황제 전선의 선봉에 설 예정이었다.

"세작왕 쿠발트가 이전부터 약속했었다. 내가 보헤미아 의회에서 발언할 수 있게 판을 깔아주겠다고."

"확실히 효과가 있겠네요. 지금 같이 어려운 시절에 명망 높은 비텐바이어- 바젤 공작이 오겠다고 하면 다들 환영할 겁니다."

반 황제 전선을 구축하려 고민하는 중, 제국의 거물이 돕겠다고 하면 다들 쌍수를 들고 환영하겠지. 이후 몇 가지 사안을 더 논의하고 보고는 끝났다.

"합하, 슬슬 약속 시간입니다."

"알겠어. 같이 가지."

"제가 감히 끼어도 되겠습니까?"

발푸르기스, 마리에게 그간 숨겼던 일과 실종된 시간 동안 무슨 일이 있었는지 다 말해주기로 했다. 마리가 발푸르가 수녀회의 본회로 잠깐 돌아가 있었기에, 그녀가 돌아올 때에 맞춰 약속을 잡았다.

"달타냥, 너는 소중한 동료다. 게다가 이미 내 비밀에 대해 많이 알고 있잖아. 앞으로도 함께해 줬으면 좋겠군."

"알겠습니다. 합하께서 원하신다면."

우리는 약속 장소로 함께 갔는데 발푸르기스와 마리가 기다리고 있었다.

"마리, 일찍 오셨군요."

"중요한 일 아니더냐. 서둘렀다. 그나저나 무사히 돌아와서 다행이구나. 얼마나 걱정했는지 모른다."

"죄송합니다."

"못된 녀석, 약혼녀를 두고 어디 가거나 하면 안 된다."

나는 다시 한 번 사과하고 무슨 일이 있었는지 소상히 말하겠다고 했다. 그리고 달타냥도 데려온 이유에 관해 설명하려는데 마리가 고개를 저었다.

"괜찮다. 들을 자격이 있으니 데려온 거겠지."

음? 뭐랄까, 내가 실종된 사이 여자들의 관계에도 뭔가 변화가 있었던 거 같다. 교통정리가 된 느낌이랄까. 잘은 모르겠지만.

"고귀하신 전하."

달타냥은 깍듯하게 발푸르기스에게 예를 갖췄다. 듣자니 내가 실종된 사이에 발푸르기스는 정식으로 선제후 위를 받았다고 한다.

"달타냥 경."

"전하께서 말씀하신 대로였습니다. 엉덩이도 소용이 없더군요. 이제 믿을 건 전하의 가슴뿐입니다."

달타냥의 말에 발푸르기스가 비장한 각오로 날 바라본다. 저주가 사라진 이후 투구를 벗고 다니는데, 나는 아직 그게 적응이 안 됐다. 저 반짝이는 눈빛에 마주하면 어째서인지 자꾸 양심이 켕기는 것 같달까.

"알겠어요. 저 사실 그쪽에 엄청 자신있거든요. 저보다 크고 예쁜 모양은 본 적이 없어요."

무슨 소린지 모르겠는데 그녀의 말에 달타냥과 마리가 절로 고개를 끄덕였다.

"그렇지. 그 부분은 작은 천사가 아니지. 대천사급이야."

"영광스럽게도 저도 함께 목욕하며 보았습니다. 과연 선제후 전하다운 기량이셨습니다."

뭔가 소외감을 느껴졌다.

"마리, 저도 껴주세요."

"시끄럽다. 우리 작은 천사는 엄청나니까 첫날밤에 기절이나 하지 말거라. 찐따."

"……"

더 얘기해 봐야 본전도 못 찾겠다. 일로 넘어가자. 뭐랄까, 나는 일 얘기할 때 제일 빛나잖아.

"중요한 얘기를 하겠습니다."

자리에서 일어나자 세 여자는 순식간에 진지한 표정이 됐다.

"이제부터 말할 건 세계의 비밀입니다. 제국의 가장 뛰어난 현자조차 모르고 있는 사실입니다. 오로지 신격들만이 근심 속에서 공유하고 있는 비밀이지요."

내 말에 마리는 살짝 한숨을 내쉰다. 혹시 교단에 가서 발푸르가 여신격에게 미리 언질을 받은 건지도 모르겠군.

"리켄티아투스 행성계에 종말이 오고 있습니다. 우리는 인간의 힘으로 이에 대처해야 합니다."

나는 미루고 미뤘던 얘기들을 꺼냈다. 차원 이동과 대신격 아퀼라, 어둠의 대군들의 후원과 종언의 석판, 리켄티아투스 행성계 멸망의 얘기까지.

셋은 놀라움을 금치 못하고 내 이야기를 들었다. 대강 다 끝난 뒤에도 쉽사리 입을 여는 이가 없었다.

"끄응…."

마리조차 차를 연신 들이킬 뿐이었다. 그들에겐 받아들일 시간이 필요했다. 아무래도 이런 얘기가 쉽진 않겠지.

"필요하다면 생각할 시간을 드리겠습니다. 위험하기 짝이 없는 일입니다. 끝까지 함께해 달라 하긴 저도 염치가 없으니…."

하지만 그건 내 착각이었다. 발푸르기스가 말없이 다가오더니 날 껴안았다.

"그 힘든 시간을 어떻게 버텨온 것인가. 혼자 말도 못 하고."

순간 그녀의 따뜻한 온기에 그간 했던 고생이 다 보답 받는 듯한 느낌이었다.

"…누군가 알아주는 게 이런 느낌이군요."

"이제는 본녀가 그 짐을 함께 나누겠다."

왜 끙끙대고 혼자 버텼던 걸까. 나는 이들과의 관계가 변할까 두려워했었던 것 같았다. 그래서 감출 수 있을 때까지 감췄던 거다.

하지만 막상 뚜껑을 열고 보니 내가 두려워하는 일은 일어나지 않았다. 이 모든 좋은 것들이 꿈처럼 사라질 것 같았는데, 오히려 더 가까이 다가왔다.

9월 첫 번째 일요일. 아직 가을이라 할 수 없는 따가운 햇살을 맞으며 보헤미아 왕국의 수도 프라하로 향했다.

"필리, 다시 만나서 좋구나."

도망갔던 녀석은 라이테르 기사령으로 기어가 천연덕스럽게 건초를 먹고 있더라. 영주님의 말이 와서 놀란 주민들은 극진히 모셨다고 한다. 이 녀석은 어딜 가도 잘 살 놈이었다.

이 테멘 앙 키에 잡혀갔던 탓에 해결할 일이 산적해있었다. 가장 시급한 건 보헤미아의 건수였다. 다행히 내겐 보헤미아쪽에 좋은 끈이 있었다.

바로 세작왕 쿠발트로, 그는 보헤미아 왕국의 가장 부유한 도시 가운데 하나인 플젠의 통치자였다. 약속 장소로 나가자 세작왕 쿠발트가 화려한 일행을 이끌고 날 기다리고 있었다. 그를 보자마자 반가워 미소가 지어졌다.

"전…."

내가 막 부르려는데 상대가 더 신속하게 반응했다.

"합하! 하하하핫! 오셨습니까!"

갑자기 변한 그의 말투에 나는 잠깐 벙찌고 말았다. 지금까진 내가 존대를 하고 그가 하대했었다. 한데 생각해 보니 우리 처지가 그 사이 많이도 변했다.

지금 그는 '일개' 마왕이 아닌가.

반면 나는 정치적 세력도 세력이지만 어둠의 대군의 화신을 직접 썰어버린 걸로 엄청난 명성을 얻고 있었다. 특히 힘을 숭상하는 마족들은 내게 큰 존경심을 표했다. 그건 세작왕 쿠발트 역시 예외는 아니었다.

"이리 와주셔서 감사합니다. 합하."

사람 처지가 이렇게 달라지는군. 하긴, 생각해 보면 그는 훌륭한 정보조직을 갖고 있지만, 부유한 도시를 다스리는 자에 불과했다.

제국을 손아귀에 쥐려고 하는 나와는 이미 입지의 차이가 컸다. 그걸 실감하자 내 태도도 자연스럽게 변했다.

"오랜만이군. 쿠발트."

"실로 그렇습니다. 합하."

그는 힘의 논리에 익숙한 마왕인지라 내 하대를 자연스럽게 받아들인다. 방긋 웃는 얼굴에는 반가움만 있을 뿐, 일말의 불만도 엿보이지 않았다.

"합하께서 원하시는 대로 보헤미아 의회에서 발언권을 얻어 났습니다. 의회는 합하를 존경심을 갖고 영접할 것입니다."

우리는 나란히 보헤미아의 수도인 프라하로 말을 몰았다.

"내게 불만을 가질 만한 세력은 누군가?"

이번 방문은 황제에게 반기를 드는데 힘을 보태기 위해서다. 당연히 친황제파는 싫어하겠지.

"콘라트 공작의 일파가 친황제파입니다. 합하를 적대할 게 틀림없습니다. 그들은 황제의 사주를 받고 보헤미아 의회를 안정시키기 위해 총력전을 펼치고 있거든요."

요컨대, 황제가 보헤미아를 안정시키느냐, 내가 보헤미아를 폭발시키느냐, 그 싸움이었다.

"콘라트 공작이라…."

"그래도 여론은 합하께 유리합니다. 황제는 점점 신임을 잃고 있습니다."

본래 황제는 보헤미아에 인간과 마족이 어우러져 살게 실험

하면서 폭 넓은 자유를 인정했다. 그런데 다시 통치권을 확보하고 찍어 누르려 했기에 반발이 극심한 상황이었다.

"줬던 걸 빼앗으면 열 받기 마련이지. 일단 의회로 가세."

보헤미아에 입상하자 생각지도 못한 뜨거운 환대를 받았다.

빵바바방-!

성벽에선 나팔이 울려퍼졌고 시민들은 도로로 몰려나와 환호했다.

"발러슈테드! 발러슈테드! 발러슈테드!"

"발러슈테드! 발러슈테드! 발러슈테드!"

열렬한 환호에 나는 손을 들어 답하면서도 의아해져서 물었다.

"쿠발트, 저들은 왜 날 반기는 건가?"

"합하께서 보헤미아를 구해줄 거란 믿음 때문이지요. 누가 뭐래도 합하께선 황제의 대적자가 아니십니까."

"시민들은 신종할 뜻이 없는 것 같군."

"이미 자유의 단 꿀을 맛봤으니까요."

"그렇다면 우리가 이길 수 있을 걸세."

여론의 지지는 압도적이었다. 이렇다면 반황제의 기치를 치켜세우기란 식은 죽 먹기가 아닌가.

며칠 뒤, 프라하의 궁전에서 열린 의회에 참석했다. 인간과 마족을 가리지 않고 보헤미아의 유력자들이 모두 몰려든 회의였다.

"알고는 있지만 참 신기하군."

여러 군소마왕들과 인간의 영주들이 나란히 앉아 환담을 나누는 꼴을 보니 특이하긴 했다.

"저들의 관계는 생각 이상으로 단단합니다. 최근에 결혼동맹도 빈번해서 한집안인 자들이 늘어가고 있습니다."

"단순히 그걸로는 어려울 텐데?"

"맞습니다. 그 이상의 중요한 게 모두를 단단히 결속하고 있으니까요.

"그게 뭔가?"

쿠발트는 품에서 반짝이는 동전을 하나 꺼내보였다.

"바로 금입니다."

직할령이 초토화된 황제가 반발을 예상하면서도 보헤미아를 집어삼키려는 것도 결국 금 때문이었다. 보헤미아 왕국은 제국에서 가장 부유한 땅 가운데 하나였으니까.

"즉각 용병을 소집해야 합니다! 미리 모병해야 늦지 않습니다!"

"아직 협상의 여지가 남았습니다. 모병을 하는 건 반역의 의지를 천명하는 건데, 황제 폐하를 상대로 어찌!"

의원들은 황제의 야심을 두고 갑론을박을 벌였다. 양측의 의견이 팽팽해 결정을 내리지 못하던 그때 의장이 나섰다.

"존경하는 의원님들. 오늘 이 자리에 중요한 손님이 와 계심을 아실 것입니다. 여럿이 머리를 맞대고 있지만 좀처럼 답을 못 찾고 있는 상황입니다. 하니, 그분의 의견을 들어보는 게 어떻겠습니까?"

수많은 의원들이 나를 쳐다봤다. 다들 소리를 높이며 찬성해 왔다.

"좋습니다!"

"저희가 영광입니다!"

한 무리의 의원들만 빼고 다들 반기고 있었다. 나는 과거의 경험 때문에 콘라트가 누군지 바로 알아봤다.

"발언의 기회를 주셔서 감사합니다. 의장님."

의장에게 감사한 뒤 일어나 단상으로 나섰다. 나는 보헤미아를 반역에 까지 이르게 하는 게 쉽지 않음을 잘 알았다. 황제에게 거역하는 건 정치적인 걸 떠나서도 심적으로도 가벼운 일이 아니다.

그래서 뭔가 명분이 필요했다. 이들에게 우리는 어쩔 수 없이 들고 일어난 거라고 자기 위안할 수 있는 게. 하지만 그 전에 공포심을 자극해야겠지.

"존경하는 보헤미아의 의원 여러분, 여러분의 불안을 본인은 십분 이해하고 있습니다. 하지만 현실을 직시하셔야만 합니다. 황제 폐하께선 증세를 하려하고 있습니다. 이는 무엇을 의미합니까?"

이 세계는 내가 살던 곳처럼 행정이 발달한 곳이 아니다. 세금에 대한 인식 자체도 달랐다. 정부에서 세금을 걷을 때는 주로 전쟁 비용을 충당하기 위해서였다. 그렇기에 증세=전쟁이란 인식이 강했다. 그래서인지 설명하기 어려운 무거운 분위기가 의회를 짓누르고 있었다.

"그리고 그 군대가 어디로 향하겠습니까?"

"직할령을 휩쓸고 있는 피와 죽음의 마왕 페자무트를 상대하기 위해서가 아닙니까?"

한 의원의 질문에 나는 고개를 저었다.

"그렇지 않습니다. 페자무트의 군대는 서열 2위 마왕 고룩할감의 군대가 효과적으로 막아내고 있습니다. 황제 폐하께서는 자기 직할령을 고룩할감에게 상당히 양도하는 조건을 걸었지요."

술렁술렁.

이 얘기에 의회에 파문이 일었다.

"의원 여러분, 직할령에서 수익이 떨어진 황제가 보헤미아를 탐내는 건 당연합니다. 심지어 폐하에겐 명분마저 있으시지요. 바로 보헤미아의 왕관."

그 말에 의원들은 고통스러운 표정이 됐다.

"결국 여러분이 증세에 동의한다면 그 군대는 보헤미아로 몰려들 게 뻔합니다. 보헤미아의 돈으로 보헤미아를 점령하기 위해서지요."

이 지적에 큰 소란이 일어났다. 콘라트 공작은 더 참을 수 없었던지 수염을 부들부들 떨며 벌떡 일어났다.

"어찌 그리 참담한 말을 한단 말이오!"

"그러면 그 군대가 어디로 가겠습니까? 콘라트 공작."

"그것은 황제 폐하께서 결정하실 일이오. 그리고 무슨 명분으로 황제 폐하의 군대가 보헤미아의 국경을 넘는단 말이오. 전쟁은 명분이오!"

그 말에 나는 폭소했다.

"이렇게 순진하실 때가! 하하하하!"

의회에선 내 웃음만이 시끄럽게 울렸다.

"뭐요!"

"그렇다면 제가 한 가지 예를 들겠습니다. 꼭 이렇다는 건 아니지만 참고해서 들으시지요. 만약 보헤미아에 한 무리의, 소속 불명의 용병대가 나타나면 어떻겠습니까?"

"그게 무슨?"

콘라트 공작은 내가 무슨 소리를 하는지 알 수 없어 인상을 찌푸렸다. 다른 의원들도 마찬가지였다. 말의 뜻을 모르겠다는 듯 고개를 갸웃거렸다.

"누군가의 사주를 받은 그 정체불명의 용병대가 보헤미아의 땅에게 약탈을 벌이는 거지요. 그렇다면 황제 폐하께서는 보헤미아의 군주로서 치안을 유지하겠다는 명목으로 군사를 이끌고 국경을 넘을 겁니다."

"그런 황당한 가정이 어디있소!"

"뭐, 예를 든 겁니다. 공작께서 말한 명분이란 게 얼마나 허울뿐인지 알려드리려고요."

내 말에 의원들은 고개를 끄덕이며 수긍했다. 몇몇 순진한 자들은 그제야 황제가 국경을 넘는 게 얼마나 간단한지 깨닫고는 충격을 받은 얼굴이었다.

"존경하는 의원 여러분, 그때 보헤미아는 대비가 되어 있겠습니까? 황제 폐하가 요구하는 증세에 동의해 여러분의 곳간은 텅텅 비어 있겠지요. 몇 푼 안 남은 금화로 여러분의 도시를 방어할 군대를 살 수 있을 거라 여깁니까? 아직 선택의 기회가 남아

있을 때 현명한 결정을 내리십시오!"

와글와글.

의회가 시장판처럼 시끄러워졌다. 사방에서 소리를 지르느라 정신이 없었다. 특히 황제에게 충성심이 없는 마왕들을 중심으로 결전을 요구하는 목소리가 높아졌다.

반면 봉건적 가치관 안에 갇혀있는 인간의 영주들은 그래도 상대가 황제라 반역을 한다는데 심적 부담을 느끼는 것 같았다. 그렇기에 나는 이들에게 그럴 듯한 말을 들려줬다.

"하지만 여러분들께서 알아두셔야 할 중요한 정보가 있습니다. 사실 황제 폐하의 전횡은 그분의 의지가 아닙니다."

"아니! 그게 정말이오!"

다시 의회가 요동쳤다. 이들에겐 싸울 상대가 황제가 아니란 점은 아주 중요한 일이었으니까.

"그렇습니다. 제국재상인 클레즐 추기경이 이 모든 문제의 원인입니다. 서열 2위 마왕 고룩할감과 손을 잡고 보헤미아를 압박하고 있는 건 모두 클레즐 추기경의 계책입니다."

"그런 죽일 놈이!"

"당연히 자애로우신 황제 폐하께서는 클레즐 추기경의 계획에 반대하셨습니다. 하지만 직할령 문제로 발언권이 약해져 추기경에 질질 끌려가고 있습니다."

사실 다들 황제가 자애와는 거리가 먼, 시끄럽고 짜증나는 존재라는 걸 잘 안다. 하지만 지금 의원들의 머릿속에는 억압받고 있는 군주로 재구성됐다. 모두의 편의를 위해 그래야만 하는 것이다.

나는 비탄에 빠진 목소리로 소리쳤다.

"하여 우리는 어쩔 수 없이 황제 폐하의 안위와 제국을 위해 외쳐야 하는 것입니다! 제국의 형제들이여! 영예로운 군주들이여! 부디 이 대명에 응소해 주십시오!"

연설의 절정에서, 주먹 쥔 손을 들고 가슴 뜨겁게 외쳤다.

"황제 폐하 만세!"

모두가 내 눈가에 맺힌 충정의 눈물을 보고 있었다.

나는 감정이 격해져서 다시 외쳤다.

"황제 폐하 만세!"

개새끼가 선창하니.

"황제 폐하 만세!"

개새끼들이 왈왈대고 따라했다.

선동하는 놈이나 알면서 당하는 놈들이나 결국 똑같은 자들이었다. 이러니 성공할 수밖에.

"여러분의 우국충정을 황제께서 기억하실 겁니다!"

오로지 나쁜 건 추기경이란 논리는 무적이었다.

의회에서 연설 이후, 클레즐 추기경은 보헤미아에서 악의 축으로 등극했다. 원래 그는 온건파의 계보를 잇는 정통 관료로 황제의 폭주에 브레이크를 거는 역할을 하고 있었다.

하지만 그래서는 우리 사업에 영 곤란했기에, 이쪽 편의에 따라 대역죄인으로 등극하게 됐다.

"합하, 요즘 보헤미아에서 클레즐 추기경을 과녁판으로 쓰는 사격 대회가 성황이라고 합니다."

달타냥의 보고에 나는 남서쪽으로 몸을 돌렸다.

"집무를 보시다 말고 뭐하십니까?"

"가만 있거라. 갑자기 대역죄인이 된 클레즐 추기경이 있는 방향으로 심심한 유감을 표하고 있으니까."

"하…."

어이없다는 탄식이 터졌다.

"제가 합하의 적이 되지 않아서 다행이군요."

"왜?"

"저는 검객입니다. 검에 당해 죽길 원합니다. 혈압으로 쓰러지는 게 아니라."

"낄낄낄."

나는 웃으면서 달타냥의 엉덩이를 찰싹 때려주기 위해 손을 휘둘렀다. 그러나 공중에서 손목이 덥썩 잡혔다.

"정식으로 만지시지요. 합하."

눈부시게 예쁜 얼굴이 키스할 듯 코앞까지 다가온다. 그녀의 달달한 숨결이 코를 간질였다.

"정식으로는 또 뭐야?"

당황해서 묻자 달타냥이 왼손 약지를 내민다.

"비어있습니다."

"……."

얘가 갈수록 적극적이군. 싫지야 않지만, 마땅히 대꾸할 말이 떠오르지 않아 편지를 넘기며 성을 냈다.

"이거나 어서 보내."

"누구에게 보냅니까?"

"칼리오네."

내용은 간단했다. 최근에 칼리오네가 전쟁에서 어려움을 겪고 있단 연락을 해와, 비텐바이어에 연금된 발렌슈타인을 기용해 보란 얘기를 적었다.

칼리오네가 어부지리를 노리고 라인 강 상류의 다툼에 끼어든 건 좋았는데, 설마 위기를 느낀 마인츠 선제후와 불의 마왕 쟈케르가 전격적으로 손을 잡을 줄이야.

그야말로 오월동주였다.

이 전혀 예상치도 못한 사태로 인해 칼리오네가 힘든 싸움을 하고 있는 모양이었다. 하지만 발렌슈타인이 가세하면 무난하게 승리할 수 있겠지.

나는 인자한 어머니에게도 따로 연락을 넣어, 여력이 있으면 칼리오네를 도우라고 했다. 제국 서남부도 어서 평정이 돼야 한다. 그렇게 바쁘게 시간을 보냈는데, 며칠 뒤에 안 좋은 소문이 돌기 시작했다.

"합하. 여론이 합하에게 불리하게 돌아가고 있습니다."

달타냥이 근심어린 표정으로 집무실에 들어오자 나는 의아해졌다.

"무슨 소리야? 의회와 내 이해는 일치했는데."

"의회가 문제가 아닙니다. 보헤미아 왕국의 여러 마족 도시들이 술렁이고 있습니다."

"마족 도시들이 왜?"

"누군가 선동전에 들어간 듯합니다. 합하에 대한 비방과 악의적인 선전이 이어지고 있습니다."

"뭐라 하는데?"

"제국 서남부에서 합하의 전력(前歷)을 문제 삼고 있습니다."

"아…."

제국 서남부에서 반마족적인 정서를 자극해 솔직히 재미를 많이 봤다. 마족은 모조리 죽이라고 여러 번 외쳤던 거 같다. 그도 그럴 게, 서남부는 마왕 페자무트와 마왕 아문데에게 시달려 반마족적 성향이 강했던 곳이다.

"장사 캐치프레이즈가 여기서 발목을 잡네."

먹고 살기 힘들구먼.

"상황이 심상치 않습니다. 합하. 대책을 마련해야 합니다."

"끄응…….."

보헤미아는 나를 위험인물로 보는 시선이 늘어가고 있단다. 사실 내가 보헤미아를 돕기 위한 게 아니라, 이쪽의 마족들을 쓸어버리려고 하는 게 아닐까 한다고.

"합하께선 그 정도로 막강한 힘을 가지셨으니까요. 어쩌면 황제보다 부담스러운 존재일지도 모릅니다. 심지어 마족 살인자란 오명까지 붙었습니다."

틀린 얘기는 아니지만 반갑진 않군.

"흠… 너무 당황할 거 없어. 내가 일관되게 살아온 것도 아니고. 나는 항상 무언가 변명할 여지를 만들어 왔어."

기본적으로 나는 서쪽에선 반마족, 동쪽에선 친마족이다. 이 중인격처럼 태도를 달리했다.

"친마족적인 족적도 꽤 남겼어. 그걸 부각할 수 있다면 사태를 해결할 수 있겠지."

"그래도 쉽지 않을 겁니다. 선전이나 선동이란 게 그렇잖습니까? 해명하기 어려울 뿐더러, 해명하더라도 의혹이 완전히 가시게 할 수 없다는 것을요."

"잘 알지. 누구보다도 잘 안다고."

선전과 선동으로 재미보다 당하니까 아주 짜증이 치솟았다.

"이럴 때는 큰 한 방이 필요해. 태풍 같은."

"모조리 잠재워 버릴 수준의 화제가 필요한 거군요."

고개를 끄덕거린 나는 콘라트 공작 일파가 이 일의 배후냐고 물었다.

"거의 확실합니다. 증거를 하나씩 수집 중입니다."

"하지만 그걸론 늦겠지."

증거를 수집해서 반박에 나설 때쯤이면 이미 나는 보헤미아에서 나가리가 될 거다. 여기서 이렇게 무릎 꿇으면 선전의 달인이란 내 타이틀이 아깝다.

"오늘 안에 해결책을 마련할게."

"정말이십니까?"

달타냥은 이 복잡한 문제를 단번에 해결하겠다고 하니 눈이 휘둥그레졌다.

"그래."

"어떻게 하실지 상상도 안 되는걸요."

"이 몸이 괜히 지략의 발러슈테드라고 불리는 게 아냐."

"…그런 별명은 들어본 적 없습니다만."

"시끄럽다. 하여간 주둥이에 불충이 가득 차서는."

"하지만 제 엉덩이에는 충심이 가득합니다."

"헉…!"

달타냥의 섹드립에 식겁했다. 그러자 그녀는 손바닥으로 뽀뽀를 날리고는 집무실을 나갔다.

"저게 자꾸 내 애간장을 녹이네. 아주 요망한 년 같으니라고."

일단 지금 날 도와줄 이가 딱 하나 있긴 했다. 하지만 과연 받아줄지 모르겠다. 이 부탁의 여파 역시 만만치 않고.

- 로엘린 전하,

나는 로제란트의 주인이자 서열 6위의 마왕인 로엘린에게 연락했다.

- 어머나, 합하.

수정구 속의 그녀가 날 보고 오월의 장미처럼 환하게 웃는다.

- 잘 지내셨는지요?

- 네, 합하께서도 잘 지내셨나요? 소녀에게 연락이 없으셔서 섭섭했답니다.

- 면목이 없습니다. 최근에 바빠서 격조했습니다.

- 그러면 무슨 바람이 불어서 소녀에게 연락 주신 건가요? 합하의 뜻이면 소녀는 그 기대에 부응할 의사가 있답니다. 후후훗.

상대가 너그럽게 나오고 있었지만 역시 쉽게 부탁할 수 없는 문제였다. 나는 연신 식은땀을 흘리며 입을 열었다, 닫았다를 반복했다.

- 대체 무슨 일이실까? 늘 당당한 합하께서 이러시니 소녀의

궁금증이 더해가네요.

- 로엘린 전하.

- 네, 말씀하셔요. 듣고 있답니다. 후훗.

로엘린은 방긋 웃어 보인다. 하지만 여유 넘치는 그녀도 이어진 내 말에 당혹감을 금치 못했다.

- 저와 약혼해 주십시오!

엄청난 뉴스가 보헤미아를 강타했다. 서열 6위 마왕 로엘린과 비텐바이어- 바젤 공작인 발러슈테드의 약혼 소식이었다. 심지어 장미의 마왕 로엘린이 약혼식을 보헤미아의 수도 프라하에게 하기로 결정했다는 소식까지 뒤따랐다.

"와아아아아아! 마왕 전하 만세!"

"프라하 최고의 날입니다!"

"장미의 마왕께서 오신다!"

시민들은 환호를 터뜨리며 거리로 뛰쳐나왔다. 그 정도로 보헤미아에서 장미의 마왕의 인기는 대단했다. 한 송이 장미처럼 아름답고, 나긋나긋한 그녀의 태도는 물론이고 늘 친 보헤미아적인 정책으로 환영받고 있었다.

실제로 보헤미아의 주요한 교역 상대 가운데 하나가 부유한 로제란트였으니 이런 일은 자연스러웠다. 게다가 늘 도도하게 굴던 여마왕의 약혼에 모두의 관심이 쏟아진 건 말할 필요도 없었다. 나는 이때를 노리고 보헤미아 광장에서 연설을 했다.

"존경하는 시민 여러분! 최근 제가 반마족적인 행보를 보인다는 끔찍한 음해가 뒤따랐습니다. 하지만 실제로 지금 도시를 휩쓸고 있는 약혼 소식을 들으니 어떻습니까? 저 현숙하신 장미의 마왕께서 반마족적인 마족 살인자를 택할 거 같습니까?"

"아닙니다!"

시민들은 이제 소문 따위를 믿지 않았다. 그들은 오히려 나를 축복했다. 보헤미아를 들썩이게 했던 나에 대한 선전과 비난은 단번에 사그라졌다.

나는 이미 마족의 친구이자 보헤미아의 수호자였다.

- 합하, 정말 터무니없는 부탁을 하셨어요.

로엘린은 마법 수정구로 눈꼬리를 올리며 이쪽을 쳐다본다.

- 미안합니다.

- 발푸르기스에게 연락해서 해명하느라 혼이 났답니다. 물론 그 아이는 정실부인으로서 이 혼인을 허락하겠다고 했습니다만.

발푸르기스는 제국 통합이란 내 목표를 듣고 결혼 동맹을 허락해줬다. 다만 결혼할 제후는 자신의 심사를 받아야 한다고 조건을 달았다.

- 뭐, 연기니까요. 신경 쓰지 마세요.

아무리 로엘린이 좋은 여자라지만 진짜로 약혼하기엔 내 치킨스러운 심장이 여의치 않았다.

- 어므머어?

- 네? 왜 그러신가요?

- 어이가 없네요!

로엘린은 드물게 화를 냈다.

- 지금 멀쩡한 처녀 혼삿길 막아놓고 신경 쓰지 말라고요? 연기라고요?

- 아, 아니.

분명히 연기라고 말하고 허락을 구한 건데…. 하지만 로엘린의 말도 맞았다. 나는 위기타파를 위해 로엘린을 이용한 셈이니까. 게다가 그녀의 혼삿길에 심대한 지장도 초래했다.

- 면목 없습니다.

- 그렇다면 책임감이 무슨 뜻인지 다시 새겨보세요. 자세한 얘기는 소녀가 보헤미아에 도착한 다음에 나누지요!

로엘린이 쌍심지는 치켜세운 건 처음 봤기에 그녀 뜻대로 하겠다고 약속했다. 그녀는 곧 나긋나긋한 말투로 속삭여왔다.

- 합합, 후회하지 않으실 거예요. 로제란트를 지참금으로 들고 갈 테니까. 다만 칼리오네 그 아이가 난동을 부리지 않을까 걱정이네요. 분명히 새치기라고 방방 뛸 텐데….

목소리가 어찌나 좋은지 이 꿀성대에 나도 모르게 고개를 끄덕끄덕거리고 말았다.

하지만 연락이 끝나자 뭔가 이게 아닌데하는 생각이 들었다. 음… 뭔가 일을 더 크게 벌려버린 것 같았다. 눈앞의 위기를 피하려다 더 큰 위기를 자초한 기분이랄까.

이런 기분은 언젠가 느껴본 건데. 언제였더라? 아, 인자한 어머니에게 낚였을 때였나….

설마 결혼사기 시즌2인가?!

로엘린과 연락 후 달타냥을 데리고 보헤미아 궁전으로 갔다.

"합하, 궁전은 왜 살피십니까?"

"대관식도 있을 테니 미리 시설을 확인하고 싶다."

궁전의 4층을 걷고 있는데 앞에 익숙한 얼굴이 보였다. 콘라트 공작이었다. 뒤에 호위로 보이는 건장한 사내 하나를 데리고 있었다.

"이거, 콘라트 공작이 아니십니까? 어쩐 일이십니까?"

내가 웃으며 묻자 그는 인상이 팍 찌그려진다. 들려온 이야기에 따르면 로엘린과 약혼 건이 터지자 화가 나서 방방 뛰었다고 한다. 공들인 계략이 날아갔으니 울화통이 터질 수밖에.

"이걸로 이겼다고 생각하지 마라, 천출."

그의 직설에 나는 휘파람을 불었다.

"이거 공작께서도 생각 이상으로 화끈한 분이셨군요."

승자는 나였다. 내 여유로운 태도에 그의 자제심은 빠르게 말라비틀어졌다.

"감히 슈판다우에서 풀이나 베던 놈이! 네놈이 숙부의 돈을 훔쳐서 도망친 쓰레기인 걸 모를 줄 아느냐!"

"오, 설마 그 정도까지 조사하셨을 줄이야. 대단하시군요. 하지만 그게 뭐 어떻단 말입니까?"

"어떻기는! 네놈이 주제를 안다면 지금 이렇게 감히 나와 대화하지도 못할 것이다!"

상대는 뭐랄까, 전형적인 귀족이었다. 그것도 아주 뼈대 깊은 가문의 귀족. 평민에 대한 무시가 사고방식에 기저에 단단히 굳어있었다.

참다못한 달타냥이 나서려고 하자 손을 들어 막았다. 그럴수록 상대의 기세가 살아났다. 귀족은 입으로 싸운다는 말을 실천하려는 듯, 자신의 언변으로 나를 모욕하려고 열심이었다.

"천한 놈이 말재간이 좋아서 제법 인기를 얻었으나 금방 시그러질 것이다. 사람들이 네놈의 본질을 알아챌 테니까."

"멋진 예언이군요."

뭐라 하던 내가 흔들리지 않자 그는 표정이 무섭게 일그러졌다. 욕을 할수록 자기 이마에 혈관이 돋고 있는 걸 모르는 건가. 결국 급기야 그는 선을 넘고 말았다.

"옆에 창녀 하나 끼고 위세가 좋군. 검을 차고 있지만 어차피 뻔하지. 의자에 앉아 네놈 양물이나 빠는 용도로 쓰는 걸레년이 아닌가. 여기 우리 호위도 여자 꽤나 밝히는데 물 좀 빼게 빌려주게나."

그 말에 뒤에 공작을 호위하던 호위가 비릿하게 웃는다. 실로 더러운 미소였다.

"저는 저런 허리 잘록한 여자가 좋습니다요. 제게 주시면 밤새 울부짖게 해드리지요. 합하."

실로 그 주인에 그 종이었다.

뚝.

그때 뭔가 끊어지는 듯한 소리가 들렸다. 아마 내 인내심의 끈인 모양이다.

"저는 괜찮습니다."

달타냥이 뭔가 예감한 듯 말리려 하자 나는 고개를 저었다. 그리고 말없이 옆에 있는 창문을 열었다. 내 모습에 콘라트 공작이 웃어댔다.

"왜 창문을 여나? 통렬한 일침을 당하니 마음속에서 열불이 솟아오르나?"

자기 도발이 먹혀 기뻐하는 기색이었다. 어리석은 놈.

"공작, 저길 보시죠."

나는 창 밖에 무척 신기한 게 있다는 듯 손짓을 했다. 그러자 콘라트 공작은 호기심에 다가온다.

"뭔데 그러지? 분명 네놈처럼 시답잖은⋯."

그가 창가에 서자 바로 툭 밀어버렸다.

"어?"

순간 몸이 기우뚱하자 무슨 일이 일어난 건지 모르겠단 소리를 냈다. 하지만 그건 곧장 비명으로 이어졌다.

"으아아아아!"

콘라트 공작은 4층에서 머리부터 떨어졌다.

퍼억!

아래쪽에서 뚝배기 깨지는 소리가 났다. 나는 창밖으로 고개를 내밀어 아래를 봤다. 팔다리가 부러진 공작의 주위로 피가 흥건히 배어나오고 있었다. 그 꼴에 나도 모르게 혀를 찼다.

"바빠 죽겠는데 별 병신 같은 게. 쯧."

우둑.

뒤에서 소리가 나 돌아보니 달타냥이 이미 호위하던 자의 목을 90도 이상으로 꺾어버리고 있었다. 괜찮다고 했지만, 역시 저 여자 성격에 그냥 넘어갈 리가 없지. 목을 필요 이상으로 꺾어버린 게 그녀의 감정이 느껴졌다.

"호위는 어떻게 할까요?"

"언데드로 만들 거야. 뼈가 문드러질 때까지 대가를 치르게 해주지."

"찬성입니다."

나는 죽은 호위의 상의에 꽂혀 있던 손수건을 뽑았다. 그리고 콘라트 공작을 밀었던 손을 닦았다. 무슨 세균이라도 묻은 것처럼 말이다.

"저놈은 고상한 귀족 나라라 내가 얼마나 폭력에 의지하고 익숙한지 모르는 것 같군. 지들처럼 주둥이로만 싸우는 줄 아나."

설마 죽기 직전까지도 내가 밀었을 거라고 생각도 못했겠지. 아마 저 병신은 전란의 시대에 살면서 사람 한 번 안 찔러봤을 거다.

그런 주제에 감히 내게 이빨을 들이대다니, 하룻강아지 범 무서운지 모르는 것도 정도가 있다. 나는 손수건을 죽은 호위의 주둥이에 쑤셔 넣어준 뒤에 건성으로 소리쳤다.

"큰일이다! 콘라트 공작께서 실족해 떨어지셨다!"

정계의 거물인 콘라트 공작의 석연찮은 죽음은 파란을 일으켰

다. 특히 그 자리에 내가 있었다는 점은 더욱 소문을 부추겼다.

하지만 결국 그뿐이었다. 보헤미아 실력자의 상당수가 그의 죽음을 반겼기 때문이었다. 콘라트 공작의 일파는 발끈했지만 내 은근한 협박에 차례로 무릎을 꿇고 말았다. 그리고 보름 뒤, 장미의 마왕 로엘린이 프라하에 도착하자 더는 그 가여운 공작을 떠올리는 이가 없었다.

"와아! 만세!"

"프라하에 어서 오십시오!"

로엘린은 시민들의 뜨거운 환영 속에 프라하에 입성했다. 그녀가 의회에서 로제란트는 보헤미아를 지지하겠다고 밝히자, 주전론은 더욱 힘을 얻었다. 그러던 중 결정적인 사건이 터졌다.

"뭐야? 황제가 섭정을 파견한다고?"

달타냥의 보고에 나는 눈에 쌍심지를 켰다.

"누가 오는데?"

"메르데그라스 백작이랍니다."

"흐음….."

기억에 있는 인물이군. 그는 신중하고 현명한 자로 온건파인 클레즐 추기경의 라인이었다.

"황제는 어떻게든 전쟁을 피하려고 하는군. 좋은 인선이야. 메르데그라스는 능력이 출중하다. 게다가 여러 가지 선물을 가지고 왔겠지. 분명히 의회의 신망을 얻어 다시 보헤미아를 안정시키려고 할 거다."

대화와 타협이 된다는 걸 알면, 보헤미아의 귀족들도 반란을 재고할지도 모른다. 그들은 자신들의 자유를 보장받을 수 있다면 딱히 황제랑 싸우지 않아도 상관없으니까.

"이를 어쩐다…."

"그가 그 정도로 뛰어난 인재입니까?"

나는 고개를 끄덕였다.

"능력도 능력이지만 그의 가문 자체가 보헤미아에서 유명해. 인맥이 많다, 그거지."

"확실히 인맥을 동원하면 귀찮겠군요. 암살은 어떻습니까?"

"아니. 콘라트 공작 때문에 의혹을 받고 있는 나야. 또 연루되면 곤란해."

"그러면 어떻게 합니까? 지략의 발러슈테드 님."

"…방법이 없는 건 아냐."

내가 단언하자 달타냥은 놀란 표정을 감추지 못했다.

"무슨 계책이 무 뽑듯 매번 그렇게 쑥쑥 나오는 겁니까? 역시 남을 밀어 쓰러뜨리는 일에 최적화된 인생이시군요."

"부정하고 싶은데 부정할 수 없으니 괴롭군."

확실히 나는 군사고 정치고 상대를 몰락시키는 일에는 머리가 쌩쌩 돌아갔다. 반면 나머지 일에는 그냥 평범한 느낌이다.

"걱정할 거 없어. 미리 씨앗을 심어뒀기에 가능한 일이니까."

"씨앗이요?"

"그래."

나는 인질로 잡혀있는 사기꾼 선배를 떠올렸다. 별 일 없어야 할 텐데.

"클레즐 추기경은 온건파지만 보헤미아에선 악당으로 생각되고 있잖아."

"합하께서 그리 만드셨죠."

"그래, 이번에 오는 메르데그라스 백작은 클레즐 추기경의 제자나 마찬가지인 자다. 그걸 이용해야지."

그날 나는 광장에서 시민들을 모아놓고 다시 연설했다.

"악의 축이 오고 있습니다아아아!"

갑작스러운 경고에 시민들은 움찔했다.

"악의 축?"

"듣자니 그 클레즐 추기경 놈의 제자가 섭정으로 온다는데?"

술렁술렁.

명백히 동요하는 시민들의 모습에 내 목소리를 한층 커졌다.

"그 사악한 추기경이 자기 새끼를 까서 보헤미아로 보낸 셈입니다! 현명한 시민들이여! 재앙에 대비해야 합니다! 이대로라면 보헤미아는 황제에게 굴복해 파멸할 것입니다!"

나는 일부러 원색적인 비난을 가하며 시민들을 선동했다. 의회는 이걸 보고도 눈감았다. 자기들 입맛에도 맞는 얘기였기 때문이다.

이런 선동 및 선전은 황제의 섭정인 메르데그라스 백작이 보헤미아의 수도 프라하로 올 때까지 계속됐다.

웅성웅성.

성문을 통과해 화려한 섭정 일행이 등장하자 시민들은 야단스러워졌다. 모두 눈초리가 사나웠지만 황제의 섭정을 함부로 공격하진 못했다.

"악의 축이 왔어."

"악마가 새끼를 친 거지."

당사자 입장에선 터무니없는 모함이겠으나, 프라하와 인간, 마족 모두 섭정을 혐오스럽게 쳐다봤다. 나 역시 3층 건물의 발코니에서 이를 내려다보고 있었다.

"준비하라는 건?"

"저쪽을 보시죠. 합하."

"아, 오는군."

골목에서 후줄근한 마차 두 대가 대로로 접근하고 있었다. 이 대로라면 프라하의 중앙 대로를 가로지르고 있는 섭정 일행을 가로막게 된다.

골목 끝에서 멈춘 그들은 이쪽 발코니를 올려다보며 신호를 기다리고 있었다. 섭정 일행이 거의 접근했을 때 나는 손을 흔들었다. 그러자 대기하고 있던 인원들이 고개를 끄덕이더니 더러운 마차를 끌고 대로로 나섰다.

"워어어어!"

섭정 일행의 선두가 급하게 말고삐를 잡아당긴다. 그리고 놀라서인지 마차를 이끌고 온 자들에게 화를 냈다.

"이놈들! 감히 누구 행차인 줄 알고 길을 막느냐! 썩 비켜나지 못할까!"

"아이구, 나리 죄송합니다요."

"윽! 이게 무슨 냄새야!"

"면목이 없습니다요, 저희가 분뇨를 옮기는 중인데….."

"뭐! 감히 똥통을 들고 섭정님의 통행을 방해한 것이란 말이냐!"

"금방 치우겠습니다요. 아니, 그렇다고 욕을 할 것까진….."

예정대로 아래쪽에서 실랑이가 벌어지고 있었다. 게다가 저기 똥통을 옮기는 자는 우리 쪽 공작원이다. 공손한 척하며 상대의 신경을 긁는 임무를 맡았다.

"아니, 나리는 똥도 안 싸십니까? 길가다 똥통 옮기는 마차를 만날 수도 있지 왜 지랄이십니까?"

"뭐? 지랄?"

"귀족 나리들은 후장에서 금똥이라도 나오시나. 피식."

사태가 소란스러워지자 가운데 있던 섭정이 말리려 나섰다. 그는 사내라 프라하의 미묘한 분위기를 이미 눈치챈 듯했다.

"그만하게. 수선 떨 것 없네."

하지만 이미 늦었다. 우리 쪽 녀석들의 실감나는 연기가 절정으로 치닫고 있었으니까.

"염병할. 하는 짓은 이 똥보다 더 더러운 놈들이. 퉤엣!"

"뭐라! 더는 못 참겠다!"

선두에 서 있던 자가 결국 폭발해서 말채찍으로 시비 붙은 상대를 내리쳤다.

짜악!

경쾌한 소리와 함께 우리 쪽 공작원이 뒹굴었다.

"아이쿠야! 사람 잡네!"

그가 꽥꽥 거리고 죽는다는 시늉을 하자 지켜보던 프라하의 시민들이 웅성거렸다. 가뜩이나 악의 축으로 여겨지고 있는데 시작부터 저러니 반감이 거세질 수밖에.

섭정 일행은 달라진 공기에 당황한 기색이었다. 말채찍을 휘둘렀던 남자도 황급히 손을 내리고는 주변을 둘러본다. 하지만 내가 심어둔 공작원은 한 사람이 아니다. 시민들 사이에 섞여 있던 자 하나가 소리를 질렀다.

"저놈들을 똥통에 빠뜨려버려!"

그러자 다들 혹하는 듯했다. 확실히 그건 피를 보지 않고서도 섭정을 모욕하기 좋은 방법이었다. 아무래도 황제가 보냈으니 두들겨 패거나 칼로 쑤실 수는 없는 노릇이다.

하지만 똥통이라면 다치지 않으면서도 통쾌하기 이를 데 없다. 프라하의 시민들은 그 제안에 흡족해 하며 팔을 걷어붙이고 나섰다.

"가자!"

"저놈들을 똥통에 집어던져라!"

"와아아아아!"

건장한 사내들은 우르르 달려들자 섭정의 호위병들도 당황한 기색이었다. 그들은 허리에 장검을 차고 손에는 할버드를 들어 무장이 훌륭했다. 권총도 가졌고 흉갑도 입었다.

하지만 그렇다고 시민들의 대가리를 할버드로 깰 수도 없는 일이다. 할버드의 봉 부분으로 시민들을 밀어내려 했지만 숫자 상 역부족이었다. 일부 시민이 똥을 퍼서 뿌리기 시작하자 잘 차려입은 호위병들은 식겁해서 물러났다.

"와아아! 섭정 나리를 모셔라!"

"프라하의 환대를 받으십시오! 나리!"

그 틈에 사람들이 말에서 섭정 일행을 마구잡이로 끌어내렸다. 섭정과 그를 따르는 관료들은 팔다리를 바둥바둥거리며 반항했지만, 소용없었다.

"칼을 뽑아!"

"안 됩니다! 그랬다가는 다 죽습니다!"

섭정의 호위병들은 혼란에 빠져있었다. 시민들을 공격했다가는 당장 위기를 넘길 테지만 이어진 반격에 모두 살해당하고 말 거다. 돌이킬 수 없는 사태가 된다.

이미 마차에선 똥통들이 내려지고 있었다. 그 꼴을 보더니 한 시민이 외쳤다.

"고이 모셔드려라!"

"와하하하!"

사람들은 웃으며 비단옷을 차려입은 섭정과 일행을 똥통에 집어던졌다.

철푸덕!

질척한 진흙에 빠지는 것 같은 소리가 났다.

"어이구."

지켜보던 나는 더러워서 절로 인상을 찌푸렸다. 사람들은 섭정 일행이 튀어나오면 머리를 눌러 다시 똥통에 처박았다.

"냄새가 여기까지 올라오는군."

더 볼 수 없어 고개를 흔들고는 건물 안으로 들어갔다. 하지만 뒤쪽에서는 소동이 줄어들 생각은 안 하고 있었다.

이후 들어보니 똥통에 빠졌던 섭정 일행은 분기탱천해서 프라하에서 도망쳤다고 한다. 프라하 시민들은 비웃음으로 그들을 전송해줬다고.

아무리 섭정으로 온 메르데그라스 백작이 온건파라고는 하나, 이런 모욕을 참을 수 있을 리가 없다. 특히나 그처럼 고상한 귀족이라면 더 그렇겠지.

"앞으로 일이 어찌될 거라고 보십니까?"

달타냥의 질문에 나는 어깨를 으쓱였다.

"뻔하지. 황제가 이제 군을 움직일 거다. 그렇게만 하면 내 생각대로지."

그로부터 며칠 뒤에 황제가 제국군을 소집하기 시작했단 소리가 들리자 달타냥은 감탄을 금치 못했다.

"제국이 이름만 거창하지 합하 손아귀 안에 있군요."

"뭐… 우주를 보고 오니까 인간사란 게 별 게 아니더라."

중요한 건 그 교활한 황제가 무슨 한 수를 감추고 있냐는 거다. 나머지는 솔직히 아무 것도 아니었다.

"황제가 그냥 털리진 않을 거야. 하물며 그는 죽음이 임한 자들과 손을 잡았으니까."

죽음이 임한 자들은 어둠의 대군인 발버둥치는 죽음을 섬기는 비밀 결사다. 제국 북부에 기반을 두고 있기 때문에 그쪽에서 무슨 일이 터질지 모른다.

"북부의 영주들이 갑자기 뭉쳐서 내려온다고 해도 놀라지 않을 거라고."

하지만 그 정도는 상정하고 있는 범위다. 황제라면 그 이상을 보여줄지도 모른다.

"결국 이 보헤미아 건은 황제와 내 싸움이지. 나머지는 그냥 극을 풍성하게 해주는 들러리에 불과해."

"합하께선 황제를 자극하고 궁지로 몰아, 숨겨둔 한 수를 꺼내놓게 하려는 거군요."

"맞아."

"어쩌면 이리 멋진…."

"응?"

"아, 아닙니다."

달타냥이 뭐라 중얼거린 거 같은데 안 들렸다.

"것보다 손님 맞을 준비나 해."

"의회에서 당장 합하께 달려올 거라 그거시군요."

"그래. 얘기가 잘 통하는구먼, 달타냥."

역시 이 여자도 머리 돌아가는 게 빨라서 좋아. 아니나 다를까, 황제가 군을 일으켰다는 소문에 보헤미아 의회에서 허겁지겁 사람을 보냈다.

"합하! 의회에 출석해 주시길 간절히 요청드립니다."

헐레벌떡 달려온 젊은 귀족을 보며 나는 당연하다는 듯 고개를 끄덕였다.

"물론일세. 보헤미아와 나는 이미 한 몸이나 마찬가지야. 응당 달려갈 터이니 앞장서게나."

"합하!"

젊은 귀족은 감격한 표정이었다. 뭐, 이런 잔 연기도 좀 곁들 여줘서 소소하게 인망을 얻는 것도 괜찮지. 의회에 출석하자 이미 소란을 부리는 의원들로 난리였다.

"어서 우리도 군을 소집해야 합니다!"

"예산을 확보해야 하니 특별 증세를 건의합니다!"

이전과 다른 게 있다면 이미 다들 전쟁을 결심한 상황이란 점이었다. 다만 이 전쟁을 어떻게 수행하냐로 티격태격하고 있었다.

"발러슈테드 폰 비텐바이어- 바젤 공작 합하께서 입장하십니다!"

시종이 우렁차게 외치자 의회의 소음이 뚝 하고 끊겼다. 그리고 모든 의원들이 기립해서 날 맞이했다.

"합하! 어서 오십시오!"

의장 역시 의장석에서 내려와 내 앞까지 달려왔다. 모두의 시선이 내게 꽂히고 있었다.

"의장님, 제가 발언해도 괜찮겠습니까?"

"당연히 하셔야지요! 오히려 저희가 요청드립니다! 합하!"

"배려 감사드립니다."

의원들 앞에 선 나는 그들의 감정이 느껴졌다. 이 사람이라면 뭔가 해주지 않을까, 그런 기대였다. 그렇다면 그에 부응해 주는 게 도리.

"존경하는 의원님들에게 모든 두려움을 내려놓으시라고 말씀드리겠습니다."

"오오!"

아직 시작도 안 했는데 벌써 감탄하고 그러네.

"확실히 이 싸움은 쉽지 않을 것입니다. 하지만 제게 이 난국을 해결할 수 있는 묘수가 있습니다."

"오오옷!"

의원들은 다들 그 묘수가 뭔지 듣고 싶어 들썩였다.

"무엇입니까!"

연로한 의장이 참지 못하고 외쳤다. 그에 나는 손가락을 하나 세워 보이며 말했다.

"바로 새로운 보헤미아의 왕입니다."

이제 제국 서쪽의 거물인 팔츠 선제후 프리드리히를 보헤미아로 끌어들일 때가 됐다. 그리고 팔츠 선제후와 황제가 피 튀기게 보헤미아 왕관의 소유를 주장하고 있을 때, 비장의 카드를 꺼낸다.

오래간 아껴둔 조커인 강철 선제후 필립을 말이다.

그가 사라진 줄 알았던 팔츠의 금인칙서까지 들고 나타나면 새로운 체제에 굴복했던 구신들이 일제히 일어나겠지. 프리드리히가 보헤미아로 와 왕 노릇 하고 있을 때 팔츠를 공격하면 되찾는 건 일도 아니다.

"부유하고 강한 군대를 가진 왕이 보헤미아로 와 승리를 가져다 줄 것입니다!"

물론 나한테만.

이제 거물들끼리 싸움을 붙인 뒤 슬쩍 혼자 뒤로 빠져서 팔츠를 먹어치워야지.

"흐흐흐, 그래 실컷 싸워라."

오래간 탐내왔던 팔츠는 이제 나의 것이다.

6. 일은 벌이지만 결과는 책임지지 않는다

"보헤미아 왕 말입니까!"

의원들은 놀라워했다. 보헤미아 왕관은 원칙적으로 황제의 것이기 때문이었다. 나는 물론 그런 점을 잘 알고 있다고 했다.

"하지만 간신이 날뛰고 있어 성심이 예전 같지 못합니다. 우리가 황제 폐하에게 반해 봉기한 것은 아니지만 스스로를 보호할 필요가 있습니다."

그들은 내가 주장한, 부유하고 강력한 왕에 혹한 얼굴이었다. 분명 그런 왕이라면 자신들을 보호해 줄 수 있으리라, 라고 생각하겠지.

"합하께서 왕위에 올라주시죠!"

누군가가 내가 적격이라 외쳤다. 그러자 다들 반색하며 동의했다. 하지만 내 입장에선 식겁할 제안이라 바로 선을 그었다.

"저는 제국의 선제후도 아니며 부유하지도 않습니다. 그러니 훨씬 적당한 분을 여러분께 알려드리고자 합니다."

이번 보헤미아 사태에서 내 역할은 불만 질러놓고 빠지는 거다. 왕관을 쓰면 책임을 져야 한다. 매사 일은 벌이지만 책임을 지지 않는다는 내 인생관에 맞지 않았다.

"그건 바로 팔츠의 존경받는 선제후 프리드리히 전하십니다."

"팔츠 선제후 프리드리히!"

의원들은 놀라서 자기들끼리 쑥덕거린다. 다들 머리를 부산히 굴리는 게 느껴졌다.

솔직히 프리드리히의 이미지는 좋지 않다. 조카를 밀어내고 선제후에 올랐으니 소문이 좋게 났을 리가 없다.

하지만 프리드리히에겐 이 모든 걸 만회할 만한 장점이 있었으니, 바로 돈이 많단 사실이었다. 이권에 밝은 보헤미아의 의원들이 이점을 놓칠 리가 없었다. 그래서 나는 더더욱 부추겼다.

"개인적으로 팔츠의 고귀하신 전하와 친분이 있습니다. 그분께서는 언제나 자유의 수호자이길 희망하고 계십니다. 여러분이 의회의 이름으로 부탁하면 거절하실 리가 없습니다."

눈치 좋은 자들인 내가 이미 프리드리히와 얘기를 끝마쳤다는 걸 알아채겠지.

"여러분께서 동의하신다면 제가 프리드리히 전하를 직접 설득해 보겠습니다."

내가 이 정도까지 나서자 대세는 금세 프리드리히에게 기울었고 며칠 뒤 보헤미아 의회는 자신들의 새로운 왕으로 그를 뽑겠다는 결의안을 채택했다.

프리드리히가 좋아서 덩실덩실 어깨춤을 춘 건 말할 필요도 없었다.

"이런 건방진! 짐이 눈을 시퍼렇게 뜨고 있는데!"

콰앙!

제국의 황제인 프란츠 4세는 격앙된 표정을 감추지 못하고 책상을 내리쳤다. 세상에 이렇게 어이없고 황당한 일이 있을 수가.

"새로운 보헤미아의 왕이라고!"

대대로 제국의 황제는 보헤미아 왕을 겸해왔다. 만약 보헤미아 왕관을 잃는다면 프란츠 4세의 체면과 위엄은 땅바닥으로 떨어질 것이다. 직할령에 보헤미아까지, 그는 양팔이 잘려나갈 처지가 됐다.

"발러슈테드! 이 쓰레기 같은 놈이!"

성을 잔뜩 내는 황제의 곁에서 정체를 알 수 없는 흑의인이 앉아있었다. 창백하고 인간의 것이 아닌 눈 색을 보면, 안목이 있는 자는 그가 변신한 괴종족이란 점을 알아챌 것이다.

"외교적으로 압박해 보시지요, 폐하."

흑의인의 조언에 황제는 고개를 내저었다.

"물론 할 것이야. 하지만 프리드리히는 물러나지 않겠지."

황제는 탐욕스러운 프리드리히가 선제후 이상의 것을 원함을 잘 알았다. 왕이란 특별한 위치가 굴러 떨어지게 생겼으니 그가 순순히 물러날 수 없다.

"제국파면을 처해도 강행할 자네."

"폐하, 대책이 필요합니다. 이대로라면 봉인을 지키기 어렵습니다."

"누가 몰라서 그렇나!"

버럭 소리를 지른 황제는 급기야 주변에 물건을 집어던졌다.

와장창.

유리병이 산산이 깨져나갔다.

"발러슈테드, 그 고약한 놈이 매번 묘수를 써대니 이리 어려운 게 아닌가. 정말 죽이고 싶은 놈이야."

"저희도 그 때문에 곤란한 점이 한두 가지가 아닙니다."

이 흑의인은 비밀결사인 죽음이 임한 자들의 수장이었다. 파도치는 핏물이 어이없게 썰려나간 뒤, 조직은 큰 위기를 맞이하고 있었다. 아니, 조직뿐만이 아니었다.

그 사정을 잘 아는 황제는 비웃음을 머금었다.

"참으로 아이러니 하군. 그대들은 누구보다도 섬기는 이의 봉인을 풀기 위해 노력해 왔잖나? 한데 이제는 그 봉인을 지켜야 하는 처지라니."

"어둠의 왕관을 둘러싼 전황이 그렇습니다. 무덤에서 웅크리고 있는 자는 기회를 잡으려 하고 있지요. 그리고 자신의 종인 발러슈테드를 부려 봉인을 깨려 하고 있습니다."

이대로 봉인이 깨지면 그들의 주인인 발버둥치는 죽음은 당해내지 못한다. 어떻게든 막아가며 전황이 바뀌길 바래야한다.

"그런데 봉인은 깨질 수 없는 게 아닌가? 짐이 알기로 봉인이 풀리는 조건은 수호자가 모두 죽는 거다. 발러슈테드 그놈도 수호자가 아닌가? 자살하지 않고서야 어찌 봉인을 푼다는 건가?"

황제가 아는 발러슈테드는 바퀴벌레와 같은 자였다. 결코 죽고자 할 리가 없었다.

"수호의 의무는 포기할 수 있습니다. 대신 힘이 약해지겠지만 충분히 가능하지요."

"수호자들은 다 알고 있나?"

"아마도요. 하지만 자기 힘 때문에 의무를 포기하진 못할 겁니다."

"흐음…."

잠시 생각하던 황제는 다시 물었다.

"신원미상이던 수호자 둘은 찾았나?"

현재 알려진 수호자는 인류용사, 구마축사의 대주교, 적룡기병, 절세검객, 강철선제후, 이렇게 다섯이다.

알려지지 않은 이가 둘인데, 이 비밀과 연관된 자들은 집요하게 그들을 추적해왔다.

"네, 최근에야 겨우 찾아낼 수 있었지요. 조직의 총력을 동원했습니다."

봉인에 관계된 일을 하는 그들은 수호자의 신상 파악이 최우선 과제였다.

"그게 누군가?"

"동쪽 수해의 패자인 요정군주 엘룬그라실, 불의 마족인 파탈레 몬스트룸입니다.

"불의 마족?"

황제에게 제국 경계 밖 수해에 있는 요정군주는 너무 멀리 떨어져 있어 실감이 안 났지만, 불의 마족은 익숙한 존재였다. 바로 불의 마왕 쟈케르가 유명하기 때문이다.

"생각하는 게 맞습니다. 불의 마왕 쟈케르의 딸입니다. 그녀는 불과 얼마 전에 수호자에 올랐습니다."

"원래 수호자가 아니었다 그거군?"

"맞습니다. 최근에 전대 수호자로부터 힘을 인계받은 것 같습니다. 아직 애송이지만 실력 하나 만큼은 확실합니다."

"쟈케르의 딸이면 그렇겠지."

황제는 쓴웃음을 지었다. 그는 불의 마왕이 모젤 강을 따라 있던 대도시인 룩셈부르크, 티옹빌 등을 태운 걸 아직 기억하고 있었다. 그건 황제에게 가장 큰 실패 가운데 하나였다.

"그자들을 발러슈테드로 부터 보호할 필요가 있겠군."

"은밀히 인원들을 파견했습니다. 멀리서부터 보호하고 있지요. 현자나 예언자를 가장해 경고의 메시지를 보내기도 했고요."

"그것만으로 충분하지 않아. 골치 아프군."

하지만 황제도 자존심 강하고 제멋대로인 수호자들의 협조를 얻는 게 어렵다는 걸 잘 알고 있었다.

"이번에 폐하께서 발러슈테드를 무찌르시면 한 고비 넘길 수 있습니다."

"누가 그걸 모르나."

"그의 실패 이후에는 무덤에서 웅크리고 있는 자가 새로운 수를 내거나 인과를 무시하고 무리수를 둘 수 있습니다만, 그래도 시간을 벌 수 있으니까요. 반드시 이 사태를 넘겨야 합니다."

하지만 황제는 고개를 가로저었다.

"쉽지 않아. 짐으로서도 승리를 장담할 수 없네."

황제는 강대한 드래곤이었지만 승부의 향방은 알 수 없었다. 발러슈테드는 여러 가지 조건이 맞긴 했으나 화신조차 썩어버린 존재였으니까.

"그 빌어먹을 놈은 뭔가 신비한 기술을 갖고 있네. 짐은 그게 두렵군."

발러슈테드가 베오울프에게 배운 기술은 대단했지만 필요 이상으로 과대평가 되고 있었다. 그것은 화신 같은 인과에 묶인 존재를 상대로 특화된 기술이다. 드래곤인 황제에게 딱히 무슨 힘을 발휘하는 건 아니지만 무지가 공포를 낳고 있었다.

하지만 발러슈테드의 한 수를 두려워하는 건 황제 같이 기술의 정체를 모르는 자만이 아니었다.

기술에 대해 알고 있는 어둠의 대군이나 여타 신격도 괜히 화신을 내보냈다가 발러슈테드에게 봉변을 당하는 게 아닌가 두려워했다.

진정한 물질계 깡패였다.

"전하의 전력이면 충분히 가능합니다. 고룡이란 이름은 가볍지 않습니다."

"짐에게 무리한 요구하지 말게. 쉽게 패하진 않겠지만 어찌될지는 모르네. 그런 말할 시간에 뭔가 대책을 내놓던가."

교활한 황제는 확신이 없으면 진짜 육체를 드러내고 싸우려 하지 않을 것 같았다.

"하지만 주인께선 화신을 잃은 뒤로 여력이 없습니다."

"쥐어짜내지 않으면 큰 일이 날 걸세."

눈살을 찌푸리고 짜증을 부리는 황제 앞에 흑의인은 생각에 잠겼다. 확실히 승리를 장담할 수 없는 전투를 더 요구하긴 무리였다.

"흐음… 사실 유일한 방법이 하나 있습니다."

"그게 정말인가?"

궁지에 몰려있던 황제는 관심을 보였다. 현 상황이 답답하기 그도 마찬가지였으니까.

"슈바르체토이펠입니다."

"음? 그의 이름이 지금 왜 나오는 것이지?"

"그가 무언가를 지키고 있음을 아시지 않습니까?"

"그렇긴 하네만… 어둠의 무언가를 지킨다고만 알고 있네. 그 이상은 모르지. 아니, 설마?"

황제는 짚이는 구석이 있었다.

"맞습니다. 그가 지키고 있는 건 우리 주인인 발버둥치는 죽음의 잘린 신체 일부입니다."

"그랬던 건가!"

"만약 그걸 되찾을 수 있다면 상황이 달라질 겁니다. 하지만 쉽지 않은 일이지요. 그래서 선뜻 말을 꺼내지 못했습니다. 그 대단했던 마왕 오드가쉬조차 실패했으니 마룡의 힘이 상상 이상인 모양입니다."

사실 그건 오판이었다. 마왕 오드가쉬가 당한 건 발러슈테드의 흉계와 칼리오네의 성명제례술 때문이었지만, 이들 조직은 거기까진 파악하지 못하고 있었다.

그저 상상이상인 마룡의 위엄에 질려서 다시 공략할 엄두를 못 내왔다. 아무리 유능하고 똑똑한 자들도 착각 앞에선 어쩔 수 없었다.

"차라리 파도치는 핏물이 건재할 때 거길 노려봤으면 좋았잖나."

"인과율을 걱정하지 않을 수 없었습니다. 신적 존재가 끼어들어 잘린 신체까지 잃어버리면 영영 끝이니까요. 그게 아니라도 화신이 강신하면 거기 잘린 신체가 있다는 걸 다른 존재들이 알아챌 거 아닙니까. 감당하기 어려운 문제죠."

이들은 나름대로 궁리해 인과율에 묶이지 않은 존재 중 최강인 마왕 오드가쉬를 조기에 파견했으나 그게 실패한 거다. 그 뒤로 일이 꼬였고 이 지경에 이르렀다.

"그걸 감수하고라도 파도치는 핏물을 그로스글로크너에 강신시키는 게 맞았네."

"결과론적인 이야기일 뿐입니다."

사실 지금 일이 이상해져서 그렇지, 본래 봉인을 하나씩 풀면서 그들에게 유리한 상황이었다. 누가 한순간에 이리 궁지에 몰릴 줄 알았을까.

이 모든 건 발러슈테드가 끓어오르는 심연을 다시 일으킨 걸로 발생한 일이었다. 그 거물이 치명상에서 일어나자 우주의 역사가 바뀌고 있었다.

"흐음!"

나직이 신음한 황제는 재빨리 머리를 굴렸다.

"만약 그 잘린 신체만 얻으면 구체적으로 무엇을 할 수 있겠나?"

"화신을 추가로 만드실 수 있을 겁니다. 만약 폐하께서 이번 일에 도움을 주신다면 그분께서 누구를 자신의 화신으로 삼을지 자명하지 않습니까?"

발버둥치는 죽음의 화신이 된다는 건, 신적 존재의 반열에 오른다는 소리다. 황제는 물질계에선 높은 위치에 앉아있었지만 그 이상은 오래간 올라가지 못하고 있었다. 그렇게 그 자리가 탐이 났다.

"확실한 건가?"

"마룡을 물리쳐 주신다면 제 이름을 걸고 보장하겠습니다."

"흐음…."

"그 강대한 마룡을 상대하는 건 쉬운 일이 아닙니다. 하물며 폐하껜 발러슈테드란 적이 있지 않습니까. 심사숙고해 보시지요."

"알겠네. 오늘은 이만 물러가게나."

그 말에 흑의인은 인사를 하다가 작은 상자 하나를 꺼내서 내려놨다.

"혹시라도 도움이 될지 모르겠습니다."

황제는 그 상자를 마뜩찮은 듯 바라봤지만 거절하지는 않았다. 그저 더 얘기하기 싫다는 듯 손을 저었다.

"폐하, 그럼."

흑의인이 떠나자 황제는 고민하다 어딘가로 향했다. 비밀 장치를 열고 그만이 출입 가능한 밀실이 나타났다.

안에는 온갖 비보가 가득했는데 황제는 그런 건 거들떠도 보지 않았다. 그저 마법으로 잠긴 서랍 앞에 섰을 뿐이다.

"오래된 재앙이여… 드래곤의 피를 먹어치우는 어둠이여…."

무언가 그가 웅얼웅얼 주문을 외우자 검은 연기가 일어났고 서랍의 잠금 장치가 딸깍 하고 열렸다.

"설마 이걸 다시 꺼내게 될 줄이야."

황제는 서랍에서 단검 하나를 꺼냈다. 검집에서 뽑아내자 시린 예광이 눈을 찔렀다. 황제는 저도 모르게 눈살을 찌푸리며 시선을 피했다.

이 단검에는 드래곤의 죽음이라 불리는 극독이 묻어있었다. 현재 제국에 드래곤이 손가락으로 셀 만큼 적은 것에는 이유가 있었다.

과거에 갑자기 나타났던 이 치명적인 독 때문이다. 인자한 어머니 같이 반정령의 특이한 혈통이 아니라면 이 독에 드래곤은 무력했다.

드래곤이 멸종하기 전에 독이 사라졌지만 황제는 한 자루 단검에 그걸 묻혀 오늘날까지 보존해 오고 있었던 것이다.

"아무리 그라도 이거 한 방이면 끝이겠지."

황제는 슈바르체토이펠과 막역한 관계라곤 할 수 없지만 지금까지 이런저런 일을 함께 해왔다. 잠깐의 방심 정도는 충분히 만들어낼 수 있었다.

한참 단검을 들여다보던 황제는 마침내 결정을 내렸다.

"미안하지만 이만 죽어줘야겠군. 슈바르체토이펠."

결국 전쟁이 터졌다. 황제는 프리드리히가 보헤미아의 왕위를 받아들이기로 했단 사실에 참지 않았다.

"기어코 왕관을 쓰겠다면 제국파면을 선고하겠다고 합니다."

달타냥의 보고에 바로 물었다.

"프리드리히는?"

"벌써 보헤미아로 오려고 짐을 열심히 싸고 있다고 합니다. 황제의 경고에 콧방귀도 안 뀐답니다."

역대 제국파면 중 이렇게 힘없는 제국파면도 없을 거다. 그 정도로 황제의 권위는 낮아져있었다.

선제후들의 반응도 미지근했다. 트리어 선제후는 전쟁으로 여력이 없었고, 마인츠 선제후와 쾰른 선제후는 침묵했다.

바이에른 선제후는 내색은 안 했지만 좋아했고 작센 선제후는 아직도 공석이었다. 유일하게 브란덴부르크 선제후만이 제국파면 후 반응을 보였다.

"제국의 위계를 지키라고 엄히 경고했다고 합니다."

"그래서 프리드리히는?"

"모래밭에 목책을 세워놓고 사는 촌놈이 무슨 소리냐고 비웃었다는군요."

"과연 수전노답군."

브란덴부르크 선제후는 넓은 영토를 가졌지만 가난했다. 모래밭에 세워진 선제후령의 수도는 일부 지역을 목책으로 보강하고 있을 정도였다.

"돈으로 사람을 평가하는 프리드리히에겐 씨알도 안 먹힐 얘기겠지."

나는 이번 전쟁에 직접 끼어 들 생각은 없었다. 대신 돈이 다급한 보헤미아 의회에 30만 플로린을 지원해 크게 신망을 얻었다. 그리고 프리드리히를 모시러 가야한다고 프라하를 떠났다.

전쟁이 시작됐지만 나는 천하태평이었다. 어차피 내 병사는 한 명도 다치지 않을 테니까.

"합하, 전쟁이 뭐라고 생각하십니까?"

나란히 말을 타고 가는 달타냥이 내게 물었다.

"뭐긴 뭐야, 세일즈지."

며칠 뒤 나는 프라하를 떠나 팔츠의 수도인 하이델베르크에 도착했다. 이곳은 부유한 도시였고 제국에서 제일 세련된 장소 중 하나였다.

"어서 오게나. 하하하!"

팔츠 선제후 프리드리히는 두 팔을 벌리며 날 맞이했다. 아들이 죽은 건 이미 까맣게 잊은 모양이다. 하긴 그가 돈 말고 뭐든 오래 기억하겠냐만은.

"고귀하신 전하."

나는 예법에 따라 인사하다가 생각났다는 듯 넉살을 부렸다.

"아니, 이런 실수를! 이제는 국왕 전하시군요."

"뭐라? 하하하!"

왕이 된다는 사실은 이 교활한 늙은이를 소풍에 들뜬 소년처럼 밝게 만들었다. 지금 모습만 보면 매부리코에 쥐새끼 같은 수염에도 불구하고, 워낙 환하게 웃고 있어 인상이 좋단 생각마저 들었다.

"자, 이럴 게 아니고 안으로 들지."

프리드리히는 나를 호화로운 방으로 안내했다. 우리는 나란히 앉아 앞으로의 정국을 하나하나 의논해 나갔다.

"전하, 제가 전하의 등극을 적극 도울 것입니다."

"고마운 말이로군. 과인도 약속을 잊지 않을 것이야. 자네가 꼭 선제후의 위를 얻게 도와주지."

그런 건 됐고, 보헤미아에 가서 거하게 삽질이나 해주면 된다. 하지만 이런 속마음을 감춘 채 그를 부추겼다.

"전하, 이것은 영예로운 비텔스바흐 왕조의 시작입니다. 대관식은 그 어떤 왕보다 화려하고 호화로워야 한다고 생각합니다."

그 말에 프리드리히는 솔깃한 기색이었다. 체면 때문에 자제하고 있었지만 살짝 눈썹이 올라가며 입가에 미소가 지어진다.

"음, 그렇군. 하지만 전쟁이 벌어지고 있는데 괜찮겠나?"

"어차피 지루한 소모전에 불과하니 전하께선 전혀 걱정하실 이유가 없습니다. 만약 전세가 위태롭다면 제가 바이에른에 대기 시켜둔 군병을 즉각 보내겠습니다."

"오오! 정말 고맙군."

"팔츠 역시 걱정할 것 없습니다. 혹시라도 누군가 침입한다면 제 군대가 용서하지 않을 것입니다."

물론 내 군대가 팔츠를 침략하지 않는다는 약속은 안 했다. 매사 그렇지만 나는 거짓말을 모르는 남자다. 말을 안 하는 부분이 있어서 그렇지. 하니 감히 누가 내 인성을 흠잡겠나? 이렇게 진실이 넘치는데.

"자네가 과인의 뒤를 지켜준다면야 무엇이 두렵겠나."

프리드리히는 무척 기뻐서 내 손을 덥석 잡아왔다. 나는 웃었지만 여분으로 가져온 손수건이 있나 생각해 봤다. 면담이 끝나면 손을 닦고 버려야 하니까.

"전하, 부디 대관식에서 본가에 어울리는 위엄을 보이십시오."

"본가라."

그 말에 프리드리히의 표정이 진지해졌다. 아무래도 본가란 말이 신경 쓰이겠지.

팔츠와 바이에른은 똑같은 비텔스바흐 가문이다. 팔츠 쪽이 본가고, 바이에른이 분가다. 한데 분가가 더 잘 나갔기에 프리드리히는 은근히 자격지심을 갖고 있었다.

바이에른의 위세가 늘 못 마땅했겠지. 하지만 바이에른 선제후가 내 약혼녀란 사실 때문에 딱히 별 말은 꺼내지 않는다.

"좋네. 본가의 위엄에 어울리는 규모를 갖춰야겠지."

"도시 곳곳에도 은혜를 베푸시지요. 전하를 향한 존경심이 자라날 것입니다."

나는 프리드리히가 왕의 자리를 만끽하길 바랐다. 왕 노릇에 빠져 대사를 그르치게.

"현재 전하의 명예가 제국에 태양처럼 빛나고 있습니까?"

"허허, 어찌 그런가?"

"보헤미아의 마왕들조차 전하께 신종하지 않았습니까? 세상

어떤 군주가 지금껏 이런 위업을 달성했겠습니까? 전하께선 인간과 마족이 합쳐진 나라를 개국하는 셈이십니다."

"허허허!"

프리드리히는 내 얘기 무척이나 맘에 들었는지 자신의 이상을 멋대로 늘어놓기 시작했다. 어리석은 몽상들이었다.

나는 그가 생각 이상으로 쉽게 파멸할 거란 점을 깨달았다. 이 멍청이는 명확한 비전은 조금도 갖고 있지 않았다. 돈이 떨어진 순간 인기도 같이 떨어질 게 뻔했다.

"전하, 전하의 꿈과 이상에 제 손발이 절로 떨리옵니다. 부디 그 큰 뜻을 실현하시길 바라겠습니다."

끝까지 듣기 좋은 소리만 해준 나는 하이델베르크에게 귀빈으로 대접받았다. 그러면서 프리드리히가 가신단을 이끌고 프라하로 갈 준비를 하는 걸 지켜봤는데, 뜻밖의 손님을 맞게 됐다.

"합하."

"왜 그러나? 달타냥."

"합하를 찾아온 자가 있습니다. 루드라고 하면 알 거라고 했습니다. 어떻게 할까요?"

"뭐? 루드?"

"아는 분입니까?"

"내 스승님이다. 어서 모셔라!"

이 제국에서 내가 존경하는 몇 안 되는 자가 바로 스승인 괴물 사냥꾼 루드다. 그는 나와 다르게 진정한 영웅이었다.

루드가 얼마나 강한지는 상관없다. 평생 민초들을 위해 사셨고 라인펠덴에선 마왕 아문데를 상대로도 물러나지 않고 싸우셨던 분이니까.

"스승님!"

루드가 모습을 드러내자 나는 환하게 웃으며 뛰어갔다.

"합하."

그가 예를 갖추려고 하기에 서둘러 잡아 말렸다.

"스승님, 그러지 마십시오. 제 절 받으시지요."

"아니, 제국의 공작께서 어찌!"

"하하하, 그런 말씀 하지 마십시오. 제가 섭섭합니다. 스승님 앞에서 전 그냥 그냥 슈판다우 촌놈에 불과합니다."

기어코 절을 하자 그는 너털웃음을 터뜨린다.

"허허허! 자네도 참!"

하지만 오랜만에 본 내가 반가운지 대뜸 안아주셨다.

"원래 여리여리한 청년이었는데 어느새 이렇게 듬직해졌구먼."

"다 스승님 덕입니다."

"내 덕은 무슨, 그거 별 쓸모도 없는 잡스러운 기술이나 알려줬는데."

"스승님이 없었으면 지금 저도 없습니다. 자, 안으로 들어가시지요."

일단 와인을 권하고 찾아온 이유를 물었다.

"불초한 제자가 연락도 제대로 못 드렸습니다."

"아닐세, 자네가 바쁜 건 누구보다도 잘 알고 있는 걸."

사실 그간 몇 번이고 내게 연락했다고 한다.

"그게 정말이십니까?"

"그렇네. 아마 제대로 전달이 안 된 거 같아. 자네가 중간에 실종되기도 했고."

"아, 다른 차원에 갔다 왔습니다."

내 말에 루드는 어이없다는 표정을 짓는다.

"자네는 정말 뭘 해도 스케일이 다르군."

"본의 아니게 간 바람에 난리가 났었습니다. 그 때문에 스승님의 전언이 제대로 전달되지 않은 것 같습니다. 제가 대신 사과 드리겠습니다."

"아닐게. 그런 일은 괘념치 않아. 자네가 일부러 무시했을 거라고 생각하지 않으니까."

"그리 생각해 주시니 마음이 놓입니다. 그런데 이렇게 와주신 거 보니까 중요한 일인 것 같군요?"

끄덕.

잠잠히 고개를 끄덕인 루드는 굳은 얼굴이었다. 진중한 성품의 그가 이런 태도를 보이자 나는 보통 일이 아니란 걸 알았다. 자세를 바로하고는 용건을 들려달라고 했다.

"자네가 기억할지 모르겠지만, 난 전설적인 괴물사냥꾼의 흔적을 쫓고 있었네."

"아! 그렇지요."

갑자기 떠올랐다. 마왕조차 상하게 할 수 있는 괴물사냥꾼의 SS등급 스킬이었던가…. 확실히 대단하긴 했지만 이제 내겐 그리 관심을 끄는 건 아니었다.

내겐 SS등급 스킬은 여럿이고 SSS등급 스킬조차 두 개나 있다. 그리고 여러 신적인 존재들과 마주쳐왔다.

솔직히 내가 폭력을 행사하기 시작하면 스스로의 존엄을 지킬 수 있는 마왕의 수는 손가락으로 꼽을 정도니까.

"한때 자네에게 그 유적으로 동행을 요청했으나, 그게 이제는 별로 흥미를 끌지 못함을 이해하네."

루드가 생각해도 그런 모양이었다.

"자네는 어둠의 대군의 화신까지 벤 남자니까. 하하하, 나로서는 그게 어떤 경지인지 짐작도 안 되는구먼."

"아직 미비합니다."

"음, 그건 겸손이 아니군. 자네 정도 되는 이가 그렇게 느낄 정도의 존재와 대적하고 있단 소리지?"

"그렇습니다."

"음… 그렇다면 내가 오늘 잘 온 건지도 모르겠군."

순간 루드의 말이 잘 이해가 안 됐다. 이제 와서 이름 모를 괴물 사냥꾼이 남긴 SS등급 스킬따위가 대세를 바꿀 수는 없기 때문이었다. 하지만 루드가 헛소리를 할 리가 없다.

"스승님, 그리 말씀하시는 이유가 무엇입니까?"

"사실 얼마 전에 그 전설의 괴물사냥꾼의 유물이 있는 곳을 탐색했네."

"리히텐슈타인 일대였죠?"

"그렇네. 혼자의 힘으로는 어려운 일이었지. 그래서 인자한 어머니에게 부탁해 도움을 받았어."

그녀의 휘하에 매우 뛰어난 실력을 가진 마법사들이 여럿 있었다고.

"인자한 어머니는 마왕 아문데의 잔당을 칼리오네의 도움으로 모조리 처리했지. 그래서 내게 부하들을 내줄 여유가 있었어."

"그렇군요. 스승님께선 혹시 그 유적에서 생각지도 못한 걸 발견한 모양이군요."

단순히 전설의 괴물사냥꾼이 남긴 스킬이었으면 이렇게 찾아오지도 않았을 거다.

"자네는 역시 눈치가 보통이 아니로군."

"그게 무엇입니까?"

그런데 어째서인지 루드는 정확히 설명을 하지 못했다.

"음… 그건 일종의 어둠이었어. 어찌 설명하기도 어려운 어둠이었지."

"어둠이요?"

"그걸 본 순간 동행한 엘프 마법사 중 하나가 미쳐서 죽어버렸네. 나는 주위에서 도와줘 간신히 화를 면했지. 이제 와서 생각해 보지만 내가 정확히 뭘 본 건지도 모르겠어. 뭔가 상상을 초월하는 공포와 마주했고 뇌가 하얗게 탈색되는 기분에 빠졌네. 그럴 듯한 기억은 별로 남아있지 않아."

심지어 동행했던 마법사중 하나는 백치가 되어 지금도 치료를 받고 있다고 했다.

"그건 뭔가 초월적인 것이었어."

설명만 들어보니 무언가 인간의 인지에서 벗어난 것과 마주친 듯했다. 신적 존재이거나 그에 준하는 상위의 괴종족일지도 모른다.

"흐음….."

루드의 설명만으로는 정확한 판단을 내리기 어려웠다. 하지만 한 가지는 확실했다.

"스승님이 본 게 뭔지는 모르겠습니다만, 그런 증상을 겪은 건 격의 차이 때문입니다."

"격의 차이?"

"네, 격이 높은 어둠의 존재는 그냥 거기 있는 것만으로도 목격자를 파멸시킵니다. 필멸자로서는 그들의 존재감이나 영적 성질을 당해낼 수 없거든요."

뭐랄까, 고농도의 방사능에 노출된 것과 비슷하다고 보면 된다. 가까이 간 것만으로도 심각한 피해를 입히고 깊은 후유증을 남긴다.

"스승님께서는 괜찮으신 겁니까?"

"같이 간 엘프 마법사들이 보호해 줘서 괜찮다네. 대신 그들이 큰일을 겪었지. 참, 그것 말고도 특이한 게 있었어."

"그게 뭡니까?"

루드는 일단 자기 기억이 정확하지 않다고 먼저 말했다.

"모든 게 꿈 같아. 불확실한 악몽 속을 헤매다 온 기분이지. 나는 자네 말대로 격이 높은 존재를 만나 상황 자체를 제대로 기억하거나 인지하지 못한 거 같아. 하지만 그런 약에 취한 것 같은 상황 속에서도 하나 떠오르는 게 있어."

"뭡니까?"

"거기 유적의 벽면에 그려져 있는 그림이었네. 그건 어떤 여성이 검을 휘두르는 법을 그려 놓은 것이었어. 수없이 많은 그림이었지. 그리고 그 그림마다 한 번도 본 적 없는 문자로 주석이 붙어 있었네."

"흐음….

"그건 분명 어떤 검술의 비전이었어."

루드는 막스 형제단의 검술을 숙달했기에 아는 바가 많다. 그가 저리 말한다면 그건 분명 검술의 기록이 틀림없다.

"알 수 없는 어둠에 알 수 없는 검술이라니…."

솔직히 흥미가 돋았다.

"스승님, 사지에서 돌아오셨는데 이런 부탁드리는 거 송구스럽습니다만, 저를 안내해 주실 수 있으신가요? 한 번 가봐야겠습니다."

"걱정 말게. 그러려고 온 거니까."

마침 프리드리히가 프라하로 떠나기까지 시간이 있었다. 이 탐색에 시간을 할애해도 괜찮을 거 같았다.

"좋습니다. 바로 출발하시죠."

루드와 함께 남하해 리히텐슈타인으로 향했다.

"잠시 보덴 호에 들리는 게 좋겠네."

"보덴 호에 말입니까?"

"자네는 약혼녀도 안 보고 가려고 한 건가?"

"인자한 어머니는 변경백 칼리오네를 돕기 위해 호수를 비운 걸로 알고 있습니다만."

"현재 필요한 물자를 챙기러 잠시 돌아와 있다더군."

그걸 어찌 아냐고 물으니 루드가 손을 들어보였다. 그의 약지에 마법 반지가 끼워져 있었다. 통신 기능이 있나 보군.

"발러슈테드, 아무리 그녀가 드래곤다운 인내심으로 기다려주고 있다지만 그리 무심하게 대해서는 안 되네."

맞는 말이었다. 가뜩이나 얼굴도 못 보고 있는데, 근처에 지나가면서 들리지 않는 건 말도 안 된다. 나는 고개를 끄덕이며 물었다.

"한데 스승님, 그 반지 말입니다."

"음? 왜 그러나."

어쩐지 루드가 흠칫하는 걸 보고는 나도 모르게 웃음이 나왔다.

"여자 분이 선물해 주신 것 같습니다. 게다가 그건 엘프의 공예군요."

"흠흠!"

루드는 괜스레 헛기침을 하고 말을 돌리려 했으나 목소리가 갈라졌다.

"아, 아니. 그것이 아니라."

"아무래도 보덴 호에 정착하실지도 모르겠군요."

"커험!"

그는 석화가 풀린 이후 줄곧 보덴 호 일대에 머물고 있었다. 하면 호수 엘프 하나와 정분이 났다고 해도 이상한 일은 아니겠지. 인자한 어머니의 거취를 알려줄 정도면 꽤 지위가 있는 자가 아닐까 싶다.

"어서 사모님 얼굴이 보고 싶군요."

"아니, 정말 자네."

루드가 처음으로 얼굴이 붉어져서 어쩔 바를 모르기에 그만 크게 웃고 말았다. 그는 보덴 호에 도착할 때까지 변명을 해댔고 나는 처음 보는 모습에 웃음이 그치질 않았다.

하지만 한편으로는 남몰래 눈물을 흘려야 했다.

세상에… 루드도 동정이었어….

보덴 호에 도착하자 생각 외로 번잡했다. 인자한 어머니의 귀환 이후 돌아온 호수의 여러 종족들이 활기 넘치는 광경을 연출하고 있었다. 특히 호수 위에는 엘프들의 군선이 빼곡했다.

"라인 강을 타고 내려가 군사작전을 준비 중이네."

그 외에도 이 일대의 몬스터들이 쫓겨난 탓에 장사를 하러온 드워프나 노움 같은 유사인간들도 많이 보였다.

"활기차군요."

심지어 섬 가운데는 전에 본 적 없는 하얀 궁전까지 세워져있었다.

"저기 누가 삽니까?"

"누구긴 누구야, 자네 마누라가 사는 곳이지."

"허걱."

루드는 그 사이 꽤나 엘프들과 친해진 듯 그가 부르자 곧 조각배 하나가 호수를 가로질러와 우리를 태워줬다. 궁전에 도착하자 안의 공간이 내 생각보다 훨씬 컸다. 마법으로 내부가 엄청나게 확장돼 있었다.

"나는 따로 볼 일이 있네. 약혼녀를 만나고 오게나."

"알겠습니다. 스승님."

안내를 받아서 가니 이 호수의 군주인 인자한 어머니의 집무실이었다. 전쟁 준비 탓인지 안에는 온갖 서류와 물품으로 부산했다.

"발러슈테드!"

그녀는 날 보더니 반갑게 웃는다. 미소가 정말 호수처럼 부드럽고 따뜻하구나.

"잘 지내셨습니까?"

"글쎄, 서방님 되실 분 얼굴이 보기 힘든 것 빼고는 모두 좋다."

"면목 없습니다."

인자한 어머니는 여왕의 품격이 있었다. 날 보며 반가워하는 기색이었지만 호들갑은 떨지 않는다. 우아하게 걸어와서 내게 팔짱을 끼며 살짝 볼에 뽀뽀를 해줬다.

"이 정도 뽀뽀로 볼이 붉어지는 건가? 우리는 부부가 될 사이 아니던가."

"뭐, 그렇긴 합니다만."

오랜만이라 낯설어 그런지 더 설렜다. 어쩐지 처음 만난 미녀 같은 느낌도 들고.

"이렇게 날 보러 와줘서 고맙다."

"그간 얼굴을 내밀지 못해 미안합니다."

"아니다. 제국을 위해 동분서주하는 걸 아는데 어찌 책하겠는

가. 이해한다."

그냥 입 발린 소리가 아니라 정말 이해한다는 듯 따뜻하게 웃어 보인다. 인자한 어머니라 그런지 도량이나 이해심이 장난 아니구나. 내가 여자 앞에선 별로 눈치가 없긴 하지만 지금은 진심으로 이해해주고 있다는 건 알겠다. 어쩌면 이렇게 마음이 넓을 수가….

"그것보다 발러슈테드, 전쟁으로 인해 시간이 많지 않구나."

"금방 돌아가셔야 하는 것 같군요?"

인자한 어머니는 고개를 끄덕이더니 따라오라는 듯 손짓을 한다.

"그것보다 좀 도와주지 않겠느냐?"

"어떤 것입니까? 할 수 있는 거라면 모두 하겠습니다."

"다름이 아니라 이번 제국 서남부에서 전역에 수룡이 꼭 필요하다. 수룡을 소환하는 걸 도와주지 않겠느냐? 새로 마법진을 완성했는데 보조해줄 이가 있어야 한다."

원래 그녀와의 수룡 소환은 좀 엄한 의미를 갖고 있다. 하지만 지금은 태도가 너무 자연스러웠고 마법진이라고 해서 나는 의심하지 않고 따라나섰다.

"자, 이쪽이다."

인자한 어머니는 어떤 방에 날 데리고 갔는데 사방이 어두워 잘 보이지 않았다. 그런데 그때 뒤에서 갑작스러운 소리가 들렸다.

찰칵!

무언가 단단히 잠그는 듯한 소리였다.

"저기?"

어째서인지 불안감이 갑자기 엄습해 온다.

"걱정하지 말거라. 잡아먹지 않으니까."

"네?"

어째서인지 그녀의 목소리가 농염해져 있었다. 그리고 은은한 불이 들어왔는데 방 가운데는 비단 이불이 깔린 훌륭한 침대가 보였다.

"아, 아니? 저게 뭔가요? 수룡 소환을 하려는 거 아닙니까? 마법진으로."

내 항의에 인자한 어머니는 어째서인지 복잡하고 화려한 옷을 하나씩 벗기 시작하며 대꾸한다.

"저기 마법진이 있잖은가?"

그녀의 손가락 끝이 가리키는 곳을 보니 천정에서 은은한 빛을 뿜어내는 마법진이 있긴 했다.

"얼마 전에 완성한 조명 마법진이다."

"……."

할 말이 없었다. 역시 그녀는 사기꾼 잡는 사기꾼인가. 거짓말은 하지 않았으나 모두 말하지 않는다는 점에서 나와 똑같았다.

"저기, 왜 옷은 벗고 그러십니까."

"내가 수룡을 소환하는 일을 도와준다고 하지 않았는가?"

어느새 그녀는 네글리제 같은 얇은 비단 속옷 한 장만 걸치고 있었다. 은은한 조명에 따라 그녀의 화려한 나신이 거의 그대로 다 보이고 있었다.

과연. 거유순산형….

가슴이랑 골반이 엄청나다. 동시에 늘씬한 다리가 시원시원하게 뻗어 절묘한 균형을 이루고 있었다.

"왜 말이 없는가? 역시 잠자리에선 고분고분한 스타일이 좋은 것이냐?"

그리 물은 인자한 어머니는 생긋 웃으며 날 침대로 이끌었다.

"서방님, 자, 어서요."

달라진 나긋나긋한 말투와 달콤한 목소리에 나는 귀신에 홀린 것처럼 따라갈 수밖에 없었다. 나란히 침대에 앉자 그녀의 몸에서 나는 부드러운 냄새 때문에 이성이 점점 날아갔다.

이 여자는 무슨 어둠의 대군인가. 뇌가 하얗게 타버리는 게 이건 어둠의 대군이 가진 존재감 이상이었다. 내 모든 본능이 전력으로 수룡 소환에 임할 것을 요구하고 있었다.

"자, 서방님. 이제 둘이서 귀여운 수룡들을 만들어 보지 않을래요?"

참으로 달콤한 유혹이었으나 거의 넘어가기 직전 간신히 참아냈다.

"그 소환은 때가 되면 전심전력으로 임할 셈입니다만 아직은 곤란합니다."

발푸르기스와 아직 관계하지 않았으니 집안의 서열상 안 된다고 했다. 그러자 그녀는 무척 아쉬워했다.

"혼례도 아니고 관계를 순서대로 할 필요가 있나요?"

"그게 얼마 전에 한 약속 때문에 그렇습니다."

그녀에게 청혼 받고 여러 가지 일이 있었다. 그 후의 약속 때문에 그렇다. 내가 어떤 일이 있었는지 설명하자 그녀는 다행히 납득해줬다.

"그렇다면 어쩔 수 없죠. 집안에는 서열이 있는 법이니까. 하지만 여태 안 하셨을 줄이야. 이런 찐…."

이미 몇 차례 겪어왔기에 저 '찐'이란 음절로 시작할 단어가 무엇인지 절절히 알고 있었다. 그래서 키스로 그녀의 입술을 막아버렸다.

"읍!"

인자한 어머니는 놀라 움찔하더니 곧 나른한 콧소리를 냈다.

"흐응…."

기분 좋은 듯한 소리였다. 그녀는 두 팔로 내 목을 껴안아왔다. 그렇게 한동안 이어진 키스가 끝나자 나는 선언했다.

"찐 뭐시기란 말은 접어두시지요. 이 정도면 입술과 혀로 제 명예를 지켰다고 생각합니다만."

그 말에 인자한 어머니는 내 허벅지를 쓰다듬으며 미소 지었다.

"아내가 될 여자 앞에서 명예를 지키기에 더 좋은 게 있는 걸요. 하지만 사정을 알았으니 오늘은 여기서 봐드리죠."

말은 그렇게 하면서도 어느새 늘씬한 다리를 내 허벅지 위에 올려놓고 색기를 풀풀 흘리고 있었다. 세상에, 이렇게 요망할 수가.

아까 집무실에서 만났을 때는 정말 기품있었는데, 침실로 오니까 마치 거미굴의 암거미처럼 느껴졌다.

"그것보다 할 얘기가 있습니다."

꼭 설명해야할 게 있었다. 덤으로 이런 야릇한 분위기도 좀 없애고.

"말씀하세요."

"세계가 멸망하기 직전입니다. 무덤에서 웅크리고 있는 자가 이 행성으로 향하고 있습니다. 그가 가까이 오면 이 호수도 메말라 바닥을 드러낼 겁니다."

"그래서 어떻게 된 건가? 하하하."

루드는 연신 웃으며 날 압박해 왔다. 역시 모든 일에는 대가가 따른다. 보덴 호에 이를 때까지 그를 놀려댄 탓에 이번에는 역공을 당하고 있었다.

"뭐… 어떻게 됐겠습니까. 절 전력으로 돕겠다더군요."

현재 우리는 보덴 호를 떠나서 리히텐슈타인에 있는 유적지로 향하는 중이다. 인자한 어머니는 다시 전장으로 돌아갔다. 애초에 시간이 많지 않았던 모양이다. 한데도 그 틈에 사기를 쳐 나를 쓰러뜨리려 했으니 보통 여자가 아니었다.

"아니, 이 스승이 궁금한 건 그게 아닌데."

"크흑…."

루드가 저리 능글능글하게 웃을 줄이야. 어쩔 수 없이 토설했다.

"이리 말하더군요. 자기는 내일 세계가 멸망해도 오늘 수룡을 소환하겠다고. 100마리쯤 소환해야 만족할 거 같다고 했습니다."

"음… 그 전에 자네가 복상사하겠군."

"제가 죽으면 필리를 부탁하겠습니다."

우리는 시답잖은 농담을 하며 나아갔고, 다음날 유적지에 도착했다. 이미 입구부터 엄중하게 통제되어 있었다.

"설마 이렇게 바글바글 지키고 있을 줄은 몰랐습니다. 스승님."

"인자한 어머니가 사태의 심각성을 알았으니까."

뭔가 비밀스러운 지하 유적을 기대한 내 소망은 산산이 박살나고 말았다. 유적 앞에는 엘프들, 철갑을 입은 미노타우르스 중보병, 오거 용병까지 드글드글 했다. 심지어 거대한 드레이크들이 입에서 불길을 뿜으며 돌아다니고 있었다.

"돈 좀 많이 썼겠군요."

"이 유적에 대한 소문이 이미 돌고 있네. 엘프 대마법사들이 미쳐 죽거나 백치가 됐단 소문은 충분히 이목을 끌고 있지. 그녀로서는 이 정도 병력을 배치할 수밖에 없는 거야."

고맙게도 유적에 대해 내가 결론을 내릴 때까지 보호하기 위해서라고 했다. 어쩌면 이렇게 배려도 뛰어난가.

"어서 오시라! 이 몸은 거인장군인 록스피우스라고 하나니!"

유적에 가까이 가자 웬 거대한 석상이 자리에서 일어났다. 한데 가까이서 보니 그건 석상이 아니라 바위와 같은 피부 빛을 가진 훌륭한 거인이었다.

"록스피우스! 잘 있었나!"

"아! 꼬마 루드로군. 크하하하! 본관은 인자한 어머니의 명을 받아 철저하게 유적을 지키고 있도다."

실제로 이 정도 병력을 배치하면 알아도 쳐들어 올 방법이 없어 보였다. 이들을 밀어버리려면 병사들이 잔뜩 와야 하는데, 하면 인자한 어머니의 감시망에 걸리고 말겠지.

"보게. 그녀의 명령장이네. 여기 귀한 분이 오셨으니 유적의 출입을 허하게."

루드가 품에서 미리 받은 통행증을 내밀었다. 그러자 록스피우스는 얼굴을 이리 가까이 가져다댔다. 어찌나 대가리가 큰지 언데드를 보고 담담하던 필리도 식겁에서 날뛸 정도였다.

"으흠…."

한데 어째서인지 록스피우스는 머리를 긁적이더니 무언가 근처에 있던 건 주워들었다. 그건 거대한 돋보기였다.

"너희 꼬마들의 문서는 작아서 보이질 않으니 돋보기를 쓰니 이해하라."

돋보기 알 때문에 큰 거인의 눈알이 더 커 보였다. 하지만 놀랄 일은 그 다음이었다. 그 거인이 움찔하더니 돋보기를 던지고 자리에서 일어난 것이었다.

"뭐지?"

설마 전투라도 벌어지나 싶어 허리춤의 검을 쓰다듬는데, 거인이 생각지도 못한 일을 했다.

"이런 영광이! 설마 오신 이가 비텐바이어- 바젤 공작이시나이까! 존귀한 분을 이 록스피우스가 영접하옵니다!"

키가 15미터나 되는 거인이 무릎을 꿇고 내게 절을 했다. 그러자 유적 앞에 있던 수많은 용병들이 무슨 상황인지 놀라서 눈이 휘둥그레졌다.

"일어나게. 그대는 위대한 고대종족인데 어찌 인간 따위에게 절을 하는가?"

내가 서둘러 말리자 록스피우스는 고개를 내젓는다. 그리고 마법을 부려 은밀히 말했다.

- 저희 거인족은 고대부터 끓어오르는 심연을 섬겨왔습니다. 하여 당신이 그분의 선택을 받았음을 모르지 않습니다.

- 정말인가?

- 얼마 전 그분께서 신탁을 내리시길, 너희 거인들은 내 후원자에게 성의를 다하라고 언급하셨습니다. 이제 당신은 저희 거인들의 왕이나 다름 아닙니다.

그리 말한 그는 크게 소리쳐 동료 거인들을 부르기 시작했다. 세상에, 나도 모르는 사이에 제국의 거인들에게 도우라 언급해 놓다니.

끓어오르는 심연, 당신은 대체….

- 끓어오르는 심연께서 그리 말하셨다면 너희를 귀하게 쓰겠다.

- 영광! 또 영광이나이다!

거인 록스피우스는 무척 기뻐했다.

- 너희는 몇이나 되는가? 고대 혈통은 이제는 남은 이가 많지 않다고 들었는데.

- 오십여 명이 좀 안 되나이다. 하지만 1만 대군 이상의 가치가 있다고 자신하옵니다.

그렇겠지. 이 거인들은 고대에 영걸이라 불렸던 자들이니까. 사실 인간의 역사에 등장하는 고대 영웅들 태반이 이 거인족이다.

당시 인간은 리켄티아투스를 지배하던 괴종족과 맞설 힘이 없어, 거인족을 동경하고 그들을 자신의 역사에 편입시켰다.

길가메시나 엔키두 같은 전설적 영웅의 정체는 사실 고대 거인이었다.

하지만 이 강대했던 이들은 고대부터 괴종족과 싸우다 세를 크게 잃어버리고 오늘날 비주류로 전락하고 말았으니, 한 종족의 운명과 영광은 쉽게 예측할 수 없는 법인가 보다.

전설에 의하면 엔키두는 나도 한 번 맞선 적 있는 '별의 자식' 여럿과 싸우다 죽음을 맞이했다고 한다.

- 저희는 이 산지에 흩어져 살고 있나이다. 가까운 곳에 있는 자는 반나절이면 닿겠으나 멀리 있는 자는 도착하는데 일주일 이상 걸릴 것이옵니다.

- 시일에 관계없이 내게 와준다면 모두 중용하겠다.

- 실로 자비로우십니다. 왕이시여.

내가 자신들의 왕이나 다름없다고 하더니, 정말 왕이라고 부를 작정인 듯했다.

아무튼, 그리 환담을 나누고 있는데 분위기를 파악하지 못하고 끼어드는 자가 있었다.

"크하하하! 아주 우스운 꼴이구나! 록스피우스. 웬 인간 놈에게 덩치가 아깝게 조아리고 있군!"

갑자기 나선 이는 덩치 큰 외눈 오거였다. 그래봐야 거인에 비하면 아이만도 못했지만.

"더덱. 주제 파악하지 못하고 나서는 것이냐."

훨씬 덩치가 큰 록스피우스가 경고해도 더덱이란 외눈 오거는 능글능글 비웃음을 흘릴 뿐이었다.

"같은 용병끼리 한 마디 하지도 못하나? 응? 그런 말라빠진 인간에게 굴복하는 이는 우리 용병단을 이끌 자격이 없다. 그렇지 않나! 형제들!"

"크워어어어어!"

더덱의 주위에 몰려든 많은 오거들이 무기를 들거나 배들 두들기며 소리를 질러댔다.

- 이게 무슨 일인가?

- 송구하옵니다. 최근 저희 용병단은 서열 다툼이 본격화됐나이다. 제 밑에서 일을 봐주던 미노타우르스 하나가 얼마 전 죽었는데, 그 후로 저 더덱이란 놈이 사사건건 시비를 걸고 있사옵니다.

대강 무슨 일인지 알만했다. 용병대 대장 자리를 놓고 알력이 있는 모양이었다. 더덱이란 놈이 다른 종족의 용병마저 선동하기 위해 뭐라뭐라 연설을 하는 사이에 록스피우스는 설명을 계속했다. 그 때문에 록스피우스가 겉으론 아무 말이 없자 더덱은 더욱 기세가 올라 떠들어대고 있었다.

- 더덱은 오거들의 우두머리로 잔인하지만 장악력이 뛰어난 인물입니다. 제가 힘을 잃었다고 여기자 자신이 대장이 되려고 나서고 있사옵니다.

그의 말에 나는 잘 이해가 안 됐다.

- 오거 따위가 거인에게 상대가 되는가? 숫자를 믿고 날뛰는 거 같긴 한데… 그래도?

내 지적에 록스피우스가 쓰게 웃었다.

- 크흐흐, '거인은 친구가 없다'는 고어를 들어보신 적 있으시옵니까?

- 독불장군은 따르는 이가 없다는 소리잖나.

- 물론 이제는 관용적으로 그리 쓰이고 있습니다만, 실제로는 말 그대로의 의미이나이다. 거인이 진짜 힘을 발휘하면 곁에 남는 이가 없으니, 지금부터 펼쳐질 촌극을 보시옵소서. 마침 이 짓도 끝낼 때가 됐다고 생각했는데 잘 된 일이나이다.

그리 말한 록스피우스는 껄껄 웃으며 외눈 오거인 데덱에게 손을 뻗었다. 한참 연설을 하다가 붙잡힌 그는 벌컥 화를 내며 무기를 휘둘러댔다.

"이 크고 멍청한 놈! 놓지 못하겠느냐!"

저 태도를 보니 평소에 록스피우스가 얼마나 얕잡아 보였는지 알만했다.

"덩치만 크고 아둔한 놈!"

데덱은 성이 나 붙들린 채 무기를 휘둘러댔는데 아무 소용이 없었다. 록스피우스는 큭큭, 웃더니 마치 아이가 장난감을 망가뜨리는 것처럼 외눈 오거의 손발을 차례로 뜯어냈다.

부욱!

촤아아아!

피가 쏟아지자 데덱이 돼지처럼 꽥꽥 비명을 질러댔다.

"꾸아아아악!"

지켜보던 용병들은 놀라서 허둥댔다. 록스피우스는 데덱의 사지를 뜯어 몸뚱이만 땅에 내려놓았다.

팔다리가 사라진 데덱은 자기에게 무슨 일이 일어난 건지 몰라 어리둥절한 표정이었다.

"그간 이 몸이 오냐오냐하고 힘을 한 번 쓰지 않았더니 호구로 보인 모양이로구나. 이제 우리 '산주인'들의 힘을 느껴보라!"

록스피우스는 몸뚱이만 남은 데덱을 주먹으로 내리찍었다.

콰아앙!

무슨 소리가 폭발이라도 일어나는 것 같았다. 데덱은 그야말로 케첩이 터진 것처럼 죽었다. 그리고 곁에 있던 그의 수하들은 충격에 우르르 넘어졌다.

"크워어어어어!"

록스피우스가 소리를 지르며 팔을 휘두르자 10여 마리 이상의 오거들이 허공으로 날아올랐다. 유적 앞에 임시로 만들어 놓은 용병의 진지가 단번에 철거됐다.

"으아아아아!"

"도망쳐! 저 미친 거인이 날뛴다!"

유적 앞에 있던 이들은 모두 사방으로 흩어져 도망쳤다. 온순하기 짝이 없게, 석상처럼 있던 거인이 성질을 내자 다들 경악을 금치 못하고 있었다.

"도망칠 수 있을 것 같으냐!"

록스피우스는 근처에 있던 커다란 바위를 양손으로 들어 도망치는 용병들을 마구 내리찍었다.

쿵! 쿵! 쿠웅!

한 번 내리찍을 때마다 주변의 지형이 바뀔 정도의 위력이었다.

"감히 네놈들이 선택받은 분을 모욕해! 피와 목숨 외에는 치를 대가가 없을 것이다!"

바위가 온통 피로 범벅이었다. 이윽고 그는 바위를 도망치는 놈들의 머리 위에 던져버렸다.

콰가아아아앙!

산지를 구른 바위가 달아나는 용병들을 완전히 뭉개고 지나갔다. 자욱이 일어나는 먼지 속으로 그들은 모조리 사라졌다.

이 모든 게 그야말로 순식간에 일어난 일이었다. 물론 도망친 놈들도 좀 있었지만 록스피우스는 콧방귀를 한 번 뀌고는 무시해 버렸다. 더 손을 쓰기에는 귀찮은 피라미라 여긴 듯했다.

그가 공격하지 않은 건 나와 루드, 근처에 있던 인자한 어머니 직속의 엘프들 뿐이었다.

"왕이시여! 마침 급료를 지급할 기간이었는데, 이로써 왕의 동료인 제 고용주의 금화를 아낄 수 있게 됐나이다! 크하하하!"

자리에 털썩 앉아 호탕하게 웃는 그를 보고는 황당한 기분이 됐다.

"이래서 거인은 친구가 없다고 하는군?"

"그렇나이다. 제가 진심을 보이면 모두 극도로 공포를 느끼고 도망치니, 그저 석상처럼 우직이 있을 수밖에요. 그 때문에 우습게 보였나 보옵니다."

용병대가 흩어져버리긴 했지만 이 자 하나만 있으면 그딴 불한당들은 필요가 없으니 괜찮다. 그러다 나는 한 가지를 발견했다.

"팔에 그려진 드래곤의 두개골 문신은 무엇인가? 열두 개로군?"

내가 그걸 발견하자 록스피우스는 다소 쑥스러워 하면서도, 그걸 알아줘서 기쁘다는 듯 순진하게 웃는다.

"제가 목을 분지르고, 날개를 뽑아 죽인 드래곤의 숫자이옵니다. 위대한 분께 후원받는 왕께서 보시기엔 우습겠습니다만, 제겐 큰 자랑이옵니다. 크하하하하!"

이 녀석, 생각 이상으로 거물이었구나. 드래곤을 저 정도로 패 죽인 걸 보니 거인 중에선 영웅이라 불리는 부류인지도 모르겠다.

하지만 그런 녀석이 감히 나와는 비교할 수 없다는 듯, 고개를 숙이며 겸양을 표하고 있었다. 강력한 부하가 생겼다는 생각이 들었다.

"생각보다 꽤 능력이 있었군. 앞으로 잘 부탁하지."

"미천한 소인이야 말로 잘 부탁드리겠습니다. 왕이시여!"

그리 얘기하면서 근처를 보니 인자한 어머니의 부하들인 호수 엘프들이 오들오들 떨며 지켜보고 있었다.

그들은 거인을 보고 경악했는데, 그런 거인조차 당연히 깔보는 날 더 질린 듯 보고 있었다. 그때 넋이 반쯤 나간 어떤 호수 엘프가 중얼거렸다.

"저분은 커다란 건 뭐든지 정복하는군요. 저희 주인님도 그렇고…."

"자네는 정말 대단한 경지에 이르렀나 보군. 저런 거인이 고개를 조아린다니."

유적지 안으로 같이 들어온 루드가 고개를 설레설레 흔들었다.

"별 거 아닙니다."

"별 게 아니긴. 솔직히 제국 12궁 정도 와야 저 거인장군과 맞상대할 수 있을 거 같은데, 자네는 여유가 넘치지 않나."

솔직히 그럴 수밖에 없다. 나는 신격은 아니지만 신성에 반쯤 발을 걸친 처지다. 거인 중 영웅이라고 해봐야 필멸자에 불과하다. SSS등급 스킬을 발동하면 그냥 썰려나갈 터.

그 정도로 필멸자와 초월자의 간극은 거대하다. 하지만 루드에게 일일이 설명하기 어려웠기에 한 마디만 했다.

"사실 저는 별 거 아닙니다. 베오울프라면 저 거인을 일격에 때려죽였을 겁니다."

베오울프는 화신도 두들겨 팼으니 지금 생각하면 말도 안 되는 인간이긴 했지. 게다가 후원 없이 달성한 경지니, 그자가 정말 사람인지 뭔지 알 길이 없군.

"……."

루드는 천외천의 경지에 할 말이 없는 듯 그냥 입을 다물어버렸다. 우리는 한참 그대로 지하 유적을 내려갔다. 길이 복잡해서 루드의 안내를 받길 잘했다는 생각이 들었다. 그 뒤 한참 내려갔을 때 루드가 멈춰 섰다.

"이대로 쭉 내려가면 목적지네. 함께 가고 싶지만 더 내려갔다가 나는 미쳐죽고 말걸세."

지난번에야 엘프 마법사들의 도움을 받았다지만 지금은 그를 보호해줄 게 없었다. 아닌 게 아니라 벌써 그는 압박감을 느끼는 듯 식은땀을 줄줄 흘리고 있었다. 안내를 위해서 상당히 무리한 것 같았다.

"잘 생각하셨습니다. 유적 밖으로 나가 계시죠. 이미 길은 외웠습니다."

루드는 고개를 끄덕이고는 되돌아갔다. 그 같은 필멸자에겐 지금 이 압박감은 감당하기 어려운 거겠지. 아닌 게 아니라 계단 아래 시커먼 어둠 속에서 초월적인 존재가 똬리 틀고 있는 게 느껴졌다.

뚜박뚜벅.

어두컴컴한 통로 속에서 내 발자국 소리만 울렸다. 사실 이 유적에 대해 들었을 때 짐작이 가는 게 있었다. 그래서 이렇게 쫓아온 거고.

"으……."

엄청난 독기가 아래에서 피어올라오고 있었다. 여길 뚫고 들어갔다니 엘프 마법사들과 루드의 근성도 알아줄 만했다.

계단이 끝나자 거대한 공동이 나타났는데, 앞을 본 나는 탄성을 터뜨릴 수밖에 없었다.

"허어!"

거대한 신적 존재의 육체가 조각조각 나서 벽에 꽂혀있었다. 금방이라도 그 빛이 꺼질 듯한 마법의 검들이 그 육체를 공동의 벽면에 고정한 모양새였다.

"어둠의 대군이로군…."

이 정도 존재감이니 루드 일행이 악몽을 헤매는 듯한 기분에 빠져 허둥대다가 겨우 빠져나온 모양이었다. 잘린 신체(神體)는 본디 뚱뚱한 거인과 비슷한 형상이었던 거 같다.

하지만 특이한 건 그 몸이 수많은 지렁이나 장어와 같이 생긴 것들이 뭉친 살덩이란 점이었다. 징그럽기 짝이 없었는데, 죽은 지 한참된 것 같은 지금도 그 지렁이들은 간헐적으로 꾸물꾸물거렸다.

"역시 여기는…."

틀림없이 저 존재는 '끈적거리는 역병'이었다. 아퀼라에게 듣기로 산호공주가 저 존재와 자폭했다고 했다. 잠시 어둠의 대군의 몸뚱이에서 눈을 떼고 주변을 살피니, 수많은 그림이 벽면에 그려져 있었다.

"산호공주…."

그림은 모두 한 여검객이 저마다 특별한 자세로 검을 휘두르는 모습이었다. 특이한 점은 그녀가 검을 휘두르는 상대가 인간이 아니라 어둠의 대군이나 그들을 따르는 괴종족이었다. 그림들마다 알 수 없는 언어로 주석이 달려있었는데 아마 어둠의 대군과 괴종족마다 상대하는 법을 적어둔 듯했다.

이것은 내 발전을 위해서 더없이 소중한 것으로 보였다. 나는 주변을 더 탐색하던 중 잘 만들어진 책을 발견했다. 저기에 뭔가 중요한 내용이 담겼으리라. 막 손을 뻗어 그걸 쥐려는 순간 갑자기 누군가 말을 걸었다.

"인간이여, 거래를 제안한다."

황급히 뒤를 돌아본 나는 끈적거리는 역병이 말을 건 것을 깨달았다.

"…죽은 거 아니었나?"

"이 몸은 너희 인간과 다르게 쉽게 죽지 않는다. 그 고약한 여자도 쓰러진 날 어쩌지 못하고 이렇게 가둬둔 것만 봐도 알 수 있지. 50년 전에 희미하게 의식을 되찾았다."

역시 초월자인가. 아퀼라에게 들은 것과 다르게 역시 산호공주도 완전히 그를 죽이지 못했군.

"산호공주는?"

"그 여자라면 소멸했다. 작은 티끌조차 남기지 못했지."

"그런 건가….."

"그리 묻는 걸 보니 네놈은 이곳의 내력을 아는 자로보군. 그나저나 인간이 맞는 건가? 어찌 인간에게 이런 심후한 기운이….."

그는 기운이 없어 간파하는 힘을 쓰진 못했다. 그저 초월자 특유의 날카로운 감각으로 날 살폈다.

"음? 이것은? 네놈! 내 아버지와 대적하는 이들의 힘을 받았구나. 그것도 여럿의! 진짜 뭐 이런 놈이 다 있는 건가!"

하지만 나는 그의 말 때문에 오히려 놀랐다.

"내 아버지라고? 그게 무슨 소리냐?"

"음… 모르나 보군. 하긴 알려진 이야기는 아니니. 좋아, 본디 이것은 비밀이지만 지금 네놈의 호의를 얻고 싶으니 말해주겠다. 나는 발버둥치는 죽음의 아들이다."

"정말인가!"

"그렇다. 내 아비가 가졌던 힘을 탐내다가 그에게 버려진 자식이지."

그는 자조적인 웃음을 터뜨렸다.

"산호공주가 대단했다고 하나 어찌 어둠의 대군을 베는 검술을 만들 수 있었겠느냐?"

"하면?"

"사실 그 힘은…….."

거기까지 말한 끈적거리는 역병은 입을 닫았다.

"뭐야? 말하다 말기야? 호의를 얻고 싶다며."

"내가 발버둥치는 죽음의 아들임을 알린 것만 해도 엄청난 일이다. 산호공주의 비밀이나 여타 얘기를 더 듣고 싶다면 거래에 응해라. 그리고 저 벽화!"

끈적거리는 역병은 반쯤 썩어 문드러진 육체 일부분을 들어 산호공주가 그려진 벽화를 가리켰다.

"저것은 네놈이 원한다고 익힐 수 있는 게 아니다. 초월자를 베는 공전절후한 기예. 저 검술을 익히고 싶다면 거래에 응하라. 그렇다면 길을 알려주지."

"역시 혼자는 익힐 수 없는 건가!"

내가 길게 탄식하자 그가 날 비웃었다.

"크크큭, 그럼 저게 인간의 검술인 줄 알았더냐?"

그건 그렇고 태도가 마음에 들지 않았다.

"지금 자기 처지를 모르는 거 같군."

묻는 말에 닥치고 대답이나 하라고 하자 끈적이는 역병이 크게 성을 내며 울부짖었다.

"하찮은 필멸자 주제에! 감히!"

어둠이 대군이 된 이래 이런 무례한 자는 처음이겠지. 하지만 나는 그런 규격을 아득히 벗어난 인간이다.

"이거 원. 말을 안 들어 처먹으니 일단 쥐 팰 수밖에."

"뭐라? 여기 이렇게 초주검 상태로 있으니 이 몸이 만만하게 보이더냐? 네놈이 아무리 용을 써봐야 소용없을 것이다."

아닌 게 아니라 강력한 방어막이 느껴졌다. 하지만 끈적이는 역병은 무덤에서 웅크리고 있는 자 같은 우주적 존재에 비하면 송사리나 다름 아니었다.

행성에 머물며 신격과 아웅다웅하는 수준이랄까. 나라면 충분히 두들겨줄 수는 있었다. 그 이상은 무리지만.

"물론 내가 널 죽일 수 없다는 건 인정한다."

아무리 저런 모습이라고 해도 지금까지 상대해 오던 화신과 차원이 다른 어둠의 대군의 본체다. 소멸시키긴 무리다. 다만 고통을 줄 수는 있었다.

"네까짓 게 이 방어막을 돌파할 수 있다고? 필멸자 주제에?"

"글쎄, 이쪽은 단순한 필멸자가 아니라서 말이지."

마침 가진 힘의 위력을 시험해 볼 기회기도 했다. 망설일 거 없이 진신을 드러냈다.

구우우우웅!

지금까지와 차원이 다른 존재감이 폭발하자 끈적이는 역병이 움찔한다.

"네놈! 신격이었나! 아니, 그것 치고는 이상한데?"

"답은 처맞으면서 고민해 보도록."

왼손을 허공에 뻗자 마왕 오드가쉬가 쓰던 샤프리히터가 나타났다.

파지직!

무기는 여전히 내가 싫은 듯 사납게 전격을 일으키고 있었다. 하지만 그러거나 말거나 쓰는데는 지장이 없었다.

"과연 대단한 무기야."

"제법 잘 만든 장난감이로군."

아직 주둥이에 기세가 등등한 걸 보니 이 해머로 예절교육을 시켜줄 필요가 없었다. 역시 협상은 물리적으로 하는 거지. 이빨 털고 그런 것도 다 힘이 부족해서 하는 거 아닌가.

"간다!"

콰지지지직!

샤프리히터에서 듣기만 해도 섬뜩해질 소음이 터져 나왔다. 그간의 기연으로 내 마력과 어둠 수치는 그야말로 어마무시하다. 그걸 갑자기 몰아넣었으니 샤프리히터가 터질 것처럼 웅웅거렸다.

망치의 머리 부분에서 일어나고 있는 전격 스파크에 지하 공간이 눈부시게 환해졌다.

"이걸로 내리찍으면 볼만하겠는데."

"그만 둬! 미친놈아!"

끈적이는 역병은 급히 소리쳤지만 그 순간 이미 내 몸은 수십 미터나 위로 뛰어오르고 있었다. 그리고 있는 힘껏 샤프리히터를 내리찍었다.

"크아아아압!"

콰아아아앙!

대폭발이 일어났다. 세상의 모든 색깔을 하얗게 만들어 버리는 듯한 빛의 폭발 속에서 나는 끈적이는 역병의 방어막이 녹아

버리는 걸 보았다.

본래 인간으로 공격했다면 절대 불가능한 일이다. 진신을 드러내 격을 올리니 비로소 먹혀 들어간 거다.

"크아아아아아!"

방어막을 파고든 샤프리히터의 전격이 끈적이는 역병을 사납게 구워버렸다, 그의 몸 곳곳에서 연기가 올라오고 불이 붙었다.

끈적이는 역병의 몸은 수많은 지렁이나 뱀 같은 것들로 뭉쳐져 있었는데, 불이 붙자 그것들이 일제히 발버둥을 쳐댔다. 마치 불판 위에 올라간 꼼장어 같단 생각이 들었다.

"네놈! 인간 주제에 감히! 크아아아아!"

"내가 아직도 평범한 인간 같나!"

사납게 외치긴 했지만 역시 내 능력으로 그를 소멸시킬 수 없다는 것만 절감했다. 곳곳에서 연기가 나고 불타던 끈적이는 역병은 금세 회복되고 있었다.

역시, 어떻게든 산호공주의 검법을 얻어야겠는데.

"빌어먹을."

절로 탄식이 터졌다. 한 인간이 신적인 존재를 참살하는 게 얼마나 어려운지 절감했기 때문이다. 하지만 겉으로는 그런 실망감을 드러내지 않았다.

"또 한 방 먹여줄까! 이 자식아!"

죽이지 못하는 건 그렇다 쳐도 이 망치에 계속 맞으면 끔찍하게 고통스러운 건 사실이다.

"그만 두라. 필요한 수준에서 얘기를 하겠다."

그는 내게 한 발자국 양보했다. 방어막이 녹는 걸 보더니 대책이 없다는 걸 깨달은 모양이겠지.

"그러게 처음부터 주제 파악했으면 좋았잖아?"

"정말 상상을 초월하게 무례한 놈이로군…. 대체 정체가 무엇이냐? 인간도 아니고 신격도 아닌 거 같은데."

"뭐, 그 중간쯤?"

일단 상대에게서 대화의 의지를 끌어내는데 성공했다.

"합의가 됐으니 좀 묻겠다."

"……도적놈이 따로 없군."

"다 서로 좋자고 하는 거 아닌가."

"말은 그렇게 하면서 어째서 그 망치를 들고 묻는가?"

그의 일침에 나는 딴청부리고 열중쉬어 자세를 하며 도끼를 등 뒤로 감췄다. 그러자 끈적거리는 역병이 어이없어 했다.

"기가 막히군. 뭐, 좋다. 거래를 위해 어느 정도는 입을 열어주지."

"산호공주가 가진 검술의 정체는 뭐지? 인간의 검술이 아니라면 대체 누가 내린 건가?"

"간단하다. 그것은 검술이란 형태를 하고 있을 뿐, 본질은 내아버지인 발버둥치는 죽음이 산호공주에게 내린 힘이다."

"뭐? 발버둥치는 죽음이 산호공주에게 힘을 내렸다고? 대체 왜?"

발버둥치는 죽음과 산호공주 사이에 커넥션이 있었을 줄이야.

"당시에 나는 아버지를 배신했다. 크게 한 방 먹여줬지. 지금 생각해도 대단한 일이었어."

"네놈 수준으로 발버둥치는 죽음을 배신하는 게 가능한가?"

"비열한 짓을 했다. 어쨌든 아버지는 봉인된 상태였으니까. 그걸 노렸다. 하지만 배신에는 대가가 따르는 법이다."

봉인 중이던 발버둥치는 죽음은 자기 아들을 처리하기 위한 인선을 물색했다고 한다.

"스스로 말하긴 그렇지만 나정도면 리켄티아투스에선 처리할 수 있는 자가 거의 없지. 하지만 아버지가 설마 그녀와 거래해 의표를 찌를 줄이야….."

"산호공주는 왜 발버둥치는 죽음과 거래하면서까지 너를 죽이려 한 건가?"

하지만 거기서 끈적거리는 역병은 더 말할 수 없다고 선을 그었다.

"충분히 얘기했다. 이 정도면."

"왜 더 맞으려고?"

"맘대로 해보도록. 거래에 응하지 않는 이상 대화는 없다."

어둠의 대군의 고고한 자존심이 더 이상 고통에 굴하는 걸 허락하지 않는 모양이다. 아니면, 이어지는 얘기들의 그의 목숨줄을 쥐고 있기 때문이었다.

나한테 맞아봐야 죽지는 않으니까.

"음….."

어떻게 할까. 상대도 꽤나 고집스러웠다. 결국 나는 빠르고 편한 방법을 택하기로 했다.

"역시 안 되겠군."

내가 고개를 절레절레 흔들자 끈적거리는 역병이 비웃음을 흘린다.

"크크크, 안 되면 어쩔 건가? 또 다시 그 망치로 두들길 건가?"

"아니, 이제부터 그냥 좋됐다고 복창하는 게 좋을 거다."

끓어오르는 심연을 부를 작정이니까. 꼭 이놈이 아니라도 끓어오르는 심연과 논의할 일이 있기도 하고. 그래서 슈바르체토이펠에게 배운 마법진을 거침없이 그려나갔다.

"무엇을 하려는 거냐?"

끈적이는 역병은 내가 하는 일에 흥미를 보였다. 그래서 주변을 가리키며 대답해줬다.

"이곳은 물질계가 아니지."

깊은 계단은 다른 차원으로 향하는 법이다. 슈바르체토이펠이 지키고 있는 봉인지에서도 그랬다. 계단을 걷던 사이 차원을 넘어서게 된다. 이 유적지도 예외는 아니었다.

"그래서 어쨌다는 거냐?"

"간단하다. 어둠의 대군을 부르려는 거다."

"이런 황당무계한! 얼마나 제멋대로 구려는 건가!"

그제야 끈적이는 역병은 화들짝 놀란다. 지금 그는 무력한 상태다. 어둠의 대군 중 하나가 여기 나타나면 그야말로 큰일이겠지.

"그만둬라. 그런 짓을 했다가는 네놈도 죽고 만다."

그는 다급히 날 설득하려고 했다.

"왜?"

"어리석은! 모르겠나! 초월적인 존재가 너 따위 놈과 약속을 지킬 거 같으냐? 날 먹어치운 뒤 비밀을 지키기 위해 네놈을 바로 부숴버리겠지."

확실히 그럴 듯한 얘기였다. 다른 어둠의 대군을 흡수했다는 건 감추면 유리한 점이 많으니까. 하지만 내가 거래하는 상대가 좀 비범해야지.

"제법 괜찮은 설득이었는데."

"아둔하군! 말귀를 못 알아듣는 것이냐?"

"뭐, 보통이라면 그렇겠지만 내가 부를 이는 끓어오르는 심연이거든."

그 말이 의미하는 걸 깨달은 건지 끈적거리는 역병이 몸을 부르르 떨었다. 하지만 당혹도 잠시, 이내 폭소한다.

"크하하하하! 말도 안 되는 소리. 인간 주제에 그분을 불러낸다고? 이제 보니 허풍을 떨고 있었군."

저런 비웃음은 당연했다. 필멸자가 마도의 극에 다다르면 끓어오르는 심연을 부르는 건 가능하다. 하지만 주문으로 정해진 몇 가지 일의 처리만이 가능할 뿐이다.

예를 들면서 슈바르체토이펠과 했던 계약 주문 같은 경우다. 아니면 혼을 대가로 힘을 받던가. 그런 제한적인 몇 가지 상황에서만 끓어오르는 심연을 어렵사리 만날 수 있다.

하지만 정해진 주문 외에, 끓어오르는 심연과 협상하거나 거래하는 일은 필멸자에게 허락된 부분이 아니었다. 그래서 끈적거리는 역병이 신 나게 비웃고 있는 거다.

"왜? 불러낸 뒤 날 팔기라도 할 셈이더냐! 크하하하! 주제 파악도 못하고 아득한 존재와 거래하려고 하다니, 간이 배 밖으로 나왔군. 그런 일은 이 몸조차 허락받지 못한 것이다."

그는 내가 협상을 위해 연기를 한다고 여기는 듯했다.

"누가 끓어오르는 심연이면 안전히 거래할 수 있다는 걸 모르느냐! 하지만 우주에 몇이나 그와 거래하는 걸 허락받은 줄 아나! 허황된 소리를 내뱉는군."

뭐야, 나 그 우주의 몇 중에 하나였던 거야?

슥슥.

끈적거리는 역병이 뭐라고 하거나, 말거나 나는 마법진을 마침내 완성했다.

"이건!"

완성된 마법진을 보더니 끈적거리는 역병이 몸을 격동했다. 이 마법진이 진짜라는 걸 알아본 것이다.

"소환 여부는 둘째 치고, 어찌 네놈이 이것을 알고 있는 거지."

"아니, 부르는 것도 된다니까?"

왜 사람이 말을 하면 믿지를 않는 거야.

"어처구니없는 소리를 계속하는군. 진짜 끓어오르는 심연이 나타나면 이 몸이 더는 어둠의 대군이 아니다."

"진짜?"

"그렇다. 네놈 같은 버러지를 만나러 나타난다면 끓어오르는 심연도 어지간히 할 일이 없는 자겠지."

그 말에 나는 고래를 설레설레 저었다.

"주둥이가 뚫렸다고 뭐든 말해서 되는 건 아니지. 나중에 어떻게 감당하려고. 쯧쯧."

나는 혀를 차고는 마법 지퍼에서 공물로 바칠 것들을 꺼냈다.

암흑창공의 마왕 파르자와 절세검객 팔케의 시체였다. 이 정도면 괜찮겠지. 아니, 다시 생각해 보니 좀 부족할지도 모르겠다. 지금은 전시고 끓어오르는 심연은 보통 바쁜 게 아닐 테니까.

아무리 내가 그에게 호의를 받고 있다고 해도 주제 파악을 해야 한다. 부른다고 아무 때나 와준다고 여기면 심한 착각이다. 그리고 만남에 응해줘도 최대한 예를 다해야 안전하다.

"끓어오르는 심연이여. 일흔 세 번째 성좌의 주인이여. 거래함에 있어 공정한 자여….."

마법진과 공양물이 준비되자 정해진 절차를 밟기 시작했다. 그러자 끈적거리는 역병의 조소는 더욱 심해졌다.

"멍청한 놈이 진짜하려는 모양이군. 어디 해봐라, 결과는 뻔하지! 분명 주제도 모르고 의식을 진행한 죄로 혼이 그의 차원으로 빨려 들어갈 것이다!"

정론이라면 정론이었다. 어둠의 대군을 소환하는 건 극히 어려운 일이다. 소환의 절차가 맞다고 해도 상대가 변덕을 부려 이쪽을 박살내 버릴 수도 있기 때문이다.

어둠의 대군 중에는 자신을 소환하는 법이라며 주문을 뿌린 뒤, 그걸 시전하는 마법사를 납치하는 악질도 있었다. 그러니 이런 일이 얼마나 위험천만한 건지는 더 말할 필요도 없다.

"내가 죽을 것 같나?"

"그렇다. 아주 재롱을 부려주는군. 즐겁게 지켜봐주….."

구우우우우우아아아아-!

그때 저 먼 곳, 아득히 먼 차원으로 부터 웅장한 포효가 터져 나왔다. 그뿐이 아니었다. 저 멀리서 다른 차원의 풍경이 천천히 다가오고 있었다.

"이게 대체! 믿을 수 없다! 정말로 소환이 성공하는 건가! 말이 안 돼!"

끈적거리는 역병은 도저히 상황을 받아들일 수 없는 듯 소리를 질러댔다. 하지만 황송하게도 그분은 분명히 이번에도 응답해 주셨다.

- 발러…… 슈테드으으……. 공양무우우울은…… 마아아아음에……드으으은구나아아. 귀한 거어얼…… 내놨으니이이…… 잠깐 대화으으으… 기회르으을…… 주겠다아아아…….

워낙 멀리 떨어진 곳에 있어서 그런지 끓어오르는 심연의 목소리가 늘어지며 들려왔다. 아직 도착하려면 좀 걸릴 거 같았다. 하지만 그의 초월적 권능 때문에 목소리가 벌써부터 통하고 있었다.

그래서 나는 기회다 싶었다. 곧장 근처에 있는 끈적거리는 역병을 손가락으로 가리키며 고자질했다.

"끓어오르는 심연이시여! 이 새끼가 심연님 욕했습니다!"

- 뭐어어아아아라……?

"어지간히 할 짓 없는 새끼라고 했습니다!"

그 말에 차원을 건너 저 멀리로 부터 울컥하는 기운이 전달되어 왔다.

콰가강!

쿠아아아아아!

지평선 저 멀리에서 수만 가닥의 벼락이 우르르 떨어지며 대폭발이 끝없이 일어난다. 거대한 존재가 차원을 가로질러 오면서, 차원 간의 벽을 박살내며 생기는 광경이었다.

- 기다려어어라라아아…. 지금 수십여 개에에으으…… 차워
느으을…… 거언너…… 가아고오오오 있으니이이이이……. 그
노우움에게…… 뒤질…… 주운비이이이…… 하아고오오……
있으라아아…… 저언하라아아아……!

7. 배신자는 가족 중에서 나온다

그의 말에 나는 고개를 열렬히 끄덕이며 외쳤다.

"이 새끼가 욕한 거 제가 똑똑히 들었습니다! 아주 질이 안 좋은 새끼예요. 어서 오셔서 혼내주셔야 해요."

그리고 나서 끈적이는 역병을 보며 콧대를 세웠다. 마치 표정으로 봤냐? 라고 말하는 것처럼. 당연히 끈적이는 역병은 난리가 났다.

"저, 저, 정말! 소환하다니! 그런 현격히 높은 존재를 부르다니! 대체 네놈은 무엇이냐!"

"그거 궁금해 하기 전에 자기 처지가 걱정하지?"

내 말이 끈적이는 역병은 퍼뜩 깨달은 듯 어떻게든 도망치려고 발버둥을 치기 시작했다. 그를 묶어두고 있는 산호공주의 봉인 전체가 흔들렸다.

"크아아아아! 빌어먹을 년! 죽어서까지 이렇게 날 엿 먹여!"

끝장이라는 생각에 끈적이는 역병은 모든 힘을 끌어내 발악

했디. 그러자 몸에 박혀있던 마법의 검 한 개가 빠졌으나 그게 전부였다. 나는 그 꼴을 지켜보며 낄낄거렸다.

"왜 더해보지? 이대로 있다가는 잡아먹힐 텐데?"

어차피 끓어오르는 심연이 올 때까지 좀 걸릴 테니 바닥에 철푸덕 앉아서, 와인병을 하나 꺼냈다. 안에 든 액체의 빛깔이 아주 영롱했다.

"이건 샹파뉴 지방에서 나는 귀한 와인이라고. 탄산이 있어서 맛이 각별하지. 글로리에 루미에르가 망한 뒤에는 다시 구할 수 없는 별미랄까."

좀 들겠냐는 듯 병을 내밀자 끈적이는 역병이 고성을 질러 댄다.

"끔찍한 놈! 지금까지 얼마나 많은 자들을 그리 천역덕스럽게 함정에 빠뜨려왔던 거냐! 악귀 같구나! 이렇게 지독한 존재는 처음이야!"

꿀꺽.

역시 샹파뉴 와인이야. 목 넘김이 짜릿하군. 그런 생각을 하던 나는 저렇게 분통을 터뜨리는 적을 지금까지 몇 번이고 봐왔다는 걸 떠올렸다.

"그러고 보니 나한테 막말한 새끼들은 모두 훅 갔지."

생각해 보면 많은 이들을 쓰러뜨리고 이 자리까지 왔구나. 굉장히 기분 좋은데? 그들은 죽었고 난 살았다는 소리니까.

"내가 왜 항상 술을 들고 다니는지 알아? 깝치던 새끼들이 뒤질 때 마시면 그렇게 달고 좋을 수가 없더라고. 카카칵!"

"크아아아아! 이대로 쓰러질 수는 없어! 부활을 위해 인고의 시간을 보내왔다! 갑자기 황당한 놈이 와서…."

안타깝게도 절규하던 끈적거리던 역병을 말을 끝내지 못했다. 어느새 주위가 어두컴컴해져 있었던 것이다.

구우우우우웅 .

거대한 그림자가 우리에게 드리워졌다.

어느새 끓어오르는 심연이 도착해 있었다. 주변은 더는 지하 공동이 아니었다. 석양과 같은 주홍빛으로 가득찬 처음 보는 차원이었다.

"황당한 놈이라 했느냐?"

끓어오르는 심연의 한마디는 실로 엄청난 위압감을 갖고 있었다. 끈적거리는 역병은 벙어리가 된 듯 아무 말도 못한 채 몸을 덜덜 떨어댔다.

같은 어둠의 존재라도 이리 격차가 크군. 마치 한쪽이 흰긴수염고래라면 다른 한쪽은 오징어 치어 정도로 느껴졌다.

"다시 묻겠다. 네놈이 어지간히 할 짓 없는 새끼라고 한 것인가?"

"그, 그것이! 위대한 분이시여!"

끈적이는 역병은 다급히 변명하려 했지만. 끓어오르는 심연은 대답도 듣지 않고 판결을 내렸다.

"죽어라."

거대한 육체에서 굵직한 촉수가 그를 향해 뻗어갔다.

구우우우웅!

촉수가 다가가는 것만으로도 무식한 위력이 발휘됐다.

카앙! 캉! 캉!

압력을 이기지 못하고 끈적이는 역병을 구속하던 마법의 검들이 일제히 터져나간 것이다. 끈적이는 역병은 보이지 않는 힘에 짓눌린 듯 꼼짝달싹 못하고 있었다. 마치 중력에 붙잡힌 듯한 모습이었다.

"사, 살려주십시오! 부디 명망에 어울리는 관대함을 보여주십시오! 저는 당신께 분명 쓸모가 많을 겁니다!"

애걸복걸하는 끈적이는 역병의 모습에 끓어오르는 심연은 잠깐 생각해 보는 기색이었다. 하지만 결론은 명쾌했다.

"그건 죽인 뒤에 고민해 보겠다."

푸욱!

굵직한 촉수가 몸 한 가운데를 뚫고 들어오자 끈적이는 역병은 발작했다. 일순간 그의 육체가 세 배 이상 팽창하며 부풀어 올랐다. 생의 마지막 힘을 발휘해 어떻게든 반항해 보려는 모양이었다.

콰지지직!

하지만 끓어오르는 심연의 촉수가 마치 전기뱀장어처럼 감전을 일으키자, 모든 게 끝장났다. 분명 리켄티아투스에서 떵떵거리던 어둠의 대군이 틀림없었을 텐데, 전신이 불길에 휩싸여 끝장이 났다.

뭐랄까, 전기구이하다 실패해서 까맣게 태워먹은 통닭 같았다.

푸덕!

시커멓게 탄 끈적이는 역병이 땅바닥에 떨어졌다. 실로 비참하기 짝이 없는 몰골이었다. 이제는 어둠의 대군이 아니라 거대한 오염물 덩어리였다.

"발러슈테드. 이 몸을 왜 부른 것이냐? 이것을 바치기 위해서 인가?"

"물론 그런 이유도 있습니다."

나는 그에게 거래를 제안 받았으나 워낙 간교한 놈이라 선뜻 받아들이지 않았다고 설명했다.

"하지만 당신을 부르면 이 일을 쉽게 해결할 수 있으리라 여겼습니다. 위대한 분께서는 이 자의 육체를 얻을 수 있으니 헛걸음은 아니실 겁니다."

이건 제일 중요한 부분인데, 끓어오르는 심연이 공연한 수고를 했다는 인상을 줘선 절대 안 된다. 별 시답잖은 이유나 만족할 만한 소득이 없다면, 그간의 거래가 있어 당장 날 파괴하진 않겠지만 평가가 내려가 버린다.

저런 절대적 존재의 총애는 천금으로도 살 수 없을 정도로 귀한 것이다. 어떻게든 잘 관리할 필요가 있었다.

"게다가 이 자는 발버둥치는 죽음의 아들이라 했습니다. 아버지를 상대로 반역을 저질렀다고 하더군요. 분명 그 사연에 발버둥치는 죽음을 공략할 방법이 있지 않을까 싶었습니다."

"흐음… 계속해 보거라."

다행히 끓어오르는 심연은 관심을 보였다.

"위대한 분께서 형언할 수 없는 암흑을 상대하는데 최선을 다하고 계심을 알고 있습니다. 하지만 발버둥치는 죽음도 신경써야할 이유가 있습니다."

"그것이 무엇이냐?"

"영원의 보석을 그가 가지고 있을 확률이 높기 때문입니다."

"역시 그런가!"

애초에 끓어오르는 심연도 어둠의 왕관에 영원의 보석이 제대로 박혀 있을 거라고 생각하지 않았을 거다. 만약 그랬다면 형언할 수 없는 암흑이 진작 왕관을 쓰고 모든 싸움을 끝냈을 테니까.

"무덤에서 웅크리고 있는 자는 발버둥치는 죽음이나 그에 관계된 자가 영원의 보석을 갖고 있을 걸로 여기고 있습니다."

"무덤에서 웅크리고 있는 자를 만났나? 그와 무슨 일이 있었지?"

나는 끓어오르는 심연의 물음에 선뜻 대답할 수 없었다. 무덤에서 웅크리고 있는 자와 맺은 신의 성실의 계약 때문이다. 그렇기 때문에 내가 선을 넘으려면 끓어오르는 심연에게 확언 받을 부분이 있었다.

"우선 끈적거리는 역병을 추궁해 보는 게 우선입니다."

내가 계약으로 인한 문제가 있음을 알리자 끓어오르는 심연은 나를 강제로 추궁하지 않았다.

"알겠다. 발러슈테드, 또 한 번 훌륭한 정보를 구해왔구나. 큰 공을 세웠어. 이 모든 것에 최대의 성의로 보답해줄 것이다."

"감사합니다."

"좋다. 일단 네 요청에 응해 이놈을 추궁해 보지. 얻어낸 정보는 모두 공유해주마."

역시 관대하구나. 다른 어둠의 존재였으면 대강 대가를 던져주고 가버렸을 텐데.

푹! 푸욱!

끓어오르는 심연은 처음보다 좀 더 작은 촉수 여러 가닥으로 끈적거리는 역병을 헤집었다. 아마 상대의 지식을 빼내는 중인 듯하다.

"호오… 이거 참 재미있군."

상대의 기억을 읽으면서 끓어오르는 심연은 유용한 정보를 많이 얻어낸 듯했다.

"이 녀석을 살릴 필요가 있겠군. 크흐음…."

뭔가 끈적이는 역병을 쓸 모략이 생각난 모양이었다. 그리고 잠시 뒤 촉수를 거두며 입을 열었다.

"발러슈테드. 한 가지 중요한 사실을 알아냈다."

"무엇입니까?"

"너는 일전에 베오울프가 말한 황금술잔에 관심을 갖고 있지 않았느냐?"

"네, 그렇습니다."

"그 황금술잔이 사실 영원의 보석 중 하나였다."

아니, 그게 무슨 소리야? 내가 놀란 표정을 짓자 그가 설명해 줬다.

"모두 황금으로 된 술잔이란 외형에 생각하지 못한 거다. 그 술잔에는 어울리지 않는 투박한 보석이 박혀있는데 사실 그게 본체라고 할 수 있었다."

"그 보석이 영원의 보석이군요."

그러니까 신적 존재의 인과율을 줄여버리는 황당한 힘을 발휘하는 게 가능했군.

"맞다. 그리고 그 보석은 여기 죽어있는 이놈이 지 아비를 배신하고 빼돌린 것이지. 실로 고약한 놈이로다. 크크크크!"

역시 끓어오르는 심연을 불러내길 잘했다. 내가 저 빌어먹을 놈과 천년만년 드잡이질 해도 캐낼 수 없는 정보를 손쉽게 알아내줬으니까. 나는 기대감을 갖고 물었다.

"황금술잔의 위치도 알아내셨습니까?"

"크흐흐흐! 애가 타는 모양이군."

나는 대답도 못한 채 마른 침을 삼켰다. 영원의 보석은 매우 중요한 보물이다. 아무리 상대가 끓어오르는 심연이라지만 그가 순순히 알려줄까? 그 역시 전력으로 어둠의 왕관과 흩어진 보석들을 찾고 있으니까.

하지만 그것은 공연한 걱정이었다.

"근심할 것 없다. 이 몸이 정보를 알려주겠다고 약속했다. 설령 그게 영원의 보석이라고 해도 다르지 않다."

그는 마치 선언하는 것처럼 소리쳤다.

"이것은 나의 긍지다! 설령 왕관에 보석이 하나 빠지면 어떠한가. 이 몸의 긍지가 그것보다 더욱 빛나고 있는 것을!"

그의 다짐이 차원 전체를 쩌렁쩌렁 울렸다. 이것으로 다시 한 번 실감했다. 끓어오르는 심연은 어둠의 왕관이나 영원의 보석보다도 약속을 더 중시하는구나.

"어찌 그리도 공정하시옵니까?"

"발러슈테드, 짐작해 보라. 이 몸이 어찌 그런 품성을 버리지 않는 것인지."

음, 나는 곰곰이 생각에 잠겼다. 잘 대답해야 한다. 지혜롭지 못한 얘기를 하면 평가가 떨어질 테니까. 하지만 생각보다 쉽게 답이 떠오르지 않았다.

절로 미간이 좁혀지며 입술을 깨물던 그때, 퍼뜩 한 가지 생각이 스쳐지나갔다.

"어둠의 왕관의 진정한 주인이기 때문이 아닙니까? 완성된 왕관은 무한한 힘을 가졌다고 합니다. 그런 물건의 주인이 공정함을 잃는다면 우주는 막장으로 치닫겠지요. 하니 어둠의 왕관을 쓴 자는 누구보다도 공명정대하고 대공지평할 필요가 있는 것입니다."

내 대답은 맞았을까? 상대를 실망시키기 싫었기에 긴장한 표정으로 그를 올려다봤다. 그러자 곧 호탕한 웃음이 터져 나왔다.

"크하하하하! 옳다. 역시 네놈은 지혜롭고 안목이 있구나. 이 몸은 날 때부터 왕관의 주인으로 태어났다. 모든 품성과 능력이 왕관에 어울리게 말이다."

"과연 그렇군요. 하면 어둠의 대군이 왕관을 얻으면 큰 일이 아닙니까?"

"맞다. 그들은 자신의 욕망대로 우주를 물들이겠지. 그건 너희 필멸자에겐 두렵고, 두려운 광경일 것이다."

어둠의 대군들도 우주를 터전으로 삼고 살아가는 이상, 우주를 부수지는 않을 거라고 했다. 하지만 우주는 지금은 감히 상상도 할 수 없는 생지옥이 될 거라고.

"생각해 보라, 발러슈테드. 무덤에서 웅크리고 있는 자가 맘대로 할 수 있게 된다면 어찌 되겠나? 우주는 죽은 자와 망령만이 가득 찬 세계가 되겠지. 신록이 우거진 곳에는 썩은 나무 둥치만

이, 유리처럼 투명하던 호수는 불어터진 시체만이 가득할 터. 그런 추악함이 평범하게 여겨질 정도로 우주는 달라지겠지."

"생각만 해도 끔찍하군요."

"형언할 수 없는 암흑이 왕관을 써도 다르지 않다. 우주에는 어둠과 공포만이 창궐할 테니까."

끓어오르는 심연은 촉수로 죽어있는 끈적거리는 역병을 툭 건드렸다.

"만약 이 송사리 같은 놈이 왕관을 쓴다면 어떻겠느냐?"

"우주 전체가 역병으로 문드러지겠군요."

"옳다. 결국 우주는 왕관을 쓴 이의 꿈대로 이뤄지는 것이다."

그리 단언한 끓어오르는 심연은 촉수를 위로 뻗어 하늘을 가리켰다.

"보라, 지금의 우주는 누구의 꿈이 반영된 세계인 것 같나? 왕관의 전대 주인이 누구였나?"

"바로 위대하신 분이십니다."

"그렇다. 지금 우주는 이 몸이 꿈꾸던 세계. 필멸자와 신적 존재들이 생육하며 번성하는 곳."

하지만 끓어오르는 심연은 한 가지를 분명히 했다.

"하나 그것으로 이 몸을 선하다고 착각하지 마라. 그저 방관하는 것뿐이다. 한 종족이나 만신전이 스스로 실력을 발휘해 운명을 극복할 수 있는 환경을 보장한 채로."

즉, 끓어오르는 심연은 저마다의 역량대로 승패가 갈리게 해놓은 거다. 대신 승리를 칭찬하지도 않고 패배했다고 돌봐주지도 않는다.

그는 역사 속에서 쓰러진 자들을 무정하게 대한다. 그렇기에 스스로 선함과는 다르다고 입장을 분명히 한 것이다.

"하오나 당신의 우주 속에서는 승리자는 권력과 생존을 얻을 수 있지 않습니까?"

그 말에 끓어오르는 심연은 확언했다.

"맞다. 이 몸은 우주의 모든 이들에게 그것을 약속한다. 하니 발러슈테드여. 그대는 누구를 섬기겠느냐?"

생각할 것도 없었다.

"저는 지금의 우주가 좋습니다."

"왜 그렇느냐?"

나는 그를 향해 두 손을 내밀어 보였다.

"이 손에 어둠의 대군을 겁박할 정도의 권력을 쥐고, 제 적들의 파멸을 마음껏 구경할 수 있으니까요."

"크하하하! 네놈이라면 알아줄 거라 생각했다. 신격 놈들은 지금 우주가 엉망이라고 투덜대지만 나약한 소리에 불과하지! 진정으로 현명한 자라면 불평하지 않을 것이다!"

그래, 이게 내가 원하는 거다. 원하는 만큼 원수들을 쓸어버릴 수 있는 세계. 언젠가 나 역시 쓰러지겠지만 그때까지 내 적들은 공포에 떨며 통곡해야 할 거다.

모든 게 확실하다. 어둠의 왕관을 결코 다른 이가 쓰게 둘 수는 없었다. 그들이 왕관을 쓴다면 아무리 노력해도 극복할 수 없는 어두컴컴하고 절망적인 세계가 올 테니까.

"발러슈테드. 이제 싸움은 마지막으로 치닫고 있다. 승리의 예감을 갖고 있느냐?"

"물론입니다. 아직 제 운은 다하지 않았으니까요."

나는 거침없이 우주 제일의 존재 가운데 하나에게 성큼성큼 다가가 외쳤다.

"끓어오르는 심연이시여! 준비한 계략이 있습니다! 경쟁자를 물리치고 당신이 왕관을 쓸 수 있는."

"크흐흐, 좋다! 들어주마!"

그 뒤 끓어오르는 심연과 많은 대화를 나눴다. 서로의 계책을 비교해 보며 조율하는 등 여러 가지 합의가 이뤄졌다.

"오늘 얘기한 대로 진행하겠습니다."

"좋다. 혹시 필요한 것이 있느냐?"

이번 일을 포함해 그가 왕관을 쓴 뒤 크게 포상 받기로 했다. 하지만 그와 별개로 끓어오르는 심연은 편의를 봐주겠다는 거였다.

"실로 관대하십니다. 그렇다면 한 가지 청이 있습니다."

"말하라."

"제 휘하에 칼리오네란 마족이 있습니다. 그녀를 후원해 주셨으면 합니다."

칼리오네가 성명제례술을 대성하기 위해선 절대자의 도움이 필요했다.

"후원은 가능하다. 하지만 칼리오네란 마족에게 그만한 가치가 있어야 한다."

제국에서야 칼리오네가 유명하다고 해도 그가 보기엔 듣도 보도 못한 미물이다. 그가 관심을 기울일 만한 합리적인 이유를 제시해야 한다.

"고귀한 혈통의 공주입니다. 과거 서열 1위 마왕 카이마르스의 외동딸이지요."

"피로 타고난 신분 따위는 이유가 되지 못한다."

그가 보기에 필멸자는 왕이나 비렁뱅이나 거기서 거기겠지. 단지 귀족 가에서 태어났다는 이유만으로 얻은 가치는 끓어오르는 심연에겐 아무 소용없는 거다.

"그녀에게 특별함이 있습니다. 바로 리켄티아투스에서 유일하게 성명제례술을 익혔습니다. 점점 그 실력이 늘어나고 있지요."

"오, 성명제례술인가. 재미있는 능력을 갖고 있구나. 크크크."

끓어오르는 심연에게서 흡족한 기색이 느껴졌다.

"성명제례술에 대해 잘 아시는지요?"

"물론이다. 그것은 보통 행성마다 단 한 명에게 주어지는 빼어난 술법이다. 행성 단위에서 날뛰는 어둠의 대군을 견제하기 위해 내린 힘이지."

"설마 성명제례술을 만드신 게 위대하신 분입니까?"

"그렇다. 과거 어둠의 왕관을 갖고 있던 시절의 산물이지."

설마 그가 행성급 어둠의 대군을 필멸자가 견제할 수 있게 해뒀을 줄이야.

"그래서 그 능력은 보통 희망이란 이름으로 불린다."

"하면 그녀에게 가치가 있습니까?"

"물론이다. 요청을 받아들이지. 그녀에게 왕관을 찾아 헤매는 자의 힘을 내려주겠다."

좋아. 이걸로 칼리오네도 나와 같은 '왕관을 찾아 헤매는 자'란 직업을 얻게 됐다. 그녀가 성명제례술의 성취를 끌어올릴 수 있는 기반이 돼주겠지.

"깊은 감사를 드립니다."

"가치를 입증했기에 응했을 뿐이다. 하면 리켄티아투스에서 남은 일들을 부탁하지."

"전력을 다하겠습니다."

그걸로 끓어오르는 심연과의 만남은 끝이 났다. 어느새 주변의 광경은 다시 지하 공동으로 바뀌어 있었다.

밖으로 나오자 루드가 날 맞아줬다.

"어떻게 됐나?"

"스승님 덕에 잘 끝났습니다."

나는 거인 록스피우스에게 부탁해 유적을 엄중히 지키라 명했다.

"동료들을 불러 철통 같이 수호하게. 이 안에 거대한 마가 잠들어 있네. 만약 멋대로 풀려난다면 세상은 불타오를 거야."

"걱정 마시옵소서. 왕께서 명하신 이상 이 록스피우스, 목숨을 걸고 임하겠나이다!"

나는 동료 거인과 나눠가지라며 10만 플로린의 거금을 내렸다. 그러자 록스피우스가 화들짝 놀란다.

"황금이 아니라도 섬길 것이옵니다."

"하지만 금이 있으면 더 좋은 거 아닌가?"

"크하하핫! 그건 그렇사옵니다."

"공짜로 부려먹는 건 본인의 성미에 맞지 않는다. 그러면 부탁하지."

내가 말머리를 돌리자 록스피우스가 한쪽 무릎을 꿇고 고개를 숙여 전송해줬다. 나는 그를 한 번 돌아보고 고개를 끄덕였다.

"필요한 것이 있으면 연락하도록."

"배려에 감사드리옵니다."

거인들이 몰려들어 유적을 지키면 뚫고 들어갈 수 있는 자들은 거의 없다고 봐도 좋았다. 마왕이라고 해도 엄두를 못 낼 거다.

"스승님, 돌아가지요."

"알겠네."

그와 말을 나란히 타고 가면서 유적 안에서 있던 이야기를 했다. 어둠의 대군에 관한 얘기는 해줄 수 없었지만 산호공주에 관해서는 괜찮았다.

"안에 있는 건 산호공주의 검술이었습니다."

"오! 그런가? 검술은 얻었나?"

"얻긴 얻었는데 당장 도움은 안 되겠더군요."

산호공주가 벽에 그려놓은 검술과 그녀의 노하우는 모조리 외워서 나왔다. 다만 그 검술이란 건 그녀가 발버둥치는 죽음의 힘을 받은 뒤 스스로 발전시키고 체계화시킨 것들이었다.

기술 자체는 매우 훌륭했지만 발버둥치는 죽음에게 힘을 받지 않으면 쓸 수가 없었다.

동력원 자체가 없다고 할까. 마치 기기는 있는데 배터리는 없는 것 같은 상황이다. 어떻게든 발버둥치는 죽음과 협상할 필요가 있었다.

"저런, 아쉽게 됐군."

"그 전설의 괴물사냥꾼의 기술 말입니다. 아마 그건 그가 산호공주의 검술을 나름대로 변형해 자신에게 맞게 재정립한 게 틀림없습니다."

아마 전설의 괴물사냥꾼은 대단한 센스를 가졌던 게 틀림없다. 발버둥치는 죽음의 후원 없이는 무용지물인 그 검술을 보고 자기만의 검술을 창안한 거다. 비록 원본에 비해 열화된 거긴 하지만 응용력이 대단하다.

나는 유적에서 나오는 길에 그의 기술을 발견했기에 루드에게 줬다. 어차피 내겐 별 필요도 없었다. 이제 와서 마왕 따위 베어서 뭐하겠나.

"이 기술을 익혀 후대에게 이어지게 하면 괴물사냥꾼이란 직업도 만만치 않아질 겁니다."

"이런, 갑자기 어깨가 무거워지는군. 고맙네."

보덴 호에 도착한 뒤 루드와 헤어졌다.

"스승님, 다시 뵐 때까지 건강하십시오."

"자네도 보중하게나. 건승을 빌겠네."

바로 팔츠로 돌아왔는데, 나흘 뒤 마침내 팔츠 선제후의 행렬이 보헤미아로 출발했다. 제국 전체가 이 성대한 행렬을 주목한 건 말할 필요도 없다.

"우리의 주군께서 품위를 갖추시고 역사 속의 다른 왕들과 같은 자리에 앉으려 하신다. 이제 성스러운 왕관을 쓰고 보헤미아를 수호할 프리드리히 전하의 이름을 찬양하라!"

행렬의 선두에서 들뜬 그의 신하들이 외쳐댔다. 이들의 모습을 시민들에게 다시없을 구경거리였다. 잔뜩 들뜬 선제후의 신하들은 빵과 은화를 사방에 뿌리며 성대한 행진을 이어갔다.

"왕의 길은 돈의 길이군요."

달타냥의 비아냥에 나는 고개를 끄덕였다.

"왕이 품위가 있고 없고는 가진 재산에 달렸지. 프리드리히가 재력가라고는 하나 보헤미아로 가면 빠르게 창고가 비게 될 거야. 그러면 나락으로 떨어지겠지."

보헤미아의 전쟁을 하고 있다. 전쟁은 아무리 대단한 부자라도 감당하기 어려운 재정의 손실을 초래한다. 나는 즐거운 마음으로 프리드리히의 파멸을 지켜볼 작정이었다.

"팔츠 선제후 만세!"

"새로운 왕께서 오셨다!"

프리드리히가 보헤미아의 수도인 프라하에 도착하자 시민들은 열렬한 환영으로 맞았다. 이것은 끔찍한 이혼이 예정된 결합에 불과했지만 아직 알아채는 이는 없었다.

"전하, 부디 명군이 되십시오!"

나는 짐짓 감격한 척하며 프리드리히에게 축하를 건넸다. 이미 그는 입이 째지고 있었다. 첫날밤의 신랑도 이렇게 즐거워하지 않을 거 같은데.

"고맙네, 공작."

그는 감격해서 내 두 손을 잡고 흔들기까지 했다. 왕이 된다는 게 그렇게 기쁜 걸까?

전쟁 중임에도 불구하고 대관식은 성대하게 치러졌다. 초대된 하객들이 환하게 웃으며 프리드리히의 등극을 축하했다. 진심으로 축하했는지는 의문이지만 일단 겉으로는 모두 웃어보였다. 다들 고상한 사람들이었다.

"로엘린 전하."

"그냥 로엘린이라고 불러주세요."

대관식이 끝나자마자 로엘린을 불렀다. 요즘 서로 무척 친밀한 관계다. 그녀가 프라하로 온 뒤 자주 만났기 때문이다.

우리는 분수대가 설치된 아름다운 정원에서 나란히 걸었다. 나는 자연스럽게 팔짱을 껴온 그녀를 정중하게 에스코트했다.

"알겠습니다. 로엘린. 부탁할 게 있습니다."

"무엇인가요?"

"로제란트로 돌아가 주세요."

내 말에 로엘린은 약간 당황하긴 했지만 이내 그 뜻을 알아채고는 잔잔히 웃었다.

"저는 허상이었군요?"

"맞습니다. 프리드리히를 속일 구실이었지요."

장미의 마왕 로엘린이 보헤미아를 돕는다는 명분은 프리드리히가 용기를 내는데 일조했다. 하지만 막상 그가 도움이 필요할 때면 이 마왕은 자기 영지에 틀어박혀 있겠지.

"애초에 황제와 보헤미아의 전쟁은 상처뿐입니다. 모두 손해만 볼 뿐이죠. 로엘린이 낄 이유가 없습니다."

내 말에 로엘린은 살풋 웃었다.

"소녀의 눈앞에 어떤 흉악한 분만 이득을 보겠군요."

꼭 집어 지적하자 나는 웃고 말았다.

"로엘린도 이득을 볼 겁니다. 이번 싸움이 끝나면……."

로엘린이 얻을 땅과 금전적 이득에 대해 설명하려 했는데 길고 가냘픈 손가락이 내 입술을 막았다. 그녀는 고개를 흔들더니 가까이 와 속삭였다.

"소녀의 이득은 그런 게 아니지요."

"그럼 무엇인가요?"

"눈앞에 있는 사내와 약혼한 거랍니다."

로엘린은 그게 제일 중요하다고 말하며 눈웃음 지었다. 그녀를 정략에 끌어들인 대가로 결국 진짜 약혼하게 되었다. 나도 이 아름답고 현명한 여마왕이 매우 마음에 들었다. 우리는 아주 잘 어울렸다.

다만 칼리오네가 순서를 어겼다고 날뛰고 있어 그걸 달랠 생각에 골치가 아팠지만.

"그리 말씀해 주시니 감사합니다."

"별 말씀을. 그런데 소녀가 이렇게 빠져버리면 보헤미아에서 평판이 떨어지지 않을까요? 보헤미아는 소녀의 중요한 파트너랍니다."

"걱정 마시길. 아주 매끄럽게 처리하겠습니다. 그런 점이 제 주특기가 아니겠습니까? 로엘린은 어디까지나 전력으로 보헤미아를 도우려 했던 겁니다."

"한데 불가항력이었다?"

역시 똑똑한 여자라 금방 알아들어 좋구나.

"맞습니다."

"호호호, 제 낭군이 되실 분께선 어떤 불가항력을 예비해 두셨을까요? 소녀는 좀 기대되네요."

"강철선제후입니다."

"아!"

로엘린은 놀랐다는 표정을 감추지 못했다. 그러다 감탄한 듯 나를 바라봤다.

"정말 묘수로군요. 하여간 흉계를 꾸미는 데는 어쩌면 그렇게 뛰어나죠? 소녀를 따로 지도해 주실 수 있나요? 기왕이면 침대에서가 좋겠네요. 후훗."

그녀의 노골적인 유혹에 가슴이 뛰었다. 살짝 파인 드레스라 부풀어 오른 그녀의 가슴이 눈에 들어왔다. 고귀한 여자라 그런지 그 새하얀 능선조차 고귀해 보였다.

"흠, 아무튼 강철선제후가 출현해 팔츠를 되찾겠다고 하면 로엘린이 빠져나갈 길이 생깁니다. 두 분이 강력한 동맹이었다는 건 알만한 이들은 알고 있습니다."

나는 강철선제후가 나타나 프리드리히의 세력과 다툼을 벌일 때 로엘린에게 나서라고 했다.

"장미의 마왕의 이름값이면 중재하겠다고 나서도 의문을 표하는 이가 없을 겁니다. 그리고 나서 강철선제후 필립을 편들어 주세요. 왕이 됐으니 조카에게 팔츠를 돌려주라고 하면 될 겁니다."

"호호호, 당연히 프리드리히는 발끈하겠군요? 그는 부유한 팔츠를 잃을 수 없으니. 이후 자연스럽게 결별할 수 있겠네요."

"맞습니다. 보헤미아를 지지하고 싶으나 국왕 프리드리히 때문에 어쩔 수 없이 갈라서는 거죠."

하지만 거기서 그쳐서는 안 된다고 덧붙였다.

"그 정도로도 충분하겠지만, 좀 더 세심한 일처리가 필요합니다. 이미 보헤미아의 살림살이는 빠르게 소모되는 중입니다. 아직 여력이 있지만 가난한 이들은 벌써부터 체감하고 있죠. 로엘린은 그런 이들에게 자선을 베푸세요."

"정말 교활하시네요. 보헤미아를 향한 제 사랑이 여전하다는 걸 계속 어필하라는 거군요."

"맞습니다. 그럴수록 보헤미아 시민들은 자기 국왕을 원망하게 되겠죠."

이렇게 하면 로엘린은 이 복잡한 싸움터에서 손해 하나 안 보고 쏙 빠질 수 있다. 나는 아예 오늘 밤 바로 로제란트로 돌아가라고 했다.

"대관식으로 프라하가 늦은 시간까지 시끌벅적할 겁니다. 이때 빠져나가면 티도 나지 않겠지요."

"확실히."

로엘린은 고개를 주억거렸다. 그러다가 한 가지 조건이 있다고 했다.

"무엇입니까? 로엘린의 부탁이라면 들어드리겠습니다."

"간단해요. 로제란트로 돌아가도 잊을 수 없을 정도로 진하게 키스해 주세요."

그날 밤에 로엘린은 몰래 일행을 이끌고 프라하를 빠져나갔다. 프리드리히는 대관식의 열기 속에서 밤새 흥청망청하면서 자기가 믿었던 강력한 우군이 증발했단 점을 꿈에도 짐작하지 못했다.

　"이걸 알았다면 로엘린을 인질로라도 잡았을 텐데."

　성벽에 올라 멀어져가는 마차를 쳐다보며 중얼거리자 달타냥이 따뜻한 차를 가져와 건넸다.

　"합하, 강철선제후에게서 연락이 왔습니다. 비텐바이어에서 필요한 만큼 군사를 모집해 대기 중이랍니다. 언제 출병할지 묻는군요."

　"아직 좀 기다리라고 해. 상황이 더 무르익어야 하니까."

　프리드리히는 수중에 돈이 떨어지면 팔츠에서 어떻게든 자금을 끌어다 쓰게 될 거다. 당연히 팔츠에 지워질 세금 역시 무거워질 수밖에 없다.

　그럼 불만이 점점 팽배해지겠지. 한데 그때, 강철선제후가 나타나면 어떨까?

　본래 그는 정당한 후계자였다. 팔츠의 젊은 용이라고 불리며 인기도 좋았다. 팔츠의 시민들은 이미 그가 죽었다고 여겨 잊었으나 어려울 때 다시 나타나면 열광하게 될 거다. 사람들은 늘 현실의 고통을 타개해줄 초인을 원하니까.

　"권력이란, 초인을 원하는 그런 심리를 잘 알기만 해도 쉽게 잡을 수 있는 거지."

그렇게 희희낙락해 하던 중 갑자기 표정이 굳어버릴 수밖에 없었다.

"왜 그러십니까?"

달타냥이 걱정스레 묻자 나는 밤하늘을 보며 대답했다.

"무덤에서 웅크리고 있는 자가 점점 가까워지고 있군."

"그자가 리켄티아투스에 접근하면 어떻게 되는 건가요?"

갑자기 입 안이 쓴 기분이 들었다.

"재앙이지. 점점 모든 게 나빠질 거다. 그가 가진 어둠의 기운에 영향을 받아 행성 자체가 썩어 들어갈 테니까."

강이 마르고, 호수가 부패하고, 화산이 폭발하고, 해일이 일어나고⋯. 점점 그것들이 심해져 결국에는 대멸종이 이르게 된다.

"우리에겐 시간이 별로 없어. 대멸종조차 행복한 결말일지 모르니까. 무덤에서 웅크리고 있는 자의 인내심이 한계에 다다르면, 봉인을 직접 공격하기 위해 행성 자체를 뜯어버릴 테니까."

그때가 되면 리켄티아투스는 산산이 박살나 우주의 먼지로 사라지는 거다. 내 얘기를 들은 달타냥은 걱정스러운지 안색이 좋지 않았다. 그래서 손을 꽉 잡아줬다.

"그래도 다행인 게 뭔지 알아?"

"그게 무엇입니까? 합하."

"저런 손도 댈 수 없는 존재가 다가오는 와중에도, 아직 인간에게 할 수 있는 일이 있다는 거지."

달타냥은 한동안 생각에 잠겨 있다가 조용히 물어왔다.

"엿 먹여 줄 수 있는 겁니까?"

"물론이지. 당장 프리드리히를 봐. 욕심 많은 새끼들은 다 속게 돼 있는 거야."

사기꾼은 그걸 이용하는 거고.

"정기 보고 드리겠습니다."

달타냥은 전혀 예상하지 못한 소식을 알려왔다.

"트리어 선제후가 사망했습니다."

"뭐? 정말! 어떻게 죽은 건데?"

"불의 마왕 쟈케르의 딸에게 당했습니다. 파탈레 몬스트룸이라 불리는 그녀 말입니다."

"허……. 인생무상이군."

나는 고개를 절레절레 저었다.

일이 어떻게 된 건지 이해하려면 제국 서남부의 상황을 먼저 알아야 한다. 얼마 전, 내 제안으로 칼리오네는 연금되어 있던 발렌슈타인을 등용했다.

그는 최고의 장군답게 군권을 잡자마자 파죽지세로 불의 마왕 쟈케르와 트리어 선제후 연합군을 밀어붙였다.

결국 둘을 궁지에 몰아넣었는데, 발렌슈타인이 마지막 일격을 날리기 위해 쓴 방법이 이간계였다. 상대를 배신하고 처리해준다면 남은 땅을 보장하고 정전협정을 맺을 걸 약속했다고.

결국 불의 마왕 쟈케르가 트리어 선제후를 공격했다. 하지만 그 노인네가 보통 양반이어야지. 트리어 선제후의 반격에 나섰고 불의 마왕 쟈케르가 사망하고 말았다.

그 소식에 제국 전체가 들썩였는데, 불과 얼마 전의 일이었다. 이후 칼리오네는 트리어 선제후에게 몇 개 도시의 소유권을 인정하고 정전협정을 맺었다.

트리어 선제후에겐 상처뿐인 영광이었다. 그래도 전쟁이 끝났고 숙적인 불의 마왕 쟈케르가 죽었으니 그럭저럭 납득 할 수 있는 결과였다.

그런데 갑자기 불의 마왕 쟈케르의 딸이자 얼마 전에 수호자가 된 파탈레 몬스트룸이 나타나 일격을 가했다는 것. 트리어 선제후는 불의 마왕과 싸우다 입은 부상 때문에 제대로 대응하지 못했단다.

"그 딸년이 그리 효녀가 아닐 텐데?"

"아버지의 지위를 탐낸 것 같습니다. 실제로 부친의 복수에 성공하자 마왕의 가신들은 그녀를 새로운 지도자로 인정했습니다."

"하면 이번 일의 승자는 파탈레 몬스트룸인 건가."

현재 그녀는 칼리오네에게 정전협정을 제안했다고 한다. 내 머릿속은 점점 복잡해졌다.

"여러 가지로 합하게 유리한 국면입니다. 트리어 선제후의 후계자는 이쪽에 호의를 품고 있으니까요."

"그렇지."

트리어 선제후의 아들은 결혼 건 때문에 내게 빚이 있다. 선제후의 아들과 마왕의 딸(가짜)이라는 세기의 커플 맺어준 게 나니까.

"새 트리어 선제후는 선제후 회의가 열리면 나를 위해 기꺼이 투표해 줄 거야. 또 한 표 확보로군."

"자세한 건 칼리오네랑 만나서 얘기해야겠군."

나는 칼리오네가 머물고 있는 슐레트슈타트로 그림자 차원 이동을 썼다.

"윽…."

속이 울렁거렸다. 그림자 차원에 가득 찬 음 에너지의 영향을 받은 탓이다. 그래서 나는 보통은 필리를 타고 시원하게 질주하는 걸 선호한다. 시간이 걸려도 그쪽이 상쾌하니까.

"주군!"

칼리오네는 나를 보자마자 반색했다.

"잘 지냈어?"

"너무 무심한 거 아닌가? 보고 싶었다."

칼리오네의 말투는 예전과 달라졌다. 버릇없는 건 아니고 친근한 느낌이다. 이건 그녀의 요구 때문이었다. 전공을 세우고 보상에 대해 물으니 반말을 하고 싶다고 하더라.

그게 가족 같이 친근해서 좋다나. 꼬박꼬박 존댓말 하면 거리감이 느껴져서 싫다고. 그래서 둘만 있을 때는 편하게 말하도록 해줬다.

"미안, 많이 바빴어."

"괜찮다. 주군이 누구보다 힘내고 있는 걸 아니까. 자, 어서 들어가자. 차를 타주겠다."

"차도 탈 줄 알아? 손 하나 까딱 안 하던 공주님이?"

"호호호, 주군을 위해 연습했다."

그녀는 여전히 명랑하고 순진무구해 보였다. 하지만 찻잔을 기울이며 얘기해 보니 순전히 착각임을 깨달았다.

"발렌슈타인은 어떻게 굴복시킨 거야? 그자는 만만치 않아서 약간 걱정했다고. 여러 가지로 위험한 자거든."

"주군은 잔걱정이 많구나. 그 정도야 간단하지 않나? 저주를 걸었다. 아주 강력한 저주. 내 말을 어기면 고자가 되는 그런 저주다."

"뭐……?"

순간 말문이 막혔다. 이런 강압적인 등용방법이라니. 내가 황당해 하거나 말거나 그녀는 웃으며 재잘거렸다.

"두 달 안에 싸움을 끝내지 못하면 영원한 성불구자가 되는 저주였다. 그래서인지 열심히 해줘서 기뻤다."

"…크."

내 장담하는데 이번 전역에 발렌슈타인은 영혼을 걸고 임했던 게 틀림없다. 어쩐지 그 흉악한 불의 마왕과 트리어 선제후가 순식간에 작살나더라니….

"세상에, 발렌슈타인에게 어떻게 저주를 건 거야? 반항이 심했을 텐데?"

이 의문에 칼리오네는 별 거 아니라는 듯 웃었다.

"속였다. 호호호."

"……."

"사실 지금도 속이고 있다. 서남부의 전투가 끝나면 저주가 풀릴 거라고 여기는 듯한데 사실 그렇지 않다."

"……저기?"

"왜? 무슨 문제가 있는가? 주군이 가르쳐 주지 않았나? 남은 속이고 이용하는 거라고. 내가 진실로 대하는 건 주군 정도 밖에 없다."

대체 얘는 왜 이렇게 된 걸까. 칼리오네는 내게 제자나 마찬가지라 성심을 다해 가르쳤다. 한데 어째서인지 심심하면 남의 뒤통수를 치는 아이로 자라나고 말았다.

문제는 그런 짓으로 승승장구하고 있다는 거다. 브장송으로 진격한 이래 칼리오네는 연전연승이었다.

"다 주군 덕이다! 어리석은 놈들은 금화와 속임수로 상대하니 이렇게 편할 수가 없었다. 주군이 세상사는 법을 알려줬기에 온실의 화초나 다름없던 나도 이렇게 속세에 적응할 수 있었다."

"……."

뭔가 안 좋은 쪽으로 커다란 깨달음을 얻은 모양이었다. 어째서 우리는 선한 것보다 나쁜 것을 쉽게 배우는 걸까.

"걱정하지 않아도 좋다. 나는 주군은 절대 속이지 않으니. 언제까지나 주군만은 진실로 대하겠다. 주군에게만은 비밀이 없는 거다. 뭣하면 시험해 봐도 좋다. 오늘 입은 팬티가 무슨 색인지 물어도 좋은 거다."

"……무슨 색이데?"

"노팬티다."

"……시작부터 거짓말이야?"

칼리오네는 아니라는 듯 고개를 흔들더니 무언가를 내민다. 그건 검은색의 작은 천조가리였다.

"주군, 선물이다."

무심결에 받아보니 천에서 모락모락 온기가 느껴졌다. 펼쳐 보니 그것은 방금 전까지 입고 있었던 게 틀림없는 팬티였다.

"이, 이, 이런 걸 왜 주는 건데?"

당황해서 말투를 더듬자 칼리오네는 고개를 갸웃거렸다.

"이상하구나. 마음에 둔 남자에게 입던 팬티를 선물해 주면 기뻐한다고 했는데?"

"대체 누가 그래."

"얼마 전에 읽은 책에서 그랬다."

기다려 보라고 하더니 칼리오네는 자리에서 일어났다. 그러자 짧은 치맛자락이 나풀거려서 하마터면 아무 것도 입지 않은 모습이 보일 뻔했다.

쿵. 쿵.

심장이 크게 뛰었다.

"공주님답게 몸가짐을 좀 바르게 해."

"괜찮다. 보여주는 건 주군 뿐이니까."

역시 일부러 그랬군. 고의적인 연출이었다.

"아, 찾았다."

칼리오네는 방긋 웃더니 책을 하나 가져왔다. 책의 저자는 사드 후작이었다.

"또 사드 너냐…."

"왜 아는 사람인가?"

"조만간 교수대에 매달 인물이거든. 제국의 미풍양속을 위해 없어져야 할 존재야."

바로 마법을 일으켜 책을 태워버렸다.

화르륵!

"앗! 앗! 아직 반 밖에 못 읽었다. 왜 태우는 것이냐!"

"참으로 다행인 건 반 밖에 못 읽었다는 거고… 참으로 불행인 건 반이나 읽었다는 거로군."

"으윽… 주군, 원망스럽다."

"됐고, 일이 있어서 왔으니까 들어."

"손에 내 팬티를 꼭 쥐고 진지한 척하는 건가?"

"……."

"툴툴거리긴 해도 돌려주지 않을 걸 알고 있다. 모른 척할 테니 슬쩍 챙기면 된다."

"흠……."

날 모욕할 셈인가. 나를 팬티로 사려고 하는 겐가, 라고 꾸짖기에는 너무나도 욕망을 자극하는 물건이었다.

"일 얘기를 하자. 칼리오네."

"잠깐 아래가 춥다. 새 팬티를 입고 오겠다."

"못 살겠군."

잠시 뒤 차분해지자 우리는 주군과 신하의 관계로 진지한 얘기를 시작했다. 칼리오네도 더는 농담을 하지 않고 진중한 표정이었다.

"칼리오네. 파탈레 몬스트룸을 잡아야 한다."

"음? 겨우 제국 서남부 상황이 정리되려 하고 있다. 주군. 그녀와 화의를 해야 이 전역이 끝날 텐데 잡으라고?"

"단순히 잡는 게 아니라 죽여야 할 것 같다."

내 요구에 칼리오네는 고운 얼굴을 찡그렸다.

"음, 그렇다면 불의 마족들과 끝까지 가야할지도 모르겠구나…."

그녀 입장에선 다 끝나가는 전쟁이 다시 폭발하는 게 걱정스럽겠지.

"단순히 불의 마족과의 싸움으로 끝나지 않을 공산도 크다. 주군. 후계자를 죽이면 분노한 그들이 다른 마왕을 끌어들일 수도 있다."

"알아, 하지만 그 점은 내가 최대한 외교적으로 도와줄게. 불의 마족만 상대하게 될 거라고 약속하지."

"그렇다면야 다행이긴 해도… 왜 그녀를 죽여야 하는가?"

"음, 꼭 죽인다는 건 아니지만, 파탈레 몬스트룸의 성격상 자기 힘을 포기하지 않으려 할 테니까."

나는 칼리오네에게 모든 걸 알려줬다. 세계의 종말과 무덤에서 웅크리고 있는 자와의 거래, 그리고 발버둥치는 죽음의 봉인을 풀어야 한다는 점까지.

"그렇구나."

성격 탓인지 엄청난 얘기를 듣고도 덤덤하게 놀라지 않는다. 그러다가 손뼉을 작게 쳤다.

"그녀는 수호자구나!"

"그래, 최근에 수호자가 됐다고 하더군."

이 귀한 정보는 데옹 드 보몽이 얼마 전에 입수해줬다. 나는 그에게 정체가 드러나지 않은 수호자 둘을 찾는 임무를 부탁했다.

데옹은 파탈레 몬스트룸이 수호자라는 사실을 밝히긴 했지만 나머지 수호자 하나는 도통 모르겠다고 했다. 나 역시 마지막 수호자가 누굴지 당최 감을 잡지 못하고 있었다.

"어떻게든 파탈레 몬스트룸을 확보해야 한다. 아마 방해가 있을 수도 있어. 지금 처지가 묘하게 바뀌어서 우리 적이 오히려 봉인을 지키려 하고 있으니까."

"발버둥치는 죽음은 리켄티아투스가 어떻게 되든 말든 봉인 안에서 버티려는 것이구나?"

"그래, 시간을 끌어야 무덤에서 웅크리고 있는 자에게 대적할 방법을 찾을 테니까."

칼리오네는 곰곰이 생각하다 내게 물었다.

"주군, 그녀가 수호자라면 보통이 아닐 거다. 생포가 우선인가?"

"생포하면 그녀를 설득하거나, 설득이 실패해도 처리할 시기를 조절할 수 있으니까 좋지. 어렵다면 죽여도 좋아."

"혹시 그녀는 아름다운가?"

"응? 왜? 전에 보니까 빼어난 미녀긴 하더군."

그 말에 어째서인지 칼리오네는 씨익 웃었다. 뭐랄까, 입은 웃고 있는데 눈은 어둡고 깊어보였다.

"이길 자신은 있지?"

"글쎄…."

"새로 힘을 얻었잖아."

"그건 정말 고맙다. 주군. 역시 나는 주군을 위해 백 번 죽어도 부족하다. 이번에도 큰 은혜를 입었다."

칼리오네가 성명제례술을 제대로 명중시키면 상대가 수호자든 뭐든 그냥 녹아버릴 거다. 과거에 불완전하게 사용했음에도 그 강대했던 마왕 오드가쉬를 날려버렸으니까.

애초에 행성급 어둠의 대군을 견제하는 용도라고 하니 마왕이나 수호자 따위가 버틸 힘이 아니었다. 그래서 나는 칼리오네 VS 파탈레 몬스트룸에서 전자의 압승을 점치고 있었다.

문제는 생포하냐, 못하냐 정도겠지.

"그럼 해줄 수 있지?"

"물론이다."

칼리오네의 눈빛이 어디서 많이 본 것 같단 생각이 들었는데, 거울에서 보던 내 눈동자와 비슷했다. 나는 지금 그녀가 머릿속으로 파탈레 몬스트룸을 속일 계획을 맹렬히 구상하고 있다는 걸 깨달았다.

"주군은 마음 놓고 있어도 좋다. 내가 그년은 상큼하게 처리해 줄 테니."

"…그거 정말 든든한데."

말투가 살벌해서 살짝 쫄았다.

"조금 궁지로 몰아넣어서 똥줄이 타게 해준 뒤에 정전협정을 제의해야겠다. 그리하면 옳다구나 회담을 하러 오겠지."

"그때 처리하겠다 그거군?"

끄덕, 끄덕.

차가운 표정으로 조용히 고개를 끄덕이는 표정을 보고 있자니, 어쩐지 파탈레 몬스트룸이 불쌍하단 생각마저 들었다. 칼리오네는 자비심이랑은 영 인연이 없으니까.

"주군, 이번 전역이 끝나면 원하는 바가 있다."

"뭔데?"

"군을 이동해 서열 2위 마왕 고룩할감을 치고 싶다."

"아…."

서열 1위 마왕과 서열 2위 마왕은 칼리오네 부친의 원수다. 나 역시 그녀의 복수를 돕겠다고 약속했다.

"그쪽 전역에 참가해주면야 좋지. 페자무트가 열심히 하고 있는데 쉽지 않아 보이더라."

페자무트의 언데드 군대는 강군이지만 문제는 상대하는 적이 많았다. 서열 2위 마왕 고룩할감을 따르는 세력 역시 막강했다.

가신처럼 부리는 마왕만 해도 여럿이었다. 게다가 황제의 직할령을 집어삼키고 세가 커져서 페자무트가 동수를 이루는 것도 죽은 자들 특유의 끈질김 덕분이었다.

"주군에게도 이롭다니 더없이 좋구나. 어서 그년을 죽이고 제국 동남부로 진격해야겠다."

"역시… 너 포로로 잡을 생각이 없구나."

"미인박명인 법이다."

만류할까 하다 문득 칼리오네의 방법도 나쁘지 않은 것 같았다. 만약 봉인이 하나 더 풀린다면 발버둥치는 죽음 쪽은 더욱 급해지겠지.

다급해지면 협상을 하려 나오거나 실수를 할 수 있으니까, 그때 또 뭔가 건수가 생길 것 같은 예감이 들었다.

"좋아, 서남부의 일은 부탁하지. 나는 돌아가서 우리의 위대하신 프리드리히 전하께서 어서 실각하라고 고사를 지낼 테니까."

모든 게 차곡차곡 진행 중이었다.

다만 걱정거리가 있다면 황제였다. 조용히 웅크리고 있는 그가 대체 무슨 폭탄을 감춰놨을지 요즘 근심이 가시질 않았다.

그 늙은 드래곤은 절대 쉽게 무너질 존재가 아니니까.

보헤미아의 수도, 프라하에서 폭동이 일어났다. 나는 광장이 잘 보이는 4층에서 치열한 패싸움을 흥미진진하게 구경했다. 원래 싸움은 좆밥들 싸움이 제일 재밌다지 않는가.

"정의의 신격 루우벤님께서 이 자리에 어울린다!"

"닥쳐라! 수백 년간 빛의 신격 마르가님께서 서있던 곳이다! 어디 잡스러운 놈들이!"

프라하의 중앙광장에 유혈이 낭자했다. 누군가 검을 뽑아 든 걸 시작으로 이윽고 권총까지 불을 뿜어대게 됐다.

타앙! 탕! 탕!

허리춤에 권총을 차고 있던 신사들은 급히 몸을 숨기고 상대에게 총질을 해댔다. 사방이 화약의 흰 연기로 자욱해졌다.

"개판이군."

"신혼의 단꿈은 금방 끝나는 법이군요. 합하."

"애초에 어울리지 않는 커플이었으니까."

프리드리히 왕과 그를 따르는 가신들은, 보헤미아 의회와 연이어 충돌 중이었다. 그런 신흥 세력과 구 세력 간의 다툼은 다양한 형태로 나타났다.

"얼마 전에는 보헤미아군의 총사령관을 어느 쪽 사람으로 앉

히냐고 싸우더니만 이제는 종교로군."

보헤미아는 빛의 신격 마르가의 교단이 융성했다. 반면 팔츠에서 온 프리드리히의 세력은 정의의 신격 루우벤을 섬긴다. 결국 자잘한 다툼이 계속 이어졌는데, 오늘 제대로 터지고 말았다.

왕의 명령을 받은 자들이 프라하 중앙광장에 있는 빛의 신격 마르가의 동상을 철거하고, 대신 정의의 신격 루우벤의 동상을 세우려고 했던 것.

당연히 프라하 시민들은 발끈했고 폭동이 일어났다. 그제야 프리드리히 왕은 자신이 경솔했음을 깨달았지만 이미 사태는 걷잡을 수 없었다.

"합하."

"응? 왜 그러나, 달타냥."

"마치 남 일처럼 말씀하시는군요. 팔츠의 신하들에게 정의의 신격 루우벤의 동상을 세워야 한다고 부추긴 건 합하가 아닙니까?"

"나야 뭐 좋은 의도로 말했지. 누가 지들끼리 싸우랬나?"

나는 잘못한 게 없다고 하자 달타냥은 니가 그럼 그렇지, 란 얼굴을 했다.

"갈수록 보헤미아는 개판이 되어가는군."

"프라하 밖은 더합니다. 도시를 벗어나면 바로 전쟁을 실감할 수 있죠. 초토화된 마을과 밭, 부모를 잃고 떠도는 아이들….."

그 말에 나는 어깨를 으쓱였다.

"로엘린은 할 일이 많아서 좋겠네."

망가지는 건 보헤미아 뿐만이 아니었다. 황제 프란츠 4세의 처지도 갈수록 가관이다. 그는 끝없이 세어나가는 전비를 충당하기 위해 황실 재산을 저당 잡히고 있었다.

"황제의 힘은 갈수록 약화되고 있습니다. 요즘 칙령을 내려도 제후들이 듣는 둥 마는 둥 한다고 합니다."

"제국 전체가 엉망이 되어 갈 거야. 사실 제국이라고 하기에는 조잡한 집단이었지."

이 나라는 말만 제국이고, 말만 황제일 뿐이다.

제국에 있는 지방정부의 수를 모두 합치면 2,000여 개가 넘는다. 이들을 동맹과 군신 관계로 묶어 줄여도 300여 개 가량.

애초에 제대로 굴러가는 나라가 아니었다. 입법은 하려고 해도 각 지방정부 간의 알력 때문에 불가능했다. 행정은 짜임새라곤 조금도 없이 어설펐고 비리와 임기응변이 판을 쳤다.

이 모든 걸 억지로 이끌어 간 게 황제가 가진 힘이다. 역대 황제들은 강압적인 칙령으로 제국을 다스려왔다.

프란츠 4세가 경제 봉쇄를 하는데 괜히 기사가문들을 동원한 게 아니다. 정상적인 행정절차론 그게 불가능하니 무력을 쓸 수밖에.

하지만 그런 황제가 무너지고 있으니 제국이 개판 오 분전이 돼가는 걸 말할 필요도 없었다.

"황제는 협상하려 할 겁니다."

"예상하고 있어. 하지만 이번에 어떻게든 끝을 내야 해. 협상을 원한다면, 협상하는 척은 해줄 수 있지."

이 싸움의 선택지는 황제와 나, 둘 중 하나의 죽음 밖에 없었다.

며칠 뒤 악몽을 꿨다.

"으으윽…… 윽!"

결국 잠자리를 설치고 일어나 포도주를 들이켰다. 그러다 창밖을 보고 잔을 떨어뜨릴 뻔했다.

"대체…!"

밤하늘이 온통 붉게 물들어 있었다. 마치 제국 전체가 타오르는 것처럼 보였다. 이상을 느낀 건 나만이 아닌지, 프라하의 시민들은 잠옷 차림으로 밖에 나와 웅성거리고 있었다. 오늘따라 공기가 역했다. 마치 저 멀리서 쓰레기 썩은내가 잔뜩 밀려드는 느낌이다.

"합하!"

달타냥이 급히 방으로 들어왔다.

"깨어나셨군요."

고개를 끄덕인 뒤 창문을 열고 테라스로 나갔다.

"굉장히 불길하군."

"합하께선 무슨 일인지 아시겠습니까?"

짐작이 가는 게 하나 있긴 했다. 하지만 뭐라 대답하기 전에 천지가 진동했다.

키아아아아아아-!

설명하기 어려운 존재가 울부짖고 있었다. 밖으로 나왔던 프라하의 시민들은 놀라서 귀를 막고 주저앉았다. 비명을 지르는 자도 있었고 도망치는 자도 있었다. 그저 부들부들 떨며 울음을 터뜨리는 이도 여럿이었다.

"무언가 울부짖는 거 같군요. 마치 크게 화가 난 듯한?"

달타냥의 감상에 나는 고개를 끄덕였다.

"수호자가 하나 더 죽은 거야. 봉인이 갑자기 풀리자 발버둥치는 죽음이 화를 내고 있다. 걱정이군, 발버둥치는 죽음의 힘이 더욱 또렷이 느껴져."

무덤에서 웅크리고 있는 자의 요구로 그의 봉인의 깨려 하고 있었지만 저런 초월자를 풀어놔도 될지 의문이었다.

"보고 드릴 게 있습니다. 아마 저 사태 때문에 일어난 일 같습니다만."

달타냥은 제국 도처에 정보 수집을 위한 지부를 만들어뒀다. 곳곳의 정보원들에게 급히 들어온 정보를 갖고 찾아왔던 것.

"아이펠 고원에서 화산이 터졌다고 합니다."

"뭐? 휴화산으로 알고 있는데 뜬금없이…"

"그리고 북쪽 항구들이 갑자기 일어난 해일로 엄청난 인명 피해가 발생했다고 합니다."

"……."

"그 외에도 과거 글로리에 루미에르를 초토화시켰던 거대 마수들이 제국 여기저기서 목격되고 있습니다."

줄줄이 재앙이 벌어지고 있단 소식이었다. 나는 깊은 한숨을 내쉬었다.

"제국이 진짜 망하긴 망하려나 보다."

일단 달타냥에게 내 영지에 문제가 없는지 알아보라 시키고 칼리오네에게 연락을 넣었다.

- 칼리오네. 지금 어디에 있나?

- 아! 주군. 안 그래도 연락하려고 했다.

위치를 물어보니 가르앵비크란 도시였다. 가보지 않은 곳이라 그림자 차원 이동을 쓸 수 없었다. 할 수 없지, 수정구로 대화하는 수밖에.

- 파탈레 몬스트룸을 죽인 거야?

- 응, 죽여 버렸다. 그런데 난리가 났네. 현재 갑자기 모젤 강이 범람해서 불의 마족들이 떼로 쓸려 내려갔다.

- 아군은?

- 피해를 보긴 했지만 위치를 잘 잡아서 괜찮다. 순전히 운이 좋았다.

그런데 칼리오네는 이전에 말한 것과 달리 파탈레 몬스트룸을 포로로 잡으려고 했다고 한다.

- 죽이기에는 내키지 않는 여자였다.

- 왜? 어땠는데?

칼리오네의 설명을 들어보니 파탈레 몬스트룸은 수호자가 모두 죽으면 발버둥치는 죽음의 봉인이 풀린다는 사실을 잘 알고 있었다고 한다. 그래서 결사적으로 봉인이 풀리는 걸 저지하려고 했었다고.

- 그녀에게서 사명감이 느껴졌다. 들어보니 본래 자유로운 삶을 추구하는 자였다고 하더군. 하지만 수호자가 된 이래 달라진 것 같다.

- 음……

이제야 기억났다. 파탈레 몬스트룸은 자기 시녀를 대신 결혼하게 했을 정도로 자유를 원했었지. 뭐가 그녀를 그리 바꾼 걸까?

- 절대로 자신이 죽어서는 안 된다고 그랬다. 거대한 악이 풀려날 거라고.

분명 수호자가 되어 봉인을 지키겠다는 뜻은 고결했다.

그녀도 그녀 나름의 이야기가 있겠지. 공주라는 자신의 위치를 뛰쳐나가 많은 일들을 겪었을 거다. 그리고 결국 수호자라는 자리를 받아들였다.

도망쳤던 권력을 승계하려는 것도 수호자인 자신을 지킬 힘 때문이 아니었을까 싶다. 하지만 설마 정전협정의 상대인 칼리오네가 수호자를 노리는 적이라는 건 몰랐겠지.

- 하지만 주군, 그녀에게 어떻게 설명해줄 수가 없었다. 주군이 무덤에서 웅크리고 있는 자 때문에 봉인을 풀려고 한다는 사실은 여러 가지 비밀을 포함하고 있으니까.

발버둥치는 죽음의 봉인을 풀지 않으면 무덤에서 웅크리고 있는 자가 리켄티아투스를 가루로 만들어 버릴 거다.

하지만 그 얘기를 해 파탈레 몬스트룸을 설득하기에는 누설해야 하는 비밀이 너무 많았다. 그게 곤란하다고 여긴 칼리오네는 설득을 포기하고 그냥 죽여 버렸다는 거였다.

- 현명하게 처리했구나, 칼리오네.

나는 이번 일 때문에 절세검객 팔케가 떠올랐다. 신념과 용기를 갖고 있었지만 멍청하단 점에서 똑같았다.

솔직히 동정심이 안 일어나는 건 아니었다. 그들과 함께 갈 수는 없었나, 하는 생각도 머릿속에서 떠나질 않았다.

하지만 이내 고개를 절레절레 저었다. 수호자 하나 구하자고 행성을 위태롭게 할 수는 없으니까.

- 주군이 그렇게 말해주니 다행이다.

- 뒤처리를 부탁할게.

이걸로 무덤에서 웅크리고 있는 자는 만족하겠지만 세계는 갈수록 나락으로 떨어져가는군.

수호자가 하나 또 죽었으니 분명 발버둥치는 죽음을 섬기는 암중세력에서 반응이 있을 거다. 이쪽과 접촉해 올 수도 있고.

한데 내 이런 기대는 며칠이 지나도 보답 받지 못했다. 대신 뜻밖에 황제가 밀사를 보내 화의를 요청해왔다.

"비텐바이어- 바젤 공작 합하."

"어서 오게."

나는 프라하의 밀실에서 황제의 사절을 맞이했다.

"폐하께서는 이번 전역의 본질에 대해 이리 평가하십니다. 이건 보헤미아와의 갈등이 아니라 공작 합하와의 갈등이라고."

"이 몸은 그저 보헤미아에 손님의 처지로 있는데 평가가 과하시군."

"합하, 실질적인 부분에서 얘기를 나누시지요. 황제 폐하께선 합하의 요구를 대부분 수용할 준비가 되셨습니다."

황제는 화의를 위해 여러 가지 당근을 제시해왔다. 거기에는 제국 북부에 있는 황제의 또 다른 직할령의 양도까지 있어 내심 놀라지 않을 수 없었다.

자기 손발을 다 자르더라도 전쟁을 끝내고자 하는 건가. 하지만 그 양반은 언제나 내가 생각하는 것 이상을 제시하는 자였다.

"합하, 만약 회의에 응해주시면 황제께선 10년 뒤에 선양(禪讓)을 약속하셨습니다."

"내게 황위를 물려주겠다는 거가."

"그렇습니다."

진짜 꺼내놓을 수 있는 건 모두 꺼냈구나. 물론 황제의 위는 선제후 투표로 결정되는 거라 선양하고 싶다고 선양할 수 있는 건 아니다.

하지만 황제가 후계자를 지목하는 것도 상당한 힘이 있다. 선제후 입장에서 황제랑 다투는 상황이 아니면, 어지간해선 수용하니까.

정치적 명분에서도 확실하고.

"폐하의 은혜가 참으로 깊군."

말은 그렇게 하면서도 속으로 머리를 부산하게 굴렸다. 대체 이렇게 달콤한 조건을 내세우는 이유가 뭘까?

마치 내가 무언가를 놓치게 하려는 듯했다. 하지만 겉으론 전혀 내색하지 않고 적극적으로 밀사와 협의에 나섰다.

그렇기에 이 화의는 당장이라도 이뤄질 것처럼 보였다.

"비텐바이어- 바젤 공작이 회담에 응했습니다."

부하의 보고에 황제 프란츠 4세는 비웃음을 터뜨렸다.

"그 욕심 많은 새끼가 드디어 미끼를 물었군."

당연한 얘기지만 황제는 순순히 발러슈테드에게 굴복할 생각이 없었다. 그저 화전양면 전술일 뿐이다.

"최고의 외교관들을 프라하로 보내도록. 간이고 쓸개고 다 내줄 것처럼 사탕발림을 하면서 시간을 끌라."

화의에 걸린 조건이 간단하지 않았다. 영지 수여와 선양까지 복잡한 법률적 검토가 필요했다. 양쪽의 실무진이 비밀스럽게 만나 한참이나 밀고 당기기를 하게 될 것이다.

"그 망할 비텐바이어- 바젤 공작은 욕심이라면 제국 누구에게도 뒤지지 않는다. 분명히 국경의 말뚝 하나까지 다 따지고 들 테니 시간 끌기 딱 좋겠지."

"실로 그러합니다. 폐하."

"하면 가서 최대한 그의 눈을 멀게 하라."

신하들을 모두 내보낸 황제는 밀실로 가서 시커멓고 커다란 수정구 하나를 꺼냈다. 그리고 마력을 불어넣어 상대를 불렀다.

- 슈바르체토이펠.

이 검은 수정구는 마룡과만 이어져 있는 물건이었다. 잠시 뒤에 대답이 들려왔다.

- 음? 제국의 황제가 웬일인가? 자네 성격상 안부를 묻는 것도 아닐 테고.

- 미안하지만 부탁할 게 있어. 슈베르체토이펠.

- 말해보게.

황제는 제국의 정세를 설명하고 발러슈테드와 화해하고 싶다는 뜻을 밝혔다.

- 최근 밀사를 보내 얘기 중인데 그 친구가 보통 깐깐한 게 아니더군. 자네가 좀 도와줬으면 좋겠어.

- 음…….

슈바르체토이펠이 귀찮은지 미적지근한 반응을 보이자 황제는 과거의 일을 들먹여 상대를 압박했다.

- 예전에 자네는 내가 드래곤이란 사실을 그에게 알려줬지. 그 뒤로 처신에 곤란한 점이 많았네.

- 크흠!

그 점은 확실히 슈바르체토이펠이 잘못한 일이었기에 그의 대답이 궁해졌다.

- 당시에는 자네와 그 녀석이 틀어질 줄 몰랐지.

- 이제 와서 탓하고자 하는 게 아니네. 그저 그 벌어진 사이를 봉합하게 도우라 그거야. 자네가 중재에 나서주게. 원만하게 화의를 맺을 수 있게.

황제와 발러슈테드는 슈바르체토이펠 덕에 인연을 맺었다. 그러니 이 다툼을 해결하기에는 그가 제격으로 보였다.

- 흐음… 일이 이렇게 됐으니 모른 척하긴 어렵겠지.

- 고맙네. 괜찮으면 자네 둥지로 가도 되겠는가? 일의 논의도 할 겸.

- 알겠네. 오랜만이니 좋은 술을 준비해 놓고 기다리지.

그렇게 수정구 통신은 끝이 났다.

"후우…."

황제는 나직이 한숨을 내쉬었다. 대화는 자연스러웠다. 상대에게 수상한 구석도 없었다.

맘에도 없는 화의 덕에 발러슈테드를 상대로 시간을 끌고, 슈바르체토이펠을 만나러 갈 수 있었다.

"발러슈테드, 실컷 화의 조건이나 고민해 보라."

황제는 음침한 얼굴로 탁자에 있는 단검을 쓰다듬었다. 드래곤에게 치명적인 독이 묻은 것이었다. 이것 한 방이면 그의 숙적은 자신의 가장 강력한 동맹을 잃게 될 터.

"그 뒤, 그분의 화신이 되어 네놈을 갈기갈기 찢어주지."

이제 황제에게 제국 따위는 알 바가 아니었다. 발버둥치는 죽음의 화신이 되어 신적 존재에 오르는 게 최우선 과제였다. 그에 비하면 제국을 향한 집착은 한없이 가벼운 것이었다.

황제는 발러슈테드가 협상장에 묶여있는 것을 확인한 뒤에 바로 움직였다.

"역사를 움직이기 위해서는 잠깐의 틈이면 충분하다."

"어서 오게나."

황제가 그로스글로크너에 도착하자 슈바르체토이펠은 심드렁하게 맞이했다. 원래 이 둘은 그런 관계다. 하지만 지금껏 서로의 이득을 위해 몇 번이고 손을 잡아왔다.

"간만이군."

황제도 슈바르체토이펠의 태도에 익숙한 듯 고개를 끄덕이더니 나란히 걷기 시작했다.

뽀독. 뽀독.

높은 봉우리에 덮인 눈 위에 두 노인의 발자국이 길게 이어졌다.

"저게 모르스 쏠라인가?"

"그래, 바로 자네의 골칫덩어리지."

황제는 산 중턱에 보이는 언데드 도시를 내려다봤다. 도시는 텅 비어있었다. 거주민 대부분은 페자무트의 지휘 아래 서열 2위 마왕 고룩할감과 싸우러 떠났기 때문이다.

고룩할감의 군대는 그를 중심으로 여러 마왕이 뭉친 거대한 파벌이었다. 페자무트는 그 대군을 상대하기 위해 모르스 쏠라의 가용한 전력을 거의 대부분 긁어갔다.

드라코 리치 쿠쿠바와 12리치 상당수가 투입됐을 정도로 황제의 예전 직할령에서 벌어지는 전투는 치열했다.

"어쩌다 저런 흉물스러운 게 이 산에 자리 잡도록 허락했나?"

원망이 묻어나는 황제의 말에 슈바르체토이펠는 별 일 아니라는 듯 어깨를 으쓱했다.

"나도 이제 늙은 모양일세. 혼자 사는 것보다 북적이는 게 좋더군."

"황당한 소리를 다하는군."

"끌끌끌, 사실 쏠모가 있었으니까."

슈바르체토이펠은 거주비도 뜯어내고 경비로 활용할 수 있어 일석이조라고 했다.

"마왕 오드가쉬의 공격은 내게 큰 충격을 줬지. 그런데 얼마 뒤 패망한 페자무트가 이 산으로 기어들어온 거야. 마침 서로 타이밍이 맞았어. 그래서 저 도시가 만들어진 걸세."

모르스 쏠라의 진짜 주인이 발러슈테드란 건 비밀이어서 황제조차 알지 못했다. 그래서 이런 변명은 그럴싸하게 들렸다.

"자네 덕에 내 직할령이 불탄 걸 생각지도 않나?"

황제가 쏘아붙여도 슈바르체토이펠은 태연자약하게 걸으며 헝클어진 긴 수염을 손가락으로 빗을 뿐이었다.

"아니, 뭐 그 페자무트 놈이 그쪽으로 갈 줄 누가 알았겠나? 우리는 서로 단순한 협력관계를 구축했을 뿐이야. 나라고 그 마왕을 컨트롤할 수 있는 게 아닐세."

예상했던 변명임에도 황제는 똥 씹은 표정이 됐다.

"하필 마왕 중에 지략이 뛰어나기로 유명한 페자무트라니… 그놈의 신기묘산에 결국 직할령도 잃어버리고 말았지."

황제는 정말로 페자무트의 지략을 두려워하는 기색이어서, 그의 실체를 잘 아는 슈바르체토이펠은 속으로 기가 막혔다. 하지만 모른 척 동조했다.

"마왕 페자무트의 지략이 하늘에 닿은 건 나도 알고 있어. 그러니까 협력관계를 맺고도 딱히 건드리려 하고 있지 않다고. 혹시라도 무리한 요구하지 말게."

"원래 페자무트는 허울뿐인 바보라 여겼네. 하지만 당하고 보니 그의 수법은 정말 예측불가더군. 드래곤조차 농락하니, 언젠가 페자무트가 제국을 손에 넣을지도 몰라."

자만심 강한 황제치고는 대단한 고평가였다. 아무리 대응하려고 해도 페자무트에게 번번이 농락당해 왔으니 이렇게 생각할 수밖에.

하지만 슈바르체토이펠은 황제가 너무 생각이 많아 페자무트에게 당했다는 걸 알고 있었다.

슈바르체토이펠은 그 사기꾼으로 이름 높은 발러슈테드조차 페자무트에게 여러 번 털린 걸 생각해 보면, 세상사가 정말 재밌다는 생각이 들었다.

"아무튼 저 도시는 꼴도 보기 싫으니 어서 자네 둥지로 가세."

황제는 여러 가지로 상황이 좋다고 여겼다. 오늘 일을 방해할 위험이 있는 게 페자무트와 발러슈테드인데, 전자는 전쟁으로 후자는 정전협정으로 무척 바빴으니까.

"알겠네."

둘은 슈바르체토이펠의 둥지 안으로 들어섰다. 깊은 동굴 안은 모닥불이 타닥타닥 타들어갔고, 오래된 가구들이 빼곡했다.

가구마다 온갖 기괴한 물건들이 가득 찬 이곳은 슈바르체토이펠이 가장 많은 시간을 보내는 장소 중 하나였다. 슈바르체토이펠은 따뜻한 차를 따라 건네며 입을 열었다.

"발러슈테드와 화해하고 싶다고 했지? 현명한 의견이라고 생각하네. 자네가 그 녀석과 싸우면 못 이길 테니까."

"뭐? 감히 날 얕보는 건가?"

황제는 고룡이라고 불릴 정도로 강대한 드래곤이었다. 물론 발러슈테드도 대단해 승부를 장담할 수 없지만 이렇게 대놓고 밀린다고 하니 빈정이 팍 상했다.

"내 실력을 얕보는군. 아무리 강해도 인간일 뿐⋯."

"아니지."

슈바르체토이펠은 고개를 내젓는다.

"그는 이미 인간이라고 할 수 없어. 매미가 허물을 탈피하듯 필멸의 경지를 벗어던지고 있으니까."

"……."

그건 두려운 얘기였다. 하지만 황제는 곧 코웃음을 치며 자신감을 되찾았다.

"설령 비텐바이어- 바젤 공작이 대단하다고 해도 날 죽일 수는 없을 걸세."

"음? 그건 무슨 배짱인가?"

"이 몸은 의지만으로 제국을 파멸시킬 수 있으니까."

"뭐라?"

신적 존재가 아니고선 그럴 수가 없어 슈바르체토이펠은 의아해졌다. 아무리 전설의 마룡인 자신이라도 의지만으로 드넓은 제국을 박살낼 수 없으니까.

"그간 제국을 다스리면서 놀기만 한 게 아닐세. 언젠가 이런 무도한 도전이 있을 걸 알고 있었지."

"뭔가 대비를 했군?"

황제는 고개를 끄덕이며 차를 입에 가져갔다. 어느새 그는 오만한 위엄을 되찾은 모습이었다.

"제국의 곳곳에 거대한 마법 폭탄을 설치해놨네. 실로 절묘한 위치에 놓인 그 폭탄들은 연쇄적인 반응을 일으켜 화산을 폭발시키고 강이 범람하게 만들 걸세. 제국은 대혼란에 빠지겠지."

"자네 제정신인가!"

마룡이라 불리는 슈바르체토이펠조차 그런 짓은 생각도 못했다. 한데 황제라는 작자가 자신의 뛰어난 마도 지식을 활용해 제국민을 떼죽음 당하게 할 셈이라니.

"어차피 내가 이끌고 간 제국이야! 무너뜨리는 것도 내 뜻 대로다!"

"정신이 나갔군!"

"비난할 거 없어. 그 고약한 비텐바이어- 바젤 공작이 날 건들지만 않으면 그럴 일은 없으니까."

"어쩐지 제위 기간 내내 치수 작업에 힘쓰더니 땅에 몰래 폭탄을 묻기 위해서였군."

슈바르체토이펠은 혀를 차면서도 발러슈테드가 황제를 그냥 죽이긴 쉽지 않겠단 생각을 했다.

"제국을 인질로 삼다니 자네는 최악의 황제야."

"권력자에게 나라란 사유재산이나 마찬가지야. 내 걸 내 맘대로 하겠다는데 문제될 게 무언가."

"됐네, 더 아웅다웅하기 싫군. 자네랑 발러슈테드의 화의를 중재하지 못했다가는 제국이 박살나겠군."

"알면 도와주게. 이번 일만 잘 해결되면 제국의 누구도 험한 꼴을 보지 않을 테니까."

슈바르체토이펠은 황제가 호위도 없이 선뜻 자신의 둥지로 온 게 이해됐다. 저런 안정장치가 있으니 그럴 수밖에. 꼭 그게 아니라도 몸을 지킬 수단은 더 있을 것 같았다.

"좋네. 조건을 말해보게."

슈바르체토이펠은 피곤한 음성으로 의자에 몸을 묻었다. 그는 황제의 설명을 말없이 들었다.

"…등을 요구하네. 자세한 내용은 여기 적어놨으니 확인해 보게."

"알겠네."

황제가 두루마리를 내밀자 슈바르체토이펠은 근처에 있던 돋보기 안경을 끼며 살폈다. 드디어 황제는 자신이 원하는 순간이 왔음을 깨달았다.

이미 슈바르체토이펠은 방심한 상황이었다. 그의 주의는 두루마리 문서로 쏠려있었다. 이것을 놓치면 슈바르체토이펠을 일격에 해치울 기회는 다시 오지 않으리라.

스윽.

황제의 소매 속에서 드래곤에게 치명적인 독이 발린 단검이 슬며시 모습을 드러냈다.

"슈바르체토이펠!"

황제는 고성을 지르며 의자를 박차고 뛰어올랐다. 늙은 몸이라고 믿을 수 없는 번개 같은 움직임이었다.

"!"

놀란 슈바르체토이펠이 방어 마법을 전개했으나 이미 황제의 예상 범위 안이었다. 몇 차례 수준 높은 마법의 공방이 벌어졌지만 황제가 승리했다.

애초에 슈바르체토이펠이 문서를 보고 정신을 빼고 있을 때 황제는 앞으로의 공방을 모두 시뮬레이션하고 있었기 때문이었다. 그들은 서로가 서로를 너무 잘 알았다. 그렇다면 기습을 한쪽이 우세할 수밖에.

"크아아악!"

결국 슈바르체토이펠의 심장을 차가운 단검이 관통했다.

콰아앙!

슈바르체토이펠이 순간 폭발 주문을 일으켜 황제를 밀어냈으나 이미 늦어버렸다. 단검은 냉기가 가득해 심장을 얼려버리는 것 같았다. 온몸의 피가 제대로 피가 돌지 않았다.

금세 슈바르체토이펠의 얼굴은 파랗게 질렸다. 그는 당장이라도 숨을 넘어갈 듯 말을 더듬었다.

"이… 이게… 무슨 짓인가!"

"미안하지만 여기서 죽어줘야겠군."

황제는 자기 일에 대해 양심의 가책을 조금도 느끼지 않는 것 같았다. 오히려 비틀거리는 슈바르체토이펠의 다리를 지팡이로 쳐서 넘어뜨리기까지 했다.

"크윽!"

쓰러진 슈바르체토이펠은 한스럽게 중얼거렸다.

"옛말에… 배신자는… 가족 중에서 나온다고 하더니… 참으로 맞는 말이로구나… 크윽!"

슈바르체토이펠과 황제는 사촌이었다. 둘이 서로를 마음에 들지 않음에도 동업관계를 맺을 수 있었던 건 그런 혈연 덕을 봤다. 물론 드래곤이기 때문에 친척이란 개념이 인간과는 달랐지만 그래도 이것은 배신 중에도 나쁜 축에 속했다.

"슈바르체토이펠, 그런 좋은 구절을 봤으면 진작 날 경계했어야 맞지 않았나. 역시 이래서 책만 본 것들은… 크큭."

"이놈… 날 죽여서… 무엇을 하려는……."

"당연하지 않나. 자네가 지키고 있는 봉인에 관심이 있는 거지."

그 말에 놀란 슈바르체토이펠이 쓰러진 상태에서도 황제의 옷자락을 붙잡았다.

"어리석은… 짓은 하지 말게…. 그것은 세상에 나와서 안 되는…… 절대 나와서는 안 되는 것……."

"시끄럽군."

이런 짓을 한 황제가 애초에 말을 들을 리가 없었다. 쓰러진 슈바르체토이펠을 걷어찬 그는 주문을 외워나갔다. 상대에게서 봉인에 관한 지식을 뽑아내기 위해서였다.

구우우우웅.

붉은 마법의 빛이 슈바르체토이펠의 머릿속으로 파고들어갔다. 슈바르체토이펠은 저항하려 했으나 이미 죽어가고 있었기에 소용이 없었다.

"호오… 그런 것이었군. 그림자 차원에 감춰뒀나."

황제는 슈바르체토이펠을 제압한 뒤 뛰어난 마법 솜씨로 봉인의 비밀을 단번에 파악했다. 이제 그는 거칠 것이 없었다.

"얼마 안 남은 시간 생을 돌아보도록. 나는 봉인지로 가볼 테니."

그가 슈바르체토이펠을 버려두고 발걸음을 떼려는 그 순간, 갑자기 검은 연기가 일며 허공에서 누군가 튀어나왔다.

"황제!"

날카롭게 외친 그는 다짜고짜 검을 휘둘렀다. 황제는 대경실색해서는 점멸 마법을 써 회피했다.

번쩍.

짧은 빛이 작렬한 뒤 황제는 자신이 가까스로 치명타를 피했음을 깨달았다. 원래 그가 서있던 자리에는 차원이 갈라져 있었다. 허공에는 공간을 가르는 긴 검상이 나 있었고, 그 갈라진 틈 너머로 다른 차원이 보였다.

"발러슈테드!"

황제는 갑자기 출현한 상대를 보고 이를 으득 갈았다.

"꽤나 빨리 나타났군."

"폐하, 신이 문후 여쭙니다."

대단히 비아냥거리는 말투였다.

"그대는 칼로 자기 군주의 안부를 묻는가?"

황제의 물음에 발러슈테드는 쓰러진 슈바르체토이펠을 힐끔 내려다봤다.

"친족을 단검으로 암습하는 것보단 낫지요."

"슈바르체토이펠! 그것까지 말한 건가!"

짜증을 벌컥 내는 황제에게 슈바르체토이펠은 대답을 해줄 수 없었다. 그는 입가를 검은 피로 적신 채 축 늘어져 있었기 때문이었다. 그 꼴을 보며 황제는 비웃음을 머금었다.

"어차피 네놈의 출현은 상정하던 바다!"

황제는 바보가 아니다. 이미 여기 왔을 때 일이 꼬일 상황 역시 고려하고 있었다. 슈바르체토이펠을 암습한 이후 발러슈테드가 끼어 들 것은 당연히 예상했다.

'오히려 돌발 상황은 없다고 봐도 좋겠지. 예상대로 흘러가고 있다.'

만약 발러슈테드가 나타나지 않았다면 황제는 더 불안해졌을 것이다. 하지만 모든 게 예측을 벗어나지 않았다.

'내키지는 않지만 그 물건을 쓰는 수밖에.'

황제는 일전에 죽음이 임한 자들의 인물과 회동하면서 수상한 검은 상자를 받았다. 위기 시에 써달라면서 말이다. 황제는 즉각 검은 상자를 꺼냈다.

　아무래도 발러슈테드와 직접 붙기는 꺼림칙했기 때문이었다. 그는 발러슈테드가 가진 특별한 기술에 대해 단단히 착각하고 있어 정면으로 붙을 엄두를 내지 못했다.

　"이것을 감당할 수 있겠나? 비텐바이어- 바젤 공작?"

　황제가 검은 상자의 뚜껑을 열고 뒤집자 안에서 끈적끈적한 피가 쏟아져 나왔다. 그리고 바닥을 흥건히 적신 그 핏물에서 사람과 비슷한 형체의 존재들이 불쑥불쑥 솟아오르기 시작했다.

　보통 물건이 아니군.

　나는 황제가 꺼낸 검은 상자를 보고 놀라서 혀를 찼다. 저기 뭔지는 정확히 몰라도 실로 대단하구나. 그도 그럴 게 핏속에서 13명의 괴종족이 일어났기 때문이었다.

　목 카라가 높은 훌륭한 의복에, 문어 같은 얼굴을 했고 등에는 박쥐 날개가 돋은 모습이었다. 그들은 과거 인간을 창조했던 고등한 종족이었다.

　특히 지금 나타난 13명은 하나하나가 마왕급이니 실로 엄청난 전력이 등장한 셈이다.

"공작! 그대의 잘난 무용은 이들을 상대로 뽐내보게!"

황제는 나와 싸울 생각이 없는 듯 괴종족 넷만 데리고 몸을 돌려 달아났다. 분명히 지하 깊은 곳에 있는 봉인을 향해 가고 있는 게 틀림없었다.

쫓아가려고 해도 마왕급의 힘을 가진 괴종족 9명이 날 막아서고 있다. 최악의 상황이었다.

하지만 한 가지 다행스러운 건, 내게 황제를 쫓아갈 생각이 없단 사실이었다.

콰아아앙! 쾅! 쾅!

눈앞의 괴종족들도 웃겼는데, 나와 싸우는 척을 하려는 건지 주변에 공격 마법을 퍼붓고 괴성을 질러 연기를 하고 있었다. 그들은 정작 나보다 저 동굴의 어둠 속으로 달려간 황제에게 거짓된 전투의 소음을 들려주는데 열심이었다.

"슈바르체 영감. 적당히 당한 척 연기하라고 했더니 진짜 뒤지게 생겼잖소. 이게 어떻게 된 거요?"

"크으윽… 빌어먹을… 생각지도 못한 일격이 있었……,"

문제는 봉인으로 간 황제가 아니었다. 슈바르체 영감이 정말 숨 넘어 갈 것 같았다.

"그 망할 놈이… 기어코… 봉인을 뜯어내고 있군…."

"침착하시오. 슈바르체 영감. 예상하던 범위잖소. 영감 가슴에 난 바람구멍은 생각도 못한 거지만."

"빌어먹을 해골쟁이… 크억! 어떻게 좀…… 해봐라."

큰일인데. 슈바르체 영감의 죽음은 계획에 없던 일인데, 야단났군.

8. 외줄타기 인생

고민하던 나는 가능한 방법을 모두 써봤다. 하지만 전부 소용없었다.

"정말 지독한 독이구려. 약간 증상을 늦추는 정도가 다이니."

슈바르체토이펠이 죽으면 여러 가지로 곤란하다. 이 정도의 마룡을 드라코 리치로 살리는 건 굉장히 어려운 일이기도 하고.

내 SSS등급 스킬 중 하나인 <원형시간축 역행>을 쓰면 해결할 수 있을 텐데, 아직 숙련도가 부족해서 나 자신에게 밖에 못쓴다는 게 문제였다.

"이 독은… 어떤 어둠의 대군이… 리켄티아투스에서… 드래곤을 치우기 위해 만들어낸… 것일세…. 괴이한 힘을 가졌지…."

슈바르체토이펠은 드래곤을 말살하기 위한 독에 당했다고 했다. 그런거라면 옆에 있는 괴종족들이 잘 알지 않을까. 나는 그들에게 도움을 청했으나 일언지하에 거절당했다.

"미리 협의된 대로 돕고 있다만 하등한 자여, 주제를 알았으면 좋겠군."

"뭐?"

"그딴 늙은 도마뱀 따위 죽든 말든 알 바 아니다."

역시 한때 리켄티아투스를 지배했던 고등종족이라 그런지 오만함이 장난 아닌데.

"그딴 식으로 나오면 후회할 텐데? 문어 대가리들."

"흥! 정말 주제 파악을 못하는군. 너 따위 놈이 뭘 어쩌려고?"

내가 자신들보다 강하다는 건 알지만 숫자를 믿고 기고만장해 하고 있었다. 그들 하나하나 마왕급의 기운이 느껴져 확실히 부담스러운 상대였다.

물론 뒤집어엎으려면 못할 것도 없지만 지금은 슈바르체 영감이 숨넘어가게 생겼다. 봉인지로 간 황제의 일도 있고.

내가 참는 기색이 보이자 괴종족 중 리더로 보이는 이가 비웃음을 흘렸다.

"크흐흐, 분한가? 하지만 우리는 사전에 협의된 일 이상을 해줄 의리는 없다."

나는 그들이 일부러 뻗대고 있는 걸 깨달았다. 어쩔 수 없이 이쪽과 손을 잡긴 했지만 자존심상 마음에 안 드는 거겠지. 어쩔까 고민하던 나는 독도 해결하고 저놈들도 박살낼 한 가지 방법이 떠올랐다.

물론 잘 될지 장담은 못하지만.

"어차피 황제는 봉인지에서 시간 좀 끌 거고…."

"뭐라 혼자 중얼중얼거리나? 하등종족."

비아냥거리는 괴종족의 말투에서 적의가 느껴졌다. 아무래도 내가 파도치는 핏물을 베어버리고, 그들의 조직과 사사건건 부딪쳐왔기 때문에 감정이 안 좋은 것 같았다.

일단 사전에 협의한 게 있으니 참고는 있지만 저 주둥이는 가만둘 생각이 없나보다. 나는 어이없단 표정을 감추지 못한 채 SS등급 스킬 <괴종족 소환>을 사용했다.

왕관을 헤매는 자의 능력인 이 스킬은 경우에 따라서 특정한 존재를 소환하는 게 가능하다. 마치 전화번호를 아는 것처럼 상대를 특정할 수 있는 경우에 말이다.

나는 며칠 전의 회담 덕에 발버둥치는 죽음의 비서나 다름없는 최고위층의 존재를 알게 됐다. 그래서 이 스킬로 그를 불러냈다.

구우우우웅-.

갑자기 둥지 전체가 지진이 난 것처럼 진동하기 시작했다.

"하등종족! 무슨 짓을 하는 것이냐!"

"감히 분수도 모르고!"

일이 심상치 않게 돌아가자 주변에 있던 괴종족들이 동요했다. 나는 그런 그들에게 소리를 빽 질렀다.

"닥쳐! 이 새끼들아! 다 쳐죽여 버리기 전에!"

"뭐!"

"어차피 마왕급 힘 밖에 없는 주제에 감히 주둥이를 함부로 놀려! 슈바르체 영감이 이 꼴이 아니었으면 니들 새끼들은 지금 다 대가리 깨져 죽었어! 알아!"

성질을 버럭 내자 그제야 다들 입을 다물었다. 게다가 지금 거물이 소환에 응했다는 걸 느낀 듯 안색이 변한 상태였다.

파직. 파지직!

갑자기 땅이 갈라지기 시작하더니 그 틈에서 시커먼 촉수와 살덩어리들이 튀어나오기 시작했다. 그것은 금세 어마어마한 덩치가 되어 주변을 가득 채웠다.

"세상에… 별의 자식이군……. 생전에 쿨럭! 저걸 또… 볼 줄이야."

슈바르체토이펠은 나타난 존재를 보고 경악했다. 나 역시 바로 알아봤다. 전에도 한 번 봤던 존재기 때문이었다.

별의 자식은 괴종족 중 최고위급이다. 지난번엔 여러 가지 사정이 겹쳐 내게 썰리긴 했지만 그렇다고 얕볼 순 없다. 게다가 이번에 나온 별의 자식은 이전과 품격 자체가 달랐다.

존재감이 어마어마하고 정확한 힘은 판별도 안 됐다.

"그대의 요청에 응해 이 자리에 왔다. 발러슈테드."

"바로 와 줘서 감사하오."

"당연하다. 요청이 있으면 응하겠다 약속하지 않았나?"

"좋소. 도움이 필요하오."

"말하라."

시종장은 느긋하게 촉수를 출렁였다. 아마 인간으로 치면 고개를 끄덕이는 행동 같았다.

"그것이 우리 거래의 영역에 부합한다면 그대를 도울 것이다. 발러슈테드."

"좋소. 당신들이 진정으로 원하는 것 중 하나를 아직 내놓지 않았다는 점을 잊지 마시오."

발버둥치는 죽음의 시종장이라면 보통 위치가 아닌데 내가 은근히 압박하자 지켜보던 괴종족들은 당혹감을 감추지 못하고 있었다. 저마다 소근소근 떠들며 이게 어떻게 된 건지 의아해 하는 듯했다.

노골적으로 비아냥거리던 내가 생각 이상의 존재인 걸 알고 곤혹스러워하고 있었다. 설마 자기들보다 한참 높은 발버둥치는 죽음의 시종장까지 몰아붙일 줄은 몰랐겠지.

시종장은 발버둥치는 죽음의 바로 밑에 있는 자 중 하나고, 저기 있는 괴종족들은 하부 조직의 조직원일 뿐이니까.

"그 점은 잊지 않고 있다. 위대하신 분께서도 그대와의 동맹에 만족해하신다. 그대가 충분히 가치있는 것들을 제안해 줬기에."

"하면 지금 내 요청을 들어주시오. 먼저 여기있는 늙은 드래곤을 구해주기 바라오."

"흐음……."

시종장은 기다란 촉수를 뻗어 창백하게 질려있는 슈바르체토이펠을 톡톡 건드리더니 어렵지 않은 일이라고 했다.

"가능한 것이오? 극악한 독이라 했는데."

"걱정할 필요 없다. 저 독을 리켄티아투스에 푼 존재도 알고 있으니까."

"그게 누구요?"

"끈적이는 역병이다."

그 자식도 꼴에 어둠의 대군이라고 죽기 전까지 리켄티아투스의 역사에 여기저기 영향을 끼쳤구나.

"대관절 그가 왜?"

거기까진 시종장도 모른다고 했다.

"뭔가 드래곤이 그의 심기를 거슬렀겠지."

기분을 상하게 했다고 한 종족의 운명이 그리 결정되다니. 죽어간 드래곤들이 들으면 통탄을 금치 못하겠군.

"우리는 드래곤을 효과적으로 제거한 그 독에 관심을 갖고 연구했다. 이제는 드래곤이 거의 사라져 의미가 없어졌지만 해독은 충분히 가능하다."

쩌억.

촉수 하나가 갑자기 갈라지더니 안에서 기괴하게 생긴 벌레들이 줄줄이 기어 나왔다. 그리고 그것들은 일렬로 걸어가 슈바르체토이펠을 깨물어댔다.

그 뒤에 놀라운 일이 일어났다. 벌레들의 배 부분이 마치 꿀단지 개미처럼 크게 부풀어 올랐던 것이다. 배가 독으로 가득 차오르고 있었다.

임무를 마친 벌레들은 그대로 픽 쓰러져서 다시는 움직이지 않았다. 이런 해독 방식이라니 생소하면서도 효과적으로 보였다.

"후우! 후우!"

슈바르체토이펠은 숨을 몰아쉬고 있었지만 어느새 안색이 회복된 상태였다. 정말 독을 빨아냈군.

"원하는 요구는 처리했다. 더 바라는 게 있는가?"

"추가적으로 없소. 다만 한 가지 말하고 싶은 게 있소이다."

"뭔가?"

나는 대답대신 고개를 돌려 옆에서 조마조마하게 여길 보고 있는 괴종족들을 쳐다봤다.

"당신들 부하 교육 좀 잘 시켰으면 좋겠소."

"음?"

"내 동료가 쓰러져 도움을 청했더니 도와주기는커녕 비웃음을 터뜨리더군. 심지어 당신의 주인과 직접 거래를 튼 나를 하등 종족이라 비하하기도 했으니 그대들의 기강이 알만 하오이다."

"……."

"이 몸은 단순한 인간이 아니라, 당신이 섬기는 위대한 분의 성공에 중대한 위치를 차지하고 있소. 한데 그간의 감정 때문에 비아냥거릴 거면 우리 거래에 대해 다시 생각해 보는 게 좋겠군."

며칠 전의 협상으로 나는 발버둥치는 죽음에게 새로운 돌파구를 제공했다. 그런데 이런 대접이냐고 따지자 시종장은 할 말이 없는 듯 입을 다물었다.

"……그 점은 사과하지. 일을 급하게 진행하느라 제대로 전달되지 않은 부분이 있는 것 같군."

"앞으로 주의하시오."

여기까지 대화가 되자 오만하기 짝이 없었던 괴종족들은 고양이 앞의 쥐처럼 바들바들 떨고 있었다. 자기들이 무슨 짓을 한건지 실감한 모양이었다.

내가 설마 자신들의 상급자를 부를 줄은 몰랐겠지. 역시 불만이 있으면 윗선에 찔러야 해결이 되는 법이야.

"발러슈테드의 말에 대해 변명 거리가 있느냐?"

시종장이 으르렁거리는 목소리로 묻자 괴종족들이 일제히 부복했다. 하나하나 마왕급의 존귀한 강자들인데, 역시 발버둥치는 죽음을 곁에서 모시는 상위의 존재에겐 소용없었다.

"저희가 어리석어 착각했나이다. 부디 자비를…."

"변명은 듣지 않겠다. 네놈들의 독선적인 행동은 중요한 거래를 그르치게 만들 뻔했다."

"하오나!"

"시끄럽다! 대가를 치르도록!"

단호한 선언과 함께 아까 나를 제일 무시하던 괴종족의 리더의 몸에서 영혼이 뽑혀 나오기 시작했다.

"크아아아아!"

그는 비명을 지르며 저항했지만 불가항력이었다. 시종장은 뽑아낸 영혼을 추잡한 소리를 내며 먹어치웠다. 살덩이 사이로 벌어진 입에선 더러운 침이 줄줄 흘러내린다.

바스스.

희생자의 남은 육체는 재가 되어 부서져 내렸다. 그 끔찍한 광경에 다들 바닥에 기는 것처럼 엎드려 계속 자비를 간청했다.

"발러슈테드."

"말씀하시오."

"일단 본을 보였다. 원한다면 저들을 모두 파괴하지. 하지만 종처럼 부리는 게 더 낫지 않겠나?"

"그렇게 하겠소."

내가 고개를 끄덕이자 시종장이 뭐라, 뭐라 명령을 내렸다. 그러자 그렇게 콧대 높던 괴종족들이 내 앞으로 달려와서 일제히 엎드렸다.

"벌레처럼 기겠습니다!"

"필요할 때 가축처럼 부려주십시오!"

한목소리로 외치는 그들이 속으로 얼마나 굴욕감을 느낄지는 모르겠다. 하지만 아마 다시없을 치욕이겠지. 원래 인간은 그들에겐 침팬지나 다름없는 존재였으니까. 그런 침팬지 하나에게 납작 엎드리고 있으니 그 기분이 알 만하다.

"다음부터 무슨 말을 할 때 생각을 좀 하고 말하도록."

내 싸늘한 말투에 괴종족들을 바짝 엎드려서 몸을 부르르 떨었다. 혹시라도 내 변덕에 죽게 될까 노심초사하는 모양새였다.

"이것으로 그대의 요구는 모두 수용했다. 발러슈테드."

"모든 게 협의된 대로 진행되길 희망하오."

"이쪽 또한 마찬가지다. 그대는 우리에게 약속한 걸 잊지마라. 커다란 대가를 치르기 싫다면."

그 말을 끝으로 시종장은 떠났다. 거대한 몸뚱이는 흔적도 없이 사라졌는데 바닥에 난 거대한 구멍만이 그가 다녀갔음을 알려주고 있었다.

"이 드래곤과 나눌 얘기가 있으니 물러나 있도록."

괴종족들이 물러나자마자 슈바르체토이펠이 흥분해 말을 걸어왔다.

"별의 자식은 모두 극히 사납고 성질이 더럽네. 한데 저런 고분고분한 태도라니…… 자네 대체 무슨 짓을 하고 다닌 건가?"

시종장은 협조적인 태도에 그는 벌린 입을 좀처럼 다물질 못했다.

"저쪽에서 저리 저자세로 나올 수밖에 없는 건, 내가 저들이 원하는 걸 쥐고 있기 때문이오."

"대체 그 며칠 전에 무슨 짓을 한 게야!"

"궁금한 것 같으니 말해 드리겠소. 다 듣고 나면 지금 상황이 어떻게 된 건지 알 수 있을 거요."

"그것보다 정말 황제가 봉인을 풀 게 둘 건가?"

슈바르체토이펠은 이번 일에 협력하긴 했지만 내게 들은 게 적어 사태를 제대로 파악하지 못하고 있었다.

"그렇소. 봉인은 그에게 넘어갈 것이오. 황제는 아마 발버둥치는 죽음의 화신이 되겠지."

"지금 그게 무슨 소리인지 알고 있나! 우리는 고대의 악 앞에서 서로의 방위를 돕겠다고 약속했어."

확실히 슈바르체토이펠이 지키던 봉인을 황제에게 넘기는 건 맹세를 저버리는 일이다.

"알고 있소."

맹세를 어기면 내가 아무리 끓어오르는 심연의 총애를 받고 있어도 소용없다. 아니, 그는 총애 여부와 상관없이 칼 같이 일을 처리하겠지.

그게 그의 공정함이니까.

"황제 녀석이 화신이 되면 우리 둘을 가만 둘 것 같나!"

"그 점 역시 잘 알고 있소. 영감은 그저 내 위태로운 외줄타기를 끝까지 지켜보시오. 바람 한 번 불면 떨어질 것 같이 아슬아슬하긴 하지만."

"끓어오르는 심연에게 잡혀가면 그딴 줄타기는 끝일세!"

"그 부분은 감당할 수 있소."

"대체 자네 생각을 모르겠군!"

문제는 끓어오르는 심연만이 아니었다. 나는 발버둥치는 죽음과 협력하는 바람에 무덤에서 웅크리고 있는 자와 맺은 신의 성실의 원칙까지 위배했다.

차후에 이 짓거리가 걸리면 영혼째 무덤에서 웅크리고 있는 자에게 잡혀가게 된다. 즉, 줄줄이 약속이란 약속은 다 깨고 있는 셈이었다.

"자넨 정신이 나갔어. 이건 외줄타기 수준이 아니야. 지금 자네의 행동에 몇 명의 초월자가 엮여 있는 줄 아는 건가? 게다가 무덤에서 웅크리고 있는 자는 다가오고, 발버둥치는 죽음의 봉인은 깨지기 직전이야. 이래서 이 행성이 남아나겠나?"

"뭐, 그러면 초월자들의 전쟁 속에 이 행성 구하는 게 쉬울 줄 알았소? 그보다 들어보시오."

나는 며칠 전 발버둥치는 죽음의 세력과 거래를 하게 된 얘기를 꺼냈다.

"마침 산호공주의 검술 때문에 발버둥치는 죽음의 후원이 필요하던 차였소."

나흘 전.

황제의 밀사와 화의에 대한 이야기를 나눈 그날 밤이다. 당시에 나는 꽤 실망한 상황이었다.

물론 황제도 중요하지만 암중조직에서 연락이 올 거라고 자신했기 때문이다. 한데 감감무소식. 예상이 빗나갔다.

"수호자가 죽었는데도 상관하지 않겠다 그건가?"

조급하지 않은 걸까? 상대방이 잘 이해가 안 됐다. 여기 대놓고 봉인을 풀겠다고 설치는 사람이 있는데 협상하든 죽이려 하든 반응을 보여야 맞을 텐데.

"끄응······."

먼저 접촉을 시도하는 건 상대에게 말려드는 것 같아서 일단 버티기로 했다. 그렇지만 영 찝찝한 마음을 감출 수 없어 침대에 누워서도 심기가 불편했다.

"짜증스럽군."

한참 뒤척이다가 겨우 잠이 들었는데 깊은 밤이 되자 무언가가 은밀히 찾아 왔다.

역시 중요한 손님은 어둠을 틈타 오는 법이었다.

"여긴…?"

잠에 깨서 주변을 보자 침대만 빼고 환경이 바뀌어 있었다. 시커먼 산이 저 멀리를 병풍처럼 둘러쌌고, 주황색 광원이 산 너머에서 능선의 실루엣을 돋보이게 했다.

사방은 유황가스의 역한 냄새가 가득 차 절로 코를 막을 수밖에 없었다.

콰아앙!

그때 마치 미국 옐로스톤 국립공원의 간헐천 폭발처럼, 근처에 있던 작은 호수들이 터졌다.

촤아아아!

갑작스러운 소낙비에 흠뻑 젖은 나는 뺨에 달라붙은 머리칼을 떼어내며 투덜거렸다.

"누가 초대한 건지 몰라도 꽤 실례되는 장소를 선택했군."

혀를 차며 침대에서 내려오자 곧 대답이 들려왔다.

"미안하군. 그나마 인간이 견딜 수 있는 환경을 고른 것인데."

"그래도 목욕하겠다는 소린 안 했잖소."

보이지도 않는 상대를 향해 어깨를 으쓱여 보였다. 갑자기 낯선 차원으로 납치돼 왔지만 나는 태연자약했다. 온갖 기인이사를 겪다보니 이제는 그러려니 하는 경지가 됐다.

"거, 모습 좀 드러내시오."

주변에 굴러다니는 뼈다귀를 툭툭 차면서 말하자 허공에서 거대한 존재감을 가진 존재가 출현했다. 처음에 그건 작은 살덩이였는데 곧 터지는 것처럼 부풀어 올라서 주변을 가득 채웠다.

기괴한 주둥이가 달린 둥근 살덩이를 중심으로 수많은 촉수가 태양광처럼 사방으로 뻗어 나온 생김새였다.

"별의 자식이로군."

"그렇다. 나는 발버둥치는 죽음을 섬기는 시종장이다."

"왜 안 나타나나 했소."

"그대와는 꼭 한 번 만나고 싶었지."

나는 하고 싶은 대로 하라는 듯 양팔을 넓게 벌렸다.

"무엇을 원하시오? 전투? 협상?"

뭐든 상관없다는 내 태도에 그의 촉수가 마치 파도치는 것처럼 몸을 중심으로 흔들리며 한 바퀴 돌았다. 저건 대체 무슨 감정 표현일까?

괴종족들은 생김새가 특이하고 감성이나 사고가 인간과 달라서 나처럼 경험이 많은 자도 알아먹질 못하는 일이 흔했다.

"…협상이다. 그대와 싸워봐야 난장판이 되겠지."

"미리 말하지만 봉인 풀기를 멈출 생각은 없소."

"어째서인가?"

"이 몸이 무덤에서 웅크리고 있는 자와 관계있는 건 아실 거요. 무덤에서 웅크리고 있는 자께서 명하시길 수단과 방법을 가리지 않고 봉인을 풀어 발버둥치는 죽음을 끌어내라 하셨소."

나는 이 일이 어쩔 수 없음을 강조했다.

"명을 거역한다면 무덤에서 웅크리고 있는 자가 리켄티아투스를 부숴버릴 테니까."

"만약 그 뜻을 접겠다면 다른 차원으로 이주를 보장하지. 충분한 보상과 함께."

"어림없는 소리요."

리켄티아투스가 박살나고 다른 차원으로 가면 참 행복도 하겠다. 평생을 찜찜함 속에서 살아가는 건 사절이다.

"왜? 합리적인 제안이 아닌가."

일고의 가치도 없다. 저 자는 내 해피엔딩에 대한 집착을 이해하지 못할 테니까.

"명확히 거절하오. 대신 이쪽에서 제안이 있소."

"듣지."

"봉인이 풀리는 게 문제인 건, 이대로는 발버둥치는 죽음이 무덤에서 웅크리고 있는 자를 당하지 못해서가 아니오?"

"그분을 그딴 쓰레기와 비교하지 마라!"

비교적 정중한 태도였던 시종장이 갑자기 폭발했다. 전신의 촉수가 찌를 듯 뻣뻣해지고 둥그런 몸체에 달린 수많은 주둥이가 일제히 벌어진다. 하지만 그런 위협에도 나는 전혀 동요하지 않았다.

"기왕이면 탁자도 같이 오게 해주시지 그랬소? 목이 타는데 포도주가 없으니."

"이런 인간은 정말 처음이군…."

위협을 가해봐도 꿈쩍도 안 하자 그는 기가 막힌 듯했다. 뻣뻣하게 서있던 시종장의 수많은 촉수들이 힘 잃은 양물처럼 축 늘어진다.

"거, 실망하긴 아직 이르오. 내 제안부터 들어보시오."

"말하라."

"봉인이 풀린다고 해도 발버둥치는 죽음이 무덤에서 웅크리고 있는 자와 겨룰 수 있는 상황이면 괜찮은 거 아니오?"

"그렇다! 우리 위대한 주인께선 그런 쫓겨난 놈에게 패하지 않을 테니."

시종장에게서 광신도 같은 감정이 느껴졌다.

"좋소. 그럼 내게 대책이 있소. 당신의 주인이 힘을 되찾게 할 수 있는."

"정말인가?"

"물론이오. 흐흐흐. 본의 아니게 파도치는 핏물을 썰어 폐를 끼쳤으니 선한 마음으로 도와드려야 하지 않겠소?"

물론 공짜는 아니지만.

나는 일단 그 전에 확인할 게 있다고 선을 그었다.

"무엇을 알고 싶은 거지?"

"영원의 보석 말이오."

그 말을 꺼내자마자 상대가 움찔하는 게 느껴졌다.

"그걸 왜 알고 싶은 건가."

"반응이 까칠하구려. 그럴 거 없소. 이미 발버둥치는 죽음이 영원의 보석을 갖고 봉인된 걸 아니까."

파르르.

수많은 촉수들이 보일만큼 떨리고 있었다. 명백한 동요가 느껴졌다.

"누구에게 들었나?"

"그게 중요하겠소? 솔직히 통찰력이 있는 자라면 예측할 수 있는 부분이 아니오. 아무튼 내가 궁금한 게 그게 아니오이다. 영원의 보석이 있으면 발버둥치는 죽음의 봉인이 풀리는 걸 두려워 할 필요 없지 않소?"

영원의 보석은 어둠의 왕관에 끼워져야 진정한 힘을 발휘할 수 있다. 하지만 단품으로도 상당한 권능을 품은 게 확실하다. 대신격 아퀼라의 수상쩍을 정도로 강한 힘도 그런 의심을 더했고.

"그르르……."

시종장은 괴음을 흘리며 답이 없었다. 깊이 고민하는 기색이었다.

"정확히 말 안 해주면 협상은 없소. 그 정도도 밝히지 않고 무슨 얘기를 하려고? 그냥 돌아가시오. 내 제안조차 못 듣는 건 오로지 당신 탓이오."

"…좋다. 알려주지. 그 보석들은 봉인되어 있다."

"봉인?"

"그래, 힘을 감추고 있으니 애초에 들키지 않았던 거다."

"아하. 어쩐지 이상하다 했소. 영원의 보석을 갖고 있음에도 봉인 당할 때까지 안 들키다니. 몇 개를 갖고 있소?"

"그건 말해줄 수 없다."

"말해야 할 거요."

압박을 더하자 그는 제안을 들어본 뒤 판단하겠다고 했다.

"좋소. 일단 두 가지를 제시할 거요. 첫째는 마룡 슈바르체토이펠이 지키고 있는 신체를 넘겨주지."

"예상하던 바군. 우리 쪽에선 간절히 원하는 부분이기도 하다."

"당신들이 그걸 탈취하는데 애를 먹고 있는 걸 알고 있소. 나와 협상하면 매끄럽게 얻을 수 있을 거요."

"또 무엇을 제시할 건가?"

"그 잘린 신체를 얻는 것만으로 무덤에서 웅크리고 있는 자에게 대항하기 쉽지 않을 걸 알고 있소."

"……."

침묵을 보니 인정하기는 무척 싫은 것 같군.

"그래서 아주 혹할 만한 것을 제시하겠소. 바로 어둠의 대군의 온전한 사체요."

"뭐라!"

"농담이 아니오. 끈적이는 역병의 사체를 내주겠소."

"정말인가! 이제 알겠다! 그대가 리히텐슈타인에서 발굴한 유적이 끈적이는 역병이었군!"

역시 이쪽 정보는 꼼꼼히 수집하고 있었군.

"그렇소. 힘으로 탈취하긴 불가능하다고 미리 말씀드리겠소. 수십여 명의 거인과 엘프 마법사들이 지키고 있으니까."

어떻게 보면 슈바르체토이펠 쪽보다 훨씬 뚫기 어려운 곳이 었다. 거길 공략하려면 대군을 움직여야 하는데, 그러면 내가 미리 차단해 버릴 테니까.

"크르르르……. 과연. 물리적인 방법은 지난하겠군."

"어떻소? 잘린 신체와 끈적이는 역병을 흡수한다면 봉인이 풀리는 걸 더는 두려워하지 않아도 될 터."

"두려워하겠는가! 아니, 도리어 어서 풀려나길 바라실 거다!"

지난 번 끈적이는 역병을 처리하기 위해 끓어오르는 심연을 불렀다. 그때 끓어오르는 심연은 끈적이는 역병을 흡수하지 않고 떠났다.

나와 맺은 모종의 밀약 때문이다. 그래서 온전히 남은 끈적이는 역병을 협상 카드로 제시할 수 있었다.

"하면 협상의 의지를 보이시오. 시종장."

내가 말하는 건 명확했다. 성의 없이는 얘기를 더 진행하지 않겠다는 것. 상대는 고민하더니 결국 털어놓는다.

"그분께서 가진 영원의 보석은 세 개다."

내가 듣기로 영원의 보석은 총 다섯 개다. 그렇다면 대략 아귀가 맞는데….

발버둥치는 죽음이 세 개를 가졌고, 베오울프가 말한 황금술잔에 한 개가 박혀 있다. 나머지 한 개가 어디갔냐가 의문인데 유력한 용의자가 바로 대신격 아퀼라였다.

아퀼라는 누미디아의 사기꾼과 협업을 했기 때문에 속임수로

한 개를 빼돌렸을지도 모른다.

"세 개였군."

"하나 더 내놓지. 우리가 이 거래에 강한 의지를 가졌다는 건 보여주기 위해서."

"무엇이오?"

"조만간 제국의 황제가 마룡 슈바르체토이펠을 급습할 예정 이다."

그 말에 나는 혀를 찼다.

"당신들, 황제를 써서 잘린 신체를 얻으려 했군?"

"그렇다. 하지만 그대의 제안 때문에 쓸모가 없어졌지."

가엾은 황제는 계략을 시도해 보기도 전에 토사구팽 됐다. 완전 나가리구먼.

"황제가 꿍꿍이를 감추고 있단 생각은 알았지만 설마 슈바르체 영감을 죽이려 할 줄이야. 처리해야겠는데…."

"그건 우리에게 맡기면 매끄럽게 해결해주지."

"어떻게 말이오?"

"황제가 습격하는 당일, 마룡이 적당히 물러나게 하게."

"황제가 화신이 되도록 내버려두라고?"

의아함에 한쪽 눈꼬리를 올리자 시종장이 서둘러 설명했다.

"화신이 된다는 건 본체에 완전히 종속된다는 걸 의미한다. 설령 별개의 존재에서 출발하거나 별개의 인격을 가졌다고 해도 말이다."

"맘대로 할 수 있다, 그거요?"

"그렇다. 황제는 아직 모르지. 화신이 되면 발버둥치는 죽음에게 온전히 귀속되는 거다."

즉, 그때가 되면 발버둥치는 죽음이 황제를 흡수해서 바로 끝내버리겠다는 거였다.

"그편이 서로 편하지 않겠나? 황제는 용의주도한 자다. 물리적으로 패 죽이려 하면 무슨 짓을 할지 모른다. 차라리 화신이 되게 한 후에 흡수하면 간편하지 않은가?"

"확실히…. 아무것도 알지 못한 채 당하겠군."

절로 고개가 끄덕여졌다. 교토삼굴이라고, 황제가 궁지에 몰리면 무슨 짓을 할지 예측불가다.

다만 황제에게 약점이 있으니 신적인 존재들이나 물질계 너머를 잘 모른다는 데 있다. 화신이 되어 격이 오르고 무한한 힘을 얻을 것만 생각 중인 모양인데, 그에 따르는 패널티를 고려하지 못하는 것 같다.

저쪽에선 어차피 이제 필요 없는 황제, 음료수에 빨대 꽂아서 마시는 것처럼 쏙 빨아먹겠단 소리였다. 그래도 잘난 드래곤이니 맛있겠지.

"좋소, 아주 맘에 드는군."

나는 흡족함을 감출 수 없었다. 유황가스 냄새도 이제는 상쾌하게 느껴졌다.

당연한 얘기지만 나는 발버둥치는 죽음이 깨어나 무덤에서 웅크리고 있는 자에게 일방적으로 쳐터지길 원하지 않는다. 기왕이면 동귀어진 해줘야 이상적이다.

이제 발버둥치는 죽음도 힘을 얻어 봉인에서 풀려날 테니 우주적인 괴수대전이 벌어질 게 틀림없었다. 이 세계에 팝콘이 없는 게 너무 아쉬울 지경이다.

"요구 조건이 하나 있소."

"무엇인가?"

"발버둥치는 죽음의 후원을 받고 싶소."

"크으……."

시종장은 생각지도 못한 얘기인 듯 당혹해했다. 그리고는 질책하는 말투로 쏘아붙인다.

"이미 다른 초월자의 후원을 받고 있지 않느냐?"

"여력이 있으니 더 받아야겠소."

프로그래마 모르티스의 복사본을 얻은 덕에 무덤에서 웅크리고 있는 자로부터 독립했다. 후원 슬롯이 하나 비었으니 어서 채워야지.

이거 무슨 후원 돌려막기도 아니고…. 하나 손절하면 또 하나 채워 넣고. 내가 생각해도 나 정말 막 나가는 스타일이구나.

"기가 막히군! 아주 기가 막혀! 필멸자 주제에 초월자들을 상대로 갈취를 하고 다니고 있어!"

이건 뭐랄까, 개미가 코끼리 보고 "야이, 새끼야. 가진 거 어서 내놔!"라고 사방천지 협박하고 다니는 셈이었다.

"거, 예쁜 말도 있는데 꼭 그렇게 말하기오? 다소간의 도움을 받고 있는 거 아니겠소."

"다소간의 도움?! 크릉!"

상대가 어이없어 하거나 말거나 관계없었다. 나는 원하는 걸 받아야겠으니까. 한데 이번 후원에 관해서는 명확한 조건을 하나 걸 예정이었다. 후일 상황에 어떤 변화가 있든 후원을 지속하겠다는 조건이었다.

"이 후원은 만세무궁토록 지속돼야 하오. 또한 이 몸이 발버둥치는 죽음과 원수가 되는 한이 있어도 후원을 끊어서는 안 되오."

"세상에 그런 황당한 조건이 어디있나!"

저런 반응이 당연하다. 이 조건이 관철되면 훗날 내가 발버둥치는 죽음을 공격하는 일이 있어도 그는 날 후원해야만 하니까.

"싫으면 관두시오. 나는 정치적 변화에 따라 애매하게 후원이 끊기는 건 원하지 않소. 실제로 무덤에서 웅크리고 있는 자와 문제가 일어나 고생했소."

"그렇다고 해도 이 조건은 과하지 않나!"

"어차피 우주 전체를 보면 수많은 후원을 하고 있지 않소? 그중 하나에게 영원한 후원을 약속하는 것 뿐이오."

말은 이렇게 해도 황당한 조건임을 나도 잘 안다. 후원이란 건 일방적인 게 아니다. 주고받는 관계다. 힘을 주는 대신에 이쪽도 봉사를 해야 한다.

하지만 영원한 후원에는 그런 건 없다. 한쪽만 무한적 베풀어주게 된다. 요컨대, 맘대로 깽판을 쳐도 그는 후원을 끊을 수 없단 거다. 그리고 발버둥치는 죽음이 무슨 요구를 해도 난 무시할수 있었다.

"무리한 조건이다!"

상대는 여전히 거절했지만 상관없었다.

"싫으면 관두시오. 그대로 봉인이 풀려서 무덤에서 웅크리고 있는 자에게 맞아죽던가."

"아무리 그래도 그런!"

상대가 어둠의 대군이고, 그중에서 제일 잘난 우주적 존재라도 상관할 바 아니었다.

목숨줄 쥐고있는 게 나니까.

"시종장 양반. 얘기가 안 통하시네. 조건을 바꾸지. 영원한 후원을 2인에게 해주시오."

"뭐라?"

아마 상대에게 눈이 있다면 찢어질 듯 커질 거 같았다. 하지만 여전히 결론을 못 내리기에 나는 손가락 세 개를 펴려고….

"멈춰라!"

얼마나 당황했는지 수많은 촉수를 이쪽으로 전부 뻗어왔다. 나는 그 꼴에 특유의 깐죽거림을 발휘했다.

"왜? 싫으면 싫다고 하시고."

이쪽은 아직 펼 수 있는 손가락이 많으니까.

다시 현재.

"…그렇게 된 거요. 슈바르체 영감."

"그렇게 되긴 뭐가 그렇게 돼! 이거 완전 미친놈이로세! 어둠의 대군, 그것도 어둠의 대군 중 최상위 존재를 협박해?"

못 할 거 뭐냐고 되물으니까 슈바르체토이펠은 내 감각 자체가 이상하다고 한탄했다.

"자네는 어둠의 존재들과 너무 가까이 한 걸세. 결국 머리가 이상해지고만 거지."

"멀쩡한 사람 미친놈 만들지 마시오."

"그 보복을 어찌 감당하려고!"

슈바르체토이펠은 빽 소리를 질렀다.

"자네는 감히 발버둥치는 죽음의 자존심을 건드렸어. 그가 용납하리라고 생각하는가? 후일 어떻게든 자네에게 보복할 걸세. 아니, 아니야. 이 행성까지 싸잡아서 혼내주겠지. 리켄티아투스를 가루로 만들어버릴지도 몰라!"

"그 부분은 감당할 수 있소."

"지금 감당할 수 있다고 하는 황당한 일이 벌써 몇 개인 줄 아나!"

슈바르체토이펠이 저리 흥분하는 게 이해가 안 되는 건 아니다. 초월자들과 약속을 줄줄이 깨고 협박까지 했으니까. 하지만 지금 내가 해줄 수 있는 말은 많지 않았다.

"그러니까 위태로운 외줄타기를 마지막까지 지켜봐 달라 그거 아니오."

"후우…."

그는 더 화내기를 포기했는지 추욱 늘어진다.

"결국 후원은 어떻게 된 건가?"

"시종장이 자기 주인과 협의했소. 2인에게 영원한 후원을 내려주기로 결정됐지."

"대단하군. 결국 발버둥치는 죽음을 상대로 후원을 뜯어내다니…."

다만 일이 완료된 후에 나눠 받기로 했다. 잘린 신체를 확보한 후에 한 번, 끈적이는 역병을 넘겨준 뒤에 한 번 더다.

첫 번째는 내가 받고 두 번째는 칼리오네를 생각 중이다. 어둠의 대군의 후원을 받기에는 자질이 뛰어난 마족이 좋으니까. 그러고 보니 칼리오네는 어둠의 대군 둘에게 후원을 받게 되는군.

"이런! 황제가 봉인지에서 나왔다."

"하면 잘린 신체를 흡수해 돌아왔다는 말이구려. 얘기는 그만하고 움직일 때요."

딱.

나는 손가락을 튕겨 대기하고 있던 괴종족들을 불렀다. 마치졸개 부리는 듯한 태도였으나 그들은 감히 불만을 제기하지 못했다.

"앞장 서."

"알겠습니다."

다들 굽신굽신하는 게 태세전환이 귀신같군. 우리는 둥지 아래의 봉인지로 나아갔다. 밑으로 내려갈수록 강대한 기운이 점점 진하게 느껴졌다.

"슈바르체 영감, 황제가 기어코 화신이 된 모양이오."

이미 화신을 몇 번 만났기 때문에 익숙한 느낌이었다. 뭐랄까, 폐에 압박이 와 숨이 잘 안 쉬어지는 기분이다. 화신이 가진 강대한 존재감은 그 정도로 불편한 것이었다.

"어리석은 놈. 그나저나 인과율의 문제는 없는 건가?"

"보통 때라면 신격 중 하나가 대응하려 나왔겠지만 지금은 사정이 많이 다르오."

"무엇이 다른가?"

"종말의 때가 아니오? 리켄티아투스의 신격들은 행성으로 다가오고 있는 무덤에서 웅크리고 있는 자를 저지하려고 온 힘을 다하고 있으니까, 이런데 신경 쓸 여력이 없는 거요."

부질없는 발버둥이지만 일단 신격들도 일은 하고 있었다.

"맘껏 날뛰어도 막을 이가 하나 없다는 거구먼."

슈바르체토이펠은 혀를 찼다. 힘을 추구하다 파멸로 치닫고 있는 자기 사촌이 한심하겠지.

"흐음! 대단하군."

어찌된 상황인지 뻔히 예상하고 내려왔지만 막상 상대와 마주하게 되자 압박감이 대단했다. 발버둥치는 죽음의 화신으로 변한 황제가 지하의 거대한 공동 한 가운데 우뚝 서있었다. 마치 우리를 기다린 것처럼.

"황제 폐하 만세!"

내 외침에 황제가 피식 웃었다.

"비텐바이어- 바젤 공작, 그대는 언제나 농담을 좋아했지."

"이 기회가 아니면 언제 또 만세를 외쳐보겠습니까? 폐하."

황제의 외견은 많이 변해있었다. 키가 3미터에 이를 정도로 커졌고 피부가 흑인처럼 검다. 반짝이는 흑색 살결은 범접하기 어려운 품격을 풍겼다. 또한 머리 위에는 거대한 뿔이 돋아났다.

"느껴지나? 이 광대무변한 힘이? 크하하하!"

황제는 자기 기운에 한껏 취한 것 같았다. 하긴 나라도 저 정도 힘을 얻으면 기고만장해질 듯했다. 그러나 그가 겪어야 할 진실은 가혹하기만 하다.

"폐하, 실로 놀라우십니다. 제국에서 폐하를 당할 자가 있나 모르겠군요."

"한데 그대의 태도가 어쩐지 거슬리는군."

내 태도가 심기를 자극했나 보다. 황제는 손을 한 번 휘저었다.

콰아앙!

갑자기 폭발이 일어나며 나는 뒤쪽으로 튕겨져 나갔다.

"크악!"

근처에 빼곡히 솟아난 있던 석순을 와르르 부수며 날아가자 괴종족들이 날 보호하기 위해 황급히 앞으로 나섰다. 황제를 감시하기 위해 따라갔던 괴종족 넷도 이쪽에 붙었다.

"음?"

황제는 그 꼴에 의아하다는 표정이 됐다.

"이봐, 괜찮나?"

슈바르체토이펠의 도움을 받아 일어나며 나는 고개를 끄덕여 보였다. 그리고 괴종족들에게 뒤로 물러나라고 신호했다. 지켜보던 황제는 미간을 좁혔지만 곧 아무래도 상관없다는 얼굴이 됐다. 압도적인 권능 앞에 다 소용없다는 거겠지.

"살짝 힘을 줬는데 장난감처럼 날아가는군."

"하하, 폐하. 원래 제가 사기 당한 사람에겐 한 방씩 맞아주곤 한답니다. 안 그러면 상대가 억울해서 못 견디니까요."

"아직도 주둥이를 놀릴 여유가 있는 건가? 그대는 눈 뜬 봉사로군. 이 힘을 느끼지 못하는가?"

나는 절로 한쪽 입꼬리가 올라갔다. 질 나쁜 미소를 감출 길이 없었다.

"솔직히 나쁘지 않은 작전이셨습니다. 정전협정이니 뭐니 해서 이쪽의 시선을 돌리고, 과감하게 사촌의 배에 단검을 박아 넣은 것도 결단력이 있으셨죠. 방해가 있을 걸 대비해서 이렇게 괴종족을 부른 것도 훌륭했습니다. 물론 그 괴종족들은 사실 폐하의 편이 아니었습니다만."

황제는 얼굴을 찌푸렸다. 점점 뭔가 이상한 느낌이 들겠지.

"하지만 말입니다. 폐하. 마치 운명처럼 패배가 정해져 있는 경우는 어떻습니까?"

"뭐라?"

"생각해 보십시오. 폐하. 폐하께선 잘린 신체를 얻고 승리했다고 여기시지만 실상 그게 누군가 짠 계획의 일부였다면요?"

나는 옷에 묻은 먼지를 툭툭 털며 황제에게 다가갔다.

"저라면 모든 게 너무 순조롭다 느껴졌을 때 의심을 품었을 겁니다. 그런 경우는 대체로 누군가 순서대로 만들어 놓은 길을 따라 자기도 모르게 따라가는게 아닐까요?"

"지금 짐이 함정이라도 빠졌단 말이냐!"

콰아앙!

다시 한 번 화신의 힘이 날 덮쳐왔을 때 류블라냐로 쳐냈다.

카앙!

검이 마법을 가른 순간 무수한 불티가 나를 덮쳤다. 얼굴이 화끈화끈 거렸다.

"폐하, 맞는 건 한 번이면 족합니다."

상대는 진정한 화신이었다. 저 존재를 상대로 승리는 어렵지만 한 번 정도 공격을 튕겨내고 허세를 부리는 건 가능했다. 물론 그것만으로도 팔이 부러지는 것 같았다.

"역시 제국에 그 위명을 떨치고 있는 비텐바이어- 바젤 공작은 대단하군. 하지만 이 힘을 두 번 막을 수 있겠는가?"

확실히 두 번은 무리지. 하지만 두 번 막을 필요가 없으니까 괜찮다. 나는 피식 웃으며 류블라냐를 검집에 집어넣었다.

"음? 포기한 건가?"

"아닙니다. 폐하. 더 싸울 필요가 없어졌을 뿐입니다."

"웃기는군. 그 세 치 혀가 지금 그대를 구해줄 거 같은가? 언변을 믿는 모양인데 짐은 타협할 생각이 없다."

"그게 아닙니다. 저길 보시죠."

나는 손가락을 황제의 위쪽을 가리켰다.

"음?"

황제는 무심히 고개를 들다가 깜짝 놀란다.

"이게 무슨!"

그의 머리 위에 빛조차 빨아들일 것 같은 심연이 소용돌이치고 있었기 때문이었다. 그 심연은 점점 커져가고 있었다. 황제는 대체 어느 틈에 이런 게 생긴 건지 당혹해했다.

"아무 감지도 할 수 없었는데!"

"어리둥절하신 거 같은데 신이 폐하께 설명드리지요. 저 심연은 발버둥치는 죽음에게로 향합니다. 폐하의 본체가 되는 분입니다."

"저게 왜 갑자기 생긴 건가!"

"간단하지 않습니까? 화신은 결국 본체를 향해 돌아가게 되어있습니다. 발버둥치는 죽음이 자기 화신을 흡수하려는 거겠지요."

여유만만이던 황제의 눈이 경악으로 커졌다.

"그럴 리 없다! 화신은 분명 별개의 인격으로 인정받는…."

"하하하, 폐하. 순진한 소리를 다 하십니다. 그런 특권은 본체가 인정할 때만 가능한 게 아니겠습니까? 설마 모르셨던 겁니까?"

"그렇다고 해도 이렇게 갑자기 그럴 수는!"

"안타깝지만 폐하의 본체께서 사정이 급하시거든요. 폐하께서도 밤하늘을 보실 수 있었으면 좋았을 텐데 말입니다."

황제는 현재 상황을 받아들일 수 없는 듯 있는 힘을 다해 저항하기 시작했다.

"으아아아! 이럴 순 없어! 겨우 힘을 얻었는데 본체에게 먹혀버린다고? 이러려고 화신이 된 줄 아나!"

하지만 이미 그는 순식간에 몸의 통제력을 빼앗겨버린 듯했다. 자랑인 마법조차 전혀 부리지 못했다.

"안타깝게 됐습니다. 폐하. 꼼수가 있으셨나 모르겠습니다만, 그것도 쓸 수 없겠군요."

"너 이 자식! 발러슈테드! 처음부터 노렸구나! 이렇게 될 걸 알고 짐을 기만해!"

황제는 지게 돼있었다. 마치 거역할 수 없는 운명처럼.

"인생이란 게 다 그런 거 아니겠습니까? 그러게 뒤통수 관리를 잘하셔야지요."

그때 내 위쪽에서도 심연이 나타났다. 하지만 이건 황제의 것과 달랐다. 황제의 머리 위의 심연이 힘을 빨아내기 위한 것이라면, 내 머리 위의 것은 힘을 토해내기 위한 것이었다.

구우우우웅.

시커먼 어둠이 심연에서 흘러나와 나를 어둠으로 축복했다. 발버둥치는 죽음이 약속을 지켜 후원을 내리고 있는 중이었다. 황제는 이 모습을 보더니 더욱 악을 쓰며 바둥거렸다.

"이해할 수 없다! 어째서 그 존재는 짐을 잡아먹으려 하면서 네놈에겐 힘을 내리는 것이냐!"

"그거야 간단한 이유 아니겠습니까?"

나는 양팔을 위로 뻗어 충만함을 만끽했다. 이게 발버둥치는 죽음의 힘이구나. 마치 약물이라도 복용하는 것 같은 환희에 사로잡혔다.

"제가 폐하를 팔았기 때문이지요! 그 대가로 이 힘을 받은 겁니다."

"발러슈테드! 이 짐승의 자식아!"

황제의 몸은 고무처럼 길게 늘어져 심연에 빨려들어가고 있었다. 그는 피눈물을 흘리며 저주를 퍼부었다. 하지만 그럴수록 내 속에 차오르는 힘은 강해져갔다.

"부디 평안하십시오! 폐하! 캬하하하핫-!"

동굴 안에 째지는 내 웃음이 한껏 울려 퍼지는 그 순간, 황제는 심연 속으로 사라졌다. 마치 처음부터 없었던 것처럼 말이다. 주변은 침묵으로 가득찼고 낄낄거리는 내 간헐적인 웃음이 들릴 뿐이었다.

꺼억!

그때 황제를 빨아들인 심연에서 트림과 비슷한 소리가 나더니 왕관이 튀어나왔다.

치이익.

가열된 왕관에선 연기가 솟아나고 있었다.

저벅저벅.

나는 앞으로 걸어가 달궈진 왕관을 들어올렸다. 고열 때문에 금이 반죽처럼 녹고 있었다. 하지만 내 손은 전혀 화상을 입지 않았다.

"폐하, 그러게 적당히 해먹고 내려오셨어야죠. 주제 파악 하셨으면 이렇게 비명에 가시지도 않았을 텐데. 키키킥."

황제는 영혼째 발버둥치는 죽음에게 먹혀서 끝장이 났다. 나는 새로운 후원자를 찾았고.

"위대한 분께서 잘린 신체에 만족해 하십니다. 감사드립니다."

괴종족 중 하나가 와서 고개를 조아렸다. 그가 새로운 리더인 거 같았다. 먼저 죽은 리더와는 다르게 침착해 보인다.

끄덕.

"그대들도 수고했다."

"아닙니다. 일이 하나 마무리 됐으니 이후의 얘기를 하고 싶습니다."

"좋다. 다만 사전에 말했듯이 끈적이는 역병의 시체는 봉인이 모두 풀린 이후에 찾아가도록."

만약 끈적이는 역병을 쓰고도 봉인을 못 풀면 낭패기에 그리 정한 것이다.

"알겠습니다. 수호자의 정리부터 하는 게 좋겠습니다."

현재 수호자의 동향은 다음과 같다.

*강철선제후 필립 - 사망.

언데드로 돌아왔으니 수호자 직위 상실.

*절세검객 팔케 - 사망.

*적룡기병 - 사망.

*정녀(丁女)지기 - 파탈레 몬스트룸이 계승. 사망.

*인류용사 - 본인.

*구마축사의 대주교 - 마인츠 선제후.

파악한 건 이렇게 여섯인데, 나머지 하나를 몰라 답답하기 그지없는 상황이었다.

"인류용사는 이 몸이고 구마축사의 대주교는 마인츠 선제후니 아무 문제없다. 마지막 수호자가 대체 누구지?"

"동쪽 숲의 요정군주입니다."

그의 말에 나는 주먹으로 손바닥을 때렸다.

"엘룬그라실! 아, 왜 그자를 생각하지 못했지!"

"그 요정군주는 저희가 처리하겠습니다."

"죽일 건가?"

"달리 방법이 없습니다. 그는 수호자의 힘으로 동쪽 숲의 엘프 부락을 통일해 강대한 왕권을 행사하고 있습니다. 죽어도 자기 힘을 포기하지 않을 겁니다."

그렇다면 어쩔 수 없는 일이다.

"알겠네. 그쪽은 너희에게 맡기지."

이제 봉인이 풀리는 건 시간문제였다. 발버둥치는 죽음이 튀어나와 끈적이는 역병까지 먹어치운다고 생각하자 아찔한 기분이 됐다.

[발버둥치는 죽음 VS 무덤에서 웅크리고 있는 자.]

우주적 대결이 벌어지기 직전이었다.

"모든 게 최후로 달려가는구나. 심판의 때가 온 거야."

슈바르체토이펠의 한탄에, 나는 황제의 왕관에 박힌 값비싼 보석을 떼내 호주머니에 챙기면서 대답했다.

"버킷리스트라도 작성해 보시오, 슈바르체 영감."

<6권에서 계속>

헌티드 시티 2권

유하는 여기에 전재산도 꼴아박을 수 있었다.

 V +037

글 : 글쓰는기계 / 그림 : 노뉴
가격 : 9,000원

 +038

글 : 박제후 / 그림 : GAMBE

가격 : 10,000원

+038

피도 눈물도 없는 용사 5

초판 1쇄 발행   2017년 6월 25일

저자 박제후
그림 GAMBE

편집 전준호
디자인 윤아빈
주간 홍성완
마케팅 김정훈
발행인 원종우
발행처 (주)이미지프레임

주소 (13814) 경기도 과천시 뒷골1로 6, 3층
영업부 02-3667-2653   **편집부** 02-3667-2654   **팩스** 02-3667-2655
메일 edit03@imageframe.kr   **웹** vnovel.co.kr

ISBN 979-11-6085-515-9-02810 (세트) 979-11-6085-228-8 02810